Anna Palm

Die Clique

Und wie geht es dir?

SCHWARZKOPF & SCHWARZKOPF

Ellie

Warum bin ich der einzige Mensch auf Erden, der sich nicht einmal traut, bei McDonald's nach einer zusätzlichen Portion Ketchup zu fragen? Da ich nicht mal das fertigbringe, ist es wohl nicht weiter verwunderlich, dass ich den Mund nicht aufkriege, wenn mir jemand im Weg steht, denkt Ellie. Der Mittelweg zu den freien Plätzen in der S-Bahn wird durch einen gigantischen pinken Lackkoffer versperrt. Hinter diesem stehen ein etwa vierzehnjähriges Mädchen (Typ Ich-bin-so-fett-Magermodel) und ein wohl gleichaltriger Junge (Typ Ich-fotografiere-meinen-Sixpack-und-verwende-das-Foto-bei-Facebook-als-Titelbild) und knutschen dermaßen heftig herum, als würden sie zu einem Individuum verschmelzen wollen. Die beiden sind blind und taub für die Schlange an Menschen, die sich hinter dem Koffer bildet. Und Ellie führt diese Schlange an.

Sie räuspert sich. Das Mädchen beißt in die Unterlippe des Jungen, als würde es sich um ein saftiges Steak handeln. Er verhakt seine Daumen in den Gürtelschlaufen ihrer hautengen, weißen Jeans. Dann beginnt das Mädchen, die blonde Lockenpracht ihres Freundes wollüstig zu zerwühlen. Sie haben keinen Blick für Ellie und die sich ansammelnde Menschenmasse übrig.

»Hallo? Vorwärts! Wir wollen auch noch mitfahren!«, ruft eine ältere Dame, die noch draußen am Gleis des Kölner Hauptbahnhofs steht.

»Mann Ellie, warum sagst du denn nichts?«, stöhnt Lydia genervt und schiebt sich mit ihren spitzen Ellbogen an den Menschen vorbei, die sich nun panisch durch die Türen quetschen. Ihre hellgrünen

Augen erfassen den Koffer und die Pärchenblockade. »Hallo? Dürften wir mal? Es ist ja niedlich, dass ihr euer Einwöchiges feiert – Gratulation! – aber die Schlange dürfte sich inzwischen einmal um den Dom ziehen!«, sagt sie mit ihrem typischen süßlich-giftigen Lächeln.

Jeder ihrer Stiche ist mit Zuckerguss glasiert, denkt Ellie. Das ist Lydias übliche Taktik.

»Ähm, natürlich«, sagt der Junge verwirrt, löst sich von seiner Freundin und schiebt den pinken Koffer beiseite.

»Geht doch«, flötet Lydia und setzt sich auf ihren schwarzen High Heels in Bewegung.

Ellie sieht genau, wie ihre schlanken Finger im Vorbeigehen den Handrücken des Jungen streifen. Er wendet ihr seinen Kopf in Zeitlupe nach. Lydia ist die Sirene und er der Fischer, der gleich am Felsen zerschellen wird. So war es immer, und da zerschellt der Fischer auch schon. Mit seiner ganzen Kraft – zugegeben, wenn man nur in Orangensaft getauchte Wattebäusche zu sich nimmt, ist das wohl nicht viel – schlägt das Magermodel seinem Freund ins Gesicht.

»Sag mal, geht's noch? Du guckst ihr nach!«

Die eben noch drängelnde Menge hinter Ellie verwandelt sich nun in ein gespanntes Kinopublikum. Auch Chris und Jannis haben sich inzwischen zu Ellie durchgequetscht.

»N… Nein!«, stößt der arme Fischer aus.

Ellie wirft Chris einen möglichst unauffälligen Blick zu. Er grinst, zieht ein Twix aus seiner Hosentasche und schaut dem Pärchen schmatzend zu. Ob er weiß, wie nah er bei ihr steht? Sein linker Handrücken berührt ihre Taille und verursacht dieses furchtbare Flattern, das Ellie sich schon so oft weggewünscht hat. Bemerkt er das? Macht er das absichtlich?

»Doch, ich habe es genau gesehen! Das war's also mit uns!«, kreischt das Magermodel, aber ihre Stimme klingt für Ellie so blass, als würde sie durch Nebel kommen. Da ist einfach nur Chris' Hand und das spöttisch-amüsierte Lächeln auf seinen Lippen, das Ellie so abgöttisch liebt. Nichts will sie mehr, als ihre Finger mit seinen zu verschränken, mit ihm zusammen zu sein, sich nie wieder verletzlich und wertlos zu fühlen.

»Aaach, ihr Voyeuristenschweine!« Jannis reißt Ellie aus ihren Träumereien, indem er sich zwischen Chris und sie drängt.

»Hey, kommt schon!« Er klopft den beiden zerstrittenen Liebenden kumpelhaft die Schultern. »Immerhin habt ihr es eine Woche geschafft! Und wenn Chantal oder Jacqueline in ein paar Monaten in der Babywiege liegt und ihr einen guten Anwalt wegen der nervigen Sorgerechtsstreitigkeiten braucht – ruft mich an!« Und er macht seinen legendären Abgang.

Chris isst das letzte Stück von seinem Twix und drückt dem vollkommen verstörten Mädchen mit einem tröstenden Lächeln die Verpackung in die Hand, dann folgt er Jannis.

»Wer sind Chantal und Jacqueline?«, fragt das Mädchen und wendet sich mit dieser Frage überraschenderweise an Ellie.

»Ähm. Total nette Mädchen, wirklich«, sagt Ellie hastig und rennt ihren Freunden nach. Ein legendärer Abgang gelingt ihr leider nicht.

Lydia, Chris und Jannis haben sich schon in einem Vierer niedergelassen. Ellies Herz macht einen dieser winzigen Glückshüpfer, als sie feststellt, dass der Platz neben Chris frei ist. Hastig setzt sie sich zu ihm.

»Du warst klasse, Jannis«, sagt sie.

»Jaa, Papa macht sich doch Sorgen um die ganzen Babys!«, grinst Jannis und löst seine hinter dem Nacken verschränkten Arme, um ein Päckchen Zigaretten herauszukramen.

»Das war nicht nett von dir, Jannis«, sagt Lydia, während sie mit den Fingern ihre goldblonden Locken kämmt.

»Das kommt gerade von dir, Kleopatra! Hättest du ihm nicht sein Händchen gerubbelt, wären die beiden noch liiert.«

»Das war keine Absicht!«

»Man soll nicht lügen, Lydia Rosengarten! Gib es doch zu, das hier war eine kleine Machtdemonstration. Du hast es geschafft, dafür zu sorgen, dass Mr Eiweißshake sein Streichholz vergisst. Das ist selbstsüchtig und rücksichtslos, aber es geht ja nur darum, dein Ego zu pushen. Du narzisstisches Mädchen, Napoleon könnte dein Vater sein.« Er leckt sich die Lippen, zündet sich eine Zigarette an und mustert Lydia, hat das typisch herausfordernde Funkeln in seinen braunen Augen.

»War klar, dass du ihn Mr Eiweißshake nennst, weil du selbst nicht mal zwanzig Kilo stemmen kannst. Neid ist eine unangenehme Charaktereigenschaft, nicht wahr?«, schießt Lydia augenblicklich zurück. »Und ich finde es wirklich entzückend, wie sehr du dich bemühst, in Ciceros Fußstapfen zu treten. Aber wenn man sonst nichts auf die Reihe kriegt, spuckt man halt große Töne und denkt sich Metaphern und Vergleiche aus.«

Ellie und Chris seufzen synchron. »Word War 2.537 beginnt«, murmelt Ellie, was Chris zum Schmunzeln bringt. Innerlich vollführt sie einen kleinen Kreischtanz. Sie hat etwas Witziges gesagt. Chris findet es witzig. Und während Lydia und Jannis sich in ihren üblichen Wortgefechten verlieren, zieht Chris Ellie wortlos auf seinen Schoß und umschlingt sie mit beiden Armen. Die plötzliche, unerwartete Nähe sorgt dafür, dass Ellie sich an ihrem eigenen Atem verschluckt. Sie muss so sehr husten, dass ihr die Tränen in die Augen steigen. Chris klopft ihr sanft auf den Rücken. Das sorgt dafür, dass ihr noch schwindeliger wird. Eine hauchdünne Stimme in ihrem Kopf flüstert, wie falsch das hier ist, wie furchtbar falsch. Dass sie sich aus seinem Griff lösen und auf ihren eigenen Platz zurücksetzen soll. Dass sie doch weiß, dass nichts davon ernst gemeint ist. Dass er ihr doch oft genug verdeutlicht hat, dass er nicht mit ihr zusammen sein möchte. Aber diese Stimme ist brüchig, und als Chris ihr einen Kuss aufs Haar gibt, zerbricht sie vollkommen. Da ist nur noch sein Geruch, den Ellie am besten mit »wie frisch gefallener Regen« beschreiben kann. Und da sind seine Arme, auf denen die bläulichen Adern deutlich hervortreten, als hätte er ein Netz aus Flüssen auf der Haut. Ellie ist fast versucht, ihrem Verlauf mit der Fingerspitze zu folgen. Und da ist sein makelloses Gesicht mit den dunkelblauen Augen. Ellie versucht, ihm in die Augen zu schauen, seinen Blick zu finden. Aber er schaut durch sie hindurch, als wäre er in Gedanken in einer anderen Welt. Täuscht sie sich, oder ist sein Kiefer angespannt? Vermutlich täusche ich mich, denkt sie. Chris ist nie angespannt. Chris ist geboren, um mit Hula-Rock Macarena zu tanzen, das sagt Jannis immer. Chris ist nie genervt, wütend oder traurig. Er hat auch nie Angst. Er fragt bei McDonald's nicht nach *einer* Extraportion Ketchup, sondern nach fünf.

Ellie kuschelt sich an seine Schulter und schließt die Augen. Ist ja nicht so schlimm, wenn er sie nicht anguckt. Immerhin sitzt sie auf seinem Schoß, in seinen Armen. Immerhin passt er auf sie auf. Wie gerne würde sie ewig in dieser Bahn sitzen, in die Unendlichkeit fahren, nie bei der Party ankommen. Bei der großen Sommerferienparty »Endless Summer Night« im Bootshaus, am letzten Schultag der elften Klasse, wo man phänomenal aussehen sollte. Lydia sieht phänomenal aus. Sie trägt ein cremefarbenes Neckholderkleid aus Seide und eine Kette mit einem Edelsteinanhänger, die auf ihrer gebräunten Haut glänzt.

Ellie wünscht sich, dass ihr so etwas auch stehen würde. Sie ist bloß in ihre abgenutzte Lieblingsjeans und ein mit Schmetterlingen bedrucktes T-Shirt geschlüpft. »Süß, hast du dein Shirt selbst bemalt?«, hat Lydia gefragt. Auch da war er, ein Stich, so sorgfältig mit Zuckerguss glasiert, dass Ellies einzige Reaktion ein vorsichtiges Lächeln war. Dann hat sie ihn geschluckt und versucht, sich darüber zu freuen, dass endlich Sommerferien sind. Sechs Wochen lang kein Mathe bei Frau Ambers, die Ellie fast jede Stunde auffordert, ihre Hausaufgaben an die Tafel zu schreiben, wobei Ellie wirklich keine Lust mehr hat, Y zu helfen, X zu finden. Sechs Wochen lang kein Sport bei Herrn Kleyn, das ist sogar noch wichtiger. Da hat Ellie beim Weitwurf minus sieben Meter geworfen, weil ihr der Ball beim Ausholen aus der Hand gerutscht ist.

Sechs Wochen mit ihren besten Freunden. Denn in den Urlaub fahren wird keiner von ihnen. Ihre Eltern wollen noch mit ihrer großen Schwester Linda in die Berge fahren, aber da hat Ellie sofort gesagt, dass sie nicht mitkommt.

Sie schmiegt sich an den Stoff von Chris' T-Shirt, klammert sich daran fest. Wenn sie sich für immer daran festhalten könnte, wäre sie nie wieder schwach und ängstlich.

»Wie kommst du Rotzbengel auf die Idee, dass du die Ausnahme von der Regel bist und hier rauchen darfst?«, mischt sich ein etwa siebzigjähriger Mann mit Gehstock in Jannis' und Lydias Diskussion ein.

Die beiden unterzeichnen augenblicklich einen Waffenstillstand und drehen sich zu dem Mann herum. Ihre Wortduelle sind nur durch äußere Einflüsse zu beenden, niemals würde einer von ihnen von sich aus aufgeben.

»Wie ich auf die Idee komme? Ich rauche, wo und wann ich will. Und du kannst mich nicht aufhalten, Alm-Öhi. Sieh es ein, die autoritären Zeiten sind vorbei. Dein Vater hat dich vielleicht mit dem Stock da verprügelt, aber so riecht Demokratie.« Damit nimmt Jannis einen tiefen Zug und pustet dem alten Mann den Qualm ins Gesicht.

Eine ältere Frau neben dem Mann – vermutlich seine Ehefrau – stößt einen empörten, schrillen Ton aus, während der Mann mit zitternden Fingern nach seinem Stock greift und ihn drohend in Jannis' Richtung hält. »Strafgesetzbuch Paragraf 223: Wer eine andere Person körperlich misshandelt oder an der Gesundheit schädigt, wird mit Freiheitsstrafe bis zu fünf Jahren oder mit Geldstrafe bestraft. Auch der Versuch ist strafbar«, sagt Jannis wie aus der Pistole geschossen, woraufhin der Mann seinen Stock zögerlich zurückzieht.

Ellie spürt, wie Chris' Bauch anfängt zu zittern, weil er lachen muss. Ist es eigentlich wirklich lustig?, schießt es ihr durch den Kopf. Sie weiß es nicht. Sie schaut dem verwirrten, wütenden Mann in die von Äderchen durchzogenen, blassblauen Augen, aber dann senkt sie den Blick. Es ist einfacher und schöner, sich mit Chris zusammen über Jannis' juristische Qualitäten zu amüsieren. Und es ist leicht, wegzuschauen.

In diesem Moment erregt ein kleines Mädchen mit blonden Zöpfen ihre Aufmerksamkeit. Es steht auf einem Bahnsteig, an dem die Bahn vorbeisaust, und hat einen Minnie-Maus-Luftballon um das Handgelenk gebunden, der größer als es selbst ist. Für einen Moment sieht es so aus, als würde das Mädchen wegfliegen, wie Mary Poppins mit dem Regenschirm.

»So einen Ballon möchte ich auch«, murmelt Ellie lächelnd und legt ihre Hand an die Scheibe.

»Wieso?«, fragt Chris.

Sie nimmt seine Hand in ihre, ohne wirklich darüber nachzudenken. »Weil diese kleinen Dinge dafür sorgen, dass man lächelt«, sagt sie.

Chris wendet sich ihr zu, sein Blick schärft sich. Diesmal sieht er ihr wirklich in die Augen. Sie sind echt dunkelblau, denkt Ellie. Sie kennt niemanden sonst, der dunkelblaue Augen hat. Sie kennt auch niemanden sonst, der seinen einen Mundwinkel zu einem so unwiderstehlichen Lächeln hochziehen kann, so wie er es jetzt gerade tut. Und sie kennt niemanden, der mit so wenigen Worten so viel in ihr berührt.

»Oh Ellie«, sagt er. Einfach nur »Oh Ellie«, und trotzdem bleibt die Zeit stehen, als hätten sie ein paar Sekunden Unendlichkeit, bevor die Welt sie wieder einholt. Er streicht ihr eine dunkelbraune Haarsträhne hinter das Ohr, lässt seine Hand dann an ihrer Wange liegen. Der Abstand zwischen ihnen verringert sich, schon spürt sie seinen Atem auf ihren Lippen. Und alles andere ist so lächerlich und unwesentlich und war nie von Bedeutung, und dann –

»Scheißdreck, Kontrolleur!«, stößt Jannis zwischen seinen Zähnen hervor und springt auf. Chris wendet sich blitzschnell von Ellie ab, schiebt sie abrupt wie eine treudoofe Katze von seinem Schoß und steht ebenfalls auf. Die Welt ist wieder da – sie hat Ellie überhaupt nicht gefehlt. In Windeseile löst Lydia die Schnallen ihrer High Heels und nimmt die Schuhe in die Hand.

»Auf, auf, Kleopatra!«, zischt Jannis und setzt sich gemeinsam mit Chris in Bewegung. Etwa fünfzehn Meter entfernt arbeitet sich ein etwas korpulenter Kontrolleur mit Kartoffelnase durch die Reihen und nickt die ihm vor die Nase gehaltenen Tickets ab. Ellie bleibt wie versteinert sitzen und schaut dem Kontrolleur mit großen Augen entgegen.

»Elena! Beweg deinen Arsch!«, raunt Lydia, schnipst wild vor Ellies Gesicht herum und vergisst vor lauter Eile sogar den Zuckerguss. Dann läuft sie den Jungs nach. Chris dreht sich zu Ellie herum, begegnet ihrem fragenden Blick und seufzt. Hastig läuft er zurück und streckt ihr die Hand hin.

»Hey!«, ruft der Kontrolleur. »Was soll das?«

»Halten Sie sie auf!«, stößt der alte Mann kreischend aus.

In dem Moment, in dem Ellie Chris' Hand ergreift, hat sie keine Angst mehr. Sie laufen los. Es macht Ellie nichts, dass sie dabei nicht so verwegen wie Lydia aussieht.

»Stehen bleiben!«, brüllt der Kontrolleur und rennt nun ebenfalls los. Die Bahn wackelt und wird langsamer, nähert sich der Haltestelle. Ellie stolpert über ihre Füße, prallt dabei gegen das schluchzende Magermodel. Sie schwankt Richtung Boden, doch Chris' Hand hält sie eisern fest. Noch ein paar Meter, dann stehen sie am Ende der Bahn bei Jannis und Lydia.

»Komm schon, halt an, halt endlich an«, fleht Jannis leise und legt die Hände zum Stoßgebet aneinander.

»Das packen wir nicht«, sagt Chris stirnrunzelnd. Der Kontrolleur ist nur etwa zehn Meter von ihnen entfernt. Wut und Anstrengung haben seinen Kopf glutrot gefärbt.

»Ich krieg euch, verdammte Bande!«, zischt er.

Chris' Blick fällt auf den pinken Koffer des Magermodels. Er macht einen schnellen Schritt, greift nach dem Koffer und stößt ihn auf den Kontrolleur zu. Kontrolleur und Koffer kollidieren wie zwei Asteroide. Der Kontrolleur verliert das Gleichgewicht, kippt vorne über den Rand des Koffers und landet mit einem lauten Klatschen wie ein gestrandetes Walross auf dem Bauch. Das nächste Klatschen ertönt, als Chris und Jannis zum High five einschlagen. Dann öffnen sich die Türen der Bahn.

»Wie heißt du?«, ruft der verzweifelte Fischer Lydia zu.

»Cinderella!«, ruft sie zurück und wirft ihm ihren einen Schuh entgegen. Damit hat er nicht gerechnet, dementsprechend bekommt er den Absatz mitten ins Gesicht. Dann springen sie hinaus, stürzen lachend in die Menge.

»Dein Schuh!«, ruft Jannis.

»Das war es wert!«, erwidert Lydia lachend und wirft ihre goldblonden Haare zurück.

Sprudelndes Lachen, fliehen wie Taschendiebe, atemloses Anrempeln, so schmeckt die Rebellion der Jugend. Wir sind Bonnie und Clyde, denkt Ellie und verschränkt ihre Finger fester mit denen von Chris. Das sorgfältig entwertete Zugticket hat sie in der Hosentasche.

*

»Hey, Lydia, Ellie, Chris, Jannis!« Als die vier Jugendlichen den Bahnhof verlassen, läuft ihnen ein für sein Alter kleiner Junge mit fuchsrotem Lockenkopf und breitem Grinsen entgegen. Der Himmel färbt sich allmählich dunkelblau.

»Hi Julian«, sagt Ellie.

»Hi Blumenkohl«, sagt Jannis.

»Schönes Kleid, Lydia!«, sagt Julian, während er Jannis' Spitze geflissentlich ignoriert. »Steht dir echt gut!« Er lächelt. Sein Gesicht ist blass und er wirkt ein wenig erschöpft, seine Nasenspitze leuchtet rötlich. Dennoch scheint er sich zu freuen. »Geht ihr auch zur Party? Sollen wir zusammen gehen?«

Er hat versucht, sich schick zu machen, denkt Ellie. Aber es ist vielleicht etwas zu viel des Guten. Seine Haare sind vor lauter Gel ganz nass und hängen herunter wie bei einem Hund, der in ein schmutziges Wasserloch gesprungen ist. Er trägt ein blau-grün kariertes Hemd, in das er zweimal reinpassen würde. Um seinen Hals hat er eine Kette mit goldenem Haifischzahn gebunden, an seinen Handgelenken baumeln Dutzende Lederarmbänder, und sein Gürtel wird von einer Totenkopfschnalle geschmückt. Er sieht albern aus, denkt Ellie. Total albern, gerade im Vergleich zu Chris und Jannis.

Chris trägt ein schlichtes weißes T-Shirt, Bluejeans und graue Vans. Er macht sich nie Gedanken über seine Kleidung und könnte trotzdem in jedem Outfit modeln. Jannis hat ein schwarzes Hemd mit türkisblauen Knöpfen, eine graue Jeans und seine geliebten Nike Air Jordans an. Auf seiner Nase sitzt wie üblich die Ray-Ban-Brille. *#Hipster*, hat Lydia ihm mal mit Edding ins Gesicht geschrieben, als er bei einer Hausparty auf dem Boden eingeschlafen war.

»Also?«, fragt Julian strahlend. Lydia, Chris und Jannis ziehen synchron die Augenbrauen hoch. Ellie bemüht sich, es ihnen nachzutun.

»Nein …«, sagt Jannis gedehnt. »So ein Angebot können wir nicht annehmen, Captain Hook. Kommt, Leute.«

»Da hinten gibt's Döner! Ich hab richtig Bock auf einen«, sagt Chris, zieht Ellie abrupt hinter sich her und hat Julian wohl sofort vergessen.

Jannis und Lydia folgen ihnen. »Du tropfst«, erklärt Lydia Julian zum Abschied mit spöttischem Blick auf seine Haare.

Ganz kurz hat Ellie wieder das Gefühl, dass sie schlechte Menschen sind. Sie könnte sich zu Julian umdrehen. Aber eigentlich will sie gar nicht wissen, wie er ihnen hinterherschaut. Und eigentlich zählt auch nur, dass Chris und sie Händchen haltend durch die Stadt laufen, als ob sie zusammen wären. In diesem Moment löst Chris seine Hand rasch von ihrer und stopft sie in seine Hosentasche.

Als sie die Dönerbude verlassen, steht Julian immer noch da und schaut ihnen enttäuscht entgegen. Jannis schüttelt grinsend den Kopf und beißt schmatzend in seine Dönertasche. Ellie hat auch Hunger, beim Geruch des gegrillten Fleisches fängt ihr Magen an zu knurren. Aber als sie gerade dabei war, sich einen Döner zu bestellen, hat Lydia leise »Sicher, Süße?« gefragt. Ellie hat an sich herunter auf ihre Hüften und Beine geschaut, die deutlich breiter als Lydias sind. Dann hat sie sich beschämt abgewendet.

»Es ist faszinierend, wie du so schnell so viel so unappetitlich essen kannst, ohne auch nur ein Gramm zuzunehmen«, sagt Lydia zu Jannis, der den Döner praktisch in vier Bissen verschlingt.

Jannis rülpst. »Du bist so spießig, Kleopatra. Ich verspreche dir, dass du in zwanzig Jahren eine Dauerwelle hast, Radieschen in deinem symmetrischen Vorgarten anpflanzt und es nur am ersten Freitag im Monat Sex gibt.«

»Ich verspreche dir, dass du in zwanzig Jahren eine Glatze und überhaupt keinen Sex hast und gezwungen bist, die Radieschen aus meinem Vorgarten zu klauen, um zu überleben«, kontert Lydia, während sie am Rhein entlang zum Bootshaus gehen.

»Ihr seid so gestört«, sagt Chris.

*

Ellie würde gern selbstbewusst in den Club hineinschreiten, mit sanftem Hüftschwung und betont langsamen Schritten, als würde sie die Aufmerksamkeit der Partygäste genießen. Sie würde gern das Outfit mit Lydia tauschen, und sie würde ihr gerne sagen, dass sie in Gottes Namen aufhören soll, ohne Punkt und Komma von ihrem Exfreund zu reden. Aber Ellie schleicht in den Club, als wolle sie die Tanzenden nicht stören. Mit ihren ehemals weißen, nun vor Schmutz gelblichen Chucks bleibt sie an der Türschwelle hängen. Sie stolpert, schwankt und schafft es gerade noch, sich an Lydias Unterarm festzukrallen.

»Ach Ellie, komm schon!«, schimpft Lydia genervt und schüttelt Ellies Hand ab. »Also«, fährt sie fort und setzt sich auch barfuß mit eleganten, betont langsamen Schritten in Bewegung. Den anderen Schuh hat sie weggeschmissen. Sie genießt die Aufmerksamkeit der Partygäste in vollen Zügen. »Ich glaube, es war richtig, Schluss mit Leon zu machen. Ich meine, wir passen wirklich nicht zusammen. Er ist so … brav. So brav, dass er seinen Teller leer isst, wenn seine Mutter es ihm sagt. Und was soll ausgerechnet *ich* mit einer männlichen Mutter Theresa? Letztens wollte er doch allen Ernstes mit mir in den Zoo gehen. Ich habe ihm erklärt, die sanitären Anlagen in Zoos sind mir für Sex zu unhygienisch, und da war er total entsetzt. Ich meine, er sieht höllisch gut aus, aber … Ellie, hörst du mir überhaupt zu? Warum bist du stehen geblieben?«

Ellie hört ihr nicht zu, nicht wirklich. Bei »Zoo« hat sie abgeschaltet. Wie sie sich freuen würde, wenn Chris sie fragen würde, ob sie zusammen in den Zoo gehen. Sie ist so plötzlich stehen geblieben, dass ein großer Typ mit Edward-Cullen-Frisur gegen sie prallt und Ellie und sich selbst sein Bier über die Schuhe kippt.

»Pass doch auf!«, schnauzt er Ellie an.

Sie fährt zurück und stößt dabei ein äußerst beschäftigtes Pärchen auseinander.

»Dumm oder so?«, keift das Mädchen.

»Tschuldigung«, erwidert Ellie, während ihr das Bier in die Socken sickert. »War wirklich keine Absicht.«

Der Typ mit der Edward-Cullen-Frisur, das Pärchen und Lydia verdrehen die Augen.

»Sie ist ein bisschen grobmotorisch, meine Ellie«, sagt Lydia mit einem breiten Lächeln und zwinkert Edward Cullen zu. »Hey, ich bin Lydia. Wie heißt du?«

»Ludo«, erwidert der Typ, und Ellie weiß, dass er sich augenblicklich vorstellt, wie Lydia nackt aussieht.

»Schrecklicher Name, deine Eltern müssen dich wirklich hassen. Darf ich dir ein Bier ausgeben?« Lydia legt den Kopf schräg und formt ihre vollkommenen Lippen zu einem leichten Schmollmund.

Ludo nickt langsam, kann anscheinend noch nicht glauben, was für eine schöne Wendung dieser Abend gerade nimmt. Lydia macht sich augenblicklich auf den Weg zur Bar, wobei sie Ludo am Handgelenk hinter sich herzieht.

Ellie schaut ein letztes Mal zurück zum Eingang. Ob Chris gleich kommen wird? Er ist mit Jannis um die Ecke gegangen, um sich einen Joint zu drehen. »Jetzt gibt's erst mal den Party-Aperitif«, hat Jannis gesagt. »Guten Flug«, hat Lydia spöttisch erwidert.

Ellie blinzelt und stellt fest, dass sie allein mitten auf der Tanzfläche des Bootshauses steht. Es ist eine wirklich schöne Location. Von den robusten, dunklen Eichenbalken hoch über Ellies Kopf hängen bunte Discokugeln. Es sieht aus wie eine Traumlandschaft, denkt Ellie, die gern irgendwo zwischen den Kugeln schweben würde. Vielleicht mit Chris. Rote, pinke, blaue und orangefarbene Lichtstreifen durchschneiden die Luft wie ein Spinnennetz aus Neon. Die Bar besteht aus einem umgedrehten Boot, und links davon baumeln Hängematten aus altem Segeltuch, in denen sich Pärchen ungeniert wälzen. Die Mädchen um Ellie herum tragen schwarze, dunkelblaue und rote Kleider. Sie reiben ihre im Fitnessstudio oder beim Ballett trainierten Körper zur Musik aneinander oder gehen zusammen aufs Klo, um ihren roten Lippenstift nachzuziehen. Ein Mädchen in einem kurzen Jumpsuit aus schwarzer Seide wirft im Vorbeigehen einen belustigten Blick auf Ellie, dann hakt sie sich bei ihrer Freundin ein. Die Lacktasche des Mädchens schlägt Ellie in die Seite.

Sie würde auch gern so schön aussehen und so sexy und unbefangen tanzen, aber selbst in ihren Lieblingsjeans sind ihre Hüften zu breit, die aus ihrem Pferdeschwanz herausfallenden Haare kleben an ihrem Lipgloss, und seit sie eine feste Zahnspange hatte, lächelt sie nur mit geschlossenem Mund. Das tut sie immer noch, obwohl sie ihre Spange seit einem Jahr los ist.

Mit verschränkten Armen bahnt sie sich einen Weg durch die tanzende Menge und versucht, Lydia wiederzufinden. Das ist nicht schwer, Lydia sticht heraus wie eine Sonnengöttin. Sie sitzt auf Ludos Schoß, der wiederum auf einem Barhocker sitzt, und nimmt einen großen Schluck von ihrer Piña Colada, die sie auch ohne ihren gefälschten Personalausweis bekommt. Neben ihnen steht das Ludo versprochene Bier, unangetastet, denn er ist zu beschäftigt damit, seine Hand beiläufig immer weiter Lydias Oberschenkel hochwandern zu lassen. Wie eine Ameisenstraße, denkt Ellie. Neben Ludo und Lydia sitzt ein anderer Typ, wahrscheinlich ein Kumpel von Ludo, und spielt gelangweilt mit einem Feuerzeug.

Kurz bevor Ellie Lydia erreicht, tritt ihr ein Mädchen mit einem bunten Haarband und einem langen Batikrock entgegen.

»Oh, hi Hanna«, sagt Ellie.

»Hey Ellie, warum warst du denn nicht auf meiner Party? Du hattest doch zugesagt?«

Ellie stockt und presst ihre Lippen aufeinander. Sie hat zugesagt, und sie wollte auch hingehen. Bis Lydia ihr erklärte, Hanna sei die Schuldiebin. Sie habe schon diverse Handys geklaut und bei eBay versteigert.

Sie wirft Lydia schnell einen Blick zu, diese ist jedoch mit Ludo beschäftigt. »Ähm. Es tut mir leid, ist spontan was dazwischengekommen«, sagt sie zu Hanna und senkt den Blick. »Schade, ich hätte mich gefreut«, hört sie Hanna sagen. Als Ellie wieder aufblickt, ist Hanna verschwunden. Sie holt tief Luft und setzt ihren Weg zu Lydia fort. Dabei muss sie sich noch um Leon herumschlängeln. Er sieht wirklich gut aus, aber mit Chris ist er einfach nicht zu vergleichen.

»Hi Ellie, schön, dich zu sehen«, sagt er freundlich.

»Hallo Leon«, erwidert Ellie. Dann zieht sie sich einen Barhocker heran, um sich zu Lydia zu setzen.

»Das ist meiner!« Das Mädchen mit dem schwarzen Jumpsuit reißt den Hocker ruckartig aus Ellies Griff.

»Nein, ganz bestimmt nicht«, mischt Lydia sich ein, stellt ihren Cocktail mit einem Knall auf der Bartheke ab und richtet sich auf. »Ellie hatte ihn zuerst. Gib ihn sofort zurück.«

Ellie würde sich wünschen, dass Lydia dies tut, um ihr den Rücken zu stärken. Aber ihr ist bewusst, dass ihre Freundin sich eher an den dunklen Kulleraugen und den massiven Brüsten des fremden Mädchens stört. Diese sind nämlich durchaus ein Blickfang und haben deswegen in Lydias selbst erkorenem Revier nichts zu suchen.

Das Mädchen grinst nur und hievt sich mit laszivem Lächeln auf den Hocker.

»Ich hab dich gewarnt«, lächelt Lydia ebenso lasziv.

»Ist doch egal, gibt bestimmt noch andere Stühle«, sagt Ellie.

Innerhalb einer Millisekunde ist Lydias Hand wieder bei ihrem Cocktail. Sie schwingt sich von Ludos Schoß, und mit einer fließenden Handbewegung kippt sie ihn der Jumpsuit-Diva im Vorbeigehen über den Kopf. Diese stiert Lydia ungläubig an. Der Saft tropft ihr aus den schwarzen Ponyfransen und rinnt ihr in gelben Tränen über das Gesicht. Mitten auf ihrem Kopf liegt die rote Cocktailkirsche, so dekorativ wie auf einer Sahnetorte.

»Das tut mir so leid, ich hab dich überhaupt nicht wahrgenommen«, sagt Lydia zuckersüß. Ihre Rivalin springt vom Hocker und will Lydia mit sich zu Boden reißen, doch Ludo stellt sich ihr in den Weg und gibt ihr einen kräftigen Stoß.

»Gehen wir tanzen«, flötet Lydia. Ludo läuft wie ein Leibwächter neben ihr her, und auch Ellie und Ludos Kumpel schließen sich ihnen an. Ellie schaut zurück zu dem Mädchen, das aussieht, als würde es zur Giftschlange mutieren und Lydia gleich die Halsschlagader zerbeißen. Schnell wendet Ellie sich ab und sorgt dafür, dass sie in der Mitte der anderen ist. So muss sie nicht darauf vertrauen, dass die anderen ihr folgen, kann aber auch nicht plötzlich von hinten angefallen werden.

*

»Tanzen« bedeutet für Ellie, dass sie in einer Endlosschleife zwei Zentimeter nach links und anschließend wieder zwei Zentimeter nach rechts geht. Sie ist das einzige Mädchen im Club, das sich nicht traut, bei *Low* von Flo Rida ihre Hüften bis zum Boden kreisen zu lassen. Lydia tanzt mit geschlossenen Augen und wehenden Haaren, während Ludos Hände ihre Taille umschließen. Sie schafft es, ihre Hüften und ihre Arme auch ohne hohe Schuhe auf eine geschmeidige Art zu bewegen, die Ellie vollkommen fremd ist. Ludos Kumpel hat die Tanzfläche nahezu augenblicklich wieder verlassen, nicht ohne Ludo einen letzten, neidischen Blick zuzuwerfen. Ellie ist sich nicht sicher, ob er sie selbst überhaupt registriert hat.

Wieder bewegt sich die tanzende Menge synchron zu Boden, nur Ellie sticht hervor wie eine einzelne traurige Kerze auf einem Geburtstagskuchen. Ludo streicht eine von Lydias goldenen Locken zur Seite und beginnt, ihren Hals und ihre Schulter zu küssen.

Okay, denkt Ellie. Das nächste Mal bewegst du einfach ein bisschen die Hüften und gehst mit auf den Boden. Der Refrain beginnt, und Ellie wartet nervös ab.

»She hit the flow, next thing you know«, singt Flo Rida. Jetzt. Vorsichtig lässt Ellie die Hüften erst nur ganz wenig kreisen, dann ein bisschen mehr. Sie streckt die Arme in die Luft, lässt sie an ihrer Taille entlangstreichen und nähert sich zusammen mit den anderen dem Boden. Da öffnet Lydia plötzlich die Augen, mustert Ellie kurz und beginnt zu prusten.

»Hör auf, bitte hör auf!« Sie löst Ludo von ihrem Schulterblatt, der weiter nach ihrem Hals schnappt wie ein Fisch auf dem Trockenen, beugt sich zu Ellie und schreit ihr ins Ohr: »Bitte versuch nicht, so wie ich zu tanzen, Ellibelli. Ganz ehrlich und als deine beste Freundin: Du siehst lächerlich dabei aus, wie Heidi aus der Almhütte, die ihren Großvater verführen will.«

Ellie hört sofort auf zu tanzen und mustert Lydia sprachlos, weiß überhaupt nicht, was sie jetzt sagen soll.

»Holst du mir bitte noch einen Cocktail, Ludo?«, fragt Lydia, ohne ihn dabei anzusehen. Er dreht sich wie ferngesteuert um und zieht los. Der nächste Fischer zerschellt grad am Felsen, schießt es Ellie durch den Kopf.

»Los, lass uns abhauen. Hab keine Lust, mir noch länger den Hals absabbern zu lassen.« Lydia nimmt die immer noch fassungslose Ellie bei der Hand und dirigiert sie von der Tanzfläche. Ellie lässt sich ziehen wie eine Puppe, bis Chris plötzlich vor ihr steht.

»Elenaaa!«, ruft er aus und löst Ellie bestimmt aus Lydias Griff. Er nimmt Ellie bei den Schultern, manövriert sie zielsicher durch die Menge bis zur Wand, drückt sie dagegen und presst seine Lippen auf ihre. Ellie ist so überrascht, dass sie sich mal wieder an ihrem Atem verschluckt. Grinsend lässt Chris kurz von ihr ab und wartet, bis sie sich wieder gefasst hat. Seine Hände hat er links und rechts von ihr an der Wand abgestützt. Er wirkt etwas benebelt vom Joint. Egal, denkt Ellie. Er mustert sie eindringlich, seine Pupillen sind geweitet. Dann küsst er sie wieder, zieht leicht mit den Zähnen an ihrer Unterlippe und berührt ihre Zungenspitze mit seiner. Ellie erschaudert. Sie legt ihre Hände an Chris' Nacken und zieht ihn so nah, wie es nur geht, an sich heran. Sie liebt ihn, sie liebt ihn einfach über alles. Sie weiß, dass es für ihn nur Knutschen ist. Sie weiß, dass er irgendwann gehen und nicht zurückschauen wird. Aber sie kann nicht anders. Gerade jetzt braucht sie ihn, gerade jetzt gibt er ihr das Gefühl, doch ein kleines bisschen begehrenswert zu sein. Und wenn Chris sie küsst, macht sie irgendwie immer alles richtig.

Sie hat ihm nie gesagt, was sie wirklich für ihn empfindet. Sie hat es überhaupt niemandem gesagt. Denn dann würde er sie wahrscheinlich nie wieder küssen, und damit hätte Ellie nichts mehr, was sie glauben lässt, dass sie doch etwas wert ist.

Als ihr auffällt, dass sich etwas Hartes gegen ihren Unterleib presst, zögert Ellie. Einerseits ist sie erleichtert, dass sie so etwas auslösen kann. Andererseits hat sie keine Ahnung, wie sie damit umgehen soll.

»Komm mit raus«, murmelt Chris an ihrem Mund, lässt von ihr ab. Dann dreht er sie herum, legt ihr die Hände auf die Schultern und steuert sie so Richtung Ausgang.

Die Bedeutung dieser Worte tropft Ellie wie zäher Honig ins Bewusstsein. *Komm mit raus.* – Er möchte Sex mit mir. Draußen vor dem Club.

Ellie geht langsamer. Chris' Druck auf ihre Schultern verstärkt sich, er möchte sie vorwärtsschieben. Das will ich nicht, denkt sie.

Sie ist noch Jungfrau. Sie weiß nicht vieles, aber sie weiß, dass sie ihr erstes Mal nicht draußen vor einem Club mit einem zugedröhnten Typen verbringen möchte. Selbst, wenn sie diesen Typen liebt.

Sie dreht sich zu Chris um. »Ich … will nicht«, sagt sie und schaut ihm in die Augen, die sich erstaunt weiten.

Chris zieht eine Augenbraue hoch. »Okay«, sagt er dann. »Kein Ding.«

Dann dreht er sich um und geht schnurstracks weiter zu Lydia, die in einiger Entfernung die Hüften kreisen lässt. Er schlägt ihr mit der flachen Hand auf den Hintern, sie dreht sich um. Sie hat die Hand schon zur Ohrfeige ausgestreckt, sieht dann aber, dass es Chris ist. Ellie beobachtet mit auf dem Boden festgefrorenen Füßen, wie Chris den Kopf schräg legt, als wäre er ein bettelnder Straßenköter. Lydia formt mit ihren Lippen den Schmollmund, den sie sich für Jungs aufhebt, die sie attraktiv findet. Dann greift Chris nach Lydias Hand und zieht sie grinsend mit sich. Sie verlassen den Club und verschwinden aus Ellies Blickfeld. Ludo sieht Lydia verstört nach, er hält ihren Cocktail in die Luft, als könnte dieser sie zurückrufen.

Um Ellies Herz legt sich eine Hand und zerdrückt es ganz langsam. Unfähig, sich zu rühren, steht sie immer noch an derselben Stelle und schaut in die Richtung, in die Chris und Lydia verschwunden sind. Der Junge, den sie so sehr liebt, und ihre beste Freundin. Jetzt wird er das von Lydia bekommen, was ich ihm nicht geben wollte, denkt Ellie. Was … was, wenn ich ihn verloren habe?

Dieser Gedanke ist so unerträglich, dass Ellies Finger anfangen, unkontrolliert zu zittern, und ihr die Tränen in die Augen steigen. Ich DARF ihn nicht verlieren. Sonst hat mein Leben überhaupt keinen Sinn mehr.

Das ein Meter zweiundsechzig große Mädchen schleicht so leise aus dem Club, wie es hereingekommen ist. Es läuft den langen, hölzernen Steg entlang, der sich rechts an den Club anschließt. Es läuft so, dass es Chris und Lydia auf keinen Fall begegnen kann. Links und rechts von Ellie erstreckt sich der von der Nacht verdunkelte See. Wie ein riesiges schwarzes Loch, denkt Ellie. In mir ist auch so ein Loch.

Der See breitet sich gleichmäßig über zwei Kilometer aus. Erst ganz weit hinten kann Ellie die dunklen Silhouetten schlanker Tannenbäume erkennen. Das einzige Geräusch, das abgesehen vom Bass, der aus dem Club herüberdröhnt, zu hören ist, wird von ihren Chucks verursacht, die leise auf dem Steg knatschen. Ihre Tränen sind lautlos. Der Wind fährt ihr in kalten Stößen unter den dünnen Stoff ihres T-Shirts. Ich bin für ihn so ersetzbar, denkt Ellie. Nichts an mir ist toll oder außergewöhnlich. Und während ich weine … währenddessen …

Vor ihrem inneren Auge sieht sie, wie Lydia Chris das T-Shirt auszieht, wie Chris sie so leidenschaftlich küsst, wie er es bei Ellie immer tut. Sie presst sich die Handballen auf die Augen, um das Bild zu vertreiben, aber natürlich geht es nicht weg.

Ellie setzt sich an das Ende des Stegs, zieht ihre Schuhe und ihre Socken aus und versenkt ihre Füße langsam im kühlen Wasser. Glitschige Algen winden sich um ihre Zehen wie kleine Fallschlingen, aber sie widersteht dem Drang, ihre Füße wieder herauszuziehen. Langsam öffnet sie ihre Handtasche und schüttet den Inhalt auf dem Steg aus. Ihr Handy mit dem Schmetterlingsanhänger, ihren Hausschlüssel, ihr kleines rotes Samtportemonnaie, ein Orangenbonbon, einen roten Lippenstift, den sie sich nicht traut zu benutzen, zwei Tampons und das kleine Schweizer Taschenmesser, das sie sich vor Ewigkeiten ohne zu fragen von ihrem Vater geliehen und nie zurückgegeben hat.

Langsam klappt sie das Messer auf. Das Mondlicht schimmert auf dem roten Lack. Vielleicht würde es ihr wirklich helfen. Vielleicht würden körperliche Schmerzen das Gefühl in ihrem Herzen ersticken. Ellie streckt ihren Unterarm aus. Nur ein kleiner, erster Schnitt. Sie holt Luft und setzt die Klinge auf ihrer Haut an, spürt die Schärfe, spürt, wie einfach es wäre. Doch dann tut sie es doch nicht, so wie sie es nie tut, aus einem sehr schlichten Grund: Sie hat zu viel Angst davor, sich zu schneiden. Sie klappt das Messer wieder zu und packt es säuberlich zurück in ihre Handtasche, zusammen mit ihren anderen Sachen.

»Ellie?«, ertönt da eine Stimme aus der Dunkelheit.

Ellie zuckt zusammen. Für eine verzweifelte Sekunde wünscht sie sich, dass es Chris ist. Dass es anders ist, als sie gedacht hat. Dass er zu ihr kommt, um sie in die Arme zu nehmen, ihr einen Kuss aufs Haar zu geben und ihr die Tränen aus dem Gesicht zu wischen. Sie stellt sich vor, dass er ihr in die Augen sieht und »Ich liebe dich, Ellie« sagt. »Ich liebe dich, und ich werde immer bei dir sein.«

Doch der Junge, der wie aus dem Nichts aufgetaucht ist und nun neben ihr steht, ist einen ganzen Kopf kleiner als Chris.

»Julian«, murmelt Ellie enttäuscht und mustert den kleinen, mageren Jungen mit den wilden fuchsroten Locken.

»Hey, Ellie«, sagt Julian, zieht ein Päckchen mit weißem Inhalt aus seiner Hosentasche und schleudert es in hohem Bogen ins Wasser. Es plätschert kaum vernehmbar. Dann wendet er sich ihr zu. »Weinst du?«, fragt er leise, zieht seine Unterlippe zwischen seine Zähne und sinkt im Schneidersitz neben ihr auf den Boden. Eine leichte Alkoholfahne wabert zu Ellie herüber. Sie wischt sich das tränennasse Gesicht und schüttelt hastig den Kopf. Ihre Fingerkuppen sind schwarz von der ganzen verlaufenen Wimperntusche.

»Was ist los?«, fragt Julian sanft.

»Hast du schon mal über Selbstmord nachgedacht?«, fragt Ellie. »Hast du dir schon mal überlegt, wie es ist, auf einem Turm zu stehen und einfach runterzuspringen? Vom Zehner zu springen – aber halt nicht ins Wasser? Oder eine Überdosis zu nehmen? Oder dich vielleicht sogar … zu erhängen?«

Julian starrt sie mit großen Augen an.

»Ich schon«, fährt Ellie mit brüchiger Stimme fort. »Viel zu oft. So oft habe ich mir vorgestellt, einfach nicht mehr zu existieren. Ich meine, überleg doch mal, alles Schlimme, was dir je passiert ist, jede Demütigung, jeder Streit, jede Träne, alles wäre einfach weg. Es würde dich nie wieder belasten.«

»Aber … dann bist du tot«, entgegnet Julian panisch.

»Na und?«, fragt Ellie, nun fast gelassen. »Das Leben ist doch sowieso nichts wert, Julian. Unser Leben macht doch überhaupt keinen Sinn. Alle Menschen, die zu uns kommen, werden uns wieder verlassen. Jeder, den wir in unser Herz schließen, wird uns wehtun. Und wenn wir sterben, weinen unsere Mütter einen Monat, aber ansonsten interessiert es die Welt einen Scheißdreck. Wir sind ersetzbar. Wir sind keine Menschen, die die Welt ins Herz schließt. Unsere Träume werden nicht wahr, sondern staubig, weil wir sie schon so lange unverändert mit uns herumschleppen. Vielleicht wäre es besser, alles auf einen Schlag zu beenden. Darüber denke ich häufig nach.«

Dann steht Ellie auf, nimmt ihre Schuhe und ihre Socken, schnieft ein letztes Mal und geht.

Jannis

Jetzt gibt's erst mal den Party-Aperitif«, sagt Jannis und biegt auf der Veranda vor dem Clubeingang links ab.

»Guten Flug«, erwidert Lydia spöttisch. »Komm, Ellie«, sagt sie dann und klopft einmal auf ihren Oberschenkel. Ellie läuft ihr wie immer schwanzwedelnd nach.

»Kannst meine Stewardess sein«, sagt Jannis schnalzend.

»Guck nicht so viele Pornos«, entgegnet Lydia, und bevor er kontern kann, betritt sie den Club.

Sie sieht gut aus, sie ist das schönste Mädchen auf der ganzen Party. Und leider weiß sie es, denkt Jannis. Chris und er bleiben am Ende der Veranda stehen. Hinter dem Club befindet sich der See, davor erstreckt sich ein dichtes Stück Wald, das Jannis an den verbotenen Wald aus *Harry Potter* erinnert.

»So. Hier kommt das Medikament gegen miese Partys«, sagt Jannis, zieht eine kleine Plastiktüte aus seiner linken Jackentasche und macht sie auf.

»Endlich«, seufzt Chris und setzt sich auf das hölzerne Verandageländer, welches durch den wummernden Bass zittert. Ein Mädchen und ein Junge verlassen das Bootshaus. Sie stolpert deutlich angeheitert über die Stufen und kichert so hoch, dass Jannis und Chris synchron das Gesicht verziehen. Er grapscht nach ihrer Hand und zerrt sie nach einem schnellen Blick auf die beiden Jungs einmal um das Gebäude herum.

»Das könnte ich auch mal wieder machen«, brummt Chris.

»Warum nicht«, sagt Jannis und rollt ein Stück Pappe aus seinem Portemonnaie der Länge nach auf. Die Worte seines Vaters holen ihn wieder ein. *Du bist ein Versager. Wofür feierst du dich heute wieder? Was hast du geleistet? Die nächste Fünf? Hast du es geschafft, um vier Uhr nachmittags aufzustehen und eine Pizza in den Ofen zu schieben? Triffst du deine Freunde, trinkst mein Geld weg, und dann kiffst du dir den Kopf voll? Glaubst du, wir wüssten das nicht? Was hast du bitte zu feiern?*

»Mein Vater kotzt mich an«, sagt Jannis, während er das grüne Kraut in ein Pape streut. Chris reagiert nicht und schaut unbestimmt durch Jannis hindurch. Möchtest du nicht wissen, wieso?, denkt Jannis, leckt die Klebeseite des Papers an und macht den Joint zu. »Hast du ein Feuerzeug?«, fragt er dann.

Chris greift in seine Hosentasche und wirft es Jannis zu.

»Na also«, murmelt Jannis. Nur ein paar Züge, dann bist du scheißegal, Vater. Die Flamme leuchtet auf. Jannis nimmt einen Zug und atmet tief ein, reicht den Joint dann zu Chris hinüber. »Reißt du wen auf?«, fragt er.

Chris verzieht seine Mundwinkel zu diesem pseudo-spöttisch-amüsierten Lächeln, das Jannis immer so nervt, während er übertrieben langsam, wie ein selbstverliebter Künstler, den Rauch aushaucht.

»Manchmal denke ich wirklich, du bist taubstumm«, sagt Jannis kopfschüttelnd und nimmt Chris den Joint wieder aus der Hand.

Chris zuckt mit den Schultern und grinst. Er diskutiert nie mit Jannis.

*

»Ich hab dieses Gefühl vermisst«, freut sich Jannis, nachdem er den zweiten Joint zu Ende geraucht hat. »Hilfst du mir, noch ein bisschen Zeug zu verticken?«

»Ich muss Ellie sehen«, erklärt Chris lächelnd, rutscht vom Verandageländer und läuft davon.

»Da isser weg«, murmelt Jannis. Unentschlossen dreht er sich im Kreis und verfolgt mit dem Blick eine Eule, die in der inzwischen fast schwarzen Sommernacht von einem Ast zum nächsten fliegt. Jannis fühlt sich, als ob er mitfliegen würde. Er breitet die Arme aus und schwebt neben der Eule her.

»Du bist aber fett«, sagt er zu der Eule und muss lachen. Sie sieht aus wie ein mit Federn beklebter Luftballon. Jannis muss noch mehr lachen, er beugt sich vornüber und hält sich den Bauch. »Du bist wirklich fett. Aber heeey, es kommt auf die inneren Werte an!«

»Wie bitte? Hast du grad meine Freundin beleidigt, du Penner?« Plötzlich steht ein Typ vor ihm, Jannis hat ihn gar nicht kommen sehen. Er ist sogar größer als Jannis, das ist eine Seltenheit. Normalerweise ragt Jannis mit seinen ein Meter sechsundneunzig immer wie ein Leuchtturm aus der Menge heraus. Der Typ ist aber bestimmt noch einmal zehn Zentimeter größer, hat einen Tunnel im Ohrläppchen und einen kahl rasierten Schädel. Hinter ihm steht ein pummeliges Mädchen mit erdbeerfarbenem Lockenkopf.

Fasziniert stiert Jannis auf den Tunnel des großen Typen. »So ein großes Loch«, murmelt er.

Der Typ zieht seine Augenbrauen hoch, aus denen kleine Streifen herausrasiert sind. »Lass es, Ben, der ist einfach nur voll high«, sagt seine Freundin abschätzig.

»Willst du was haben?«, fragt Jannis fachmännisch.

»Was hast du denn?«, fragt der Typ, und sein Tonfall wandelt sich augenblicklich von aggressiv-bedrohlich zu freudig-interessiert.

»Graaas, oder Koks, für die Harten«, grinst Jannis.

»Gib mir Gras«, fordert der Typ.

»Och wirklich, schon wieder?«, fragt seine Freundin genervt. »Ich verrate dir, wer für heute Abend Single ist! Du!«

»Nur Gras? Ich dachte, du wärst einer der Harten … im Gaaarten!«, kichert Jannis. »Aber du bist heimlich sensibel. Gefällt mir!« Er fängt wieder an zu lachen.

»Dann gib mir ein Gramm Koks und halt dein Maul«, sagt der Typ, während sein Kiefer sich wieder verhärtet.

»Das macht achtzig Euro. Ich wusste, dass du der Härteste bist. Tut es nicht weh, so ein großes Loch im Ohr zu haben? Darf ich es mal anfassen?«

»Ich verrate dir, wer von nun an dauerhaft Single ist!«, blökt seine Freundin.

»Haltet beide euer Maul!«, schnauzt der Typ, reißt Jannis das Päckchen mit dem weißen Pulver aus der Hand und hält ihm das Geld entgegen. Dann dreht er sich um und stampft davon.

Jannis folgt ihm schmunzelnd. »Tschüss Eule«, sagt er. »Du bist echt fett.« Er dreht sich noch einmal zu dem Mädchen um. »Du übrigens auch. Genau genommen siehst du ihr echt ähnlich. Ist das witzig.« Und damit betritt er leise prustend den Club, um noch mehr von dem Zeug aus seinen Taschen loszuwerden.

Nachdem Jannis mit anständigem Lächeln und gefälschtem Personalausweis durch die Kontrolle geschlüpft ist, ist er sein Zeug in Windeseile los. Alles findet er lustig, und alle Mädchen erinnern ihn plötzlich an Eulen. Als ihn ein Mädchen, dem er verbilligt Gras verkauft, weil es schöne blonde Haare hat – wie Lydia –, zum Dank auf den Mund küsst, fängt er dabei an zu lachen, weil sie eine Kette mit Eulenanhänger trägt.

»Eulen sind überall«, murmelt er und wühlt sich durch die Partymenge. Dabei fühlt er sich, als ob er über ihr schweben beziehungsweise sich an den Dachbalken entlangschwingen würde. Drei Tütchen Koks verkauft er an Emily, die in seine Stufe geht und die Tochter des Bürgermeisters ist. Eigentlich verwunderlich, denkt er. Ich hab ihr noch nie was verkauft, sie ist eines dieser braven Bullerbümädchen mit Keuschheitsring und Schleifen in den Zöpfen. Whatever. Hauptsache, ich hab ein bisschen mehr Taschengeld.

Alle nehmen ihm den Stoff dankbar ab, alle bis auf Leon, der ihm einen pseudotherapeutischen Blick zuwirft, dabei in Slow Motion mit den Wimpern klimpert und zu einer Drogen-sind-auch-keine-Lösung-Predigt ansetzt, die Jannis mit einem »Gegen dich schon« abwürgt.

Dann steht die Blonde mit der Eulenkette wieder vor ihm, schlingt ihm ihre knochigen Arme wie einen Schraubstock um den Hals und schiebt ihn auf die Tanzfläche. Ihr Gesicht ist voller Sommersprossen. Das erinnert ihn an das Sams, das er immer geguckt hat, als er noch klein war.

»Du hast Wunschpunkte«, gluckst er.

»Wie bitte?«, schreit das Mädchen über *Jubel* von Klingande hinweg.

»Da und da und da und da und da und da und da und da«, sagt Jannis und tippt mit dem Finger auf die Sommersprossen in ihrem Gesicht.

»Wie wär's, wenn du die Finger aus meinem Gesicht nimmst und mich küsst?«, fragt das Mädchen.

Jannis überlegt, nickt, nimmt ihr Gesicht in seine Hände und – hat irgendwie einfach keine Lust. »Nee, doch nicht«, grinst er, lässt die Hände wieder fallen und das Mädchen stehen. Er beginnt, sich auf der Tanzfläche zu bewegen. Das kann er.

Wo ist Lydia eigentlich? Und wo sind Chris und Ellie? Na ja gut, Letzteres kann ich mir denken.

Jannis genießt es, wenn die anderen Jungs ihn beim Tanzen mustern und unauffällig versuchen, seine Schritte nachzuahmen.

Bei mir wirkt es gekonnt, ihr hingegen seht aus, als ob ihr eure Gliedmaßen wegschmeißen wollt, freut er sich.

Insbesondere der kleine Julian starrt konzentriert auf Jannis, während er allen Leuten im Zweimeterumkreis seine Arme ins Gesicht schleudert. Das muss Jannis Chris zeigen, davon könnte man ein Video auf YouTube hochladen – »Tanzen: die gefährlichste Kampfsportart der Welt«.

Dann muss Chris halt mal ein paar Minuten von Ellie ablassen, beschließt Jannis und schlängelt sich durch die Menge, kommt dabei an einem Typen vorbei, der mit entsetztem Gesichtsausdruck einen Cocktail in die Luft hält. Wie die Freiheitsstatue mit der goldenen Fackel, denkt Jannis unwillkürlich. »Danke«, sagt er dann grinsend, nimmt den Cocktail und geht weiter. Er trinkt ihn in zwei Schlucken, er ist viel zu süß. Jannis verzieht das Gesicht. Das ist einer dieser Cocktails, die Lydia gern trinkt. Er drückt das leere Glas irgendwem in die Hand, schlendert hinaus und springt die Stufen der Veranda mit einem freudigen Satz hinunter. Die fette Eule ist leider nicht zu sehen. Er wendet sich nach links, umrundet das Bootshaus, und da sind Chris und – Lydia.

Jannis' Höhenflug nimmt ein abruptes Ende. Es fühlt sich an, als würde er mit dem Kopf zuerst auf hartem Steinboden aufprallen. Hastig springt er zurück hinter die Hauswand. Das sind nicht Chris und Ellie. Es sind Chris und Lydia. Lydia. Und während Chris ihren Hals küsst, öffnet sie seine Gürtelschnalle. Jannis weiß nicht, woher es kommt, aber plötzlich hat er das unbändige Bedürfnis, seinen besten Freund zu Boden zu schlagen. Ein unterdrücktes Keuchen erklingt.

Ich bin sauer, weil es unfair gegenüber Ellie ist, denkt Jannis. Deswegen bin ich wütend. Hastig entfernt er sich von den beiden. Das, was er soeben gesehen hat, blendet ihm wie ein gestochen scharfes Foto vor den Augen auf. Lydias zerwühlte Haare, das fiebrige Lächeln auf ihren Lippen und ihre schmalen Hände, die Chris' Gürtelschnalle öffnen. Chris' Lippen, in die Kuhle an Lydias weißem Hals versunken, und seine Hände, mittig auf ihrem Hintern platziert.

Scheiß drauf, denkt Jannis. Scheiß drauf, was interessiert mich das? Lydia macht doch sowieso mit jedem rum, seit sie zwölf ist. Man könnte meinen, sie sammelt Quickies, wie Ellie Schneekugeln sammelt.

Er steht unschlüssig vor dem Eingang zum Club, als plötzlich jemand herausstolpert und ihm dabei die Schulter in den Magen rammt. Es ist Julian.

»Captain Hook«, grunzt Jannis und mustert ihn verächtlich. »Wo kommst du denn her? Hast du genug Leute auf der Tanzfläche getötet?«

»Ich hab Emily meinen Ellbogen ins Gesicht gehauen. Ihre Nase blutet«, sagt Julian. »Oh, ich wünschte, ich würde irgendwann mal was richtig machen.«

Seltsamerweise schlägt Jannis dieser Satz mehr auf den Magen, als es Julians Schulter vorher getan hat. *Ich wünschte, ich würde irgendwann mal was richtig machen.* Wünsche ich mir das nicht auch?

»Alles okay?« fragt Julian und fummelt an seiner Haifischzahnkette.

»Warum versuchst du, Small Talk anzuzetteln?«, entgegnet Jannis, um sich keine Blöße zu geben. »Was willst du? Willst du Koks?«

Julians Augen weiten sich, als hätte Jannis ihm anvertraut, dass er einen Mord begangen hätte.

»Was?«, fragt er leise.

»Koks. K-O-K-A-I-N.«

»Oh nein. Nein danke«, stottert Julian. Er will sich umdrehen und wieder in den Club hineinlaufen. Jannis hält ihn spontan am Ärmel fest.

»Doch, doch, du willst. Ich hab noch zwei Gramm. Kriegst du für zweihundert Euro, das ist ein genialer Preis.«

»Ich nehme keine Drogen«, murmelt Julian.

»Hat deine Mami dir das vorgedichtet? Und da fragst du dich, warum du keinen Anschluss findest? Probier das mal. Du wirst sehen, plötzlich bist du Superman.«

»Aber –«, setzt Julian leise an.

»Kein Aber«, sagt Jannis eindringlich. Er weiß selbst nicht, warum er Julian gerade so unbedingt das Koks zu einem viel zu hohen Preis andrehen möchte. »Das ist deine Chance, dazuzugehören, Julian, ich verspreche es dir.«

Er zieht die Päckchen aus seiner Jackentasche und schwenkt sie wie ein hypnotisierendes Pendel vor Julians Gesicht herum.

»Ich hab aber nicht genug dabei«, murmelt Julian.

»Gib mir, was du hast, und morgen den Rest. Also? Bist du mein Mann?«

»Ich bin dein Mann«, sagt Julian unsicher, zieht sein Portemonnaie heraus und drückt Jannis zwei Fünfziger und einen Zwanziger in die Hand. Dann nimmt er die Päckchen mit dem Kokain so vorsichtig entgegen, als würde es sich um Dynamit handeln.

»Richtige Entscheidung«, sagt Jannis.

Da ertönt abermals ein Keuchen. Jannis versteinert. Er will sich nicht vorstellen, was gerade passiert. Abrupt wendet er sich ab und lässt Julian stehen. Als er am Eingang vorbeiläuft, sieht er neben der Garderobe ein Skateboard stehen. Ohne zu überlegen, geht er schnurstracks hinein und nimmt es mit.

*

Jannis fährt so lange ziellos durch die Gegend, bis er an einer einsamen Landstraße herauskommt. Er spürt das vertraute Ruckeln unter seinen Füßen. Alles ist dunkel und grau, bis auf ein Stoppschild, das vor ihm auftaucht. *Just care*, hat jemand in leuchtend grünen Buchstaben darauf gesprüht. Er zuckt mit den Schultern. »About what?«, murmelt er. In sanften Bögen rollt er die abfallende Straße hinunter.

Warum Chris und Lydia? Was soll das? Die beiden gucken sich doch sonst nie an. Ob sie auf ihn steht? Viele Mädchen stehen auf Chris. Mit seinen blonden Haaren, seinen blauen Augen und seinen geraden Zähnen ist er der typische Sonnyboy. Er muss nicht einmal den Mund aufmachen – was er ja auch tatsächlich nie tut –, sie schmeißen sich ihm sofort zu Füßen. Lydia jetzt offenbar auch. »Hör auf, Mann«, sagt Jannis zu sich selbst. »Hör einfach auf damit.«

Als Jannis sich auf dem Board einer Bushaltestelle nähert, sieht er ein Mädchen, das dort allein wartet. Er muss wohl im Kreis gefahren sein. Das Mädchen hat einen langen, dunkelbraunen Pferdeschwanz und trägt ein kindliches T-Shirt mit Schmetterlingen darauf.

»Ellie? Wo willst du hin?« Jannis springt von dem Board, kickt es hoch und klemmt es sich unter den Arm.

Ellie wendet sich ihm zu.

Och nee. Schon wieder?, denkt er. Schwarze Wimperntuschestreifen ziehen sich längs über ihr Gesicht. Sie sieht aus wie ein Zebra, stellt Jannis boshaft fest. Ihre Unterlippe zittert und ihre Nase scheint schon seit einer Weile zu laufen, denn die Haut darunter ist gerötet.

»Ich fahr nach Hause. Hab keine Lust mehr«, sagt Ellie.

Jannis fixiert wie gebannt den Boden vor Ellies Füßen. »Wie viele Menschen sind wohl schon über genau den Fleck da unter dir gelaufen?«

»Zu viel gekifft?«, fragt Ellie.

Jannis verzieht seine Lippen mühevoll zu einem Grinsen. »Geht's dir gut? Du siehst aus … als hättest du geheult.« Jannis hasst eine Menge, aber Mädchen, die auf Partys heulen, stehen ganz oben auf der Liste. Er versteht nicht, warum die nicht zu Hause im Bett weinen und dabei Pralinen in sich hineinstopfen. Und insgeheim nervt es ihn über alle Maßen, wie selbstmitleidig Ellie durch die Gegend läuft.

»Hab ich nicht«, erwidert Ellie leise.

»Gut«, grinst Jannis, klopft ihr auf die Schulter und lässt sie stehen.

Planlos rollt er weiter die Straße hinunter, bis es nicht mehr bergab geht und das Board stehen bleibt. Die Szene am Bootshaus geht ihm nicht aus dem Kopf.

Lydias Finger öffnen Chris' Gürtelschnalle. Sie keucht. – »Ich brauche noch mehr«, murmelt Jannis. Er hat noch etwas Koks. Vielleicht hilft ihm das, das Bild loszuwerden. Er rollt einen Fünfeuroschein auf, verteilt etwas von dem Pulver in einer Line auf seinem Board und beginnt, es durch die Nase zu ziehen. Chris und Lydia, Chris und Lydia, Chris und Lydia.

Nach ein paar Sekunden wird Jannis von dem vertrauten, euphorischen Gefühl ergriffen. Scheiß drauf. Ich bin der Größte. Ihr könnt mich alle mal. Ich brauche euch nicht. Ich brauche niemanden.

Er will wieder auf das Board steigen, wird jedoch von einem plötzlichen Schwindelgefühl erfasst. Trotzdem nimmt er Anlauf, setzt seinen linken Fuß wieder auf das Brett und stößt sich mit dem rechten Fuß ab. Ich bin der Größte.

Die Welt beginnt zu schwanken, als wäre er plötzlich auf einer Schiffschaukel gelandet. Er mag Schiffschaukeln. Auch sein Herz klopft viel schneller als sonst. Doch dann weicht das euphorische Gefühl, er wird von Schwindel und Übelkeit überrollt. Als das Board über eine Unebenheit in der Straße ruckelt, verliert er die Kontrolle und fällt hart auf den Asphalt.

Er schlägt auf den Kopf und seine Handflächen schürfen auf. Seine teure graue Dieseljeans zerreißt, auch die Haut darunter blutet. Das Glas seiner Uhr ist gesprungen. Beide Zeiger stehen auf der Zwölf.

»Es tut nicht weh, ich bin der Größte«, sagt Jannis leise. »Und ich hasse Lydia.«

Lydia

Lydia streicht sich erst über ihr cremefarbenes Kleid, dann über die blonden Locken. Als sie sich die Hände an die Wangen legt, spürt sie, wie heiß diese geworden sind. Barfuß folgt sie Chris zurück in den Club. Der Schmutz des Waldbodens haftet an ihren nackten Füßen. Hm, so schmutzig waren wir auch. Ich hab ihn benutzt. Aber das beruht auf Gegenseitigkeit, lächelt sie in sich hinein.

Im Club trennen sich ihre Wege augenblicklich, Lydia dreht sich nicht zu Chris um. Es ist nicht so, dass er ihr nicht gefallen würde.

Er hat hübsche Augen, muskulöse Arme und einen knackigen Hintern, denkt sie. Aber mehr halt auch nicht. Er hat keinen Kern. Er ist im wahrsten Sinne eine hübsche hohle Haselnuss. Aber das macht nichts, er küsst gut. Na ja, einmal hat Lydia ihn gefragt, ob er will, dass sie seine Zunge verdaut, aber ansonsten hat er es eigentlich drauf. Lydia fühlt sich wild, verrucht und frei. So als könnte sie aus dem Zimmer, das sie sich mit ihrer Schwester Xenia teilen muss, ausbrechen. So, als würde sie ihre jüngeren Geschwister nicht tagtäglich an der Hand halten müssen. So, als hätte sie sich ihr schönes Kleid wirklich leisten können.

»Hey Hottie«, hört sie hinter sich. »Was passiert, wenn man dich, mich und ein paar Promille addiert?«

Lydia hat wirklich keine Lust auf einen weiteren Ludo. »Subtrahier dich und addiere einen Typen ohne Monobraue«, seufzt sie, ohne ihn anzuschauen.

»Oh, oh, ich steh auf deine kalte Schulter, die so schön von deinem Kleid betont wird!«

Lydia geht schneller und zieht den Träger hoch, der ihr über die Schulter gerutscht ist. Von dem Kleid, das mir nicht gehört, schießt es ihr durch den Kopf. Von dem Kleid, das ich einfach haben musste. Sie würden mich alle nicht mehr lieben, wenn ich nur tragen würde, was meine Eltern sich leisten können.

Lydia setzt sich an die Bar und bestellt sich rasch einen weiteren Cocktail. Sie konnte das Kleid nicht im Laden lassen. Sie konnte es nicht der Schaufensterpuppe überlassen, sie wusste, dass es ihr viel besser stehen würde. Sie wusste, dass die Jungs ihr noch mehr nachlaufen würden als sonst. Selbst Chris ist sie aufgefallen, und der hat – unverständlicherweise – für gewöhnlich nur Augen für Ellie.

Wo ist Ellie überhaupt?, fragt sie sich. – Such einfach nach personifiziertem Selbstmitleid mit Schmetterlingsshirt. Zwischen all den engen Kleidern sticht es hervor wie ein Clownskostüm.

Aber Ellie ist nicht zu sehen. Dafür klettert neben Lydia ein blasser, klein geratener Junge auf den Barhocker. »Eine Cola, bitte.« Er dreht sich zu Lydia um. Seine Augen weiten sich für eine Sekunde. Er erinnert Lydia an ein schockgefrorenes Erdmännchen.

»Hallo Julian«, sagt sie und schlägt die Beine übereinander.

»Doch keine Cola, zwei W… Wodka-O bitte«, stammelt Julian und schwankt kurz auf seinem Stuhl.

Er sieht viel zu jung aus, um einen im Tee zu haben, denkt Lydia. Laut sagt sie: »Du lädst mich auf ein Getränk ein. Wie niedlich!«

Julian fährt sich hastig durch die gelverklebten Locken und öffnet den obersten Knopf seines Hemdes.

Eigentlich hat Lydia keine Lust, sich Julians Geschmachte anzutun. Ihr ist klar, dass er unsterblich in sie verliebt ist. Fast jeder Typ ist unsterblich in sie verliebt. Andererseits traut Julian sich sowieso nicht, ihr auf die Pelle zu rücken. Ihre Freunde sind nicht zu sehen, und sie hat die Möglichkeit, ein paar Getränke abzusahnen.

»Ausweis?«, fragt der an allen erdenklichen Stellen gepiercte Barkeeper barsch.

Das schockgefrorene Erdmännchen sieht nun aus, als wäre es auf die Windschutzscheibe eines Autos geklatscht. Es wird erst kreidebleich, dann feuerrot.

Lydia seufzt, greift in ihre Handtasche und legt ihren gefälschten Personalausweis auf die Theke.

»Also, der kommt ja nur an deine Titten, wenn er Milch will«, lacht der Barkeeper und öffnet die Wodkaflasche. Sein Gesicht ist von Narben und Pickeln übersät.

»Du würdest nicht mal drankommen, wenn wir zwei über das Fortbestehen der Menschheit entscheiden würden«, schnappt Lydia augenblicklich zurück und freut sich einmal mehr, dass ihr immer etwas Passendes einfällt.

Sie hätte nicht gedacht, dass Julian noch röter werden kann. Aber jetzt sieht es so aus, als würde sein Kopf sich gleich von seinem Hals lösen und wie eine zweite Sonne in den Himmel schweben.

»So«, damit wendet sie sich vom Barkeeper ab und Julian zu. Er sieht wirklich aus wie zwölf, denkt sie. Und seine Hände schwitzen, als hätte er sie in Öl gebadet. – »Komm runter, Julian«, sagt sie. »Ich steh nicht auf dich. Du musst dir also nicht überlegen, welche Namen unsere Kinder haben werden. Wenn du das verkraftest, erzähl mir was Schönes.«

Julian mustert sie für ein paar Sekunden sprachlos und blinzelt so hektisch, als hätte er einen Fiebertraum. Die Pulsader an seinem Hals zittert. »Ich war eben draußen bei Ellie«, sagt er dann mit brüchiger Stimme. »Sie sah … traurig aus.«

»Ich hab gesagt, du sollst mir was Schönes erzählen«, stöhnt Lydia, greift nach ihrem Wodka-O und trinkt einen kräftigen Schluck. Julian legt dem Barkeeper das Geld hin, mustert sein Glas und kippt dessen Inhalt dann in einem einzigen Zug hinunter. Lydia hebt kaum merklich die Augenbrauen.

»Sie hat geweint«, nuschelt Julian.

»Warum?«, gibt Lydia leicht genervt zurück und fragt sich, warum sie sich ihre Zehennägel nicht golden statt rot lackiert hat.

»Wegen dir und Chris«, setzt Julian an.

»Bitte?«, fragt Lydia und vergisst ihre Zehennägel augenblicklich. »Woher weißt du das? Hast du uns beobachtet? Uns hinterherspioniert?«

»N… nein«, stammelt Julian. »Es war keine A… Absicht. Es w… war Zufall.«

»Du bist ein perverses Schwein!«, stößt Lydia aus. »Du bist dermaßen widerlich! Nur weil ich dich nie ranlassen würde, bespannst du mich? Oh Mann, sieh es doch endlich ein! Ich will nichts mit dir zu tun haben. Ich will nicht mit dir reden. Ich sitze hier neben dir, weil ich Getränke spendiert bekomme. Du stinkst nach Schweiß, hast nur Flaum auf der Oberlippe, und dafür kriecht dir der Pelz am Nacken aus dem Hemdkragen raus! Und da wunderst du dich, dass man dich meidet, dass du keine Freunde hast? Wie kommst du auch nur auf die Idee, wir würden irgendetwas mit dir zu tun haben wollen? Wie kommst du auf die Idee, *ich* würde irgendetwas mit dir zu tun haben wollen? Du bist einfach eine Zumutung. Wenn man dich sieht, wünscht man sich sofort eine Waffe.«

»Ich d… dachte –«, setzt Julian an und stößt vor lauter Panik sein leeres Glas um.

»Geh mir aus den Augen oder ich zeig dich an.«

Julian rutscht hastig von seinem Stuhl, knickt dabei mit seinem einen Fuß um und stürzt. »Entschuldigung«, sagt er auf Händen und Knien, rappelt sich auf und verschwindet in der Menge.

Lydia atmet aus. Das war gerechtfertigt. Er hat mich bespannt. Ich hatte alles Recht der Welt, diese Dinge zu sagen.

Sie wendet sich dem Barkeeper zu, um ein weiteres Getränk zu bestellen. Und stellt fest, dass er sie mustert. Seine grauen Augen ruhen kühl und nachdenklich auf ihrem Gesicht.

»Hör bitte auf, mich mit Blicken auszuziehen«, sagt Lydia und bemüht sich um ihren üblichen Tonfall, der ihr sonst immer so gut gelingt. »Da krieg ich das Bedürfnis, mich unter einer Burka zu verstecken.«

»Du bist ein schönes Mädchen«, antwortet er. »Aber das bringt dir nichts, wenn du deine Seele verloren hast.«

»Oh, so poetisch zu so später Stunde! Es ist irgendwie logisch, dass jemand mit einem hässlichen Gesicht die Wirkung von Schönheit nicht kennt.«

»Belüg dich doch nicht. Hinter deinem Plastiklächeln hast du genau so ein hässliches Gesicht.«

Ungewollt erscheint vor Lydias Augen ihr eigenes Gesicht mit blutunterlaufenen Augen, nässenden Wunden und eitrigen Pickeln. Sie holt Luft, um zu kontern – aber ihr fällt nichts ein. Lydia Rosengarten fällt keine schlagfertige Antwort ein. Der Barkeeper verzieht seinen Mund zu einem mitleidigen Lächeln und dreht sich von ihr weg. Lydia zuckt zusammen bei diesem Lächeln. Wenn sie eines nicht erträgt, dann Mitleid. Sie erinnert sich noch gut an entsetzliche Sätze wie:

Lydia, da es bei euch ja manchmal schwierig ist, möchtest du mein Pausenbrot haben?

Ich kenne eine gute, richtig billige Klamottentauschbörse, da hab ich direkt an dich gedacht.

Bewundernswert, dass deine Eltern sich auch noch vier Kinder leisten, wirklich.

Wir könnten bei mir fernsehen. Ihr habt sicher keinen Fernseher, oder?

Deine Mum ist doch total lieb. Gut, sie arbeitet in einer Pommesbude, aber ich finde das total unproblematisch. Ich mag Pommes.

Sie will kein Mitleid. Sie will nicht arm, schwach und bedauernswert wirken, sondern stark und schön. Und für gewöhnlich gelingt ihr das auch. Bis auf Momente wie jetzt, wo dieser blöde Barkeeper sie aus ihrer perfekten Rolle gebracht hat. Wo zur Hölle ist Ellie? Wo sind Jannis und Chris? Jannis … Ist er in ein Loch gefallen?

In ihrem Kopf klingt sein spöttisch-kratziger Tonfall nach, wenn er »Kleopatra« zu ihr sagt. Jannis ist einer der wenigen Menschen, die sie respektiert, auch wenn sie es ihm gegenüber nie zugeben würde. Sein chronisches Gekiffe und das Verticken von allen möglichen Drogen stören sie zwar, aber eigentlich ist er schlau und wortgewandt. Wenn Lydia sich mit ihm auf eine Diskussion einlassen würde, in der nur politisches Allgemeinwissen zählt, sie hätte sofort verloren, das weiß sie. Sie hat immer das Gefühl, dass er über den anderen steht, dass er mit einem zynischen Lächeln auf sie herunterschaut. Dass er weiß, wenn man in eine Pfütze treten wird, bevor man es selbst weiß, und sich händereibend darauf freut. Ihn würde sie niemals anmachen. Sie hört jetzt schon sein demütigendes Lachen.

Dann aber sieht sie jemand anderen, den sie anmachen kann und der ihre gute Laune garantiert wiederherstellen wird. Hinten am Beer-Pong-Tisch steht ihr Exfreund Leon, ein großer, breitschultriger Typ mit dunkelblonden Haaren, fitnessstudiogestählten Armen und selbst im Winter sonnengebräunter Haut. Und er mustert sie. Als Leon ihren Blick bemerkt, wendet er sein jungenhaftes Gesicht sofort ab. Lydia lächelt und macht sich auf den Weg. Es ist gut, dass ich die Beziehung beendet habe, denkt sie. Erstens bin ich absolut kein Beziehungstyp, und zweitens ist es einfach ätzend, wenn er mir nach dem zweiten Drink nur noch alkoholfreie Cocktails spendieren will. Aber er sieht trotzdem heiß aus. Gott, sieht er heiß aus. Wer sagt, dass wir unsere auf Eis gelegte Beziehung für heute Abend nicht noch mal auftauen können?

Mit sanftem Hüftschwung schlängelt Lydia sich durch die Partygäste, versteckt sich kurz hinter einem Pärchen, als sie den immer noch nach ihr suchenden Ludo entdeckt, und nähert sich dann dem Beer-Pong-Tisch. Leon und ein blondes Mädchen mit zigtausend Sommersprossen und einer Mainstream-Eulenkette spielen gerade gegen einen Typen mit Moustache-T-Shirt und Hanna, die Schuldiebin.

Plötzlich taucht wie aus dem Nichts Emily vor ihr auf. »Oh, hi Lydia, dein Kleid sieht sehr schön aus!«, sagt sie mit ihrem braven Schulmädchenlächeln, während sie sich mit einer Hand ein Taschentuch an die Nase hält.

»Danke ... Deins ... auch ... Süß!«, erwidert Lydia bewusst zögerlich, verzieht ihre Lippen zu einem künstlichen Lächeln und geht dann weiter zu ihrem Exfreund.

»Leon«, sagt Lydia mit weicher Stimme und legt ihre Hand knapp oberhalb seines Hinterns auf seinen Rücken. Er hat gewusst, dass sie zu ihm kommt, trotzdem zuckt er zusammen.

»Oh, hey Lydia, hab gar nicht mit dir gerechnet«, sagt er und bemüht sich um ein unbefangenes Lächeln.

»Doch, hast du«, erwidert Lydia grinsend. »Das T-Shirt steht dir. Aber du müsstest dich mal wieder rasieren.« – Eigentlich sind die Bartstoppeln heiß, denkt sie insgeheim. Geben dem braven Jungen etwas Wildes. Kann es kaum erwarten, dich zu küssen. Auch sein typischer, sauberer Gebügeltes-Hemd-Geruch zieht sie an.

»Danke«, sagt Leon. »Aber möchtest du nicht vielleicht wieder mit dem Womanizer verschwinden?«

Lydia lächelt. »Es ist süß, dass du eifersüchtig bist. Aber du kennst mich doch. Die wenigsten Sachen haben Bedeutung für mich. Du hast für mich immer noch welche. Darauf kannst du dir was einbilden.« Sie beißt sich neckisch auf die Unterlippe und zwinkert ihm zu. »Also, du spielst Beer Pong? Das passt ja gar nicht zu dir.«

»Wir spielen mit Apfelschorle«, erklärt Leon sachlich.

Und ich weiß wieder, warum ich mit dir Schluss gemacht habe, denkt Lydia ebenso sachlich. Laut sagt sie: »Apfelschorle Pong. Das passt schon eher. Egal. Heute bin ich flexibel. Ich mache mit.«

»Das geht nicht«, sagt das Eulenmädchen sofort. »Wir sind schon vier.« Sie rückt in Leons Richtung und versucht, sich an seine Schulter zu lehnen. Er weicht ihr jedoch instinktiv aus und wirft Lydia einen schnellen Blick zu.

Die lächelt siegesgewiss. Oh Schätzchen, glaubst du wirklich, du hättest eine Chance gegen mich? – »Leon, spielst du mit mir weiter?«, fragt Lydia zuckersüß, wirft sich den blonden Lockenschwall über die Schulter und verschränkt ihre Finger mit seinen.

»Ja, okay«, sagt Leon. »Spielen wir zusammen weiter.«

»Ernsthaft?«, fragt das Eulenmädchen mit einem Anflug von Hysterie in der Stimme.

»Du musst das verstehen, Leon und ich haben eine Verbindung«, sagt Lydia süßlich, legt ihre Hände an Leons Wangen und zieht sein Gesicht zu sich herunter, um ihm einen Kuss auf den Mund zu geben. Sie spürt, wie Leons Herz augenblicklich zu rasen beginnt. Hm, sie hat den weichen, unschuldigen Druck seiner Lippen schon vermisst. Betont langsam lässt sie von ihm ab. Und sie weiß, dass Leons dunkle Augen nur noch sie wahrnehmen.

Da stößt Hanna ein verächtliches Schnauben aus, geht zum Eulenmädchen und zieht sie am Ärmel hinter sich her, weg vom Beer-Pong-Tisch.

»Pass auf, dass sie dir deine schöne Kette nicht klaut!«, ruft Lydia ihr nach. An der anderen Seite der Platte steht nun nur noch der Typ mit dem Moustache-T-Shirt. Lydia winkt ihm bedeutungsvoll zum Abschied. Er schenkt ihr einen sehnsüchtigen Blick und geht dann ebenfalls.

»So! Dann spielen wir halt gegeneinander!«, sagt Lydia, läuft einmal um die Platte herum und schnappt sich den kleinen Plastikball. »Wenn ich gewinne, machen wir, was ich will. Und wenn du gewinnst, machen wir, was du willst. Okay?«

»Ähm, okay«, sagt Leon und knetet unschlüssig seine Hände.

Lydia lächelt, holt aus und zielt auf den vordersten, übrig gebliebenen Plastikbecher. Der Ball fliegt in einer perfekten Kurve an Leons Stirn. »Ups«, sagt sie mädchenhaft und zuckt entschuldigend mit den Schultern.

Leon muss grinsen, hebt den Ball auf und versenkt ihn zielsicher in der Apfelschorle.

Sie beugt sich so über den Tisch, dass Leon sich umdrehen müsste, um ihr nicht in den Ausschnitt zu schauen, und trinkt den Becher dann aus. Mit einem weiteren Unschuldsengelaugenaufschlag bewirft sie Leon abermals. Wenn er gewinnt, fühlt er sich wie der Babo, denkt sie. Und dann geht heute noch was. Ganz am Ende trifft sie, und da auch nur aus Versehen.

Leon beugt sich mit gönnerhaftem Lächeln vor und trinkt den Becher aus.

Jaja, Baby, fühl dich ruhig wie Casanova mit deiner wilden Apfelschorle.

»Ich hab gewonnen«, sagt er zufrieden.

Lydia stolziert einmal um den Tisch herum zu ihm. »Aber weißt du was, Liebling?«, haucht sie ihm ins Ohr. »Du und ich – wir wollen doch beide das Gleiche!« Und damit greift sie nach seiner Hand und zieht ihn hinter sich her. Wie schade, dass er keine Krawatte anhat, denkt sie, dann würde ich daran ziehen. Das wäre sexy.

Leon folgt ihr brav. Ihr fällt auf, wie die Mädchen im Club Leon mustern. Und ihr fällt auf, wie die Jungs im Club sie mustern. Ja, Leon und ich waren ein schönes Paar, stellt sie fast ein wenig wehmütig fest. Es ist wirklich schade, dass er so ein Muttersöhnchen ist. Ich meine, wer spielt BEER Pong mit APFELSCHORLE? Das ist, als würde man Pfefferminztee kiffen.

Mit einem schnellen Ruck zieht sie Leon hinaus, die Stufen hinunter und einmal um den Club herum, dann den Steg entlang.

»Was machen wir?«, keucht Leon.

»Wart's ab«, zwitschert Lydia, löst ihre Hand von seiner und läuft über den Steg bis zum Wasser. Dort dreht sie sich zu Leon um, der ihr mit verwirrtem Gesichtsausdruck langsam entgegenläuft.

Der Wind bauscht ihr Kleid auf. Ich bin Marilyn Monroe, denkt sie.

»Happy birthday, Mister President, happy birthday to you!«, flötet sie mit ihrer zuckrigsten Stimme, dann zieht sie sich das Kleid in einer schnellen Bewegung über den Kopf, löst ihren BH und springt ins Wasser. Ihre Kette lässt sie an. Es ist so kalt, dass sie am liebsten kreischen würde. Aber das passt nicht zur gnadenlosen Verführerin.

»Aber warum denn ›Happy birthday‹? Ich hab gar nicht Geburtstag«, sagt Leon.

Lydia seufzt. »Was sagst du?«, fragt sie ihn dann und zappelt mit den Beinen, um nicht unterzugehen. »Willst du mich?«

»Komm wieder raus«, murmelt Leon. Es ist so dunkel, dass Lydia den Ausdruck in seinen Augen nicht erkennen kann.

»Warum, willst du es auf dem Steg machen?«, fragt Lydia mit anzüglicher Stimme.

»Nein«, sagt er. »Nein, ich will es überhaupt nicht machen.«

Das hat er gerade nicht gesagt. Oder es hat eine zweite Bedeutung, die mir verborgen bleibt. Bestimmt ist es so. – »Das versteh ich nicht«, sagt Lydia verwirrt, während sie barbusig im Wasser paddelt.

»Zieh dich wieder an«, sagt Leon mit leiser Stimme.

Lydia ist dermaßen baff, dass sie sich gehorsam aus dem Wasser hievt. Sie greift nach ihrem BH. Dann zieht sie sich das Kleid wieder an, wobei sie ihren Kopf erst in das Armloch steckt. Als sie es richtig anhat, steht sie auf.

»Lydia«, sagt Leon. »Was ist nur los mit dir?«

»Was ist los mit *dir*?«, fragt Lydia, immer noch mit purem Erstaunen in ihrer sonst so geschliffenen Stimme. »Es ist ja nicht so, als ob wir noch nie miteinander geschlafen hätten.«

»Als wir zusammen waren«, sagt Leon und steht ebenfalls auf. Das Mondlicht schimmert nun auf seinem Profil. Er wirkt plötzlich seltsam selbstsicher. »Als wir zusammen waren, wollte ich alles mit dir«, sagt er. »Du warst die eine für mich, du warst mein Mädchen. Ich wollte derjenige sein, dem du erzählen kannst, was du niemandem sonst sagst. Ich wollte derjenige sein, der Hand in Hand mit dir läuft. Ich wollte derjenige sein, dem du um den Hals fällst, weil du ihn so vermisst hast. Ich wollte derjenige sein, mit dem du auf dem Sofa einschläfst. Ich habe dich geliebt. Ich liebe dich immer noch, das weißt du natürlich. Ich liebe dich über alles. Aber ich bin nicht deine Partynutte, die du morgen wieder loswirst. Du bist so kaputt, Lydia. Ich hab versucht, dich zu reparieren, aber es hat leider nicht funktioniert.«

»Du hast zu viel Apfelschorle getrunken«, entgegnet Lydia. »Na ja, irgendwer anders will bestimmt mit mir nacktbaden.« Dann dreht sie sich weg und geht. Sie reckt den Hals und hebt ihr Kinn, läuft zurück ins Bootshaus, um endlich einen ihrer Freunde zu finden. Ihre Augen wandern über die tanzenden Jugendlichen: Eulenmädchen … Schuldiebin … – o shit, da ist die, der ich den Cocktail über den Kopf gekippt habe. Lydia weicht hastig nach links aus und bahnt sich mit beiden Ellbogen den Weg durch eine Gruppe zwölfjährig aussehender Mädchen, die offenbar kopfüber in einen Farbtopf gefallen sind.

Wo sind –, denkt sie, da sieht sie Jannis. Er lehnt hinten an einer Wand bei den Let's-have-a-sexy-time-Hängematten. Direkt vor ihm wälzen sich ein Mädchen mit erdbeerfarbenem Lockenkopf und der Moustache-Shirt-Typ vom Apfelschorle Pong. Jannis schaut mit glasigen Augen durch sie hindurch. Seine Jeans ist an den Knien zerrissen und blutbefleckt.

Was zur Hölle hat er gemacht? Den kann man ja echt nicht allein lassen.

Sie will sich gerade auf den Weg zu ihm machen, als ihr eine schlanke junge Frau mit dicken, platinblonden Haaren und einem weißen Kleid auffällt. Lydia versteinert. Das Blut in ihren Adern fühlt sich Millionen Grad kälter an als das Wasser des Sees.

Oh Gott. Oh nein. Hau ab. Hau bloß ab.

Und doch kleben ihre nackten Füße am Boden fest. In diesem Moment dreht die Frau sich zu ihr herum und schaut ihr direkt in die Augen. Sie runzelt die Stirn, dann geht sie auch schon auf Lydia zu. Blitzschnell reißt Lydia ihre Füße vom Boden los und stürzt blindlings davon. Panisch quetscht sie sich durch die Partygäste hindurch, schlägt dabei irgendwem ein Glas aus der Hand. Sie hört keine Scherben, sondern ein Kreischen. Es ist eine Sirene. Eine fremde Hand, die sie streift, fühlt sich an wie eine Handschelle, die sich um ihr Handgelenk schließt.

Hat sie die Polizei gerufen? Kommen die jetzt hier rein und holen mich? Schneller, Lydia, hau ab. Lauf. Raus hier.

Ihr Herz hämmert ihr in der Brust, erinnert sie absurderweise an eine immer schneller werdende Trommel bei einem Opferfest. Sie dreht den Kopf, um zu gucken, ob die Frau ihr folgt.

Es ist die Verkäuferin aus dem Laden, wo ich das Kleid gestohlen habe. Sie weiß es.

Und da ist sie. Zielstrebig eilt die Verkäuferin Lydia nach. Ihre Stirn liegt in Falten. Plötzlich stoßen Lydias Füße gegen ein Brett. Da sie nach hinten geschaut hat, hat sie es nicht bemerkt. Schon verliert sie das Gleichgewicht und fällt zu Boden.

Was macht dieses gottverdammte Skateboard hier? Hau ab, Lydia, sie hat dich gleich, los!

Lydia will sich wieder aufrappeln – da ist die Verkäuferin plötzlich neben ihr. Lydias Herz setzt aus, das war's, jetzt ist sie verloren. Und dann … läuft die Verkäuferin einfach an ihr vorbei.

Ich hab es mir nur eingebildet. Sie hat mich gar nicht angeguckt. Ich habe sogar eine Sirene halluziniert.

Mit zittrigen Knien sinkt sie erleichtert auf den Boden und setzt sich auf das Board, erlaubt sich, kurz die Hände vor ihr Gesicht zu legen. Sie hinterlassen einen Schweißfilm auf ihrer Haut.

Es ist nichts passiert, Lydia. Alles ist gut. Keine Polizei. Keine Sirene.

Sie atmet tief ein und tief aus, lässt die Hände sinken und strafft die Schultern. Jannis kommt ihr entgegen, sein Blick ist nicht weniger glasig als zuvor.

»Wo warst du denn die ganze Zeit?«, fragt Lydia und steht auf. »Was hast du gemacht? Warum blutest du?«

Jannis zieht seine linke Augenbraue hoch, schiebt sich dann an ihr vorbei und lässt sie einfach stehen. Plötzlich drängen ganz viele

Leute in eine Richtung. Ein hektisches Stimmengewirr umrauscht Lydia.

»Hey!«, ruft Lydia irritiert. »Jannis? Ich bin's! Lydia! Bist du so high, dass du mich nicht mehr erkennst?« Sie läuft Jannis nach und zieht, fast ein wenig unsicher, an seinem Hemd.

»Doch doch«, sagt Jannis und gähnt. »Hab gerade nur überhaupt keinen Bock auf dich – sorry.«

Lydia ist überrascht, dass dieser Satz ihr einen so heftigen Stich versetzt. »Aber –«, setzt sie verstört an, weiß aber nicht, was sie danach sagen soll. Sie fühlt sich, als hätte sie ihn angemacht und er hätte ihr einen schmerzhaften Korb gegeben. »Aber ich –«, versucht sie noch einmal.

»Es geht nicht immer nur um dich, Lydia«, sagt Jannis kühl.

Für einen Moment wundert sie sich, dass das blaue Discokugellicht so extrem auf seinem Gesicht flackert. Dass es so weit reicht. Dann hört sie die Sirene wieder.

»Blaulicht«, sagt Jannis, nun ebenfalls verwirrt. Sie drehen sich synchron zum Eingang. Dort steht ein Notarztwagen. Zwei Einsatzkräfte springen heraus und laufen mit einer Trage in den Club hinein. Der Pulk, der sich um die Garderobe versammelt hat, teilt sich, um die beiden durchzulassen. Dort ist die Verkäuferin so zielstrebig hingeeilt. Sie beugt sich über jemanden, der auf dem Boden liegt. Jannis macht zwei große Schritte, reckt den Hals. Lydia folgt ihm hastig.

»Er macht die Augen einfach nicht mehr auf!«, kreischt ein Mädchen. Es ist Hanna, die Schuldiebin. Ihre Augen sind so weit aufgerissen, als wäre sie wahnsinnig geworden. In diesem Moment drängt jemand einen anderen zur Seite, sodass eine Lücke entsteht, durch die Lydia auf den Jungen schauen kann, der dort leblos liegt.

Ein einziger Gedanke schießt ihr durch den Kopf, nur ein Gedanke, der sie vollständig ausfüllt: Es ist meine Schuld.

Chris

Als er noch ein kleiner Junge war, haben sich immer alle gewundert, dass Chris nie unglücklich oder wütend zu sein schien. Wenn er sich sein Knie aufschlug, rappelte er sich sofort wieder auf und rannte weiter. Wenn im Kindergarten niemand mit ihm spielen wollte, hatte er die Bauklötze eben für sich allein. Als sich der Weihnachtsmann als sein Onkel entpuppte, amüsierte Chris sich eine geschlagene Stunde darüber. Und als er sich ein Bein brach, weil er von der Rutsche stürzte, bemalte er seinen Gips dermaßen aufwendig, dass sich seine ganze Klasse anschließend ebenfalls einen Beinbruch wünschte. Er hat nur einmal wirklich geweint, das war an seinem siebten Geburtstag. Sein Hamster war morgens einfach tot gewesen. Im Nachhinein glaubt Chris, dass seine Mutter den Hamster zwar betrauerte, andererseits aber froh war, dass ihr Sohn so etwas wie Tränenflüssigkeit besaß und kein heimlich bei der Geburt ausgetauschtes Alienkind war, welches menschliches Leid mit einem Schulterzucken abtat.

Sie glauben alle, dass ich immer noch so bin, denkt Chris. Aber dem ist nicht so. Sein Leben hat sich verändert, also hat er sich verändert. Nicht schlagartig, nicht so, als hätte ihm jemand das ewige Lächeln vom Mund geschlagen. Nein, ganz langsam hat sich heimtückisches, betäubendes Gift in sein Leben geschlichen. Ganz langsam ist das Lächeln von seinen Lippen geglitten. Und eines Tages hat Chris in den Spiegel geschaut und festgestellt, dass das heitere Lächeln des kleinen Jungen einem starren Plastikgrinsen gewichen ist.

Mit diesem Lächeln bahnt Chris sich einen Weg durch den Club. Der Joint fühlt sich nicht so gut an wie erhofft. Um ihn herum flitzen die Lichtstrahlen der Discokugel. Die Farben glühen, als hätte jemand sie angezündet. Für einen Moment glaubt er, dass die Discokugel in Tausende Feuerfunken zerspringt, in Millionen Neonatome. Er blinzelt: Wo ist noch mal die Bar?

Nachdem er sich einmal im Kreis gedreht hat, stellt er fest, dass sie sich zehn Meter vor ihm befindet. Erst was zu trinken, dann suche ich Ellie, beschließt er. Er schiebt sich an einem attraktiven Mädchen in einem schwarzen Jumpsuit vorbei, indem er sie sanft an den Schultern fasst und zur Seite bugsiert. Sie begutachtet ihn blitzschnell von Kopf bis Fuß, streckt ihre auffallend großen Brüste dann nach vorn und lächelt wie Madonna. Chris lächelt zurück, dreht sich weg und hat sie zwei Sekunden später vergessen.

»Einen Long Island bitte«, sagt er zu dem Barkeeper und mustert die vielen Ringe in dessen Gesicht. Da würde jeder Metalldetektor hyperventilieren, denkt er.

»Hey Chris«, sagt eine Stimme hinter ihm, während sich eine Hand betont sanft auf seine Schulter legt, wie einem verwundeten Rehkitz, welches man beruhigen möchte. Chris dreht sich um und schaut in Leons Gesicht.

»Oh, hi Mann«, entgegnet er.

»Alles okay bei dir?«, fragt Leon in seinem typischen, ätzenden Therapeutentonfall und mustert ihn mitfühlend. Sie waren mal ziemlich gute Freunde, und Leon hat immer so geguckt, wenn er jemandem helfen wollte. Zum Beispiel, als sie in der dritten Klasse eine Meise fanden, die sich einen Flügel gebrochen hatte. Genau diesen Meisenblick hat Leon nun aufgesetzt.

»Klar«, sagt Chris. »Bei dir?« Er versteht nicht, warum Leon denkt, er hätte ein Problem. Immerhin kriegen nicht mal seine besten Freunde etwas davon mit.

»Um mich geht's hier nicht«, sagt Leon und mustert den Cocktail, den der Barkeeper Chris herüberschiebt. Chris nimmt ihn, bezahlt und entfernt sich von der Bar.

»Eine Apfelschorle bitte«, sagt Leon.

War klar, denkt Chris. Und gleich holt er das Camembertbrötchen raus, das seine Mutter ihm geschmiert hat. Er schüttelt den Kopf. Nachdem Leon das Glas entgegengenommen hat, folgt er Chris zu einem Stehtisch. Chris und Leon waren Freunde, als sein Lächeln noch ihm selbst gehörte. Leon wohnt neben ihm. Als sie in der Grundschule waren, spielten sie abends draußen auf der Straße Fußball, bis sie den Ball nicht mehr sehen konnten. Sie bauten Baumhäuser und Fallen für potenzielle Einbrecher – einmal lief Leons Mutter in so eine Falle und bekam einen Riesenhaufen Äste auf den Kopf. Sie schnitten sich sogar in die Füße (nicht in die Hände, das machte ja jeder), um Blutsbrüder zu werden. Und freuten sich über die geschmierten Brötchen, die ihre Mütter ihnen abwechselnd brachten, weil sie Angst hatten, dass ihre Söhne vor lauter Abenteuern das Essen vergaßen.

Als es anfing, löste sich auch Leons und Chris' Freundschaft langsam in Luft auf. Und während Chris versuchte, es zu verdrängen und zu vergessen, indem er alle Regeln brach, die man brechen konnte, saß Leon am Schreibtisch und machte anständig seine Hausaufgaben. Chris erinnert sich noch gut daran, wie Leon ihn bei seinem Vater verpetzte, als er seinen ersten Joint rauchte. Er weiß noch genau, wie Leon auf seinem Fahrrad nach Hause fuhr, als er und seine Klassenkameraden im Freibad einbrachen. Dass Chris und Jannis irgendwann aus Jux eines von Leons und Chris' alten Baumhäusern anzündeten, war wohl nur das symbolische Ende ihrer Freundschaft. Chris stellte irgendwann fest, dass er Leon hasste, und mit ihm die ganze Familie Martin. Er hasste es, dass Leon gute Noten hatte, Schulsprecher und der Star seines Basketballteams war. Er hasste es, dass Leon Arzt werden wollte, dass er immer gut angezogen war und sich strikt gegen jegliche Suchtmittel aussprach. Er hasste es, dass Leon überall beliebt war und sich für jeden interessierte. Oh, wie er es hasste, wenn Familie Martin sich sonntagmorgens in das Cabrio setzte, um in die Stadt, ins Schwimmbad oder ins Eiscafé zu fahren. Und am meisten hasste er, dass Leons Mutter ihrem Sohn immer noch Brötchen schmierte, so wie Chris' Mutter es irgendwann auch mal getan hatte. Vor langer Zeit. In einem anderen Leben. Es kommt ihm vor, als ob Leon perfekt und er selbst total kaputt ist.

»Hey Chris, ich rede mit dir!«, unterbricht Leon seine Erinnerungen.

»Hm?«, fragt Chris betont gelangweilt, gähnt und trinkt sein Glas in einem Zug aus.

»Ich hab dich gefragt, was letztens mit dir los war. Du bist vollkommen aufgelöst die Straße entlanggestürmt. Ich hab dich, glaub ich, noch nie so gesehen. Ich weiß, wir sind nicht mehr befreundet, aber ich möchte dir helfen. Was ist los mit dir, Chris?«

Chris schaut mit versteinertem Gesicht durch ihn hindurch und hat es wieder vor Augen:

Ich gehe den weißen Gang entlang. Ich wünsche mir, dass er niemals endet, aber die grüne Tür kommt immer näher. Papa steht dort, er wartet auf mich. Seine Hände suchen an der Wand hinter ihm nach Halt, rutschen aber stetig wieder ab. »Komm schon, Chris«, sagt er. »Wir müssen das zusammen machen.« Seine Augen sind blutunterlaufen, seine Mundwinkel eingerissen. Wann hat er das letzte Mal geschlafen? Ich bleibe stehen. »Bitte, Chris«, sagt er flehend. »Bitte, Chris«, echot Mirko, klammert sich mit beiden Händen an Papas Arm und schaut mir mit geweiteten Augen entgegen. Die gleißend helle Sonne, die durch die schrägen Dachfenster fällt, wirft ihre Strahlen nun genau auf die grüne Tür. Ich gehe hastig auf Papa und Mirko zu, bevor ich es mir anders überlegen kann. Papas Hand legt sich auf den silbernen Türknauf und dreht ihn langsam zur Seite. Das Metall quietscht leise in meinen Ohren. Papas Hand zittert. Mirko löst eine Hand von Papas Arm und legt sie in meine. Die Tür öffnet sich und schlägt an die Wand dahinter. In dem hellgelben Bett sitzt eine dünne Frau in einem weißen Nachthemd. Sie hat eingefallene Wangen und unordentliches, aschblondes Haar. Über ihren Beinen liegt eine Decke. Starr schaut sie auf ihre knochigen Finger, die sich wie Vogelfüße auf der Decke spreizen. Dann dreht sie den Kopf und schaut uns an. Ihre graublauen Augen sind von verwirrtem Schmerz gezeichnet. Ich will »Hi Mum« sagen, aber mein Mund ist zu trocken. Und dann sagt sie es. »Entschuldigung, wer sind Sie denn?« Und ich drehe mich um, befreie mich ruckartig von Mirkos Hand und renne los, renne durch den weißen Gang, renne die endlosen Stufen des Pflegeheims hinunter, renne aus der Tür hinaus, über die ordentlich gestutzte Sommerwiese, verlasse das Grundstück, renne durch die Straßen, an allen möglichen Menschen vorbei, und alle haben ihr Gesicht. –

»Chris? Wie kann ich dir helfen?«, fragt Leon wieder und legt ihm die Hand abermals auf die Schulter.

Chris stößt Leon ruckartig von sich und lässt ihn stehen. Der Joint hat seine Wirkung verfehlt. Das Discokugellicht beißt in seinen Augen. *Entschuldigung, wer sind Sie denn?* Nein, er will das nicht, er will ihre Stimme nicht hören. *Wer sind Sie denn, sind Sie denn, sind Sie denn?* Er steht mitten im Club, würde sich am liebsten die Ohren zuhalten und schreien: »Wir sind deine Familie, wie zur Hölle kannst du das vergessen?«

Und dann sieht er Ellie. Lydia zieht sie hinter sich her von der Tanzfläche. Er muss sie küssen. Er muss sie unbedingt küssen, dann hört es vielleicht auf.

»Elenaaa!«, ruft er, läuft auf sie zu und löst sie aus Lydias Griff. Er legt ihr die Hände auf die Schultern und schiebt sie zur Wand, drückt sie dagegen und presst seine Lippen auf ihre. Er bemerkt, dass sie sich vor lauter Überraschung an ihrem Atem verschluckt. Grinsend lässt er kurz von ihr ab und gibt ihr eine Sekunde, schaut in ihre immer weit aufgerissenen, goldbraunen Augen, auf die niedlichen vereinzelten Sommersprossen auf ihrer Nasenspitze, dann auf ihre leicht geöffneten Lippen. Er stellt sich vor, wie er diesen Gesichtsausdruck mit Bleistift auf Papier festhält. *Entschuldigung, wer sind Sie denn?* Sofort küsst er Ellie wieder und öffnet seine Lippen, ihre Zungenspitzen berühren sich. Da kommt endlich Bewegung in sie, sie legt ihre Hände an seinen Nacken und zieht ihn näher. Er mag das, diese kurzen Momente unbewusster Selbstsicherheit, die ihre ständige Schüchternheit und Ängstlichkeit manchmal plötzlich ablösen. Ihm gefällt auch, wie weich ihr Körper sich unter seinen Händen anfühlt und wie schnell ihr Herz klopft. Ihm gefällt sogar, dass sie sich gegen die engen Kleider der anderen Mädchen wehrt und lieber ein T-Shirt mit Schmetterlingen trägt. Als sich ihr Körper nun vollständig an seinen presst und sie ihn so leidenschaftlich zurückküsst, spürt er, dass er sie will. Er würde ihr am liebsten jetzt sofort das T-Shirt ausziehen. Aber das hier ist Ellie, schießt es ihm durch den Kopf. Sie ist nicht der Typ für so etwas, oder? Oder doch?

Er ist völlig verrückt nach ihren Lippen, dem Duft ihrer Haare und ihrer erhitzten Haut, und sein Körper zeigt ihr dies nun auch unmissverständlich. »Komm mit raus«, murmelt er und lässt von ihr ab. Dann dreht er sie herum, legt ihr die Hände auf die Schultern und schiebt sie hinaus. Ein Stück geht sie mit, dann aber wird sie langsamer. Chris verstärkt den Druck auf ihre Schultern. Manchmal braucht Ellie einen kleinen Schubser. Er will sie jetzt haben. Er *muss* sie jetzt haben.

Da dreht Ellie sich zu ihm um. Ihre Augen sind noch weiter aufgerissen als sonst. Ihre Unterlippe zittert, sie sieht todunglücklich aus. »Ich … will nicht«, sagt sie.

Chris kommt sich plötzlich schlecht vor. Sie will das gar nicht. Sie guckt mich an, als ob ich ein perverses Monster wäre. Wie bin ich auf die Idee gekommen, ELLIE abzuschleppen?

Hastig zieht er eine Augenbraue hoch. »Okay«, sagt er betont gelassen. »Kein Ding.«

Er dreht sich um und flüchtet in irgendeine Richtung – und dann steht Lydia vor ihm. Langsam lässt sie ihre wohlgeformten Hüften kreisen. Sie tanzt immer an einer imaginären Stange, denkt Chris bei sich. Und ohne darüber nachzudenken, schlägt er ihr mit der Hand auf den Po. Sie fährt zu ihm herum, streckt die Hand schon aus, um ihm eine zu knallen. Dann erkennt sie ihn. Chris legt den

Kopf schräg und mustert ihren schlanken, in ein hautenges Kleid verpackten Körper und ihren ansehnlichen Busen. Sie verzieht die Lippen zu einem Schmollmund. Duck face, denkt Chris. Aber sein Körper fühlt sich zu ihr hingezogen. Lydia hat Erfahrung mit Quickies, also los. Er greift nach ihrer Hand und zieht sie grinsend hinter sich her hinaus.

*

Chris schließt seinen Gürtel und wirft einen letzten Blick auf Lydia, die sich vollkommen darauf konzentriert, die Falten ihres Kleides zu glätten. Ich hab sie benutzt. Aber das beruht auf Gegenseitigkeit. Dann dreht er sich um und macht sich auf den Rückweg ins Bootshaus. *Entschuldigung, wer sind Sie denn?*, fragt die Stimme in seinem Kopf spöttisch, als würde sie ihn auslachen, weil er ernsthaft versucht hat, seine demenzkranke Mutter zu vergessen, indem er bedeutungslosen Sex mit Lydia Rosengarten hat. Chris betritt den Club und bahnt sich seinen Weg durch die Partygäste. Nach Lydia schaut er sich nicht mehr um.

Wer sind Sie denn? – Ich bin Chris, dein Sohn, wie kannst du das vergessen? Wie ist es möglich, dass so etwas passieren kann? Wie können Teile deines Gehirns absterben, obwohl du gerade vierzig bist?

Wieder sieht er vor sich, wie sie unsicher und panisch um den brennenden Herd herumrennt, weil sie die Steaks in der Pfanne vergessen hat. Wie er selbst in den Keller stürzt, um den Feuerlöscher zu holen. Und wie seine Mutter sich auf den Boden setzt, die Arme um die Knie geschlungen, und anfängt zu weinen. »Ich hab es vergessen«, hat sie geschluchzt. »Es tut mir so leid.«

Chris ballt seine Hände zu Fäusten. Er darf nicht daran denken. Es muss aus seinem Kopf raus, er kann es nicht ändern. Er muss selbst vergessen. Schnurstracks läuft er zur Garderobe, lässt sich seine Jacke geben und verdrückt sich in eine Ecke, bevor er den

Flachmann aus der Innentasche der Jacke zieht. Gedankenverloren trinkt er den ganzen Wodka aus, stellt dann verwundert fest, wie leicht der Flachmann ist, wenn er leer ist. So leicht soll sich sein Kopf auch anfühlen. Aber das wird gleich so sein. Er schraubt den Behälter zu, hält Ausschau nach Jannis – und erstarrt: Da ist sie. Da ist Mama. Was tut sie hier?

Der Flachmann rutscht ihm aus der Hand und landet mit einem metallischen Scheppern auf dem Boden. Keine fünf Meter entfernt steht sie und schaut ins Leere. Sie trägt ihr dünnes, weißes Nachthemd, unter dem sich die Knochen abzeichnen, und ihre Haare sind vollkommen verzottelt. Dann wendet sie ihm ihr Gesicht zu und guckt ihn mit flehenden, schmerzerfüllten Augen an.

Chris stürmt auf sie zu und umfasst ihre Schultern mit beiden Händen. »Mama, was machst du hier? Wie bist du hierhin gekommen? Wie ist das passiert? Warum bist du nicht im Pflegeheim? Ich verstehe das nicht!«

»Wer bist du?«, fragt seine Mutter.

»Ich bin Chris! Dein Sohn! Du hast mich großgezogen! Du bist meine *Mutter.* Verdammt noch mal, du kannst nicht einfach deine Familie aufgeben, hörst du?«

»Also du hast ja ganz schön einen weg«, sagt sie und löst sich von ihm. Das verwirrt ihn. Seine Mutter würde so etwas nicht sagen. Er blinzelt.

Und stellt fest, dass eine wildfremde Frau vor ihm steht, die deutlich jünger als seine Mutter ist. Ihre blonden Haare sind glatt und ordentlich und sie trägt ein leichtes weißes Sommerkleid. Die säuberlich gezupften Augenbrauen, die wie umgedrehte Vs aussehen, hat sie bis an den Haaransatz hochgezogen.

»Tschuldigung, ich … ich«, stammelt Chris verstört, dreht sich um und rennt weg. Es ist ihm völlig egal, wen er zur Seite stößt. »Hey, du Pisser!« hört er hinter sich, aber es kümmert ihn nicht. Er stößt die Tür zur Männertoilette auf, steckt sich den Finger in den Hals und erbricht sich über der Kloschüssel.

Raus damit, bloß raus damit.

Dann steht er wieder auf. Sein gehetzter Blick begegnet ihm im Spiegel. Er ist kreidebleich im Gesicht und seine Hände zittern. Wutentbrannt holt er aus und schmettert seine Faust in das Spiegelglas hinein. In einem fast sanften Regen fallen die Scherben auf den Boden, klirren wie ein leises Glockenspiel. Er schaut auf seinen Handrücken, der nun von blutigen Schnitten verunziert wird. In einem steckt eine kleine Scherbe. Es tut nicht weh. Er fühlt überhaupt nichts. Langsam zieht er die Scherbe aus seiner Haut, lässt sie fallen. Aus keinem besonderen Grund scharrt er so lange mit den Füßen, bis die Scherben einen Kreis bilden. An der Wand hängt nun nur noch ein grauer, leerer Rahmen. Er schluckt.

»Chris?«, fragt eine leise Stimme.

Chris zuckt zusammen, als würde ihm jemand einen Gewehrlauf an die Schläfe halten. Er richtet sich auf.

Die Tür einer bis dahin verschlossenen Kabine öffnet sich. Dort steht Julian und mustert ihn. Er sieht ebenfalls blass aus, sein Gesicht ist schweißüberzogen. »Was ist los?«, fragt er mit lallender Stimme und schwankt, muss sich am Griff der Klotür festhalten.

»Mir geht's gut«, sagt Chris mit tonloser Stimme.

»Wirklich?«, fragt Julian mit gerunzelter Stirn und macht, mit ausgestreckten Armen und in einer Wellenlinie, ein paar vorsichtige Schritte auf Chris zu.

»Ja«, entgegnet Chris knapp.

»Du siehst aber nicht so aus. Was isn mit dem Spiegel passiert?«

»Runtergefallen«, sagt Chris.

»Einfach so?«, fragt Julian. »Wie seltsam. Wie geht's eigentlich deinem kleinen Bruder? Ich war letzte Woche bei euch, um ihm Nachhilfe zu geben, und er war ganz still. Das hat mich gewundert … Und ich hab mich gefragt – wo ist deine Mutter eigentlich die ganze Zeit?«

Chris beobachtet sich selbst dabei, wie er erneut ausholt und diesmal Julian seine Faust wuchtartig ins Gesicht schmettert. Er trifft seinen Wangenknochen. Julian wird mit ausgestreckten Gliedmaßen an die geflieste Wand hinter ihm geschleudert und fällt sofort wie eine Stoffpuppe in sich zusammen. Mit einem ganz leisen Geräusch landet er auf dem Boden. Neben ihm glitzert der Spiegelscherbenkreis. Er sieht aus wie ein Kind, denkt Chris. Es fühlt sich an, als hätte ich Mirko zu Boden geschlagen. Ist er ohnmächtig? Bitte nicht.

In diesem Moment setzt Julian sich wieder auf und schaut Chris an, indem er den Kopf in den Nacken legt. Sein eines Auge schwillt bereits bläulich an.

»Oh«, murmelt Julian. »Ich glaube, ihr wollt einfach nicht mit mir befreundet sein. Na gut.« Er rappelt sich auf, tastet sein Auge ab und möchte in den Spiegel gucken. Dann fängt er so plötzlich an zu lachen, dass Chris zusammenfährt. »Hahahaha«, gluckst er. »Der Spiegel ist ja gar nicht mehr da.« Prustend schwankt er hinaus.

Chris schaut ihm unschlüssig nach. Dann bückt er sich und beginnt langsam, die scharfkantigen Scherben aufzuheben. In einer spiegeln sich seine Augen. Er erblickt denselben verwirrten Schmerz, den er immer in den Augen seiner Mutter sieht. Anschließend wäscht Chris sich das Blut von der Hand, mit der er in den Spiegel geschlagen hat. Wie in Trance starrt er auf das sich rötlich färbende Wasser im Waschbecken.

Wenn ich mir all die Erinnerungen nur auch so abwaschen könnte. Ich würde nie aufhören, mir die Hände zu waschen.

Er klatscht sich eine Portion kaltes Wasser ins Gesicht, stützt seine Hände auf dem Becken ab und atmet tief durch.

Krieg dich wieder ein. Sei nicht so ein Psychopath. Schau mal, wo Ellie, Jannis und Lydia sind.

Er dreht den Wasserhahn zu, wischt sich die nassen Hände an seiner Jeans ab und verlässt die Männertoilette. Die fröhliche Partyatmosphäre kommt ihm weltfremd vor. »Let's daaaance!«, kreischt das Mädchen mit den großen Brüsten und dem Jumpsuit, das Chris vorhin angelächelt hat, und zieht zwei ebenso knapp bekleidete

Freundinnen hinter sich her auf die Tanzfläche. Das Mädchen reibt ihre Schulter an der Schulter ihrer einen Freundin, erblickt Chris und fordert ihn mit einer anzüglichen Handbewegung auf, sich zu ihnen zu gesellen. Chris reagiert nicht. Das Mädchen beginnt, Chris an einem imaginären Seil zu sich heranzuziehen. Hastig dreht er sich um und flüchtet hinaus, setzt sich auf die Verandatreppe und vergräbt sein Gesicht in seinen Händen.

Als das Sirenengeheul ertönt, glaubt Chris zuerst, dass er wieder Halluzinationen hat. Dann hält der Wagen auch schon keinen Meter von ihm entfernt. Er starrt den Notarzt und den Sanitäter an, die herausstürzen und eine Trage holen, rechnet noch halb mit einem kranken Partyscherz. Sie stürmen mit der Trage an Chris vorbei die Stufen hoch. Irritiert steht er auf und geht langsam zurück in den Club. Wie in Zeitlupe nimmt er die vielen Menschen wahr, die sich um die Garderobe scharen. Sie machen den beiden Rettungskräften Platz. Für eine endlos lange Sekunde hat Chris das Gefühl, dass ihn alle vorwurfsvoll anstarren. Der Notarzt fällt auf die Knie und legt seine Hände auf den Oberkörper eines am Boden liegenden Menschen, dessen Kopf Chris nicht sehen kann. Aber er erkennt das blau-grün karierte Hemd und die Totenkopfschnalle am Gürtel. Chris starrt auf die kleine Hand, die vorsichtig geöffnet auf dem Boden liegt und fragt sich, warum ihm plötzlich so kalt ist.

Ellie

Ellie sitzt aufrecht und noch in ihrem »Partyoutfit« in ihrem rosa Himmelbett und isst die Pralinen, die ihr Vater ihrer Mutter zum Hochzeitstag geschenkt hat, während ihr die Tränen über die Wangen laufen. Es ist ein Uhr nachts. Sie hat den Film *Das letzte Einhorn* eingeschaltet und bemüht sich verzweifelt, Chris und Lydia aus ihrem Kopf zu verbannen. Normalerweise fällt es ihr in ihrem Zimmer immer leicht, sich einzubilden, dass sie in einer anderen Welt ist. In ihrer eigenen paradiesischen Parallelwelt der tausendundein Schneekugeln. Ellie hat sich unterschiedliche Türschilder gebastelt. Manchmal lebt sie in Hogwarts, manchmal im Nimmerland, manchmal auch in Narnia.

»Wundert mich wirklich, dass du noch nicht im Kamin verbrannt bist«, hat Jannis gesagt, als er Ellies Zimmer zum ersten Mal sah.

Ellie hat ihn verwirrt angeschaut.

»Ich hätte drauf gewettet, dass du dich schon mal mit einer Handvoll Mehl reingestellt und ›Winkelgasse‹ gerufen hast«, hat Jannis gegrinst.

Ellie hat einen Gryffindor-Schal und mehrere Plüscheulen, die auf ihrem Sofa hocken. Die Wand hinter ihrem Bett ist mit Bücherregalen bemalt. Darauf steht auch »Die Kammer des Schreckens wurde geöffnet« – allerdings in Schönschrift. Auf ihrer Bettwäsche hingegen ist Tinkerbell zu sehen, und auf der herzförmigen Pinnwand, die über dem Schreibtisch hängt, steht: »Magie ist so lange da, wie du daran glaubst.« Ihr Kleiderschrank ist gepflastert mit Bildern Narnias, trotzdem öffnet sich dahinter leider keine verborgene Welt.

Und überall, wo sonst noch Platz ist, stehen Ellies Schneekugeln. Sie türmen sich auf dem weißen Klavier, das sie sich von ihrem Konfirmationsgeld gekauft hat, zwischen ihren Fantasybüchern und Notenheften auf dem Schreibtisch, oben auf dem Narnia-Schrank, auf ihrem Nachtschränkchen und neben der mit Kissen gepolsterten Fensterbank. Ellie liebt ihre Kugeln alle, die mit dem kleinen Rentier, die mit dem Lebkuchenhäuschen, die mit den rodelnden Kindern. Aber am meisten mag sie die Kugel mit dem Jungen und dem Mädchen, die Hand in Hand auf einem zugefrorenen See Schlittschuh laufen. Im Hintergrund ist ein kleines, verschneites Dorf zu sehen. Die Kugel steht direkt an Ellies Bett, und manchmal stellt sie sich vor, dass sie das Mädchen in der Kugel ist und Chris der Junge.

Aber heute hilft nicht einmal ihr »Zauberladen«, wie Lydia Ellies Zimmer immer nennt. Mit einem trockenen Schluchzer stopft Ellie die nächste Praline in sich hinein. Ich bedeute ihm überhaupt nichts, denkt sie verzweifelt. Wenn ich nicht will, nimmt er sich einfach die Nächste. Sie hat die Tür geschlossen, die Vorhänge zugezogen, das Handy ausgemacht. Nichts will sie mehr von dieser Welt wissen. Ich bin schwach, denkt sie. Jetzt fresse ich mir auch noch einen Rettungsring aus Schokolade an. Mit zitternden Lippen schaut sie auf das Foto in ihrer Hand. Es wurde auf ihrem sechzehnten Geburtstag gemacht. Chris hat sie aus einem spontanen Impuls heraus hochgehoben und durch die Gegend getragen. Er hatte deutlich zu viel getrunken und erklärte jedem, er würde »die Prinzessin auf der Erbse transportieren«. Ellie erinnert sich, wie sie Tränen gelacht und sich an Chris' Hals geklammert hat. Auch auf dem Foto trägt sie ihr Schmetterlingsshirt, ihre Haare sind zu zwei Zöpfen geflochten.

»Du siehst aus, als wärst du nicht sechzehn, sondern sechs geworden«, hat Lydia damals zur Begrüßung gesagt. »Fahren wir jetzt ins Kinderspieleland?«

Ellie war den Tränen nah – bis Chris sie aufsammelte und sofort zum Lachen brachte.

Ellie dreht das Foto um und versucht, sich auf den Film zu konzentrieren. *Das letzte Einhorn* ist seit Kindertagen einer ihrer Lieblingsfilme. Manchmal fühlt sie sich genauso. Als wäre sie das letzte Wesen einer Art. Immer anders und immer allein. Mit großen Augen schaut Ellie dem letzten Einhorn zu, wie es vor dem roten Stier davonläuft. Schneller, denkt sie. Schneller. Ihr Herz klopft so, wie es geklopft hat, als sie sechs war. Obwohl sie genau weiß, wie es ausgeht, kriegt sie jedes Mal wieder eine Gänsehaut. Doch dann verletzt der rote Stier den Prinzen, in den das Einhorn sich verliebt hat. Ellie liebt die Stelle, wo das Einhorn sich umentscheidet. Wo es plötzlich aufhört zu fliehen und das Horn gegen den Feuerstier richtet. Sie liebt es, dass das Einhorn es schafft, den roten Stier nur mit einer Sache ins Meer zu treiben: Mut. Chris ist der rote Stier, denkt sie. Ich versuche wegzulaufen, aber er verbrennt mich jedes Mal wieder. Und ich bin nicht mutig genug, um etwas an meiner Situation zu ändern.

Ellie schläft im Sitzen ein. In ihrer einen Hand hält sie die leere Pralinenpackung, in der anderen das Foto von Chris und sich. Sie träumt von Hogwarts, Nimmerland und Narnia. Denn sie glaubt, dass sie dort einen Platz hätte, dass sich dort alles richtig anfühlen würde. Auf dieser Welt fühlt sie sich nur als Platzverschwendung. Im Traum geht Ellie durch ihren Kleiderschrank und landet im Schnee. Lächelnd steht sie auf, klopft sich den Pulverschnee, der sich im Traum ganz warm anfühlt, von der Hose und macht sich auf die Suche nach Mister Tumnus. Wo ist denn seine Höhle?

Kaum hat Ellie das gedacht, taucht die Höhle auch schon wie aus dem Nichts vor ihr auf. Sie strahlt und stapft darauf zu.

»Hallo? Mister Tumnus!«, ruft sie und klopft an die Höhlenwand, die hohl unter ihren Fingerknöcheln widerklingt.

Da geht das Licht an. Es wundert Ellie im Traum nicht, dass in einer Höhle im Wald das Licht angeschaltet wird. Doch dann sieht sie Chris und Lydia, die sich nackt auf einer Matratze wälzen.

*

Ellie wird von einem lauten Schrillen geweckt. Chris, ist ihr erster Gedanke. Und Lydia, ist der zweite. Es hat geklingelt, kommt erst als Drittes. Ellie runzelt die Stirn und wirft einen schnellen Blick auf ihren Wecker, auf dem eine kleine Tinkerbell aus Porzellan thront, die die Beine überschlägt. Eine rote Acht blinkt ihr entgegen.

»Ernsthaft?«, nuschelt Ellie und versteckt ihren Kopf unter ihrem Kissen. Wer zur Hölle klingelt so frühmorgens? Das ist Hausfriedensbruch! Ellie will schlafen. So lange schlafen, bis ihr Chris und Lydia egal sind. Hundert Jahre Dornröschenschlaf braucht sie, und dann einen Prinzen, der sie wachküsst und mit ins Nimmerland nimmt. Hogwarts ist auch okay.

Es klingelt wieder. Und noch einmal. Und dann klingelt es Sturm.

»Ich mach nicht auf«, murmelt Ellie in ihre Matratze. »Ich hasse euch alle.«

Sie hört die Schritte ihrer Mutter auf der Treppe, die Haustür wird geöffnet. Leises Stimmengemurmel erklingt. Ellie kann nicht erschließen, um wen es sich handelt. Es ist ihr auch herzlich egal. So lange, bis ihre Mutter die Zimmertür aufmacht.

»Ellie?«, sagt sie mit leiser, ernster Stimme. »Deine Freunde sind hier. Es ist etwas Schlimmes passiert.«

Ellie kriecht unter ihrem Kissen hervor und setzt sich auf. Hinter ihrer Mutter stehen Chris, Jannis und Lydia.

Ich träume. Das hier passiert nicht wirklich. Ich sitze nicht vollkommen verheult, mit schokoladenverschmiertem Mund und leerer Pralinenpackung in meinem Bett und meine perfekten Freunde platzen rein.

Sie blinzelt. Chris, Jannis und Lydia stehen immer noch an derselben Stelle.

Oh ja, gerade ist etwas Schlimmes passiert. Chris erlebt hautnah mit, was für ein Wrack er aus mir machen kann.

Sie wartet schon auf den giftigen Einstiegskommentar von Lydia. So etwas wie »Brauchst du ein Lätzchen, Schätzchen?«. Aber Lydia sagt nichts. Und dann erst fällt Ellie auf, dass ihre Freunde gar nicht so perfekt aussehen. Sie haben alle denselben Blick. Entsetzen, denkt Ellie. Hilflosigkeit. Und Scham. Sie hat Lydia noch nie ungeschminkt gesehen. Und Jannis trägt das Gleiche wie gestern, was sonst auch nie vorkommt.

»Was ist passiert?«, fragt Ellie unsicher.

Chris, Jannis und Lydia schauen sich gegenseitig an. Dann passiert etwas Seltsames. Nicht Jannis oder Lydia ergreifen das Wort, sondern Chris.

»Julian ist gestern Nacht auf der Party zusammengebrochen und ins Koma gefallen«, sagt er langsam. »Er liegt im Krankenhaus.«

»Wa… was?«, stammelt Ellie. »Warum?«

Diesmal bleiben ihr alle drei eine Antwort schuldig und schauen synchron auf den Boden.

»Du bist nicht an dein Handy gegangen«, sagt Lydia schließlich, während sie eine Haarsträhne an ihrem kleinen Finger aufdreht. »Deswegen dachten wir uns, dass wir dich abholen gehen. Wir wollten ihn besuchen.«

Ellie hört nicht, was Lydia sagt. Sie hört nur ihre eigene Stimme.

Hast du schon mal über Selbstmord nachgedacht? Ich meine, überleg doch mal, alles Schlimme, was dir je passiert ist, jede Demütigung, jeder Streit, jede Träne, alles wäre einfach weg. Das Leben ist doch sowieso nichts wert, Julian. Und wenn wir sterben, weinen unsere Mütter einen Monat, aber ansonsten interessiert es die Welt einen Scheißdreck. Wir sind ersetzbar. Wir sind keine Menschen, die die Welt ins Herz schließt. Unsere Träume werden nicht wahr, sondern staubig, weil wir sie schon so lange unverändert mit uns herumschleppen. Vielleicht wäre es besser, alles auf einen Schlag zu beenden.

Oh Gott, denkt sie. Oh Gott. Er hat versucht, sich umzubringen. Ich habe ihn in den Selbstmord getrieben. Ich habe ihm gesagt, dass es die Welt nicht interessiert, wenn er tot ist. Ich habe gesagt, dass es vielleicht besser wäre, sein Leben zu beenden. Ich bin schuld. Es ist meine Schuld, dass er im Koma liegt und vielleicht nie wieder aufwacht. Oh Gott.

»Ellie?«, fragt ihre Mutter, geht auf sie zu und setzt sich auf ihre Bettkante. »Ich kann mir vorstellen, dass dich das mitnimmt. Brauchst du etwas Zeit?«

Zeit? Ich muss ins Krankenhaus. Ich muss sofort ins Krankenhaus und sehen, was ich getan habe. Was, wenn er stirbt? Dann habe ich ihn umgebracht. Ich bin eine Mörderin.

Sie schaut auf ihre Hände, die in ihrem Schoß zittern, als hätte sie einen Stromschlag bekommen.

»Nein«, sagt sie. »Ich brauche keine Zeit. Gehen wir.« Sie steht auf, läuft ins Bad, klatscht sich eine Ladung kaltes Wasser ins Gesicht. Dann geht sie die Treppe hinunter und schlüpft in ihre Chucks. Und scheitert daran, mit ihren bebenden Fingerspitzen die Schnürsenkel zu verknoten.

»Schatz«, sagt ihre Mutter, bückt sich und hilft ihr. »Du musst nichts überstürzen. Keine Panik. Du kannst auch später mal nachsehen, wie es ihm geht. Warum wollt ihr denn jetzt sofort dahin?«

»Darum«, sagt Ellie mit schriller Stimme. »Ich muss jetzt zu ihm. Sofort.«

»Ja, jetzt«, bestätigen Lydia und Jannis synchron.

Ellie greift nach ihrer Jacke und ihrem Portemonnaie und verlässt ohne einen weiteren Blick das Haus.

»Ich fahre euch«, sagt Ellies Mutter erstaunt und zieht sich hastig eine Jacke über den Schlafanzug, greift dann nach ihrer Brille.

Auf der Fahrt sagt keiner ein Wort. Doch gerade die Stille ist ohrenbetäubend laut. Sie schreit Ellie ins Gesicht. Mörder!, schreit sie.

*

»So«, sagt Ellies Mutter und hält vor dem Kreiskrankenhaus. Sie öffnet die Fahrertür, die vom Wind fast wieder zugedrückt wird.

»Nein, Mama«, hört Ellie sich selbst sagen. »Wir müssen allein gehen.«

Ihre Mutter schließt die Tür mit einem leisen Klicken wieder und mustert Ellie besorgt.

»Danke fürs Fahren«, sagt Lydia mit hohler, ungesüßter Stimme.

Ellie steigt aus. Ihre Mutter will noch etwas sagen, aber da hat sie die Tür schon zugeworfen. Ein für Mitte Juni untypisch kalter Wind schlägt Ellie ins Gesicht. Es fühlt sich an wie eine echte Ohrfeige. Ellie geht sofort los. Normalerweise geht sie nie vorn, aber darauf achtet sie jetzt nicht. Das Krankenhaus ragt wie ein düsteres Todesomen über ihnen auf. Was hast du getan, Ellie?, fragen die Gesichter der fremden Menschen. Sie stürmt zu den Eingangstüren und reißt verzweifelt an einer Tür, auf der »Drücken« steht. »Sie geht nicht auf!«, ruft sie hysterisch aus.

Chris tritt neben sie, schiebt sie sanft beiseite und öffnet die Tür. Die Jugendlichen betreten das Foyer. Ihre Schritte hallen so laut, als wären sie im Inneren eines Berges. Ellie geht voran. Ihr Blick wandert über die hellgrün gestrichenen Wände. Krankenhausgrün, denkt sie. Krankenhausluft. In den Sitzbereichen stehen Vasen mit weißen Orchideen. Sie wirken künstlich, als hätte jemand krampfhaft versucht, Krankheit und Tod zu überdecken, und es doch nicht geschafft. Hinter einem Tresen wartet eine ältere Dame mit braun melierter Hornbrille und einem so steifen Dutt, dass ihre Stirn von den streng nach hinten gerafften Haaren gespannt wird. Sie mustert die Jugendlichen mit scharfem Blick. Sie weiß, dass ich eine Mörderin bin, denkt Ellie. Sie weiß es. Kurz bevor Ellie den Tresen erreicht hat, fällt ihr plötzlich etwas ein.

»Wir haben kein Mitbringsel«, sprudelt es aus ihr hervor. »Wir müssen etwas mitbringen! Das gehört sich so! Wir hätten Blumen dabeihaben sollen, oder Schokolade, oder etwas anderes, was er mag!«

»Wir wissen überhaupt nicht, was er mag«, sagt Jannis leise.

»Aber wir müssen etwas dabeihaben!« Ellies Blick fällt auf den kleinen Kiosk schräg gegenüber von dem Krankenhaus. »Ich hole etwas«, sagt sie und rennt los.

»Wir müssen etwas dabeihaben«, keucht sie, als sie dort ist, und sieht den Kioskbesitzer flehend an.

»Bitte?«, fragt dieser mit türkischem Akzent und runzelt die Stirn. »Was möchtest du?«

»Blumen?«, fragt Ellie.

»Hab ich nicht«, entgegnet der Kioskbesitzer und hebt bedauernd die Schultern.

»Schokolade?«, fragt Ellie.

»Ja!«, freut der Kioskbesitzer sich und zeigt auf Twix, Mars und Snickers in einem bunten Karton.

›*Hier, ein Snickers gegen dein Koma.*‹ Oh Gott, denkt Ellie. – »Nicht so eine Schokolade«, murmelt sie.

»Nicht?«, fragt der Kioskbesitzer enttäuscht.

Ellie schüttelt langsam den Kopf. Ihr Blick wandert achtlos über die vielen Zeitschriften im Schaufenster und fällt dann auf einen kleinen, verloren aussehenden Teddybären mit struppigem Fell und braunen Knopfaugen, der im hinteren Teil des Kiosks zu sehen ist.

»Den!«, sagt sie schnell und zeigt darauf.

Der Kioskbesitzer reicht ihr den Teddy.

Ellie zieht ihr Portemonnaie hervor und öffnet das Münzfach. Ihre Hände zittern so sehr, dass alle Münzen sich klirrend auf dem Boden ergießen. Sie hebt sie auf und wirft alles auf einmal auf die Ladentheke. »Passt so«, ruft sie, klemmt sich den Teddy unter den Arm und rennt zurück.

»Einen Teddy?«, fragt Jannis, als Ellie ihre Freunde erreicht hat.

»Wieso nicht?«, fragt Ellie.

»Whatever«, sagt Jannis und zieht seine bereits blutig gebissene Unterlippe abermals zwischen seine Zähne.

Ellie fragt sich nicht, warum ihre Freunde genauso schuldbewusst wie sie selbst wirken. Sie läuft zum Tresen. »Entschuldigung, wir suchen Julian Berg«, sagt sie. »Wir würden ihn gern besuchen.«

»Das geht nicht«, entgegnet die Frau wie aus der Pistole geschossen. »Es ist nicht erlaubt.«

»Warum?«, fragt Jannis. »Wieso dürfen wir ihn nicht sehen?«

In diesem Moment öffnen sich die Aufzugtüren und eine kleine, elfengleiche Frau und ein großer, braun gebrannter Junge kommen heraus. Julians Mutter und Leon, denkt Ellie. Die Jugendlichen wenden sich den beiden synchron zu. Als Frau Berg sie wahrnimmt, gehen ihre kleinen Füße immer schneller. Ellie glaubt schon, dass sie gegen sie laufen wird, da bleibt Julians Mutter abrupt stehen. Ihr Gesicht ist grau wie Asche und von Tränen verschleiert. Sie ist so klein, dass selbst Ellie zu ihr hinunterschauen muss.

»Hallo Frau Berg«, sagt Ellie leise.

»Elena«, sagt Julians Mutter. »Lydia. Christoph. Jannis. Die *tollen* Freunde meines Sohnes. Er hat die besten Freunde der Welt, hat er immer gesagt. Oh, Jannis, er ist so ein witziger und schlagfertiger Kerl und trägt so coole Schuhe. Und Elena, so ein nettes, anständiges Mädchen, wie froh er ist, sie als Nachbarin zu haben. Christoph, Julian war beeindruckt von dir, hat gesagt, er wäre auch gern so gelassen wie du. Und Lydia, immer aufpoliert und in Schale geworfen, und mein Sohn und die Welt konkurrieren um die schöne Helena. Immer ist er seinen ›besten Freunden‹ nachgelaufen, immer wollte er ihnen helfen. Ich frage mich, warum konntet ihr ihm nicht *ein einziges Mal* helfen?«

Er hat seiner Mutter erzählt, dass wir seine besten Freunde sind? Ellie sieht, dass Jannis Einspruch erheben will, dann aber doch beschließt, nichts zu sagen.

»Ihr solltet euch schämen!«, stößt Julians Mutter nun aus, während ihr abermals Tränen über die Wangen kullern. Dabei richtet sie ihren Zeigefinger abwechselnd auf jeden der vier.

Die Frau mit der Hornbrille eilt hinter ihrem Tresen hervor. »Bitte beruhigen Sie sich«, sagt sie und macht eine beschwichtigende Geste. »Sie sind ja völlig aufgelöst!«

»Ich will, dass sie verschwinden!«, schluchzt Julians Mutter und wirft ihnen einen letzten verbitterten Blick zu, ehe sie sich abwendet. Leon bleibt noch stehen. Dass er Julians Mutter zu ihrem Sohn begleiten durfte, wundert Ellie kein bisschen. Ihm vertrauen die Menschen.

»Er liegt immer noch im Koma. Aber wenigstens ist sein Zustand stabil«, sagt Leon mit leiser, betretener Stimme.

»Okay«, sagt Lydia hektisch nickend. Ihre Stimme klingt schrill. Ellie stellt fest, dass sie unaufhörlich mit den Zähnen klappert.

»Okay«, sagt nun auch Jannis. »Dann tschüss.«

Sie gehen. Ellie hält den Teddybären am Arm.

Julians Mutter hat recht, es ist meine Schuld, denkt Ellie. Ich habe nicht nur nicht verhindert, was passiert ist, ich habe es sogar zu verantworten.

Jannis

Es ist, als hätte Jannis einen gemeinen kleinen Gnom im Kopf, der im Flüsterton ununterbrochen die vielen gemeinen Sprüche wiederholt, die Jannis Julian mit auf den Weg gegeben hat.

Er erinnert sich an seine Sprüche in der fünften Klasse.

Was machst du in der Jungsumkleide, Juliane?

Wann kommt deine Mama denn noch mal vorbei, um deine Brotdose zu bringen?

Er erinnert sich an seine Sprüche in der achten Klasse.

Wann hast du Geburtstag, Julian? … Warum ich das wissen will? Damit ich dir endlich Deo und Antischuppenshampoo schenken kann.

Sei nicht traurig, dass du beim Sprinten immer Letzter bist. Dafür bist du gut im … Oh, jetzt fällt mir irgendwie nichts ein.

Jannis liegt mittags bäuchlings auf seinem unordentlichen Bett und starrt auf das Tupac-Poster über seinem Schreibtisch, ohne es richtig wahrzunehmen. Und erinnert sich an die aktuellen Sprüche.

Hütet euch vor dem kleinen Julian, Leute. Die Kleinen werden immer die Tyrannen.

Du interessierst dich für menschliche Evolution? Das ist faszinierend, denn nach Darwin dürftest du gar nicht existieren!

Jannis kaut schon wieder auf seiner Unterlippe, die nun vollkommen aufgerissen ist.

Und dann hab ich ihm zwei Gramm Kokain gegeben. Die er sich vielleicht auf einmal reingezogen hat, weswegen er jetzt im Koma liegt. Na ja, ist ja nicht meine Schuld, wenn er nicht weiß, wie man damit umgeht. Ich hab ihm nur eine Dienstleistung erwiesen! Ich wollte ihm nur helfen, damit er mal lockerer wird! Ich hab nichts falsch gemacht! Fertig!

Damit richtet er sich auf, greift nach seiner Obey-Cap und betrachtet sich mit kritisch hochgezogenen Augenbrauen und eingezogenen Wangen prüfend im Spiegel. Dann wühlt er sich seinen Weg durch die auf dem Boden liegenden Shirts, Socken und Unterhosen hindurch, wobei er aus Versehen eine Unterhose unter den Kleiderschrank befördert, was ihm aber herzlich egal ist. Auf der Treppe hört er die Stimme seiner Mutter.

»… räumt sein Zimmer nicht auf, eine einzige Sauerei ist das! Was machen wir denn nur mit ihm, Viktor? Das Einzige, was er tut, ist skaten und seine Freunde treffen, seine Schulnoten, seine ganze Zukunft, alles ist ihm völlig egal!«

»Kiffen hast du vergessen!«, wirft sein Vater mit trockener, kühler Stimme ein. Jannis kennt diesen bitteren, enttäuschten Tonfall sehr gut. Der Tonfall, der besagt, dass der erfolgreiche Banker einen hoffnungslosen Penner zum Sohn hat.

Jetzt gehe ich mir beim Dealer neuen Stoff besorgen, habe also noch ein Hobby. Deine Worte sind mir egal, Vater. Sie sind wie viele kleine Glassplitter, die versuchen, meinen Schutzschild zu durchbohren und mir ins Fleisch zu schneiden. Aber mein Schutzschild ist aus Stahl.

Er zieht sich leise seine Jordans an.

Einzig und allein bei seiner Schuhsammlung besteht Jannis penibel auf Ordnung. Die Schuhe stehen in einem Regal aus Plexiglas. So sieht es fast aus, als würden sie schweben. Die Jordans mag Jannis am liebsten. Er greift nach seinem Rucksack und zählt die Scheine in seinem Portemonnaie. Dann schlüpft er durch die Tür hinaus, knallt sie so laut zu, wie er kann, und macht sich auf den Weg.

Ich bin dein Mann, murmelt Julian in seinem Kopf.

»Halt's Maul«, schnauzt Jannis ungehalten und richtet den Kragen seiner Collegejacke.

In zügigen Schritten läuft er an den Reihenhäusern vorbei. Als ihm auffällt, dass die alte Nachbarin ihn mit Argusaugen durch ihr Küchenfenster mustert, dreht er sich abrupt zu ihr um. Er zieht sich die Hose herunter und zeigt ihr seinen nackten Hintern. Dann winkt er ihr lächelnd zu. Ihre Mundwinkel verziehen sich zu einer Fratze. Sie sieht aus, als würde sie gleich wie eine wütende Bulldogge mit dem Kopf zuerst gegen das Küchenfenster springen. Oh, oh, nachher wird sie sich wieder bei seinen Eltern beschweren. Jannis schmunzelt und geht weiter.

Scheiß Spießergesellschaft! Überall die gleichen Tulpen im Vorgarten, die die der Nachbarn ausstechen sollen. Überall riecht es gleich. Und alle Ehepaare geben sich morgens naserümpfend das gleiche zwanghafte Küsschen, bevor er zu einem Job fährt, den er hasst, und sie den ganzen Tag in der Küche steht. Dann beschwert sie sich abends darüber und er nickt, lächelt und hört nicht zu, während er sich auf die *Sportschau* freut. Das Highlight sind die Leichen im Keller der Nachbarn. Ich will nie so werden, niemals. Ich will Spaß. Wenn ich irgendwann aufwache und feststelle, dass ich so wie meine Eltern bin, erschieße ich mich.

Er läuft in das kleine Waldstück hinein und nähert sich dem verlassenen Spielplatz. Leicht amüsiert lässt er das Für-Kinder-bis-zwölf-Jahre-Schild hinter sich, läuft über die Wiese und sinkt auf einer Schaukel nieder. Die Wartezeit vertreibt er sich damit, die angerosteten Ketten der Schaukel einzudrehen. Farid lässt sich wie immer Zeit, um Jannis zu zeigen, dass er der Boss ist.

»Komm schon, du Pisser«, murmelt Jannis, und geht dazu über, die rote Plastikrutsche mit Kieselsteinen zu bewerfen. Beim vierundfünfzigsten Stein erscheint Farid endlich am anderen Ende des Platzes. In seinem üblichen Hoppergang schlendert er auf Jannis zu, die Hände in den Taschen seiner hellgrauen, unter seinem Hintern sitzenden Jogginghose mit Adidas-Streifen vergraben. Das Sonnenlicht glimmt auf seinem glatt rasierten Schädel. In seinem linken Ohrläppchen funkelt ein kleines, goldenes Kreuz.

Jannis steht gemächlich auf. »Du hast einen schönen neuen Ohrring, Kompliment!«, begrüßt er Farid.

»Danke«, knurrt dieser mit nach unten gezogenen Mundwinkeln.

Er ist der dümmste Dealer, den ich kenne, denkt Jannis, während er die abgezählten Scheine hervorholt und Farid entgegenhält.

Farid kramt in seinem Rucksack und übergibt Jannis fünfzehn Gramm Kokain.

»So«, sagt Jannis bierernst. »Jetzt kannst du dir noch ganz viele Ohrstecker kaufen. Welches Motiv wählst du als Nächstes?«

Farid verengt seine Augen zu Schlitzen und scheint abzuwägen, ob Jannis' Tonfall ironisch war.

»Eine Krone«, sagt er schließlich. »Vielleicht auch ein Auge.«

»Hmm, hat Stil«, sagt Jannis. »Also Farid, mach's gut.«

Farid knurrt zum Abschied nur.

Jannis wendet sich ab und schlenzt zurück über die Wiese, wirft noch einen letzten Kieselstein gegen die Rutsche. Seine Gedanken drehen sich um den Inhalt des Rucksacks: Ich könnte eine Line schnupfen und den Rest verkaufen. Das wäre doch nicht weiter schlimm, oder? Und ich hätte ein bisschen gute Laune. Ich spare zwar eigentlich für die Asics Volcano, aber egal …

Also greift er ein kleines Päckchen heraus, verteilt den Inhalt auf dem runden Holztisch, an dem der Waldkindergarten sonst immer picknickt, und beugt sich darüber. Das ist ein etwas amüsanteres Picknick, denkt er. Plötzlich hört er ein leises Zischen aus seiner Hosentasche. Stirnrunzelnd zieht Jannis sein HTC hervor und schaut auf das Display. Er hat eine neue Mail. »Wer schreibt denn noch Mails?«, murmelt er, während er das Handy entsperrt. Der Absender ist onyx@gmail.com. Jannis will die Mail schon wegklicken, als ihm ein Wort ins Auge fällt. *Kokain.*

Er zuckt zusammen und starrt auf das weiße Pulver auf der Tischplatte, als hätte man ihn auf frischer Tat ertappt. Dann wendet er seinen Blick auf das Display und liest.

Jannis Wegener,
hast du eigentlich nie ein schlechtes Gewissen? Geh in die Niehausstraße 27 und kaufe der Unschuld wieder ab, was sie verdirbt. Das hat sie nicht verdient. Bitte.
Onyx

Jannis furcht seine Stirn noch tiefer. Bitte was? Unschuld? Was ist denn damit gemeint? Niehausstraße 27 … Die Niehausstraße ist in der Bonzengegend. Wohnt da nicht der Bürgermeister? Ist Emily gemeint? Woher weiß jemand, dass ich Emily was verkauft habe? Und wer zur Hölle ist Onyx? Das ist doch so ein Edelstein. – »Echt witzig«, sagt er laut. »Wer glaubt hier, er müsse mal die Drogenpolizei spielen?« – Eigentlich ist es gar nicht so kniffelig, denkt er dann. Irgendjemand auf der Party hat Emily und mich beobachtet und möchte, dass das Bullerbümädchen clean bleibt. Aber warum hat er oder sie sich die Mühe gemacht, sich so einen dämlichen Codenamen auszudenken? Was für ein Freak. Ist bestimmt ein Mädchen; niemand, der Eier hat, nennt sich freiwillig Onyx. Na ja, kann mir auch echt scheißegal sein.

Er löscht die Mail, verstaut sein Handy und will sich abermals über die Tischplatte beugen. Dann stellt er jedoch fest, dass ihn jemand beobachtet. Ihm direkt gegenüber steht ein kleines Mädchen mit rotblonden Haaren und einem Minnie-Maus-Haarreifen. Jannis erstarrt – es ist Lydias fünfjährige Schwester Xenia.

»Wo kommst du denn her? Wächst du einfach plötzlich aus dem Boden, oder was?«, raunzt Jannis entgeistert.

»Ich bin doch kein Baum«, entgegnet Xenia und richtet ihre Augen, die einen Stich dunkler als Lydias sind, misstrauisch auf das weiße Pulver. »Was ist das?«, fragt sie.

»Ähm … Mehl«, sagt Jannis hastig.

»Du lügst«, erwidert Xenia vorwurfsvoll, setzt sich abrupt in Bewegung und rennt einmal um den Tisch herum. »Ich habe gesehen, wie du es in die Nase tun wolltest.«

»Hast du?«, Jannis wird allmählich ziemlich unangenehm zumute. »Ähm, Xenia, hör zu, du darfst das keinem sagen, in Ordnung?«

Xenia legt den Kopf in den Nacken und mustert ihn. »Na gut. Aber nur, wenn du mich auch mal Ahoj-Brause durch die Nase nehmen lässt.« Sie will mit ihrer kleinen Hand in das weiße Pulver greifen.

»Neeein!«, ruft Jannis entsetzt und fegt das Pulver so schnell wie möglich in die Ritzen des Tisches, wobei er sich einen Splitter in die Handfläche reibt.

»Warum nicht? Teilst du nicht gern?«

»Liebend gern, aber es ist einfach nur schrecklich, Ahoj-Brause zu schnupfen.«

»Und warum tust du es dann?«, fragt Xenia mit vorgestülpter Unterlippe.

»Mein Vater sagt, ich hab einfach nix drauf«, entgegnet Jannis spontan und scharrt mit seinem Fuß Erde über das weiße Pulver.

»Wie traurig«, bemerkt Xenia und schaut in den Himmel. »Wenn ich meinem Vater sage, dass ich einmal Kleidermacherin werden will, sagt er immer, dass ich alles machen kann, woran ich glaube.«

»Dann hast du einen ziemlich coolen Vater«, sagt Jannis. »Was machst du hier eigentlich so allein, Xenia?«

»Meine Gruppe kommt gleich«, erwidert Xenia. »Ich bin weggelaufen.«

»Warum?«, fragt Jannis.

»Ich hatte Lust drauf«, erwidert Xenia. Ihre dunkelgrünen Augen funkeln und erinnern ihn sofort an ihre Schwester. An die Schwester, an die er überhaupt nie mehr denken möchte.

»Xenia?«, ertönt in diesem Moment passenderweise eine Stimme. Jannis schaut sich um und sieht eine Gruppe Kindergartenkinder auf den Spielplatz zustiefeln. Sie wird angeführt von zwei Erzieherinnen. Die eine beginnt zu rennen.

»Ich bin dann mal weg«, sagt Jannis, scharrt noch etwas Erde über das Kokaingrab und will sich schon aus dem Staub machen. Zwei kleine Kinderfinger halten ihn jedoch am Saum seines T-Shirts fest.

»Erst verabschiedet man sich«, sagt Xenia und hält ihm ihre Hand hin.

»Ähm …« Jannis umfasst die kleine Hand zögerlich mit seiner großen. »Tschüss, Xenia.«

Sie nickt ihm würdevoll wie eine kleine Prinzessin zu. Dann nimmt Jannis endlich die Beine in die Hand, bevor die Erzieherin Xenia und ihn erreicht hat. Siebzig Euro in den Sand … in die Erde gesetzt, denkt er. Ich fass es nicht.

*

Jannis blättert in *Das Kapital* von Karl Marx. Als überzeugter Vertreter der freien Marktwirtschaft hat er letztens beschlossen, sich mal das klassische Gegenstück zu kaufen.

Der moralische Anspruch ist in Ordnung, denkt er. Bringt aber alles nix, wenn der Wettkampf aufhört und die Firmen pleitegehen. Wie man an der DDR gesehen hat.

Seine Zimmertür öffnet sich und seine Mutter stapft herein.

Guck mal, ich lese, denkt Jannis.

»Was zur Hölle fällt dir ein, Frau Melle deinen nackten Hintern zu zeigen?«, kreischt sie los. Ihre Spucke sprüht Jannis in den Nacken.

Er rümpft die Nase und wischt sie mit seinem Ärmel ab.

Ach ja. Hatte ich fast vergessen.

Er seufzt und klappt das Buch zu, dreht sich dann mit seinem Schreibtischstuhl in ihre Richtung und fühlt sich ein bisschen wie ein Talkshowmoderator. »Willkommen Mutter, sie hat mich so abgefuckt angeguckt«, sagt er.

»Benutz nicht solche Wörter!«, fährt sie ihm über den Mund. »Was soll das alles, Jannis? Du verhältst dich in jeder Hinsicht absolut inakzeptabel! Dein Vater und ich sind sehr unzufrieden! Vielleicht hast du auch die falschen Freunde. Schau mal, da ist doch dieser Leon, er ist, glaube ich, ein echt gut erzogener, netter Junge.«

»Okay, ich werde sofort den Freundeskreis wechseln und mich kastrieren lassen«, erwidert Jannis grinsend.

»Sei nicht so frech! Und lach mir nicht so ins Gesicht!«, faucht seine Mutter, stürmt auf ihn zu und baut sich mit in die Hüften gestemmten Fäusten drohend vor ihm auf. »Dein Zimmer ist ein einziger ekelhafter Saustall«, fügt sie dann mit schriller Stimme hinzu und lässt ihren Blick über den Berg von Schmutzwäsche, das sich stapelnde, benutzte Geschirr inklusive Pizzakartons auf dem Schreibtisch und die überall verteilten leeren Bierflaschen schweifen.

Weil Jannis immer vergisst, sein Dachfenster zu schließen, schimmelt sein Teppich schon.

»Ich habe dir schon so oft gesagt, dass du es aufräumen sollst. Deswegen habe ich beschlossen, etwas daran zu ändern«, fährt seine Mutter fort. Sie verschränkt die Arme vor der Brust und mustert ihn mit gewichtig geschürzten Lippen, lässt eine kleine Kunstpause. »Du kriegst eine Putzfrau«, sagt sie dann. »Und die bezahlst du von deinem Taschengeld.«

Tschuldigung, mein Geld ist eben beim Dealer draufgegangen. Aber wenn ich wieder was verkauft hab, kriegt ihr das Geld, okay?, antwortet er im Stillen, laut fragt er: »Echt jetzt?«

»Außerdem«, sagt sie und zieht einen roten Flyer aus ihrer Hosentasche. »Wirst du da heute Nachmittag mit deinem Vater hingehen.« Sie klatscht Jannis den Flyer an die Brust, wirbelt herum und stolziert hinaus.

»For your future – Was willst du studieren?«, liest Jannis mit hochgezogenen Augenbrauen. »Super, Mama, an dir ist echt eine Pädagogin verloren gegangen«, raunt er.

*

Zwangsinformierung beginnt, denkt Jannis und schlägt die Beifahrertür zu. Er folgt seinem Vater schlurfend zur Stadthalle, die Hände in den Hosentaschen vergraben.

»Wie geht es dem Jungen aus deiner Jahrgangsstufe, diesem Julian?«, fragt sein Vater.

»Ist wohl noch nicht aufgewacht«, murmelt Jannis, der keine Lust hat, darüber zu reden.

»Und er ist einfach plötzlich umgekippt? Waren da Drogen im Spiel?«

»Nein«, sagt Jannis sofort. »Das hatte nichts mit Drogen zu tun.«

»Woher willst du das wissen?«, fragt sein Vater und dreht sich zu ihm um, während sie die Stufen zur Stadthalle hinaufsteigen.

Ja, woher will ich das wissen? – »Der nimmt keine Drogen, da ist er nicht der Typ für.« – Bis ich sie ihm aufgeschwatzt habe.

»Hm, er hat auf mich auch immer anständig gewirkt«, sagt sein Vater. »Nun gut. Ich bitte dich ernsthaft, dich mal zu interessieren. Schau dich um, rede mit den Leuten, stell Fragen, mach Pläne. Das ist alles, was deine Mutter und ich von dir verlangen!«

Yeah. Genervt starrt Jannis auf das leuchtend grüne For-your-future-Banner über den Eingangstüren. Meine Pläne?, denkt er. Ich will die Welt sehen, überall feiern, mir Yin und Yang auf die Schulter tätowieren lassen und in einer Straßenband Triangel spielen.

Er rollt mit den Augen und betritt nach seinem Vater die weitläufige Halle, die voll von weißen Klapptischen, hypermotivierten Firmenvertretern und Gratis-Kulis ist. Den ersten Kuli schnappt Jannis sich am Deutsche-Bank-Stand, der direkt vorne aufgebaut ist.

»Ein duales Studium bei der Deutschen Bank, das wäre doch interessant«, sagt sein Vater. »Können Sie uns ein bisschen was dazu erzählen?«, fragt er die eher unansehnliche brünette Mittzwanzigerin, deren Nase wie ein riesiger Pilz auf ihrem Gesicht sitzt.

»Natürlich!«, ruft sie und schlägt vor Freude fast einen dreifachen Salto samt Schraube. »Das theoretische Studium an den Universitäten ist mit vielen Praxisphasen bei der Deutschen Bank verbunden. Es ist möglich, einen betriebswirtschaftlichen oder einen technischen Schwerpunkt zu wählen.«

»Wie setzt sich das duale Studium mit dem betriebswirtschaftlichen Schwerpunkt dann zusammen?«, fragt sein Vater und stützt sich mit den Ellbogen auf dem Tisch auf.

Klar, das, was du studiert hast, hat mich auch zu interessieren.

Von da an hört Jannis nicht mehr zu und konzentriert sich stattdessen darauf, weitere Kulis zu stehlen, ohne dass die sicherlich überzuckerte Bankmitarbeiterin etwas mitbekommt. Als sie ihm nach ihrer zehnminütigen überschwänglichen Rede einen Kuli anbietet, lehnt er bescheiden lächelnd ab.

»Und, was sagst du?«, fragt sein Vater, während sie weitergehen.

»Interessiert mich irgendwie nicht so«, sagt Jannis.

»Ach Jannis«, sagt sein Vater resignierend. »Wieso denn nicht? Damit kann man so viel erreichen. Nun gut, gucken wir mal weiter. Schau mal, da ist die Uni Köln. Sei motiviert, Jannis, stell ein paar Fragen.«

»Darf ich mir einen Keks nehmen?«, fragt Jannis, denn die Uni Köln bietet statt Gratis-Kulis Butterkekse an.

»Sicher«, sagt der etwas ältere Mann hinter dem weißen Tisch gutmütig und schiebt den Keksteller zwischen den zahlreichen Prospekten und Heften nach vorn. Er erinnert Jannis an einen treuherzigen Wetterfrosch.

Sein Vater verkrampft fast unmerklich seinen Kiefer.

»Wofür interessierst du dich denn, Junge?«, fragt der Mann.

»Naturwissenschaftliche Forschungsprojekte«, erwidert Jannis ungerührt.

»Wirklich?«, fragt sein Vater verwirrt.

»Wie schön, die Uni Köln hat ein breites Angebot an naturwissenschaftlichen Fächern und einige interessante Forschungsprojekte!«, sagt der Mann und fängt an zu plappern.

Jannis wartet, bis sein Vater und der Wetterfrosch das neueste Forschungsprojekt diskutieren, dann seilt er sich unauffällig ab. Er läuft an den Ständen vorbei, achtet aber nicht darauf, für wen sie stehen, sondern schnappt sich nur weitere Kulis. Siebenundzwanzig Kulis später trifft er am Ende der Halle auf einen Kuchenstand. In seiner Hosentasche findet er noch ein einsames Zweieurostück. Er kauft sich das größte Tortenstück, das er sehen kann, und setzt sich damit an einen sonst leeren Plastiktisch.

Was für eine Zeitverschwendung, denkt Jannis gelangweilt. Was ist bitte so spannend am Studieren? Wieso verpflichtet man sich freiwillig dazu, nachdem man zwölf Jahre Schule hinter sich hat? Und wieso arbeitet man dann, bis man fünfundsechzig ist, nur um anschließend endlich all die geilen Sachen machen zu wollen, die man vorher hätte machen können? Kopfschüttelnd beginnt er, mit den Händen die cremige Schokotorte zu verspeisen, und amüsiert sich über die missbilligenden Blicke um ihn herum.

Er leckt sich demonstrativ die verschmierten Finger ab, greift dann nach seinem Handy und schaut sich das Foto an, das Chris ihm schon vor ein paar Stunden bei WhatsApp geschickt hat. Ein weißes, extrem knappes Kleid auf einem Gepäckträger. Jannis fragt Chris, ob er shoppen war, und Chris antwortet, dass das Kleid sich soeben noch am Körper einer Krankenschwester befunden hat. Jannis gelingt es nicht, sich darüber zu amüsieren, denn Chris hat auch Lydia das Kleid ausgezogen. Er wechselt zu seiner Facebook-Startseite. Augenblicklich lächelt ihn Lydias neues Profilbild an. Sie steht am Rheinufer und lehnt sich an das Geländer. Ihre blonden Locken wehen leicht im Wind. Sie trägt ein bauchfreies dunkelblaues T-Shirt, das ihre schmale Taille betont, und knappe rosa Hotpants. Ihr Lächeln ist so entwaffnend und selbstsicher wie immer.

»Geh weg«, brummt Jannis und scrollt hastig weiter. Doch da wird es nur schlimmer. Zahlreiche Leute haben an Julians Pinnwand geschrieben, unter ihnen sticht Leon natürlich besonders hervor.

Leon Martin: Julian, ich weiß, dass du zu uns zurückkommen wirst. Wir und deine Familie brauchen dich. Ausnahmslos alle Schüler sind entsetzt, unsere Gedanken sind die ganze Zeit bei dir. Öffne die Augen und sieh selbst, wie du uns allen fehlst. Du bist ein Teil von uns. Wir müssen noch alle zusammen die neue Bibliothek streichen, die jährliche Stufenwasserschlacht veranstalten und die Abifahrt nach Sizilien ist auch noch dran! Das willst du nicht ernsthaft verpassen? ;-)

Leons Kommentar hat über hundert Likes bekommen. »Perfekter Junge, perfekte Worte, mein Vater würde dir einen Altar bauen«, murmelt Jannis.

»Möchtest du *mir* einen Altar bauen?«, fragt eine süßliche Stimme.

Lydia, denkt er sofort und dreht sich nach der Stimme um.

Das Mädchen sieht Lydia tatsächlich verdammt ähnlich. Sie ist schlank, ihr Gesicht ist wie das von Lydia von blonden Locken umrahmt und sie trägt sogar die gleichen rosa Hotpants, die Lydia auf ihrem neuen Profilbild anhat. Aber ihre Augen sind nicht grün, denkt Jannis. Sie ist auch etwas kleiner als Lydia, und ihre Nase ist spitzer.

»Ich glaube, dir wurden genug Altäre gebaut«, erwidert er. »Du hast wahrscheinlich einen ganzen geheimen Keller voll davon. Die armen Kerle. Hoffentlich haben sie dir nicht auch noch irgendwelche Tiere geopfert?«

Das Mädchen schaut ihn verwirrt an.

Lydia hätte eine Antwort gehabt, denkt Jannis. Laut fragt er: »Was machst du hier? Wieso unterhältst du dich nicht mit diesen ganzen motivierten Leuten?«

Das Mädchen verdreht theatralisch die Augen wie eine schlechte Soapdarstellerin, greift nach einem Stuhl und setzt sich neben ihn. »Meine Mum hat mich hierhin abgeschleppt. Sie will, dass ich Pläne für meine Zukunft schmiede. Ich hab überhaupt keinen Bock. Jetzt habe ich es gerade geschafft, sie dem Typen von der Bundeswehr anzudrehen. Sie ist Single, musst du wissen. Und der Bundeswehrtyp hat schöne Armmuskeln – so durchschaubar.« Sie streckt ihren Zeigefinger nach einem Rest Schokosahne auf Jannis' Teller aus, tunkt ihn hinein und leckt ihn dann langsam ab. »Mmh. Die ist echt gut«, murmelt sie.

Lydia hätte mich ausgeschimpft, weil ich mit den Händen Schokotorte esse.

»Wie heißt du eigentlich?«, fragt das Mädchen.

»Jannis, und selbst?«, entgegnet er.

»Jana. Jannis und Jana, das passt super zusammen, oder?«

Na, wer ist hier eindeutiger ein Single, du oder deine Mutter? – »Klar«, sagt er. »Also Jana, was sind denn deine Zukunftspläne?«

»Hmm«, macht sie und schaut auf ihre spitzen, pink lackierten Nägel. »Ich wär am liebsten Model. Catwalk, Shootings, Partys und mehrere Millionen im Jahr. Könnte ich Model sein? Was sagst du?« Sie verzieht ihre Lippen zu einem irritierenden Schmollmund, der verführerisch aussehen soll, und streckt ihre Brüste nach vorn.

Lydia würde nie fragen, ob sie schön ist ... Schluss damit. Vielleicht erweist sich Jana ja als der Funfaktor hier. – »Klar, mindestens Victoria's Secret«, sagt er.

Ihr Kopf beginnt vor Freude zu glühen wie ein rotes Ampelmännchen.

»Sollen wir jetzt ein bisschen Party machen?«, fragt er. »Ich hab was dabei. Suchen wir uns ein ruhiges Plätzchen.«

»Meinst du ... Alkohol?«, fragt sie, während sie ihre Lippen zu einem O formt.

»Nein ... Kokain«, antwortet er leise, während er ihr O nachahmt.

»Wie aufregend!« Ihre babyblauen Augen weiten sich. »Ich bin dabei.«

Sie stehen auf und verlassen die Stadthalle auf der anderen Seite. Jana hält sich mit beiden Händen an seinem Arm fest, als könnte sie sich jetzt schon nicht mehr auf den Beinen halten. Von einem weiß gestrichenen Treppenhaus aus laufen sie alle Stufen hinauf, bis sie ganz oben stehen. Jana kichert währenddessen nonstop durch. »Jetzt sind wir auf dem Dachboden«, kichert sie.

Jannis geht auf eine schmale Tür zu und drückt die Klinke herunter. Sie öffnet sich problemlos.

»Ladies first«, sagt er und winkt Jana wie ein Portier durch die Tür, was ihr Kichern noch einmal exponentiell steigert. Er schließt die Tür hinter ihnen.

Sie befinden sich in einem abgedunkelten kleinen Raum mit Dachschrägen und hölzernem Boden. Die Ecken werden von Spinnweben verschleiert. Drei Viertel des Raums sind zugestellt mit Aktenschränken. Ansonsten ist nichts Spannendes zu sehen. Ihre Schuhe hinterlassen Abdrücke im Staub.

Jana setzt sich im Schneidersitz auf den Boden. »Ich fühle mich, als würden wir gejagt werden und müssten uns vor der Welt verstecken«, raunt sie.

Ähm. Okay. Wir sind nicht die Edelweißpiraten, Süße, denkt Jannis ein wenig genervt. Er zieht einen Ordner aus einem Schrank links von ihm und holt ein kleines Päckchen aus seiner Jackentasche heraus. Dann streut er den Inhalt auf den Deckel des Ordners. Jana starrt das Pulver an, als würde gleich ein Geist daraus hervorsteigen. Dann zieht sie mit ihrem Finger einen Strich hindurch.

»Dein Teil, mein Teil«, sagt sie.

Unter uns plant man unsere Zukunft, denkt Jannis, wir leben die Gegenwart.

*

Als die Wirkung eintritt, dauert es nicht lange, bis Jannis sie ausziehen möchte. Er versucht, ihr das T-Shirt über den Kopf zu ziehen. Sie kichert wie ein kleines Kind, das nicht aus einem Kleidungsstück herauskommt und Mamas Hilfe benötigt, dann rückt sie etwas von ihm ab.

»Nein, warte. Lass es uns so machen: ein Geheimnis, ein Kleidungsstück.«

»Oh, Madame Pompadour beherrscht das Spiel.«

»Also, nenn mir ein Geheimnis«, fordert sie und drückt ihren Schmollmund auf seine Lippen. Es schmeckt nach Erdbeerlipgloss. Jannis will sie auf sich draufziehen, aber sie befreit sich kichernd von ihm, wobei sie ihm ihre spitzen Nägel in die Brust pikst.

»Nun gut. Meinen ersten Joint habe ich auf dem Geburtstag meiner Oma im Badezimmer geraucht. Später hat Oma uns gefragt, warum es da denn so lecker nach Tee riecht«, sagt er.

Jana kichert und zieht sich ihr T-Shirt über den Kopf. Jannis mustert ihre von einem dunkelblauen Spitzen-BH verhüllten Brüste.

»Okay, ich bin dran«, quiekst sie. »Ich bin unheimlich in Justin Bieber verliebt.«

Ach du Scheiße. Was tue ich hier?, denkt Jannis, streift sich aber gehorsam seine Jacke und direkt auch sein T-Shirt ab.

»In der siebten Klasse haben ein Kumpel und ich uns mit Tarnkleidung und Kamera ins Gebüsch gelegt, um unsere Deutschlehrerin beim Nacktbaden zu filmen«, gesteht er.

»Mit zwölf schon so dreist!« Jana wedelt lachend mit dem Zeigefinger. Im Halbdunkeln ist es leicht zu glauben, Lydia würde vor ihm sitzen. »Aber sag doch etwas, was von Herzen kommt«, sagt Jana, anstatt sich ihrer Hotpants zu entledigen. »Sag mir, in wen du verliebt bist.«

In niemanden bin ich verliebt, ich bin nicht für die Liebe gemacht. – »In dich«, raunt er. »Jetzt komm her und lass das blöde Spiel.«

Er greift nach ihren Handgelenken und zieht sie mit Schwung auf sich drauf. Dann presst er seinen Mund auf ihren und öffnet ihre Lippen. Es ist, als würde er eine Dose Erdbeerlipgloss auslecken. Aber egal, ich will sie trotzdem. Mit einer flinken Handbewegung öffnet er den BH-Verschluss an ihrem Rücken. Und gerade, als ihm der BH auf den Bauch fällt, stößt sie sich plötzlich von ihm ab, als hätte er sie mit einem Zauberspruch an die Wand geschleudert.

»Woah«, macht er. »Was ist jetzt los?«

Sie verschränkt die Arme vor ihren nackten Brüsten. »Ich kann das nicht. So bin ich nicht«, sagt sie, plötzlich ganz ernst.

»Ähm, okay, hast du ’ne dissoziative Identitätsstörung?«

»Hä?«, fragt sie.

»Vergiss es«, erwidert Jannis. »Soll mir recht sein.« Er zieht sich sein Shirt wieder über den Kopf und steht auf.

»Weißt du«, sagt sie. »Ich habe meinen Wert und meine Würde. Ich bin eine Frau, kein Flittchen! Schmeiß mal bitte meinen BH und mein Shirt rüber.«

»Viel Spaß beim Angeln«, sagt er schmunzelnd, stellt sich auf die Zehenspitzen, hängt BH und Shirt an einen Dachbalken und geht – nicht, ohne ein schnelles Foto mit dem Handy zu schießen.

»Jannis! Komm zurück! Soooofort!«, kreischt sie ihm hinterher.

Während er die Stufen hinunterläuft, schickt er Chris das Foto und stellt sich lachend vor, wie Jana mit nacktem Oberkörper und wackelnden Brüsten auf und ab springt, um sich wieder anziehen zu können. Ich beherrsche die Welt, ich bin ein Global Player. Mir ist alles egal und nichts tut weh, denkt Jannis, betritt die Stadthalle und läuft grinsend in seinen Vater hinein.

Der packt ihn sofort fest am Arm. »Wo warst du?«, fragt er mit eisiger Stimme. »Was hast du getrieben?«

Jannis versucht, seinem Blick auszuweichen, was sein Vater sofort bemerkt.

Er umschließt Jannis’ Kinn mit der anderen Hand und zwingt ihn so, ihn anzuschauen. Seine dunklen Augen werden hart. »Du hast was genommen. Ich sehe es an deinen Pupillen.«

Jannis schüttelt den Kopf. Du kannst mir gar nichts. Ich bin ein Global Player.

»Versager«, sagt sein Vater mit lauter, kalter Stimme. Mit einem Mal verstummen die eifrigen Beratungsgespräche. Alle Leute drehen sich zu ihnen um. »Du bist ein Versager. Ich gehe mit dir zu einer Veranstaltung, damit du mal *irgendeinen* Plan schmieden kannst, und du dröhnst dich schon wieder zu.«

»Hab ich gar nicht«, entgegnet Jannis halbherzig.

Sein Vater lässt seinen Arm unsanft fallen, als handele es sich um ein widerliches Insekt. Jannis' Hand schlägt gegen seinen Oberschenkel. »Warum habe ich so einen Sohn? Das habe ich nicht verdient. Das hat deine Mutter nicht verdient. Ich verspreche dir, nach der Schule schmeiß ich dich raus, dann bist du endlich mal gezwungen, zu arbeiten.«

Auf die Predigt folgt eisige Stille. Lauter geweitete, voyeuristische Augenpaare sind auf Jannis und seinen Vater gerichtet. Der Wetterfrosch beginnt verstört, seine eigenen Kekse zu essen. Dann setzt das klischeehafte leise Gemurmel ein. Das Gesicht seines Vaters ist starr wie eine weiße Maske. Schließlich dreht er sich um und läuft mit gezielten Schritten Richtung Ausgang.

»Großartige Szene, Papa«, murmelt Jannis. »Oder sollte ich Herr Wegener sagen?«

»Warum war der Mann so gemein, Mama?«, fragt eine Kinderstimme. Jannis sieht auf. Sein Blick fällt auf die Frau des Bürgermeisters, Carla Arendt. Sie steht gerade am Tisch der Polizei und hält ihren kleinen Sohn an der Hand. Der etwa Siebenjährige trägt eine blaue Cordhose, ein weißes Hemd und eine für sein Handgelenk viel zu plumpe teure Uhr. Die Kappen seiner braunen Lederschuhe glänzen. Neben dem Kleinen steht Emily mit ihren typischen Zöpfen, einem schwarz-weiß karierten Kleid und schwarzen Lackballerinas.

Die Frau des Bürgermeisters schaut Jannis naserümpfend an und rückt ihren rosafarbenen Krempenhut zurecht, der farblich auf ihr rosa Flanellkostüm abgestimmt ist.

»Weil er ein furchtbar ungezogenes Kind hat, das eigentlich eine Tracht Prügel bekommen sollte«, sagt sie mit spitzer Stimme. Dann streichelt sie ihrem Sohn das sorgfältig gescheitelte Haar und wendet sich ihren Freundinnen zu, die ebenfalls Krempenhüte und dazu passende Kostüme tragen. Emily wirft ihm einen mitfühlenden Blick zu.

Die einzige Person, die sich nicht nach Jannis umdreht, als er die Stadthalle verlässt, ist eine blonde Frau mit spitzer Nase, die sich einem Vertreter der Bundeswehr kichernd immer mehr annähert.

*

Jannis' Jart-Skateboard lehnt an der Hauswand. Er schnappt es sich und fährt im Licht der roten Abendsonne die Straße entlang. Die Wirkung des Kokains ist fort, er fühlt sich erschöpft und gereizt. Seltsamerweise hat er nicht seinen eisigen Vater vor Augen, sondern Julians leblosen, zusammengekrümmten Körper. Sein kreidebleiches Gesicht, auf dem das Blaulicht flackert. Wie ein toter Schlumpf, hat Jannis absurderweise gedacht. Dann sieht er Julians Mutter wieder vor sich. *Ihr solltet euch schämen!* Es fühlt sich an, als würde sich ihr auf ihn gerichteter Zeigefinger durch seine Rippen in sein Herz bohren.

Es ist nicht meine Schuld, denkt Jannis. Sie ist einfach nur ausgeflippt, weil sie so schockiert war. Ich bin nicht dafür verantwortlich, wenn Julian das ganze Kokain auf einmal schnupft. Und die ganzen Sprüche waren nicht böse gemeint, sie waren doch eigentlich ganz witzig. – So witzig, Julian hat sich TOTgelacht, zischt der böse Gnom in seinem Kopf.

Jannis macht einen niedrigen Ollie den Bürgersteig hoch und will wie immer auf das Gelände des Skateparks rollen. Er wird jedoch von einem rot-weißen Absperrband aufgehalten. Die Überraschung sorgt dafür, dass er fast von seinem Board kippt. Er streckt die Arme aus, um das Gleichgewicht zu halten. Das Absperrband erstreckt sich einmal um den gesamten, leeren Park. Normalerweise hört man hier immer das rhythmische Rollen von Rädern, das Krachen der Skatersprünge und das leise Jammern der Anfänger, wenn sie sich beim Üben die Knie aufschlagen. Normalerweise ist der Park voller Jungs mit Hoodies, Röhrenjeans und Vans, die ihre Carhartt-Rucksäcke alle auf einen Haufen schmeißen. Normalerweise riecht es immer nach Zigarettenqualm und Gras und normalerweise sitzt Ali von der Dönerbude gegenüber schon draußen und wartet darauf, dass die Skater sich für ihren Döner anstellen.

Der Park ist gestorben, denkt Jannis und schaut hinüber zur Dönerbude. Ali ist nicht zu sehen. Am Eingang hängt ein weißes Schild: »Hier entsteht ab dem 01.08.2014 ein neues Seniorenzentrum mit angeschlossener Parkanlage.« Jannis schaut sich unwillkürlich nach einer versteckten Kamera um.

Komm schon, das ist ein beschissener Scherz. Einen Skatepark in ein Seniorenzentrum umbauen? Das ist, als würde man die Hamburger Reeperbahn in ein Klostergelände verwandeln.

Aber der Typ von *Verstehen Sie Spaß?*, der sich lachend den Bauch hält, will einfach nicht auftauchen.

Die werden unseren Skatepark abreißen. Sie werden ihn sich einfach holen und uns unser zweites Zuhause nehmen. Genau genommen unser einziges richtiges Zuhause. Und es ist ihnen völlig egal.

Jannis könnte unter dem Absperrband hindurchschlüpfen, und er ist auch kurz davor. Plötzlich fällt ihm die Mail von dem komischen Onyxmädchen wieder ein. *Geh in die Niehausstraße 27 und kaufe der Unschuld wieder ab, was sie verdirbt.* Und er hört auch wieder die spitze Stimme von Emilys Mutter. *Weil er ein furchtbar ungezogenes Kind hat, das eigentlich eine Tracht Prügel bekommen sollte.* Und da weiß er genau, was er tun will.

*

Die Niehausstraße befindet sich in Lindenthal, einem der wohlhabendsten Viertel Kölns. Und die silberne, schnörkelige Siebenundzwanzig prangt am größten, imposantesten Haus der Straße. Jannis klemmt sich sein Board unter den Arm und geht auf die weitläufige Auffahrt zu, die von einem großen Tor mit eisernen Spitzen versperrt wird. Das Haus des Bürgermeisters ist weiß gestrichen und hat eine breite, mit Kletterrosen verzierte Veranda samt Hollywoodschaukel und Ziertisch. Am Dach befinden sich zwei Erkertürmchen. Um das Haus herum erstreckt sich der Garten.

Der Rasen sieht so akkurat aus, den hat Frau Arendt sicher mit der Nagelschere gestutzt, denkt Jannis. Darauf befinden sich drei Kirschbäume und ein Springbrunnen mit einem steinernen Harfenspieler, und wenn Jannis den Hals reckt, erkennt er den großzügigen Pool, der sich hinter dem Haus befindet.

Jannis drückt auf die Klingel. Eigentlich müsste neben dem Nachnamen »Welcome – here's the money you'll never have« stehen, denkt er. Er hat Glück, Frau Arendt ist noch nicht wieder da. Emily kommt ihm selbst entgegen. Jannis mustert den silbernen Diamantanhänger an ihrem Hals und versucht, dessen Wert einzuschätzen. Mindestens zweitausend, denkt er.

»Hey, Jannis, was gibt's?«, fragt Emily mit offenem Lächeln, aber Jannis hat nur den hochmütigen Gesichtsausdruck ihrer Mutter vor Augen.

»Du wolltest auf der Party doch so viel von meinem leckeren Zeug haben«, sagt er. »Ich dachte mir, vielleicht willst du noch mehr.«

Lydia

Lydia schiebt Mos Kinderwagen langsam über den Bürgersteig. Sie muss ihre kleine Schwester Xenia vom Kindergarten abholen. Normalerweise macht sie sich immer heimlich über Passanten lustig, die an ihr vorbeigehen. Zum Beispiel über Mädchen mit unvorteilhaftem Haaransatz und Presswurstleggins, die eine Explosion aus Fleisch andeuten. Aber nun hat sie seit drei Tagen diese eine Szene im Kopf, die sich immer wiederholt. Es ist nicht etwa das Bild, wie Julian bewusstlos am Boden liegt, nein. Der Moment, an den sie sich pausenlos erinnert, liegt viele Jahre zurück. Lydia war neun:

Ich stehe auf dem Pausenhof der Grundschule und schaue den Schneeflocken beim Fallen zu. Es ist so kalt, dass der Atem in der Luft gefriert. Jeder hat seine eigene kleine Eiswolke um sich herum. Ich friere und habe tierischen Hunger, habe das nach nichts schmeckende Weißbrot schon gegessen. Mama kauft es immer, weil es am preiswertesten ist. Die Ärmel meiner Jacke sind zu kurz und meine Schuhe haben zu dünne Sohlen. Meine Freundin Jana steht ausnahmsweise nicht brav neben mir, ich schaue mich suchend nach ihr um. Stattdessen läuft mir Julian über den Weg. Er ist so klein, denke ich, als er vor mir stehen bleibt. Ich bin einen ganzen Kopf größer als er. Und er hat Babyhände. In seinen Babyhänden hält er ein großes Pausenbrot mit Erdnussbutter. Beim bloßen Anblick fängt mein Magen an, entsetzlich zu knurren. Oh Gott, hoffentlich hört das keiner.

»Möchtest du es haben, Lydia?«, fragt er und mustert mich aus freundlichen, blauen Augen.

Warum glaubt er, dass ich es haben möchte? Weiß er, dass wir arm sind? Woher weiß er es? Ich schaue mich hektisch um.

»Lydia?«, fragt er sanft.

»Nein, ich will kein Mitleid!«, sage ich hysterisch und halte meine Hände abwehrend vor das leckere Brot, das ich am liebsten an mich reißen würde.

»Hm«, sagt er und überlegt kurz. »Ich habe eine Idee: Du kriegst das Brot und korrigierst dafür meine Deutschhausaufgaben?«

Ich denke nach. Das ist in Ordnung, ich kriege nichts aus Mitleid geschenkt. Ich gebe ihm etwas Anständiges zurück. Also nicke ich.

Er lächelt, setzt seinen mit bunten Autos verzierten Tornister ab und zieht sein Deutschheft heraus. Dann überreicht er es mir zusammen mit dem Brot. –

Es war das beste Pausenbrot, das Lydia je gegessen hatte. Und von da an machten sie es immer so, keiner von ihnen verlor darüber ein Wort. Jeden Tag gab Julian ihr ein Pausenbrot und sein Deutschheft. Lydia gestand es sich nicht ein, aber sie wartete darauf. Die Brote waren mit gekochtem Schinken, Camembert, Lachs oder Frischkäse belegt und zusätzlich mit Tomatenscheiben, Schnittlauch oder Ei. Lydia hatte nie ein schlechtes Gefühl, denn pro Pausenbrot holte sie an die fünfzig Fehler aus Julians Deutschhausaufgaben heraus. Tausende Male ersetzte sie das »ich weis« durch ein »ich weiß«. Wäre Jana nicht gewesen, würden wir es vielleicht heute noch so machen, denkt Lydia.

Damals nahm Lydia nie jemanden mit nach Hause, weil sie nicht wollte, dass ihre Freundinnen über den Zustand ihrer Familie Bescheid wussten. Eine Weile ging das gut, Lydia quartierte sich einfach immer woanders ein und stellte sich vor, dort zu wohnen. Sie hätte auch gern ein eigenes Zimmer und einen Garten zum Spielen gehabt und eine Mutter, die nachmittags Zitronenkuchen und Muffins auf den Tisch stellt. Ihre eigene Mutter arbeitete fast immer bis sieben Uhr abends.

Dann stand Jana eines Tages vor ihrer Wohnungstür und verkündete freudestrahlend: »Überraschung!« Lydia schlug ihr die Tür vor der Nase zu, öffnete sie dann wieder und flüsterte mit hochrotem Kopf, dass sie kein so schönes Zuhause habe. Und dann kam der nächste Schultag, Lydia hat ihn noch genau vor Augen:

Ich bin etwas zu spät und schlüpfe hastig durch die Klassentür. Zum Glück kommt meine Deutschlehrerin gerade nach mir. Alle starren mich an. Das ist immer so, wenn man zu spät kommt, denke ich, setze ein für eine Neunjährige ziemlich unnahbares Lächeln auf und stolziere zu meinem Platz. Doch auch nachdem ich mich hingesetzt habe, gucken mich immer noch alle an. Ich werde gern angeguckt, wenn man mich bewundert. Aber diese Blicke sind kritisch und abschätzig. Ich halte es nicht mehr aus.

»Was ist los?«, flüstere ich Jana zu, die neben mir sitzt. Jana starrt mit geröteten Wangen auf ihren Diddl-Block und malt mit ihrem Bleistift ein und dieselbe Blume immer und immer wieder nach. Das ist komisch, für gewöhnlich antwortet sie mir sofort. Normalerweise versucht sie immer, mir zu gefallen, versucht sogar, mich zu kopieren. Sie sieht mir auch ziemlich ähnlich, nur ihre Nase ist deutlich spitzer.

»Guten Morgen, 4a«, sagt Frau Lubich.

Aber keiner antwortet ihr, alle gucken immer noch mich an. Cynthia flüstert Clarissa etwas ins Ohr. Ich beginne, mich wirklich unwohl zu fühlen, und schaue an mir herunter. Habe ich mich bekleckert? Ist mein Hosenschlitz offen?

»Guten Morgen?«, wiederholt Frau Lubich fragend, und jetzt antworten meine Klassenkameraden ihr murmelnd.

»Was ist denn los?«, fragt unsere Lehrerin, dreht sich zur Tafel um und klappt sie auf.

Und da steht es. In dicken, weißen Buchstaben: *Lydia ist arm!!! Deswegen trägt sie immer Pullis von Aldi!* –

Lydia weiß bis heute nicht, wer es an die Tafel geschrieben hat. Ihr ist nur klar, dass Jana dafür verantwortlich war, dass es alle wussten. Damals ist sie schluchzend nach Hause gerannt, hat sich den Fleecepulli vom Leib gerissen und wollte eine Woche nicht mehr aus ihrem Zimmer herauskommen. Sie hat nie wieder ein Wort mit Jana gesprochen. Und als Julian ihr wieder ein Pausenbrot geben wollte, hat sie es auf den Boden geworfen und ist draufgetreten.

*

In ihrem Kopf vermischen sich die Bilder. Die neunjährige Lydia tritt auf das Pausenbrot, Julian liegt leblos vor der Garderobe, Lydia schreit ihn an der Bar an, Julian sammelt enttäuscht die Brotreste vom Boden und geht mit gesenktem Kopf davon.

Er hat versucht, mir zu helfen. Er konnte nichts dafür. Und zum Dank mache ich ihn so fertig, dass er sich ins Koma trinkt und wahrscheinlich noch irgendwas geschluckt hat. Ich bin ein ziemlich schlechter Mensch.

Sie ist so in Gedanken versunken, dass sie mit Mos Kinderwagen gegen eine Laterne läuft. Das Rütteln des Wagens bringt Mo zum Weinen.

»Nein, nein, pscht!«, macht Lydia und läuft hastig um den Wagen herum. »Komm schon, Momo, nicht weinen, schau, da ist deine Schildkröte, guck!« Lydia kramt in ihrer Handtasche und zieht Mos Lieblingskuscheltier heraus – eine freundlich lächelnde Schildkröte mit riesigen Glupschaugen. Kein Teddybär der Welt kommt für Mo an sie heran. Mo mustert sie, überlegt, ob er weiterschluchzen soll, streckt dann die Arme nach seiner Schildkröte aus. Erleichtert drückt Lydia sie ihm in den Schoß, läuft um den Wagen herum – da beginnt Mo wieder zu weinen. Lydia hört genau, dass er sie provozieren will.

»Blödes Scheißkind«, knurrt sie und vergisst ihre sonst so gewählte Ausdrucksweise. »Bin froh, wenn ich dich auch im Kindergarten abgeben kann.«

Mos Antwort ist ein lautes Kreischen, das alle Menschen im Umkreis von zweihundert Metern dazu bringt, sich nach ihnen umzudrehen. Der Mann am Hotdog-Stand scheint zu überlegen, ob sie soeben ein armes Kind entführt. Als Lydia ihm jedoch ihr Standardlächeln schenkt, lächelt er begeistert zurück.

Mo heult lustig weiter.

»Ich stopf dir gleich die Schildkröte in die Fresse«, murmelt Lydia. Sie blickt auf das Rheincenter. Wenn er ein Schokocroissant im Mund hat, vergisst er zu heulen, denkt sie. Mit seinen zwei Jahren ist er da schon typisch Mann, zwei Sachen gleichzeitig kriegt er nicht hin. Entschlossen überquert sie die Straße. Dann muss Xenia noch ein paar Sekündchen warten, ich hab keine Lust mehr auf diese Schreierei. Für Mama ist es leicht zu sagen, dass Mo ein Goldjunge ist. Sie bekommt es nie mit, wenn er schreit.

Lydia kauft Mo ein Schokocroissant und spielt mit dem Gedanken, sich selbst einen Latte macchiato zu gönnen. Dann verzichtet sie doch lieber darauf, um Geld zu sparen; mit ihren zwanzig Euro im Monat kommt sie nicht weit.

Ihr Trick funktioniert: Mo hört endlich auf zu weinen und beginnt, zufrieden an seinem Croissant zu nuckeln.

»Was sagt man da?«, fragt Lydia.

»Danke fehr«, sagt Mo grinsend.

»Danke *sehr*«, korrigiert Lydia, obwohl sie genau weiß, dass Mos Sprachfehler sich nicht eben so beseitigen lässt. Sie will das Einkaufscenter gerade verlassen, als ihr Blick auf die Hollinder-Filiale fällt. Sie liebt die schöne, duftende Kleidung, die Chris immer so selbstverständlich trägt. Aber sie kann sie sich nicht leisten. Nur mal gucken, redet Lydia sich ein.

*

Alles will sie haben. So ein Kleid mit Hawaiiblumen, so einen Bikini in Aquamarin, so eine schicke Jogginghose, in der man sich stilvoll entspannt. Aber am besten gefällt ihr ein smaragdgrünes T-Shirt mit spitzenbesetzten Ärmeln und Bubikragen. Das passt zu meinen Augen, denkt Lydia, während sie mit einer Hand über den Stoff streicht. Die andere Hand hat sie am Kinderwagen. Mo lutscht immer noch selig an seinem Schokocroissant.

Sie greift nach dem Preisschild. Fünfunddreißig Euro. Mehr, als sie für den gesamten Monat zur Verfügung hat. Aber sie muss es haben. Die Leute sollen denken, dass sie sich Hollinder-Kleidung leisten kann. Ellie, Jannis und Chris sollen es denken.

Lydia schaut sich unauffällig um. Zwei identisch gekleidete Mädchen mustern die Bikinis und diskutieren darüber, welcher vom Schnitt her der Figur mehr schmeichele. Eine sonnengebräunte Verkäuferin steht am Eingang und konzentriert sich darauf, den Neuankömmlingen ein möglichst amerikanisches »Heey, what's up?« entgegenzuschmettern. Lydia erinnert sich daran, wie Jannis das mal kritisiert hat. »Ich habe eine Abmahnung vom Verein Deutsche Sprache dabei«, hat er damals gesagt. Sie wendet sich wieder dem T-Shirt zu und sucht nach der Größe vierunddreißig.

»Es ist wirklich schrecklich. Ich verstehe nicht, warum der arme Junge das getan hat«, sagt eine Frauenstimme hinter Lydia.

»Das verstehe ich auch nicht«, murmelt die Stimme ihres Exfreunds. »Lydia?«, fragt sie dann. Lydia zuckt zusammen, als hätte man sie schon beim eigentlichen Diebstahl erwischt, und fährt herum. Vor ihr steht Leon, neben ihm seine Mutter.

»Oh, hey«, sagt sie und knipst schnell ihr Standardlächeln an, während sie versucht, Julians Gesicht auszublenden. »Hallo Frau Martin.«

»Hallo Lydia«, sagt Leons Mutter und mustert sie demonstrativ von Kopf bis Fuß. Der missbilligende Unterton in ihrer Stimme ist nicht zu überhören.

Ich bin das hochmütige Mädchen, das ihrem Sohn das Herz gebrochen hat. – Lydia hebt ihr Kinn. »Wonach suchst du denn,

Leon?«, fragt sie und erinnert sich wieder an seine Predigt auf dem Steg.

»Ich brauch eine neue Jeans«, antwortet Leon und kratzt sich am Ohrläppchen. »Und du?«

Sicher, die kaufst du dir nur, wenn Mama ihren Segen gibt. – »Das T-Shirt gefällt mir«, sagt Lydia. »Glaubst du, dass es mir steht?« Sie hält es probeweise vor ihre Brust und neigt die Hüfte leicht. Frohlockend sieht sie zu, wie der Gesichtsausdruck seiner Mutter entgleist.

»Ähm, ja«, sagt Leon.

»Du hast Schluss gemacht«, fährt Leons Mutter sie an. »Hör auf mit deinen anzüglichen Spielchen!«

»Oh, Sie haben keine Ahnung, was es bedeutet, wenn ich anzügliche Spiele treibe«, erwidert Lydia lasziv und schnalzt mit der Zunge.

Leons Mutter holt empört Luft, ihre gepuderte Nasenspitze zittert.

»Gehen wir, Mama«, sagt Leon, bevor sie antworten kann, und zieht sie am Handgelenk hinter sich her.

Lydia lächelt sich triumphierend im Spiegel an. »Ich hab gewonnen, Momo«, flüstert sie in Richtung Kinderwagen.

Mo würdigt sie keines Blickes und kaut unbeeindruckt an seinem Croissant, während sich die Krümel auf dem Panzer der Schildkröte verteilen.

Durch ihr sicheres Auftreten gegenüber Leons Mutter ermutigt, fällt es Lydia vergleichsweise leicht, das grüne T-Shirt in Größe vierunddreißig blitzschnell unter das Shirt in Größe sechsunddreißig zu schieben. Mit dem Kleiderbügel in der einen, dem Kinderwagen in der anderen Hand macht sie sich auf den Weg zu den Umkleidekabinen.

»Heey, what's up?«, fragt der Surfertyp dort.

Sie sehen immer alle gleich aus, denkt Lydia, während sie seine flutwellenähnliche Haartolle mustert. Es ist die Generation der amerikanisierten Hollinder-Klone.

»Hi«, sagt sie lächelnd.

Schönes Mädchen und Fast-noch-Baby mit Bambi-Blick – ich würde wahrscheinlich sogar mit einem Körbchen psilocybinhaltiger Pilze durch die Sicherheitskontrolle am Flughafen kommen, wenn ich sage, dass ich meiner Großmutter was mitbringen möchte.

Der Surfertyp zeigt ihr ihre Umkleidekabine. Lydia rollt den Wagen hinein, zieht den Vorhang zu und setzt sich auf den Hocker. Dann zieht sie das kleinere T-Shirt unter dem größeren hervor. In Windeseile holt sie die Alufolie aus ihrer Handtasche. Sie umwickelt die Sicherheitspieper damit. Auch den Strichcode-Pieper umrollt sie mit Alufolie. Konzentriert zerstört sie die Spiralen auf den Rückseiten der Etiketten. Dann faltet sie das kleinere T-Shirt und steckt es in ihre Handtasche. Sie ist fertig, bevor Mo den letzten Bissen von seinem Croissant genommen hat.

»Hm, gefällt mir leider doch nicht so«, sagt sie zu dem Surfertypen und drückt ihm das Sechsunddreißiger-Shirt in die Hand. Anschließend macht sie sich ruhig lächelnd und betont langsam auf den Weg nach draußen und erwidert freundlich das »Bye-bye!« der Verkäuferin.

Geschafft, denkt sie, als sie den Laden verlassen hat – bis sich ihr eine Hand fest auf die Schulter legt und ihr Herz gleich mit zerdrückt.

Laufen?, fragt eine Stimme in ihrem Kopf. Mit Kinderwagen? Good luck with that!

Sie atmet tief durch und dreht sich langsam um. Vor ihr steht ein Mann um die vierzig mit maßgeschneidertem Jackett und dunkler Jeans von Abercrombie. Er hat wachsame dunkle Augen, ein kantiges Gesicht und ein glatt rasiertes Kinn, das aussieht, als könne man sich daran schneiden. Der Store Manager, denkt Lydia und versucht, ihren Gesichtsausdruck und ihr rasendes Herz zu kontrollieren. Lass dir nichts anmerken. Lächeln, Lydia, lächeln. Du hast keine Wahl.

»Sie sind mir aufgefallen«, sagt der Store Manager.

Lydia atmet zittrig aus und klammert sich mit den Händen am Kinderwagen fest.

»Sie sind wirklich ein außergewöhnlich schönes Mädchen. Können Sie sich vorstellen, bei Hollinder zu arbeiten?«

*

Lydia träumt von ihrer Zukunft: Ich werde es besser machen als die amerikanisierten Klone. Ich bin Hollinder's Next Top Model. Habe die schönsten Locken, ohne morgens eine Stunde früher aufzustehen, um mir die Haare einzudrehen. Wenn ich am Eingang posiere und lächele, kommen dreimal so viele wie sonst. Und ich werde für jeden etwas finden, was ihm steht, denn einen guten Modegeschmack hab ich sowieso. Jeder Modemagnat würde vor Freude die Augen verdrehen, wenn er wüsste, dass meine Beine bald in einem seiner Läden stehen.

Sie hat sogar Zeit für das Casting morgen um vier, weil ihr Vater da verkürzt arbeitet.

Als Lydia beim Kindergarten angelangt ist, sitzt Xenia, mal wieder letztes Kind, auf der Wiese und vollendet gerade eine Gänseblümchenkette. Sie setzt sie sich auf den Kopf.

»Hey, Xeni!«, ruft Lydia und winkt.

Xenia schaut hoch, sieht ihre große Schwester und rappelt sich auf. Strahlend läuft sie auf Lydia zu. Statt durch das Törchen zu gehen, klettert sie über den halbhohen Zaun des Kindergartens, wobei ihr dünnes, rosa-weiß gepunktetes Röckchen einreißt.

Lydia verdreht die Augen.

»Lydia!«, quäkst Xenia und springt ihr mit Anlauf in die Arme.

»Hey Maus«, sagt Lydia.

Xenias Haare riechen nach ihrem Lillifee-Shampoo. Sie schlingt ihre Arme um Lydias Hals. »Endlich bist du da«, seufzt sie. »Ich habe Jahrhunderte gewartet.«

»Sei nicht albern«, schmunzelt Lydia und gibt ihrer kleinen Schwester einen Kuss auf die Stirn.

Mo gibt ein glucksendes »Feni!« von sich.

»Hallo, Baby«, sagt Xenia und streichelt Mo über die flaumigen braunen Haare, rutscht dann einmal mit dem Zeigefinger seine Stupsnase herunter.

»Er ist kein Baby mehr«, sagt Lydia.

»Doch, er wird immer ein Baby sein«, erwidert Xenia. »Gehen wir?«

Sie legt ihre Hand in Lydias. Gemeinsam machen sie sich auf den Weg.

Es ist nicht so, dass ich sie nicht liebe, denkt Lydia, während Xenia beginnt zu plappern und Mo auf seiner vollgekrümelten Schildkröte herumpatscht. Ich hätte nur gern mehr Zeit für mich ganz allein.

»Heute haben wir einen Ausflug gemacht«, erzählt Xenia, während sie über den Bürgersteig hopst. »Wir sind zum Spielplatz gegangen. Da bin ich weggelaufen.«

»Schon wieder?«, fragt Lydia genervt. »Aber Xenia, wie oft habe ich dir schon gesagt, dass du nicht einfach abhauen kannst? Da kann so viel passieren! Alle machen sich Sorgen um dich! Was soll das denn?«

Xenia hebt ihr Kinn. »Eine Fee hat mich gerufen«, erwidert sie patzig.

»Tinker Bell?«, seufzt Lydia.

»Tinker Bell ist eine Elfe!«, entgegnet Xenia in ihrem Bist-du-doof?-Tonfall. »Nein, eine Fee hat mich gerufen. Ich sollte zu ihr ins Feenreich kommen, um die Feen vor den bösen Zwergen zu retten. Denn nur ich kann die Retterin sein. Der Zugang zum Feenreich ist bei der Rutsche. Man muss dreimal rutschen, dann ist man dort.«

»Dann wären inzwischen ziemlich viele Leute im Feenreich«, murmelt Lydia.

»Nein, Mann! Das funktioniert nur bei mir! Du hast ja echt keine Ahnung«, sagt Xenia verärgert und pustet sich den rotblonden Pony aus der hohen Stirn. »Und es geht auch nur, wenn keiner da ist. Aber dein Freund Jannis war dort.«

»Er ist nicht mein Freund«, entgegnet Lydia sofort.

»Ihr seid keine Freunde mehr?«, fragt Xenia, nun eher verwirrt als verärgert.

»Doch«, sagt Lydia. »Egal. Warum war er da?«

»Er hat Ahoj-Brause in die Nase getan, um ins Feenreich zu kommen. Aber das geht nicht. Es funktioniert nur, wenn ich dreimal rutsche.«

Ich muss sie bloß von Ellie fernhalten, denkt Lydia. Wenn man die beiden zusammentut, verschwinden sie für immer im Feenreich. Laut sagt sie: »Ich verstehe.«

Xenia nickt zufrieden und wechselt zu einem realitätsbezogeneren Thema: »Kann ich ein Eis haben?«

*

Als Lydia die Tür zur Wohnung aufschließt, hat Xenia ein Kaktuseis in der Hand, schmollt aber immer noch ein bisschen, weil sie kein Cornetto bekommen hat.

»Hallo, Jared!«, ruft Lydia in die Wohnung hinein. »Alles okay?« Mit seinen acht Jahren ist Jared das einzige Geschwisterkind, das sie mal für zwei Stunden allein lassen kann.

»Ja«, ist die nüchterne Antwort.

Lydia zieht sich ihre Schuhe in der engen Diele aus und schnuppert. Es stinkt immer noch ein wenig nach Kotze. Mo hat sich vor einer Woche auf den Teppichboden übergeben, weil er den Himbeerquark nicht vertragen hat. Und obwohl die Fenster seitdem nonstop offen stehen und ihre Mutter versucht hat, den Geruch mit billigem Vanille-Raumspray zu überdecken, riecht es noch – nun nach Vanillekotze.

Lydia öffnet die Tür zu Jareds Zimmer und betritt den Raum. Sofort tritt sie auf einen LEGO-Stein.

»Au! Scheiße! Auuu!«, jault sie, stützt sich an der mit Dinopostern tapezierten Wand ab und reibt sich den schmerzenden Fuß.

»Das passiert, wenn man nicht klopft«, sagt Jared altklug, ohne von seinem *Geolino*-Heft aufzuschauen.

»Sei nicht so arrogant!«, ruft Lydia aus, hebt den LEGO-Stein vom Boden auf und wirft ihn Jared an den Hinterkopf.

»Meine Schwester wendet Gewalt gegen mich an«, sagt Jared ruhig und dreht sich nun endlich zu Lydia um. Er mustert sie mit wachem Blick. Jannis nennt den für sein Alter sehr kleinen Jungen mit den blonden Löckchen »little Einstein«, auch wenn Lydia dann immer sofort beginnt, mit ihm zu diskutieren. Jared soll nicht dauernd daran erinnert werden, dass selbst die Mädchen in seiner Klasse allesamt größer sind als er selbst.

»Was liest du?«, erkundigt sie sich versöhnlich.

»Und sie bewegt sich doch!«, ruft Jared.

»Bitte?«, fragt Lydia milde erstaunt.

»Galilei hat gesagt, dass die Erde sich bewegt, und niemand hat ihm geglaubt«, sagt Jared.

»Ja, ihr seid zwei Querdenker«, schmunzelt Lydia. »Ich koch uns mal was zu essen.«

Sie verlässt sein Zimmer wieder und geht in die Küche. Dort holt sie den angerosteten Topf aus dem Schrank, füllt ihn mit Leitungswasser und stellt ihn auf die Herdplatte. Anschließend sucht sie sich Nudeln, Dosentomaten, Zwiebeln, Knoblauch und Gewürze zusammen.

»Spaghettiiiii!«, quietscht Xenia neben ihr, als Lydia die Nudelpackung aufreißt.

»Ruhig, mein Trommelfell platzt!«, mahnt Lydia.

»Ich will helfen!«, sagt Xenia begeistert, holt sich ihren rosa Hocker und klettert auf rosa Stoppersocken hinauf. Nach kurzer Überlegung überträgt Lydia ihr die Aufgabe, den Knoblauch mit der Presse zu zerkleinern. Dabei kann sie sich nicht wehtun.

Während Xenia mit vor Konzentration zusammengepressten Lippen den Knoblauch zerdrückt, stellt Lydia sich wie immer vor, in einer schöneren Küche zu kochen. In einer Küche mit weißem Marmor und Edelstahl, mit einer Spülmaschine, vielleicht sogar einer teuren Espressomaschine. Aber sie steht in einer engen Küchenzeile aus abgenutztem Holz, ihr Geschirr spülen sie selbst, und es gibt Filterkaffee. Ihr ganzes Leben lang wünscht Lydia sich schon, ein eigenes Zimmer in einem schönen Haus zu haben. Und doch weiß sie, dass ihren Eltern nie mehr gehören wird als das hier. Es wird immer nur die kleine Vierzimmerwohnung geben. Wo man sich in der Dusche fast nicht umdrehen kann. Wo die Tapete abblättert wie eine alte Schlangenhaut. Wo auf dem Klingelschild »Familie Armut« stehen sollte. Lydia hasst es. Sie hasst die billige Polyesterkleidung ihrer Eltern, das elende Weißbrot auf dem Frühstückstisch und den uralten, auf einem Flohmarkt erstandenen Fernseher. Sie fühlt sich gefangen, eingesperrt im falschen Leben. Und dann, wenn sie mal wieder in ihrem inbrünstigen Hass versinkt, kommen ihre Eltern nach Hause.

»Du bist unser großes Mädchen, ohne dich könnten wir das gar nicht schaffen«, sagen sie.

»Wir sind so stolz auf dich, Lydia, aus dir wird mal etwas Großes werden.«

»Es tut uns leid, dass wir dir so viel aufbürden, wir tun alles, was wir können.«

Und dann setzen sie sich zu ihr. Sie fragen, wie es ihr geht. Ihre Mutter kämmt und flicht ihr die Haare. Ihr Vater bringt ihr häufig einen Haufen Lakritzbonbons mit, wenn er in der Nähe der Kantine arbeitet, wo man sie kostenlos bekommt. Weil er weiß, wie gern Lydia Lakritzbonbons mag. Und dann schämt Lydia sich für den ganzen Hass in ihr. Denn sie weiß, dass sie zwar in schlechten Verhältnissen lebt, aber keine schlechten Eltern hat. Ihre Mutter arbeitet in einer Pommesbude, ihr Vater auf dem Bau. Vielleicht ist das der Grund, warum Lydia spätnachts aufsteht, um zu lesen. Wie um sich selbst zu versichern, dass sie mehr aus ihrem Leben machen wird.

Sie macht es auch dieses Mal. Nachdem gegessen und gespült wurde, nachdem sie mit Xenia und Jared Twister gespielt und

Mos Spritzereien mit der Tomatensoße beseitigt hat, nachdem ihre Eltern nach Hause gekommen sind, sich mit ihren Kindern unterhalten und sie alle zusammen den ersten *Harry-Potter*-Film geschaut haben, setzt Lydia sich mit Goethes *Faust* ins endlich stille Wohnzimmer und beginnt zu lesen. Wenn alle schlafen, kann sie sich endlich ausruhen. Seit sie von einigen gehört hat, dass sie *Faust II* als Einschlaflektüre betrachten, hat sie sich vorgenommen, beide Teile zu bewältigen. Konzentriert verfolgt sie den Disput zwischen dem Teufel Mephistopheles und dem Studenten Baccalaureus, versucht, das eifrige Wortgefecht nachzuvollziehen.

Das sind Jannis und meine Vorgänger, denkt sie. Aber wer von uns beiden ist der Teufel?

An dem Vers »Der Teufel stellt dir nächstens doch ein Bein« bleibt sie hängen. Unwillkürlich hat sie Julians Gesicht wieder vor Augen. »Komm schon«, murmelt sie, blinzelt, schlägt sich an die Stirn, als könne ein kräftiger Schlag die Bilder einfach heraustreiben.

Der Teufel stellt dir nächstens doch ein Bein, murmelt Julians Stimme vorwurfsvoll in ihrem Kopf. Wird er das?, fragt sie sich. Wird sich jemand an mir rächen? Habe ich das verdient? Sie starrt auf die vielen Zeilen, bis diese vor ihren Augen zu Buchstabensuppe verschwimmen.

Los jetzt, denkt sie und versucht, sich wieder zu konzentrieren. Aber egal wie oft sie neu ansetzt, nur der eine Vers kreist in einer ewigen Spirale durch ihren Kopf. Schließlich gibt sie es auf, klappt das Buch zu und greift nach einem Blatt Papier und einem roten Buntstift, die vor ihr auf dem Tisch liegen. Xenia hat sich vorgenommen, ihr Feenreich zu zeichnen. Nach einem roten Strich ist sie jedoch aufgestanden und hat sich ein *Peter-Pan*-Puzzle geholt.

Lydia rollt den Buntstift zwischen ihren Fingerkuppen, dann dreht sie das weiße Blatt um und setzt ihn an. Sie hat Worte im Kopf und ihre Finger bewegen den Stift wie von selbst.

I can lie to your face
I can lie to myself
I can try to erase
All the memories
But the devil kisses my neck and whispers
You're gonna get it back

I pretend I'm okay
I pretend nothing happened
Tell myself I'll just stay
Forever unbreakable
But the devil's in my head to speak
Honey, in your heart you're weak

I wish I could set the clocks back to that night
Say things differently, say them right
Change the story, turn the ending
Instead I'm sitting here defending
What I've done
I'm deaf and mute and also blind
Cause you're the devil on my mind

Als Lydia am nächsten Tag zum Hollinder-Casting erscheint, hat sie das ganze Netz nach dem Ablauf durchgegoogelt. Um zehn vor vier steht sie in weißem Top, Bluejeans und mit Glanzspray bearbeiteten Haaren vor dem Einkaufscenter. Zwei Mädchen und ein Junge warten dort ebenfalls. Sie sind alle drei dunkelhaarig und tragen Hollinder-Shirts. Es wäre eine zu große Schicksalsherausforderung, im geklauten T-Shirt zum Casting zu gehen, hat Lydia gedacht. Sie gesellt sich zu den anderen.

»… ich hab seinen Namen vergessen. Aber er ist auf der Endless-Summer-Night-Party umgekippt. Echt krass«, sagt eines der Mädchen gerade.

Das kann doch nicht sein. Hör auf, mich zu verfolgen, Julian. – »Hey, ich bin Lydia«, sagt sie so selbstbewusst wie immer.

Die anderen stellen sich als Lara, Alissa und Alexis vor. In den nächsten Minuten kommen noch zwei weitere dunkelhaarige Jungs zu ihnen. Um Punkt vier werden sie dann von dem Store Manager, der Lydia gestern angesprochen hat, abgeholt. Ein Mädchen mit rötlich-braunen Haaren, das riecht, als hätte man es in Hollinder-Parfum eingelegt, sprintet in letzter Sekunde keuchend heran. Auf ihrem T-Shirt steht in schmalen, verschlungenen Buchstaben »Luxusleben«.

Lydia geht neben Alexis und mustert ihn unauffällig: Groß, schwarzhaarig und intensiv blaue Augen – genau mein Geschmack. Wie zufällig streift sie mit ihrem Zeigefinger sein Handgelenk. Zu ihrem Erstaunen scheint er dies wirklich nicht zu registrieren. Mit abwesendem Gesichtsausdruck kaut er auf einem Kaugummi herum. Lydia versucht es noch einmal. Nun schaut Alexis auf.

»Ja?«, fragt er. »Was denn?«

Es funktioniert nicht, denkt Lydia verdutzt. »Oh, war keine Absicht«, sagt sie schnell.

Sie folgen dem Store Manager in die Hollinder-Filiale. Am Ende des immer von Menschen gefüllten Ladens befindet sich eine Tür, die in einen von der Sonne hell erleuchteten Raum führt. Die Stühle sind im Kreis aufgestellt. Lydia setzt sich natürlich neben Alexis und mustert aus dem Augenwinkel seine fast mädchenhaft langen Wimpern und sein kantiges Kinn. Er schenkt ihr keinen einzigen Blick. Als ob er nicht auf mich steht, denkt Lydia. Alle stehen auf mich.

Im Raum wartet ein weiterer, etwa vierzigjähriger Store Manager mit einem aalglatten Gesicht, einer Sonnenbrille in den nach hinten gekämmten Haaren und einem teuren Kugelschreiber in der Hemdtasche. Lydia wirft ihm einen kritischen Blick zu. Der zupft sich die Augenbrauen, denkt sie. Wahrscheinlich rasiert er sich auch die Beine.

Die beiden Store Manager beginnen, das Unternehmen vorzustellen. Währenddessen geht eine Anwesenheitsliste durch die Gruppe. Lydia sieht Alexis zu, wie er in geschwungenen Buchstaben »Alexis Steinfeld« auf die Liste schreibt. Sie kann nichts dafür, es ärgert sie maßlos, dass er sie nicht wahrnimmt. Dann ermahnt sie sich und konzentriert sich auf das, was die Store Manager erzählen. Sie berichten von der Gründung Hollinders im Jahr 2000, von dem Konzept des Unternehmens und definieren Hollinder als »die Marke der Schönen«.

»Als Nächstes möchten wir Ihnen ein paar Fragen stellen«, sagt der Store Manager mit den gezupften Augenbrauen. »Beginnen wir links. Nennen Sie drei Worte, mit denen Ihre Freunde Sie beschreiben würden.« Er wendet sich an das Mädchen mit den rötlich-braunen Haaren.

»Modisch. Hilfsbereit. Und fleißig«, sagt dieses wie aus der Pistole geschossen.

»Gelassen. Optimistisch. Teamplayer«, sagt Alexis.

Der Store Manager mustert Lydia fragend.

Wie sehen meine Freunde mich?, denkt sie. Sie hat keine Ahnung. Wie würde Ellie mich beschreiben? Sie würde vermutlich sagen, dass ich schön bin und eine große Klappe habe. Was hab ich denn Vorzeigbares?

»Geduldig. Tolerant. Und neugierig«, sagt sie hastig.

Neugierig dürfte noch halbwegs stimmen, denkt sie.

Nachdem die anderen Bewerber auch ihre Adjektive heruntergerattert haben, reicht der Store Manager, der Lydia angesprochen hat, einen Stapel Blätter herum.

»Hier können Sie Ihre möglichen Arbeitszeiten ankreuzen«, sagt er. Lydia lächelt und sieht sich schon in einem pinken Hollinder-Shirt am Eingang der Filiale stehen. »Hey, what's up?«, wird sie mit blitzend weißem Lächeln fragen und alle werden sich automatisch wahrhaftig *great* fühlen. Dann fällt ihr Blick auf die anzukreuzenden Arbeitszeiten. Eine Schicht dauert fünf Stunden. Irgendwie ist sie automatisch davon ausgegangen, dass sie die wenigen Lücken in ihrem eigenen Zeitplan zum Arbeiten nutzen könnte. Ihre Eltern arbeiten unter der Woche fast immer bis sieben Uhr. Sie arbeiten auch beide samstags, Lydias Mutter bis vier, weil sie montags und freitags schon um fünf zu Hause ist, und ihr Vater wiederum bis sieben Uhr. Es ist Lydia schlicht und ergreifend nicht möglich, fünf Stunden am Tag in der Filiale zu arbeiten.

Oder soll ich meine drei Geschwister mitnehmen und fünf Stunden lang bei Toys"R"Us parken?

Sie räuspert sich. »Ähm, Entschuldigung. Ich kann leider an keinem Tag fünf Stunden erübrigen. Würden dreieinhalb Stunden samstags reichen?«, fragt sie. Sie versucht sich an einem entwaffnenden Lächeln, aber auch der Mann mit den gezupften Brauen mustert sie so ungerührt wie ein Fleischer aus Leidenschaft.

»Das hier ist kein Wunschkonzert. Haben Sie sich nicht informiert?«

Der andere Store Manager möchte etwas sagen, aber der Brauentyp hält ihn mit einer Handbewegung auf und verdeutlicht so, wer Alpha und wer Beta ist. »Dann kann ich leider nichts für Sie tun. Das Casting macht für Sie demnach wenig Sinn.«

Für etwa zwei Sekunden verharrt Lydia verdattert auf ihrem Stuhl. Dann fasst sie sich. »Na gut«, sagt sie süßlich und steht auf. »Der Boss der Opiumhöhle hat gesprochen. Vielleicht ist es gut, sich nicht die ganze Zeit von ihm durch die Überwachungskameras bespannen und nach Dienstschluss in der Umkleidekabine streicheln zu lassen, who knows. Ach ja, Ihre Brauen sind leider nicht ganz symmetrisch geworden, beim nächsten Zupfen müssen Sie ein bisschen mehr Sorgfalt an den Tag legen! Einen schönen Tag noch, Klone.«

Sie dreht sich um und verlässt mit schwingenden Schritten die Filiale. Ich bin die Eiskönigin, denkt sie. Ich habe einen Panzer aus ewigem Eis. Mir ist alles egal und nichts tut weh. Als ihr Handy piept, geht sie davon aus, dass Ellie ihr wieder mal Links zu melancholischen YouTube-Videos schickt. Ellie sitzt entweder auf Chris' Schoß oder sie ist am Rumheulen, obwohl sie noch nie in ihrem Leben Verantwortung übernehmen musste. Vollkommen entnervt ist Lydia drauf und dran, ihr »Hör bitte auf, dir vorzustellen, dass du mit Alex Pettyfer zusammen bist, und speck lieber was ab, damit du dir einen echten Typen holen kannst« zu schreiben. Als sie ihr Handy entsperrt, stellt sie fest, dass es gar nicht Ellie ist, die ihr geschrieben hat. Sie hat eine E-Mail bekommen.

Lydia Rosengarten,
es gehört sich nicht, den Jungen, in den deine beste Freundin verliebt ist, als Machtdemonstration zu verführen. Was denkst du dir? Hast du überhaupt schon mal darüber nachgedacht?
Onyx

Chris

Chris ist schon wieder da. Er wollte sich doch etwas merken, für den Fall, dass er wieder dort ist. Aber er hat es vergessen. Er befindet sich in einem quaderförmigen, vollständig weiß gefliesten Raum. Wie immer sucht er vergebens nach Türen und Fenstern. Am Ende des Raums steht Julian und wartet bereits auf ihn. Chris bemüht sich wirklich, stehen zu bleiben. Aber seine Beine gehen von selbst los und seine Hände, die nach irgendeinem Halt suchen, rutschen an den gefliesten Wänden ab.

»Geh weg!«, brüllt er Julian panisch entgegen. »Hau bloß ab, mach schnell!«

Aber Julian verharrt dort und schaut auf den Boden, bewegungslos wie eine Schaufensterpuppe. Er ist so klein, war er schon immer so groß wie Mirko? Er sieht aus wie eine Schaufensterpuppe in der Kinderabteilung. Chris schaut noch einmal genauer hin. Julian trägt sogar einen von Mirkos Pullis, den blauen mit dem Basketball auf der Brust. Chris ist nur noch wenige Schritte von ihm entfernt.

»Hau doch ab!«, ruft er flehend. »Ich will das doch nicht!« Abermals versucht er, sich mit den Händen an der glitschigen Wand festzuhalten. Irgendjemand muss sie mit Seife eingeschmiert haben.

Dann steht er vor Julian. Dieser hebt langsam seinen Kopf und sieht Chris in die Augen, streckt seine Hand aus. »Wollen wir Freunde sein?«, fragt er mit Mirkos kindlicher Stimme. Chris verliert die Kontrolle über seine Arme. Blitzartig holt er aus und donnert Julian seine Faust ins Gesicht. Dieser fällt sofort in sich zusammen. Sein Kopf prallt laut auf dem Boden auf. Chris schaut mit verwirrtem, panischem Blick auf seine Handflächen. Sie beginnen wieder, sich vollständig rot zu färben.

»Ich wollte das nicht!«, schreit er. »Ich hab dich doch gewarnt, Julian!« Er fällt auf die Knie und versucht, Julians Kopf anzuheben, aber dieser ist schwer wie Blei. Und dann kommt das Blut von allen Seiten. Es breitet sich um Julian herum aus, in einer riesigen, rubinroten Pfütze. Es beginnt, in dünnen Fäden von den Wänden zu laufen. Es tropft wie blutiger Regen auf Julian und Chris hinunter. Und es trieft von Chris' eigenen Handflächen.

»Nein, wach wieder auf, ich wollte das nicht!«, brüllt Chris.

»Du hast mich umgebracht«, flüstert Mirkos Stimme, aber sie kommt nicht von Julians Lippen, sondern von allen Seiten gleichzeitig, als wäre er in einem Bergstollen gefangen.

Und dann hört er seine Mutter. »Schämst du dich nicht?« –

Chris öffnet die Augen und setzt sich keuchend in seinem Bett auf. Automatisch schaut er auf seine Handflächen. Sie sind kein bisschen rot. »Es ist der Traum«, murmelt er, während ihm die Schweißtropfen in die Augen laufen. Er hat es vor dem Einschlafen tausend Mal wiederholt: Denk daran, es ist nur ein Traum. Er atmet langsam aus.

Dass ich Julian geschlagen habe und er zehn Minuten später umgekippt ist, das ist aber kein Traum.

Er setzt sich auf die Bettkante, drückt seine Füße auf den kalten Zimmerboden und wartet, bis sein Atem sich beruhigt hat. Chris ist eigentlich gut darin, Dinge aus seinem Kopf zu verbannen, an die er nicht denken möchte. Bevor seine Mutter erkrankte, beförderte er alle nervigen oder traurigen Gedanken in seinen persönlichen, imaginären Gedankenschredder. Während die Gedanken bis zur Unkenntlichkeit zermalmt wurden, war er schon wieder mit etwas anderem beschäftigt. Er hat versucht, auch den Zusammenstoß mit Julian wegzuschreddern. Tagsüber funktioniert es noch ganz gut, aber der eine Traum holt ihn jede Nacht höhnisch wieder ein. Chris schaut an die Decke, auf die sein Wecker eine neonrote Vier wirft. Eigentlich möchte er nicht mehr schlafen, denselben Traum noch einmal riskieren. Als er früher nachts nicht schlafen konnte, hat Chris sich an seinen Schreibtisch gesetzt, um zu zeichnen. Aber das hat sich verändert. Er zeichnet nicht mehr.

Schließlich kriecht Chris doch wieder unter seine Decke. Eine Stunde lang verfolgt er mit leerem Blick die Uhrzeit, und als dann immer noch kein Blut von der Decke tropft, fällt er abermals in einen unruhigen Schlaf.

*

Als Chris am nächsten Morgen aufwacht, weiß er, dass er erneut nach Julian sehen muss. Vielleicht gibt es ja doch eine Möglichkeit, zu ihm durchzukommen. Chris muss einfach wissen, wie es ihm geht und ob es seine Schuld war. Und dieses Mal möchte er allein dort hingehen. Er klettert aus seinem Bett und bleibt unschlüssig vor dem schlichten Spiegel stehen. Seine blonden Haare stehen wie ein Strahlenkranz von seinem Kopf ab, die müde blinzelnden Augen sind schlafverklebt. Gähnend läuft er ins Badezimmer, duscht, bis das Wasser kalt wird, und schlüpft schließlich in ein frisches weißes Hollinder-T-Shirt und eine verwaschene Jeans. Barfuß schlurft er die geschwungene weiße Wendeltreppe hinunter. Er ist inzwischen recht gut darin, die Wand links von sich zu ignorieren. Die Wand, an der ihre Bilder hingen. Bis Chris sie nicht mehr sehen konnte. Jetzt ist die Wand nackt, so nackt wie Chris' Zimmer. Auch seine eigenen Bilder hat er abgehängt. Wenn sie nicht mehr zeichnet, will Chris es auch nicht mehr tun. In seinem geräumigen Zimmer mit dem gefliesten Schachbrettboden befinden sich ein großzügiges Bett, ein weißer Flachbildfernseher, ein begehbarer Kleiderschrank und ein Designerschreibtisch, außerdem seine PS3, eine Musikanlage und eine Dartscheibe. Eine Haushälterin sorgt in allen Zimmern für Ordnung.

»Hier fehlt irgendwie ein bisschen Liebe zum Detail«, hat Ellie gesagt, als sie mal bei ihm zu Hause war, und ihm daraufhin eine Fotouhr mit Bildern von Jannis, Lydia, ihr und ihm gebastelt. Chris mag die Uhrzeiten, wo der Zeiger auf Ellie weist, am liebsten. Dass Chris seine selbst gemalten Bilder abgehängt hat, ist ihr aber wohl nie aufgefallen.

Unten in der Küche ist es noch still. Die Zeiten, in denen seine Mutter als chronische Frühaufsteherin mit einem Cappuccino und einer *Landlust* an einem gedeckten Frühstückstisch gewartet hat, sind vorbei. Chris weiß noch genau, wie sie dort immer saß. In ihrem rosa Morgenmantel, die Haare zu einem unordentlichen Knoten gedreht, mit hochgelegten Füßen. Hin und wieder sah sie von ihrer Zeitschrift auf, um die Spitze ihres Croissants in Milchschaum zu tunken. Wenn er die Treppe herunterkam, hob sie sofort den Kopf und lächelte ihn an. Jetzt ist der Stuhl leer, und es fühlt sich an, als hätte seine Mutter die Erde durch eine geheime Tür verlassen und nur ihre Hülle wäre hiergeblieben. Chris wünscht sich, dass er die Tür finden und sie zurückholen könnte.

Zu Beginn fiel es ihnen nicht einmal auf. Ständig suchte seine Mutter nach ihrem Schlüssel, andauernd vergaß sie, wo sie ihr Handy hingelegt hatte. Chris rollte nur mit den Augen, wenn das klagende »Wooo ist mein Schlüssel?« wieder einmal erklang. Keiner schenkte ihrem Verhalten viel Beachtung – bis sie vor etwa drei Jahren ihre Telefonnummer vergaß.

»Du verarschst mich doch, oder?«, fragte Chris sie damals ungläubig.

»Nein, ich weiß es einfach nicht mehr, das ist ganz komisch«, erwiderte sie hilflos.

In ihrem gemeinsamen Sommerurlaub in Kroatien begann sie, sich zu verschließen. Sie wollte das Ferienhaus nicht verlassen, war ziellos, zerstreut, lief immer wieder die Treppe rauf und runter, und nachts weinte sie leise. Nach dem Urlaub ging sie zum Arzt, wehrte sich aber gegen die überraschend klare Diagnose. Sein Vater versuchte, einen Zugang zu ihr zu finden, aber sie schrie ihn an.

»Mama hat Alzheimer«, sagte sein Vater eines Tages urplötzlich am Abendbrottisch, weil sie hinaufgelaufen war und sich unter dem Bett versteckt hatte.

»Aber sie ist doch gar nicht alt«, erwiderte Mirko verwirrt. Auch Chris war bis dahin davon ausgegangen, dass nur alte Menschen an dieser Form der Demenz erkranken können.

Seine Mutter weigerte sich, abermals zum Arzt zu gehen. Als sein Vater das Wort »Pflegeheim« in den Mund nahm, warf sie die sündhaft teure Rosenthal-Vase an die Wand. Da begann auch sein Vater, nachts zu weinen. An einem Dienstag vor Ostern brannte das Essen auf dem Herd, dann rief eine Bäuerin an und sagte, seine Mutter stünde verloren vor ihrer Haustür. Dabei hatte sie eigentlich vorgehabt, Mirko von der Schule abzuholen. Aber am schlimmsten war es für Chris, als seine Mutter mit einem zwischen ihren Fingern zitternden Stift vor einem weißen Blatt Papier saß.

»Ich weiß nicht mehr, wie es geht«, flüsterte sie mit unendlich verlorenem Blick. »Ich hab es vergessen.«

Und der Bleistift rutschte aus ihrer Hand und landete mit einem leisen Scheppern auf dem Küchenboden, das tausendfach in Chris' Ohren widerhallte.

Danach wehrte sie sich nicht mehr gegen das Pflegeheim. Ihre Haare werden immer grauer, ihr Zimmer hat die Nummer Dreiundzwanzig, und wenn weitere Teile ihres Gehirns absterben, die lebenswichtige Funktionen haben, könnte sie sogar sterben.

Niemand in der Nachbarschaft bekommt etwas davon mit. Seine Familie schottet sich ab, meidet den Kontakt. Wenn jemand nachfragt, sagen sie, dass sie wegen eines Burn-outs in Kur gegangen sei.

Wie soll das gehen?, fragt Chris sich. Wie soll ich es ertragen, mich freundlich mit meiner fremden Mutter zu unterhalten, die wie eine blasse, abgeblätterte Kopie ihrer selbst aussieht und möglicherweise irgendwann völlig verblasst?

Chris hält inne und schließt die Augen, um sich zu besinnen. Schluss jetzt. Es hat keinen Sinn, die Erinnerungen wieder und wieder durchzugehen. Er beginnt, sich auf einfache Handgriffe zu konzentrieren. Kühlschrank aufmachen, Milch rausholen, meine Müslischale hinter Mirkos hervorwühlen, fast randvoll mit Cornflakes füllen, Milch draufschütten, jetzt noch ein Löffel. Von den leisen Geräuschen erwacht die Labradorhündin Alba. Sie erhebt sich von ihrer Decke im Wohnzimmer und tapst schläfrig zu ihm herüber in die Küche.

»Guten Morgen, Alba«, murmelt Chris, krault sie an ihrer Lieblingsstelle hinter dem linken Ohr und schaufelt mit der anderen Hand die Cornflakes in sich hinein. Sie mustert ihn mit hungrigen schokoladenbraunen Augen.

»Jaja«, brummt Chris, trinkt die verbliebene Milch in seiner Schale aus und greift anschließend nach Albas Napf, um ihn mit Futter zu füllen. Sofort beginnt sie, begeistert mit dem Schwanz zu wedeln, und als er ihren Napf auf den Boden stellt, stürzt sie sich so schnell darauf, dass ihre Pfoten auf dem glatten Parkettboden wegrutschen wie die Füße eines übermütigen Eisläufers. Aber das macht ihr gar nichts, sofort steht sie wieder auf den Beinen und beginnt, ihr Futter mit der maximal möglichen Geschwindigkeit zu verschlingen. Chris schmunzelt, läuft wieder hoch zum Zähneputzen und verlässt anschließend das Haus. Seine Wohngegend wird von einem makellos blauen Himmel umspannt. Im Nachbargarten steht ein Rasensprenger, dessen Wassertropfen bis in Chris' Gesicht spritzen.

»Hallo, Chris!«, erklingt ein enthusiastisches Juchzen. Die vielleicht dreizehnjährige Nachbarstochter Franzi springt aus ihrem rot-weiß gestreiften Liegestuhl auf und feuert ihr *Freche-Mädchen*-Buch auf die Wiese. Sie hat pinke Strähnen in den blonden Haaren, die zu den pinken Gummis auf ihren Zahnspangen-Brackets passen. Auf und ab hüpfend winkt sie ihm zu. Chris hebt seine Hand nur lahm zum Gruß an, wendet sich dann ab und holt sein Fahrrad aus der Garage. »Ist das nicht ein wunderschöner Sommertag?«, ruft Franzi. Aus dem Augenwinkel sieht Chris, dass sie immer noch auf und ab hüpft. Er nickt, ohne sie dabei anzuschauen. Franzi lässt sich nicht entmutigen. »Dein T-Shirt steht dir sehr gut! Hast du Lust auf Macarons? Ich habe eben welche gebacken! Sie sind köstlich!«

Hastig radelt Chris die leicht ansteigende Straße hinauf. Den ersten Liebesbrief hat er von Franzi erhalten, als sie vier war. *Vilst du main Ehäman sain?*, stand damals darin. Als Chris nicht antwortete, stellte sie sich schluchzend vor seine Haustür und klingelte so lange, bis seine Mutter sich mit ihr ins Wohnzimmer setzte und ihr sanft erklärte, dass Männer manchmal ein wenig länger bräuchten als Frauen. Franzi wartete vielleicht eine Woche, dann schrieb sie wieder. *Bäst du jätz bärait?*

Chris ist auch neun Jahre später noch nicht bereit, aber Franzi himmelt ihn unermüdlich an. Bei Ellie findet Chris es ja niedlich, wenn sie ihn so großäugig anstarrt, aber wenn Franzi es tut, schlägt sein Fluchtinstinkt zu.

Es dauert etwa eine halbe Stunde, bis Chris sein Fahrrad in den Ständer am Krankenhaus schiebt. Dann versucht er, den Zeitpunkt des Hineingehens hinauszuzögern, indem er sich Lydias neues Profilbild bei Facebook anschaut. Nichts Neues, denkt er. Nur ein weiteres Foto, auf dem sie sich selbst gefällt. Bestimmt druckt sie alle ihre identischen Profilbilder aus und legt sie unter ihr Kopfkissen, um von sich selbst zu träumen. Ellies Profilbild gefällt ihm besser. Sie sitzt mit angezogenen Knien auf ihrer Kuschel-Fensterbank und lächelt vorsichtig-freundlich zur Kamera hinauf. Ihre nackten Arme hat sie am selben Tag in der Mathestunde, die sie immer zur Verzweiflung bringt, mit Herzchen, Blumen und Schmetterlingen bekritzelt. Chris zeichnet für ein paar Sekunden in Gedanken die Form ihrer Augen nach, dann steckt er sein Handy wieder in die Hosentasche und geht mit großen Schritten auf das Krankenhaus zu.

Selbstbewusst läuft er durch den Eingangsbereich, wobei er es vermeidet, der Frau hinter dem Tresen einen Blick zuzuwerfen. Er muss es schaffen, Julian so ausfindig zu machen. Also drückt er auf den Aufzugknopf und wartet. Als die Türen aufgleiten, erinnert er sich wieder daran, wie Julians Mutter vor drei Tagen aus diesem Aufzug herausgelaufen kam. *Ich frage mich, warum konntet ihr ihm nicht ein einziges Mal helfen?*, hallt ihre Stimme in seinem Kopf wider, während er den Aufzug gemeinsam mit einem untersetzten Mann in knittriger Anzughose betritt. Wenn sie wüsste, dass ich ihren Sohn zu Boden geschlagen habe, denkt Chris beklommen. Der Mann hat den Knopf zum dritten Stock gedrückt. »Intensivstation« steht daneben. Das passt gut, also folgt Chris dem Mann hinaus zu einer verschlossenen Tür.

Der Mann drückt auf einen roten Klingelknopf. Wenige Sekunden später wird die Tür von einer älteren Krankenschwester geöffnet. Sie scheint den Herrn zu kennen. Chris wartet kurz ab und schiebt dann schnell seinen Fuß in die Türöffnung, als die beiden ein Stück den Flur hinunter sind. Aufs Geratewohl schaut er ins erste Zimmer hinein. Im Bett liegt eine rothaarige, blasse Frau, die vor lauter Schläuchen fast nicht mehr zu sehen ist. Also weiter. Und wenn ich das ganze Krankenhaus abklappern muss, Hauptsache, ich finde ihn, denkt er, während er Türe um Türe öffnet. Komm schon, Julian, bitte sei der Nächste, spann mich doch nicht so auf die Folter …

Nach der zweiundzwanzigsten Tür taucht plötzlich eine hübsche, junge Krankenschwester vor ihm auf, die einen mit Spritzen und Verbandrollen bestückten Wagen über den Flur rollt.

»Oh, hallo«, sagt sie grinsend. »Kann ich dir helfen? Du siehst so verloren aus.« Sie hat glänzende schwarze Haare und einen knallroten Mund. Eigentlich sieht es eher aus, als wäre das weiße Krankenschwesterkleidchen ihr Karnevalskostüm, denkt Chris. Er findet sie augenblicklich extrem attraktiv und auch die junge Krankenschwester scheint wie elektrisiert.

»Ich suche das Zimmer von Julian Berg, weißt du vielleicht, wo das ist?«, fragt er.

»Aber sicher«, entgegnet sie wie aus der Pistole geschossen. »Komm mit.«

Sie greift nach seiner Hand und umschlingt seine Finger mit ihren. Ring- und Mittelfinger sind mit diversen Ringen bestückt. Ein Ring, der mit einer kreisförmigen Schlange verziert ist, die sich selbst in den Schwanz beißt, sticht Chris in die Handfläche. Die Krankenschwester dirigiert ihn einmal über den Gang, öffnet dann eine schmale Tür und schubst ihn in eine enge Kammer. Chris schaut sich um. Er erblickt einen Staubsauger, mehrere Besen und diverse Flüssigkeiten zum Putzen.

»Das wäre ein schlechter Ort für einen Komapatienten«, sagt er.

»Aber es ist ein guter Ort zum Rummachen«, sagt die Schwester, legt ihm die Hände an die Wangen und zieht ihn zu sich herunter.

*

Gerade als das Krankenschwesterkleidchen auf dem Boden gelandet ist, öffnet sich die Tür. Chris und die Schwester schrecken hoch. Chris hat sein T-Shirt abgestreift, die Schwester trägt nur noch einen blassblauen BH und einen Tanga. In der Tür steht ein großer, äußerst grimmig aussehender Mann mit Koteletten und einem weißen Arztkittel. Das gibt Ärger, denkt Chris, schnappt sich sein T-Shirt und macht eine ruckartige Bewegung auf den Mann zu, so als wolle er ihn anspringen. Verschreckt zuckt der Arzt zurück. Chris nutzt diesen Moment, schlüpft an ihm vorbei und beginnt zu rennen. Der Arzt ist zu verwirrt, um ihm zu folgen. Hastig biegt Chris um die Ecke und springt nun lieber die Treppen hinunter, statt auf den Aufzug zu warten. Als er in der Eingangshalle ist, wird er langsamer. Lächelnd joggt er an der biederen Rezeptionsfrau vorbei. Erst draußen am Fahrrad stellt er fest, dass er in der Eile nicht nur sein T-Shirt, sondern auch das Kleid der Krankenschwester gegriffen hat. Schmunzelnd zuckt er mit den Schultern: Das behalte ich als Souvenir. Er klemmt es sich auf den Gepäckträger und schickt

Jannis ein Foto davon. Er liebt Adrenalinkicks, das ist einfach sein Ding.

Und was ist jetzt mit Julian? Na ja, zurück gehe ich wohl besser nicht mehr. Ich hab es ja versucht.

Es ist leicht, sich das einzureden. Nach einem kurzen Zögern schlüpft er wieder in sein Shirt, löst sein Fahrrad, schwingt sich auf den Sattel und fährt zurück nach Hause. Auf dem Weg piept sein weißes iPhone 5s leise. Er zieht es aus seiner Hosentasche, während er weiterradelt. Er hat eine Mail bekommen.

Christoph Heider,
Geh zu der Person, die du mehr als alles andere vermisst. Geh einfach zu ihr und lies ihr was vor, ohne irgendetwas von ihr zu erwarten.
Onyx

Chris ist so verstört, dass er das Gleichgewicht verliert, den Lenker verdreht und hart auf dem Asphalt aufprallt. Glücklicherweise landet das iPhone auf seinem Bauch.

»Hast du dir wehgetan?«, fragt ein Mädchen mit Zöpfen, das auf Inlinern an ihm vorbeirollt. Es ist Emily Arendt. Sie dreht um und streckt die Arme aus, um ihm auf die Beine zu helfen.

»Schon okay«, sagt Chris, rappelt sich hoch und hebt sein Fahrrad auf. Nur sein linkes Handgelenk ist leicht aufgeschürft. Entgeistert starrt er auf die Mail, die immer noch auf dem Display geöffnet ist. Ist egal, denkt er dann. Hat nichts zu bedeuten. Reiner Zufall, dass ich so einen Quatsch bekomme. Hat nichts mit meiner Mutter zu tun.

Er steckt sein Handy weg, steigt wieder auf sein Rad, sagt Emily Tschüss und schon befindet sich die Mail in seinem Gedankenschredder. Bei manchen Gedanken funktioniert er noch.

Als er zu Hause angekommen ist, ist es etwa zwölf Uhr. Franzi springt sofort wieder aus ihrem Liegestuhl hoch.

»Die Macarons sind wirklich lecker!«, ruft sie aus. »Aber wenn du keine magst, kannst du auch einen Cupcake haben!«

»Nein danke«, sagt Chris und stellt sein Fahrrad ab. Gegen gutes Essen hab ich nichts. Aber wenn ich einmal dieses Haus betreten habe, bin ich für immer darin gefangen, das ist klar.

Sein Fahrrad kippt scheppernd auf die Auffahrt. Chris lässt es nachlässig liegen und geht die Stufen zum Haus, einem modernen Glasbau, hinauf.

»Dein Fahrrad ist umgefallen!«, hört er Franzi noch quäken. »Ich heb es dir auf!«

Chris schließt hastig die Tür auf und bringt sich in Sicherheit. »Hallo?«, ruft er.

»Hallo Chris!«, erklingt die Stimme seines Vaters. »Wo warst du denn? Ich wollte eigentlich mit dir frühstücken. Ich muss heute erst später zur Arbeit.« Er schlurft von der Küche in Chris' Blickfeld.

»Bei Jannis«, lügt Chris automatisch. »Ist Mirko bei der Schulbetreuung?«

»Ja«, sagt sein Vater. Mirkos Schule bietet eine Betreuung in den Sommerferien an, wo Mirko häufig hingeht, weil ihr Vater arbeitet und Chris immer auf Achse ist. »Du, Chris«, spricht er weiter. »Wärst du bereit, deine Mutter heute noch einmal zu besuchen? Wir müssen das als Familie durchstehen, weißt du?« Er sieht Chris flehend an. Sein einst braunes Haar wird nun von dicken, grauen Strähnen durchzogen, die an Schiffstaue erinnern. Weil er immer häufiger vergessen hat, sich zu rasieren, trägt er nun einen buschigen Vollbart. Seine Augen sind chronisch gerötet wie die eines Fieberkranken.

Chris schluckt und hält sich an den Schlaufen seiner Jeans fest. Kann ich das? Schaffe ich es, mich so zusammenzureißen? Schulde ich es meinem Vater vielleicht?

»Du musst nicht«, sagt sein Vater und stützt sich müde am Treppengeländer ab. »Ich will dich zu nichts zwingen, Christoph, wirklich nicht. Ich weiß, wie schwer es ist.«

»Okay«, sagt Chris mit hohler Stimme. »Dann lass uns direkt fahren.«

»Jetzt?«, fragt sein Vater.

Nein, nie, denkt Chris. »Ja«, entgegnet er.

»Oh, ja, gut, in Ordnung«, sagt sein Vater, greift nach seinem Autoschlüssel und dem Memory-Spiel. Gemeinsam gehen sie hinaus. Was Franzi sagt, bekommt Chris diesmal überhaupt nicht mit.

*

Chris' Mutter hat immer viel gesprochen. Stundenlang konnte sie am Telefon mit ihren Freundinnen quatschen, am Abendbrottisch hat sie immer die großen Geschichten ausgepackt und jeden Sonntagabend hat sie ihre Familie ins Wohnzimmer dirigiert, das Märchenbuch aus dem Bücherregal geholt und begonnen, vorzulesen. Und sein Vater, Mirko und er hörten mucksmäuschenstill eine Stunde lang zu. Sie reden alle nicht gern, weder sein Vater, noch Mirko, noch Chris selbst. Chris findet Worte komisch, für ihn sind sie eine sinnlose Erfindung. Er glaubt nicht daran, dass Worte die Welt verändern können. Immer hat er das Gefühl, dass die Menschen sich mit den Worten alles kaputt reden, so lange reden, bis sie ein neues Problem herbeigeredet haben. Als seine Mutter noch gesund war, hat er sich häufig gewünscht, jemand würde kommen und die Worte einfach aus der Welt herausfiltern. Aber er hat nicht gewusst, wie leise es wird, wenn Worte tatsächlich verschwinden.

»Wie geht es dem Jungen, der im Koma liegt?«, fragt sein Vater, als sie ins Auto steigen, und klappt die Sonnenblende herunter.

»Er wird bald wieder aufwachen«, antwortet Chris. »Das weiß ich.«

»Ich hoffe es«, antwortet sein Vater. »Er ist ein guter Junge. Mirko hätte die dritte Klasse ohne ihn nicht geschafft.«

»Hm«, macht Chris zustimmend. Mirko hat seit einem Jahr Nachhilfe von Julian bekommen. Jeden Dienstagnachmittag stand

Julian mit einem optimistischen Lächeln und einem ganzen Tanker voller Matheunterlagen vor der Haustür. Chris hat es gestört, er hat Angst gehabt, dass Julian die Abwesenheit seiner Mutter auffällt. Und das ist sie. *Ich hab mich gefragt ... wo ist deine Mutter eigentlich die ganze Zeit?* – Und dann habe ich ihm meine Faust ins Gesicht geschlagen. Obwohl er nun wirklich keine bösartigen Absichten hatte.

Den Rest der Fahrt verbringen Chris und sein Vater schweigend. Sein Vater parkt auf dem Platz vor dem Pflegeheim und schnallt sich ab. Bevor er aussteigt, sinkt er noch einmal in sich zusammen und schließt die Augen.

Chris' Herz rutscht in Eiswasser, als er durch das Autofenster zum Pflegeheim hinüberschaut. Im Gegensatz zum Krankenhaus wirkt es auf den ersten Blick freundlich. Das verspielt aussehende Gebäude ist in einem hellen Gelbton gestrichen und wird von einem mit zahlreichen Blumenbeeten und Bänken bestückten Garten umrundet. Aber der Schein trügt, denkt Chris. Es hält meine Mutter gefangen.

Schließlich strafft sein Vater sich wieder, als würde er von jetzt an eine Rolle spielen, und steigt aus. Chris tut es ihm gleich und folgt ihm über den Parkplatz zum Eingangstor, seine Schuhsohlen schleifen über den Asphalt. Ich muss das nicht tun. Ich kann noch umdrehen. Ich kann es mir noch anders überlegen. Als sein Vater am Tor klingelt, zuckt Chris bei dem eigentlich weichen Ton zusammen.

»Ja bitte?«, fragt eine Frauenstimme.

»Guten Tag. Wir sind hier, um Kathrin Heider zu besuchen. Wir sind ihr Mann und ihr Sohn.«

»Kommen Sie herein, Herr Heider.« Das Tor sirrt leise und Chris' Vater drückt dagegen. Chris beißt sich auf die Innenseite seiner Wangen und betritt das Grundstück. Über dem Hauseingang hängt ein Schild mit der schnörkeligen Aufschrift »Pflegeheim Sonnengarten«. Ein schöner Name für einen beschissenen Ort, denkt Chris.

Sein Blick wandert über die Menschen, die draußen auf den Bänken sitzen oder gemächlich über die von Gänseblümchen übersäte Wiese spazieren. Das Pflegeheim Sonnengarten ist ein Heim für jüngere, schwer erkrankte Menschen. Chris' Blick wandert über ein knochiges Mädchen, das gedankenverloren die Rinde eines Apfelbaums abtastet, dann über eine Gruppe Menschen auf einer Picknickdecke, die zusammen Kaffee aus einer Thermoskanne trinken und Himbeerkuchen essen. Er ist gerade damit beschäftigt, die kranke Person unter ihnen auszumachen, als er seine Mutter erblickt.

Augenblicklich bleibt er stehen und starrt zu ihr hinüber. Irgendwie hat er nicht damit gerechnet, sie draußen zu sehen. Kathrin Heider sitzt mit geschlossenen Augen auf einer Bank und genießt die Sonne auf ihrem blassen, eingefallenen Gesicht. Sie trägt sogar das hellgrüne Kleid, das sie früher so oft anhatte.

»Damit siehst du aus wie eine Greenpeace-Aktivistin«, hat Chris damals zu ihr gesagt.

»Du solltest üben, Komplimente zu machen«, hat seine Mutter lachend erwidert und ihm in die Seite geboxt. »Sonst wird das nichts mit den Mädels.«

»Papa«, sagt er kaum hörbar. Sein Vater hört es trotzdem, dreht sich zu ihm herum und bemerkt, wo Chris hinschaut. Neben seiner Mutter sitzt eine vielleicht fünfzigjährige Pflegerin.

»Also los«, murmelt sein Vater mehr zu sich selbst als zu ihm und setzt sich in Bewegung. Chris reißt seine Füße vom Boden los, um ihm zu folgen. Es fühlt sich an, als würde er durch Schlicksand gehen. Er stolpert über seine eigenen Füße und verliert fast das Gleichgewicht, obwohl der Boden eben ist. Dann stehen sie vor ihr.

»Hallo«, sagt Chris' Vater leise.

»Oh, hallo«, entgegnet seine Mutter. »Wie kann ich Ihnen helfen?«

Chris presst seine Zähne fest zusammen und richtet seinen Blick auf eine blassblaue Blume links von ihr. Vergissmeinnicht, denkt er. Das ist doch jetzt wirklich bitter.

»Hallo Herr Heider, hallo Christoph«, sagt die Pflegerin freundlich, steht auf und reicht Chris' Vater und danach Chris selbst die Hand. »Ich lasse Sie einen Moment allein.« Sie zieht sich zurück.

»Mein Sohn und ich warten auf jemanden«, sagt sein Vater mit dünner Stimme zu Chris' Mutter. »Dürfen wir uns so lange zu Ihnen setzen?«

»Oh, ja sicher«, sagt sie mit einem vorsichtigen Lächeln, während sie ihre schmalen Hände im Schoß faltet. »Was ist denn das?« Sie schaut auf das Memory-Spiel, das Chris' Vater wie einen Schutzschild an seine Brust drückt.

»Ein Spiel«, antwortet sein Vater mit zitternder Hoffnung in der Stimme. »Wollen wir eine Runde spielen?«

Sie nickt.

»Okay, schön«, sagt sein Vater mit einem kleinen Lächeln, setzt sich auf die Wiese und öffnet den Karton. Er nimmt die bunten Kärtchen heraus und beginnt, sie umgedreht auf dem Rasen zu verteilen. Chris richtet seinen Blick von dem Vergissmeinnicht auf die Spielkarten und setzt sich dann ebenfalls auf den Boden. Seine Mutter zögert, bevor sie von der Bank herunterrutscht und sich zu ihnen gesellt. Chris versucht, weiterhin an ihr vorbeizuschauen, mustert dann aber doch ihre schmerzlich vertrauten, halbmondförmigen Augen und ihre behutsam angezogenen dünnen Beine.

»Wie funktioniert das Spiel?«, fragt seine Mutter.

»Du deckst eine Karte auf, dann eine zweite. Wenn es zwei gleiche sind, darfst du sie behalten. Wenn es zwei unterschiedliche sind, musst du sie wieder zudecken«, sagt sein Vater.

Du hast sie gerade geduzt, denkt Chris, aber seiner Mutter ist es nicht aufgefallen. Sie nickt bedächtig, streckt ihre Hand aus und deckt eine Sonnenblume auf.

»Meine Lieblingsblume, glaube ich.« Sie flüstert fast, während sie mit der Daumenkuppe über die Oberfläche der Karte streicht. Chris' Vater mustert sie mit flehendem, mühsam beherrschtem

Blick. Danach deckt sie ein Kleeblatt auf. »Oh«, sagt sie und dreht beide Karten wieder um. Sie will nach der nächsten Karte greifen.

»Nein«, sagt sein Vater und legt seine Hand intuitiv auf ihre. Ihre Finger zucken leicht zurück, sie schaut ihn großäugig an. Aber sie erkennt ihn nicht.

»Du bist dran, Chris«, sagt sein Vater.

Chris atmet tief ein und deckt ebenfalls eine Karte auf. Es ist die zweite Sonnenblume.

»Da ist sie«, ruft seine Mutter und lächelt Chris so offenherzig an wie früher. Dann stutzt sie und mustert ihn genauer, schaut ihm tief in die Augen, als könnte sie dort die Antwort auf die eine große Frage finden.

»Ich kenn dich«, sagt sie leise.

»Wirklich?«, sprudelt es sofort aus Chris hervor. »Du erinnerst dich?« In einer hilflosen, ungestümen Bewegung kippt er auf den Knien nach vorne und fällt ihr um den Hals, während seine Augen feucht werden. »Wirklich? Du glaubst gar nicht, wie viel mir das bedeutet«, stammelt er.

Sie legt ihre Arme um seinen Rücken. Er spürt, wie sich eine Träne aus seinem Augenwinkel löst und langsam seine Wange herunterrollt. Ihr vertrauter Geruch überwältigt ihn.

»Ja, Maxi, ich erkenne dich«, sagt sie leise.

Ja, Maxi, ich erkenne dich. Maxi. Maxi. Maxi. Ich bin nicht Maxi. Sie meint ihren Bruder. Sie denkt, dass ich ihr kleiner Bruder bin. – Abrupt befreit er sich wieder von ihr und kommt auf die Füße, stolpert rückwärts. »Maxi?«, fragt er mit lauter Stimme. »Wieso zur Hölle sollte ich Maxi sein?«

»Chris!«, ruft sein Vater, Panik schleicht sich in seine Stimme. »Ganz ruhig, Chris, alles ist gut, beruhige dich.«

Plötzlich strömen die Tränen über Chris' Wangen, als wäre ihm gerade wieder eingefallen, wie man weint. »MAXI?«, brüllt er. »Maxi ist siebenunddreißig! Du glaubst doch nicht im Ernst, dass ich dein Bruder bin!«

»Nicht?«, fragt seine Mutter und schüttelt verstört den Kopf. »Aber Maxi …«

»Halt den Mund, Chris, hör auf damit!«, schreit sein Vater.

Alle anderen schauen nun zu ihnen herüber. Die Pflegerin eilt mit großen Schritten auf sie zu.

»Wie kannst du mich vergessen!«, stößt Chris schluchzend aus, dreht sich um und stürmt blindlings davon. Er rennt über den Rasen, stürzt zwischen den Menschen auf der Picknickdecke hindurch, wobei er eine Kaffeetasse umtritt. Aber das ist ihm so egal, schon ist er am Ausgang angekommen. Er reißt das Tor mit aller Kraft auf, sprintet kreuz und quer zwischen den parkenden Autos hindurch.

So wie das letzte Mal, schießt es ihm durch den Kopf. Seine Tränen brennen wie eisige Flammen auf seinem Gesicht. Ich bin schwach. Ich bin schwach und nutzlos. Selbst Mirko ist tapferer als ich.

Er rennt weiter, über eine rote Fußgängerampel, ist ihm doch alles egal, an einem bellenden, an seiner Leine reißenden Hund vorbei, der erschrocken nach seinem Bein schnappt. Er rennt immer weiter, auch als er den metallischen Geschmack von Blut auf der Zunge spürt. Als er um eine Hausecke biegt, prallt er gegen eine andere Person. Ruckartig bleibt er stehen. Vor ihm befindet sich ein an die zwei Meter großer, bulliger Typ mit einer gebrochenen und schief zusammengewachsenen Nase, einer langen Narbe auf der rechten Wange und einer schmierigen Lederweste.

»Guck gefälligst, wo du hinläufst, du Arschloch!«, schnauzt er Chris an.

Chris macht einen schnellen Schritt auf ihn zu, holt aus und schmettert ihm ohne nachzudenken die Faust ins Gesicht.

Im Gegensatz zu Julian fällt der Typ nicht wie eine Puppe in sich zusammen, er rührt sich nur wenige Zentimeter. Dann holt er selbst mit haariger Faust aus und will zurückschlagen. Doch Chris taucht schnell unter der Faust hindurch.

Ich bin schneller, denkt er und weicht abermals aus, schlägt dem Typen dann wieder fest ins Gesicht. Diesmal trifft er das Kinn. Es ist, als würde er mit jedem Schlag ein Atom Verzweiflung loswerden. Der Typ verzieht seinen Mund zu einer wutentbrannten Fratze. Er hebt seinen linken Fuß und tritt Chris so schnell und mit solcher Wucht an den Unterschenkel, dass dieser augenblicklich in die Knie geht. Der Typ will ihm mit der nächsten Faust auf den Boden befördern, aber Chris schafft es gerade noch, sich rückwärts stolpernd außer Reichweite zu bringen.

»Du kleiner Wichser!«, knurrt der Typ, während er langsam auf ihn zugeht.

»Nein, stopp!«, ruft in diesem Moment eine andere Stimme. »Jens, ganz ruhig, bitte, komm runter! Regt euch ab!«

Chris schaut sich um. Bis jetzt hat er die gaffenden Menschen auf der gegenüberliegenden Straßenseite gar nicht wahrgenommen. Zwei breitschultrige Jungs greifen jeweils nach einem seiner Arme, zwei andere ziehen Jens von ihm weg. Der eine Junge, der an Jens zerrt, ist blond und so braun gebrannt wie ein Surflehrer.

»Hör auf damit, Leon!«, grollt der Typ und versucht, sich loszumachen. Auch Chris windet sich in der engen Umklammerung.

»Jens, bitte!«, sagt Leon und legt Jens eine Hand auf die Schulter. »Das ist es nicht wert, das weißt du doch. Lass uns gehen, okay?«

»Okay«, knurrt Jens mit vor Wut zitternder Stimme. »Okay.«

Leon und der andere Junge sorgen dafür, dass der Abstand zwischen Chris und dem Typen sich vergrößert.

»Wir treffen uns nachher bei mir!«, ruft Leon den beiden zu, die Chris festhalten. Er wirft Chris noch einen bedeutungsvollen Meisenblick zu.

Wahnsinn, denkt Chris. Der wickelt sogar die Schlägertypen um seinen Finger.

Nach etwa einer Minute lassen die beiden ihn langsam los, stellen sich aber so, dass er Jens nicht verfolgen kann. Gegen beide kommt er nicht an, das weiß Chris. Er reibt sich das pochende Schienbein.

»So, ich hoffe, du kommst wieder klar«, sagt der Größere der beiden und richtet seine Wollmütze-trotz-Sommer-weil-ich-so-cool-bin. »Schönen Tag noch.« Damit lassen sie Chris stehen.

Chris atmet tief durch, wischt sich mit dem Handrücken die Tränenspuren aus dem Gesicht und lehnt sich an die Hauswand neben ihm. *Ja, Maxi, ich erkenne dich*, flüstert die Stimme seiner Mutter in seinem Kopf. Die Menschenmenge auf der anderen Straßenseite zerstreut sich allmählich. Nur drei vielleicht zehnjährige Jungen bleiben stehen und mustern Chris unverhohlen.

»Das ist der große Bruder von Mirko«, hört Chris den einen sagen. Er deutet einen blitzschnellen Schritt in ihre Richtung an. Die Jungen drehen sich um und rennen davon, als hätte er eine Kettensäge ausgepackt. Chris schließt die Augen und wartet. Worauf er wartet, weiß er nicht. Er fühlt sich wie ein Versuchstier, das immer stärkere Elektroschocks verabreicht bekommt, weil getestet werden soll, wie viel es erträgt. Niemand schafft es, ihn aus dem Versuchslabor herauszuholen. Er öffnet die Augen wieder und setzt sich in Bewegung. Ziellos läuft er durch die Straßen, verliert vollkommen den Überblick über Raum und Zeit. Wer kann ihm helfen? Wer kann ihn verstehen, ohne dass er alles in unnütze Worte verpacken muss? Seine Beine tragen ihn bis zu dem Haus mit der roten Tür. Er klingelt. Sie schafft es vielleicht nicht, ihn aus dem Labor herauszuholen. Aber sie macht es ein wenig erträglicher.

Ellie

»Ellie, jetzt komm doch endlich runter! Ich habe schon fünfmal zum Frühstück gerufen!«, beschwert sich ihre Mutter lautstark.

»Jahaaa«, stöhnt Ellie und richtet sich schlaftrunken auf. *Nur noch ein paar Minuten*, lockt eine Stimme in ihrem Kopf. Nur noch ein paar Minuten Bettruhe statt frustrierendem Leben. Mit einem Seufzer kippt sie wieder zurück auf die Matratze, schließt die Augen und ist sofort wieder eingeschlafen.

»Elena Jansen!«, keift ihre Mutter zehn Minuten später an ihrem Ohr. Die Decke wird ihr weggerissen.

»Eeeeey!«, ruft Ellie und blinzelt.

»Frühstück. JETZT.« Sie zieht das Kissen unter Ellies Kopf hervor, sodass er unsanft auf die Matratze plumpst.

»Ach je«, grummelt Ellie, während sie sich abermals aufrichtet. »Na gut.«

»Nächstes Mal kannst du dir selbst Frühstück machen!«, faucht ihre Mutter zum Abschied, wirbelt auf dem Absatz herum und stürmt hinaus.

»Muttermonster«, knurrt Ellie. Sie steht auf und schwankt leicht, sodass sie sich am Nachtschränkchen abstützen muss. Dann erinnert sie sich an Julian und an das, was sie getan hat. An ihre Schuld. Mit einem Mal ist sie hellwach. In ihren geblümten Plüschpantoffeln mit Bommeln läuft sie die Treppe hinunter und in die Küche, wo ihre Mutter, ihr Vater und ihre große Schwester Linda mit einem Cappuccino am Tisch sitzen. »Guten Morgen«, murmelt Ellie, setzt sich auf ihren Stuhl und greift nach dem Nutellaglas.

»Guten Morgen«, sagt ihr Vater.

»Ellie!«, mahnt Linda, als Ellie wie jeden Morgen als Erstes ihren Löffel in das Glas taucht und ihn genüsslich abschleckt. Ihre Schwester ist zwanzig, gertenschlank und studiert in Köln Jura.

Sie sieht aus wie ich – nur in schön, denkt Ellie wie so oft. – »Lass mich doch«, sagt sie, ehe sie sich einen inzwischen kalten Toast aus dem Brotkorb nimmt.

»Du solltest dringend den Knigge lesen«, sagt Linda, bevor sie sich wieder ihren Eltern zuwendet. »Ja, ich habe beschlossen, mich von jetzt an vegetarisch zu ernähren«, nimmt sie die Unterhaltung mit ihnen wieder auf. »Ich habe diesen furchtbaren Film gesehen, wo die Küken alle in die Tötungsmaschine reingefahren werden, und plötzlich ist mir bewusst geworden, dass wir es uns gar nicht anmaßen sollten, Tiere zu essen. Woher nehmen wir das Recht? Wieso sollten wir mehr wert sein als sie? Zusätzlich ist bewiesen worden, dass Vegetarier länger leben.«

»Ich finde das eine gute Einstellung«, sagt ihre Mutter. »Dir traue ich zu, dass du das durchziehst, auch wenn ich selbst nicht auf Fleisch verzichten könnte.«

Natürlich findest du das gut, denkt Ellie. Du fändest es auch gut, wenn Linda beschließen würde, von jetzt an mit Bananenschalenröckchen und Kokosnussrassel im Dschungel zu leben. Mit einem finsteren Blick mustert sie Lindas schlanke Arme und vergleicht sie automatisch mit ihren eigenen. Dann schmiert sie sich dick sowohl Butter als auch Nutella auf ihren Toast und beißt trotzig hinein.

»Ja, ich werde das schaffen«, sagt Linda und nippt an ihrem Kaffee.

»Wir haben ja an deinen bisherigen Klausuren gesehen, was für ein Durchhaltevermögen du hast, Schatz«, sagt ihr Vater mit stolzem Lächeln. »Wenn du mal deine Kanzlei aufmachst, werden sie alle Schlange stehen.«

Und wenn ich ganz viel Glück habe, darf ich sogar die Toiletten in ihrer Kanzlei putzen, denkt Ellie, bevor ihr auffällt, wie blöd und eifersüchtig solche Gedanken sind. Es ist ja verständlich, denkt sie. Die eine Tochter ist schlank, gebildet und fleißig. Die andere bricht jede Diät nach einer Woche wieder ab und weiß nicht, wie der Bundespräsident heißt. Na ja, jetzt weiß sie es. Jannis hat sie eine Woche lang Joachim Gauck statt Ellie genannt, weil er meinte, dass er sich schämen würde, wenn eine Freundin von ihm politisch so ungebildet wäre. Ellie kann die Minister Deutschlands nicht benennen, dafür weiß sie aber genau, wer in der Fantasyserie *Game of Thrones* welches Amt hat. Leider kann sie ihre Umwelt damit nur gering beeindrucken.

»Wie wäre es mit etwas Schokolade zum Kaffee?«, fragt Ellies Mutter. »Ich habe doch noch meine Pralinen!« Sie klatscht in die Hände, steht auf und läuft zum Küchenschrank.

Ellie duckt sich automatisch ein wenig.

»Wo sind sie denn?«, fragt ihre Mutter. »Ich bin mir eigentlich sicher, dass ich sie auf die Kuchenteller gestellt habe.« Verwirrt schaut sie in die beiden Schränke daneben, beginnt, auch die Geschirrschublade durchzuwühlen.

»Hat jemand sie in den Kühlschrank getan? Wo sind sie denn?«

»Da!«, schmunzelt Linda und zeigt auf Ellies Bauch.

»Nein!«, protestiert Ellie, während sie rot anläuft. »Das stimmt nicht!«

Ihre Mutter fährt herum. »Hast du meine Pralinen gegessen, Ellie? ALLE?«

»Nein!«, erwidert Ellie abermals mit glühendem Kopf. »Vielleicht war's ja Linda.«

Das ist so abwegig, dass ihre Mutter nicht einmal darauf eingeht.

»Du hast alle meine Pralinen gegessen? Ich glaube es nicht! Das ist ziemlich egoistisch. Und dann lügst du auch noch! Gut für deinen Körper ist es auch nicht.«

»Das ist echt nicht okay, Ellie«, mischt sich nun auch ihr Vater ein und bedenkt sie mit einem kritischen Blick.

»Ich kauf neue«, murmelt Ellie. »Tut mir leid.«

*

Den Rest des Tages sitzt sie mit angezogenen Knien auf ihrem mit bunten Fransenkissen bestückten Fensterbrett und starrt schuldbewusst zu Julians Haus auf der gegenüberliegenden Straßenseite hinüber. Ihre Eltern sind mit Linda in die Stadt gefahren. Ellie wollte nicht mit.

Meine Schuld, denkt sie. Ganz allein meine Schuld. Was soll ich nur tun? Und was mache ich, wenn er stirbt?

Sie schlingt ihre Arme um ihre Knie. Julians Zimmer ist seit Tagen unberührt. Ellie schaut gedankenverloren auf die blaue Hängelampe in Form eines kindlichen Flugzeugs, das Poster von den Ärzten und das Schachbrett mit den handgroßen Figuren, das sie von hier aus erkennen kann. An manchen Tagen hat sie gesehen, wie Julian mit sich selbst Schach gespielt hat.

Er hat wirklich keine Freunde, hat sie damals gedacht, die Stirn gerunzelt und sich abgewendet. Jetzt wo er weg ist, schafft sie es nicht mehr, sich abzuwenden. Erst als die Tür von Julians Haus sich öffnet und Julians Mutter herauskommt, rutscht Ellie abrupt von der Fensterbank. Sie schämt sich so sehr, dass sie nicht von seiner Mutter gesehen werden möchte. Mehrmals hat sie überlegt, dort zu klingeln, um zu fragen, wie es Julian geht. Einmal stand sie sogar schon auf der Auffahrt. Aber dann sieht sie wieder den Zorn in ihren Augen und hört wieder ihre bitteren Worte, und dann weiß Ellie, dass sie sich ihr nicht stellen kann.

Wegen Julian sind Chris und Lydia für sie in den Hintergrund gerückt. Manchmal hat sie noch vor Augen, wie Chris und Lydia sich nackt in Mister Tumnus' Höhle wälzen, aber im nächsten Moment werden sie von ihrer Schuld verdrängt. Sie hat sich in den letzten Tagen weder bei Chris noch bei Lydia gemeldet. Das ist eher ungewöhnlich für sie. Normalerweise sorgt Ellie dafür, täglich mit ihren Freunden Kontakt zu haben. Denn in der Clique fühlt sie sich ein kleines bisschen cooler, ein kleines bisschen stärker. Wenn sie mit Chris, Jannis und Lydia herumläuft, bildet sie sich ein, lässig und verwegen auszusehen. Die drei sind so selbstbewusst, dass sie von einer Aura der Stärke umgeben werden. Und Ellie taucht in diese Aura ein und versucht, in ihr mitzuschwimmen.

Deswegen zündet sie sich manchmal mit den anderen eine Zigarette an, die sie dann gar nicht raucht. Deswegen hat sie sich eine Obey-Cap gekauft, die sie aber nicht trägt. Und deswegen flüchtet sie vor dem Kontrolleur, obwohl sie das entwertete Zugticket in der Hosentasche hat. Sie weiß noch, wie gut es sich angefühlt hat, als sie das erste Mal zusammen unterwegs waren. Das ergab sich durch puren Zufall in der siebten Klasse. Chris und Jannis waren da zwar schon befreundet, aber Ellie verbrachte die Pausen in der Schulbücherei und hatte höllische Angst vor Lydia. Lydia hingegen hing jede Pause mit ihren Freundinnen auf einer Tischtennisplatte herum, wo sie sich demonstrativ gegenseitig die Nägel lackierten oder Boyband-Poster tauschten. In der Klasse hießen Lydias Freundinnen nur »Lydias Follower«.

An einem kühlen Tag Mitte Februar teilte ihr Chemielehrer Gruppen für verschiedene Projekte ein: Ellie, Chris, Lydia und Jannis sollten sich bei einem von ihnen zu Hause treffen und ein Plakat für ein ihnen zugewiesenes chemisches Element entwerfen – es war Radium. Sie trafen sich bei Chris. Ellie weiß noch genau, wie sie mit zögerlichen Schritten die Auffahrt zu dem großen, imposanten Glasbau hinauflief:

Lydia steht an der Tür und tupft sich pinkes Gloss auf die Lippen. Ihre Haare trägt sie in einem kunstvoll geflochtenen Dutt mit antoupiertem Pony, um den ich sie sofort glühend beneide.

»Hi«, sage ich vorsichtig, als ich vor der Haustür ankomme. Ich betrachte Lydia so angespannt, als würde ich fürchten, dass sie mir zur Begrüßung ins Gesicht springt.

»Hi Elena«, erwidert Lydia süßlich. »Ui, hast du dich schick gemacht? Für ein Schulprojekt? Wie süß!«

Ich habe in der Tat versucht, mich schick zu machen. Ich trage ein knielanges blaues Kleid mit einer weißen Schleife um die Taille und habe mir zum ersten Mal in meinem Leben die Wimpern getuscht.

»Ähm, ein bisschen«, erwidere ich errötend. »Hast du schon geklingelt?«

»Ja, die Herren lassen sich Zeit«, erwidert Lydia.

Dann öffnet Chris die Tür. Ich finde ihn umwerfend, auch wenn er bis dato kaum ein Wort mit mir gewechselt hat. Genau genommen hat er mir nur eine einzige Frage gestellt, und die lautete: »Kann ich ein Blatt haben?«

»Hey, kommt rein«, sagt Chris. Ich lasse Lydia den Vortritt. Im Inneren des Hauses ziehe ich mir sofort die Schuhe aus. Lydia behält ihre Stiefeletten aus Wildleder an. Sie klackern auf dem Granitboden. Ich folge Chris und Lydia durch einen hohen, mit großflächigen Bildern flankierten Flur einige Stufen herunter ins großzügige Wohnzimmer. Es wurde eingerichtet wie in einem Wohnkatalog.

»Es riecht nach Kuchen«, stellt Lydia fest.

»Ja, meine Mutter hat Schokokuchen gebacken. Aber sie hat das Backpulver leider vergessen«, sagt Chris grinsend. »Ist jetzt eher ein Schokopfannkuchen.«

Im einen Teil des Raums befindet sich eine Sofaecke aus weißem Leder mit einem großen Flachbildfernseher, einer Venusskulptur aus blauem Glas und einem offenen Kamin, im anderen Teil erstreckt sich ein kleines Atelier. Über einen Korbstuhl wurde ein mit Farbspritzern bekleckertes altes Männerhemd geworfen. Auf einer weißen Leinwand hat jemand mit feinen Bleistiftstrichen Chris' Profil skizziert und ziemlich gut getroffen.

»Wer hat das gezeichnet?«, frage ich, ohne darüber nachzudenken.

»Meine Mutter«, sagt Chris zu mir. »Sie malt wirklich klasse.« Dabei lächelt er mich zum ersten Mal an. Es ist ein schiefes, neugieriges Lächeln, und ich verliebe mich sofort darin. Dann schaue ich zur Sofaecke, wo Jannis in einer grauen Jogginghose und einem lila Hoodie sitzt und gerade den Schokopfannkuchen verdrückt.

»Jetzt komm schon, Chris, beweg deinen Arsch!«, ruft er. Auf dem Flachbildfernseher steht »Pause« über einem animierten Fußballfeld.

»Deswegen hat das so lange gedauert. FIFA nimmt all die wenigen Gehirnzellen in Anspruch«, sagt Lydia spöttisch.

»Wo sind deine Follower, kleine Königin? Wer fächert dir denn jetzt mit Palmwedeln frische Luft in die große Klappe?«, fragt Jannis, ohne vom Bildschirm aufzuschauen. Dann drückt er auf »Weiter«.

»Heeeey!«, brüllt Chris, springt wie ein Parcours-Profi von hinten über die Sofalehne und grapscht noch im Sturzflug hastig nach seinem Controller.

»Angesichts deines Geruchs bräuchten wir wirklich frische Luft!«, schnappt Lydia zurück. Sie prügeln sich so lange mit bissigen Worten, bis Chris ein Tor schießt.

»Neeeein!«, jault Jannis.

»Da sieht man, dass Männer nicht zwei Sachen gleichzeitig können«, sagt Lydia zu mir.

Ich will etwas Lässiges erwidern, in diesem Augenblick fällt mein Blick jedoch auf die geöffnete Flasche auf dem Glastisch. »Rotwein«, murmele ich bestürzt.

»Scharfsinniges Mädchen«, kommentiert Lydia trocken.

»Den haben wir Chris' Vater gezogen!«, ruft Jannis vom Sofa.

»Aber wir dürfen gar keinen Wein trinken«, murmele ich und luge noch einmal zu der Flasche hinüber, als würde sie rotes Gift enthalten.

»Tust du immer nur, was du darfst?«, fragt Lydia lächelnd. Damit wendet sie sich ab, platziert sich zwischen Chris und Jannis auf dem Sofa und trinkt einen großen Schluck aus der Flasche, wobei sie den Kopf in den Nacken legt.

Ich setze meinen Rucksack auf dem Boden ab, hole das leere Plakat, mein Chemiebuch und meine Stifte hervor und beginne allein, es zu beschriften. –

Im Verlauf des Nachmittags kippte Jannis den Wein schließlich aus Versehen über das fertige Plakat, nachdem Ellie sogar ein kleines Periodensystem gebastelt und das Radium-Element umkringelt hatte.

»Schöner Sepia-Effekt«, sagte er.

Ellie war drauf und dran, noch einmal ein neues zu basteln. Jannis fragte sie warum, und sie antwortete, dass ihr Chemielehrer es doch angeordnet habe.

»Sie hält sich wirklich immer an alle Regeln«, sagte Lydia.

Daraufhin sah Chris auf. Seine eisblau brennenden Augen fanden ihre. »Dann lass uns doch mal ein paar Regeln mit Elena brechen«, sagte er.

»Besser nicht«, sagte Ellie erschrocken.

Er stand auf und drückte ihr die Weinflasche in die Hand, in der sich noch ein Rest befand. »Fang damit an«, verlangte er. »Trink sie aus und brich deine erste Regel.« Seine Lippen waren vom Wein blaurot gefärbt. Er stützte sich mit einer Hand neben Ellie an der Wand ab und sah sie so lange herausfordernd an, bis sie die Flaschenöffnung an den Mund setzte.

Danach gingen sie raus. Sie begannen ganz harmlos mit Klingelmännchen. Anschließend verschaffte Jannis ihnen Zugang zu einer Party, wo Ellie von allen anderen Gästen vielsagend gemustert wurde, weil sie als Einzige wirklich wie dreizehn aussah. Schließlich kletterten sie über einen Zaun, an dem ein Betreten-verboten-Schild hing, auf ein einsames Betriebsgelände und sprühten mit Farbdosen von Chris Fantasienamen an die Mauer. Chris nannte sich »Sky«, Jannis »Sokrates«, Lydia »Smaragd« und Ellie »Seejungfrau«. Von da an machten sie alles zusammen. Und bald versuchte auch Julian, dazuzugehören.

*

In Erinnerungen versunken, sitzt Ellie nun vor ihrer Fensterbank auf dem Boden und schüttelt ihre Lieblingsschneekugel, bis sie nur noch weiße Flocken und Glitzer sieht. Gerade als sie wieder vor Augen hat, wie ihre Freunde und sie in Amsterdam lachend vor Julian flohen, als dieser sich ihnen auf Klassenfahrt bei der Stadtrallye anschließen wollte, klingelt ihr Handy. Auf dem Display erscheint Lydias makelloses Gesicht.

Ellie drückt auf den grünen Hörer. »Hey du«, sagt sie.

»Sag mal, bist du doof?«, schießt Lydia los. »Warum schickst du mir so eine bescheuerte, pseudogeheimnisvolle Mail? Fühlst du dich jetzt wie ein mysteriöser Flaschengeist?«

»Bitte was?«, fragt Ellie verdutzt. »Was ist mit Flaschengeist?«

»Jetzt stell dich nicht noch blöd«, entgegnet Lydia gereizt. »›Lydia Rosengarten, es gehört sich nicht, den Jungen, in den deine beste Freundin verliebt ist, als Machtdemonstration zu verführen. Was denkst du dir? Hast du überhaupt schon mal darüber nachgedacht?‹«, zitiert sie. »Was soll das? Du meinst Chris, oder? Seit wann stehst du auf ihn? Hast du mir nicht noch vor einem Monat gesagt, dass ihr das beide locker seht? Und warum zur Hölle nennst du dich Onyx?«

»Ich verstehe überhaupt nicht, wovon du redest«, sagt Ellie verdattert.

Bei sich denkt sie: Natürlich habe ich ihr gesagt, dass ich das mit Chris locker sehe. Sie würde nicht verstehen, was ich für ihn empfinde. – »Ich habe dir keine Mail geschrieben«, fügt sie hinzu. »Und ich bin selbstverständlich auch nicht in Chris verliebt.« Bei »selbstverständlich« zittert ihre Stimme etwas, aber Lydia bekommt es nicht mit.

»Ach komm schon, Elena! Wer sollte sich sonst so was ausdenken? Das ist genau dein Stil!«

»Ich war's wirklich nicht«, wiederholt Ellie. »Versprochen. Ich schwöre.«

»Aber wer wüsste denn sonst, was auf der Party passiert ist?«, fragt Lydia finster. »Und wer macht sich die Mühe, mir dann eine verschlüsselte Mail mit diesem absurden Vorwurf zu schicken?«

Wer noch weiß, dass du auf der Party Chris gevögelt hast? Ist bei dir ja jetzt nicht so schwer zu erraten, denkt Ellie. Und absurd ist der Vorwurf überhaupt nicht. Aber da hast du bis jetzt ja wirklich noch nie drüber nachgedacht.

»Da waren ja so viele Leute«, sagt sie stattdessen. »Jeder könnte das mitbekommen haben.«

»Total pervers«, sagt Lydia. Ellie sieht vor Augen, wie sie ihre römische Nase rümpft und ihre grünen Augen zu Schlitzen verengt.

»Soll bestimmt nur ein doofer Witz sein«, sagt Ellie. Auch wenn ich nicht verstehe, warum der Absender sich so für mich einsetzt, grübelt sie. Und woher weiß er, dass ich in Chris verliebt bin?

»Haben wir alle wieder mal gelacht«, sagt Lydia. »Bist du sicher, dass du es nicht warst, Ellie?«

»Ja, ganz sicher«, murmelt Ellie, während sie wieder ihre Schneekugel schüttelt.

»Würdest wahrscheinlich nicht mit Onyx unterschreiben«, überlegt Lydia. »Eher mit der klassischen Seejungfrau oder mit Hermine Granger. Vielleicht auch mit EmoGirl22, oder?«

»Ja, vielleicht«, sagt Ellie und tut so, als wäre sie immun gegen Lydias Ironie.

»Na gut. Dann hab noch einen schönen Tag und wechsle nicht aus Versehen das Universum«, spöttelt Lydia.

»Du auch, tschüss«, sagt Ellie. Das Universum wechsle ich absolut bewusst, denkt sie. Sie steht auf, geht langsam zu ihrem Klavier und setzt sich auf den Hocker. Dann beginnt sie, *Wrecking Ball* von Miley Cyrus zu spielen. Sie hat sich das Lied selbst beigebracht, nachdem sie sieben Jahre lang Klavierunterricht hatte. Während sie schon rot wird, wenn sie sich Mileys Video dazu nur anschaut, hat sie sich in das Lied verliebt. Beim Klavierspielen singt sie. Singen und Klavierspielen hält Ellie so ziemlich für ihr einzigen Talente.

»I came in like a wrecking ball, I never hit so hard in love. All I wanted was to break your walls, all you ever did was wre-e-eck me. Yeah, you, you wre-e-eck me«, singt sie leise.

In den Zeilen der Lyrics findet Ellie das Verständnis, das sie nirgendwo sonst bekommt. Nie war sie so verliebt wie in Chris. Alles, was sie immer wollte, war, dass er sie wirklich an sich heranlässt. Und er tut nichts anderes, als sie zu zerstören.

Während ihre Finger über die weißen und schwarzen Tasten fliegen, schließt sie die Augen und blendet ihre Umgebung aus. Da sind nur noch ihre Hände, ihre Stimme und das Klavier. Und Chris ist da, er ist die ganze Zeit bei ihr.

Nachdem sie *Wrecking Ball* an die fünf Mal wiederholt hat, spielt sie noch *Let Her Go* von Passenger und *Comes And Goes* von Greg Laswell.

Danach probiert sie noch einmal die Melodie aus, die sie selbst komponiert hat. Als Tonart hat sie A-Moll gewählt. Die Melodie gefällt ihr, sie ist düster und melancholisch, aber es will ihr einfach kein Text dazu einfallen.

»I miss you«, murmelt sie. »I miss you, that is true, it comes out of the blue and I just don't have a clue – how to write a song.«

Ihr Handy summt, als würde es ihr antworten wollen.

»Weißt du, wie man einen Song schreibt, iPhone?«, fragt Ellie mit kindlicher Stimme. Sie steht auf und klappt das Klavier zu. Dabei hat sie jedes Mal aufs Neue Angst, sich die Finger einzuklemmen. Mit einem Seufzer schaut sie ein weiteres Mal aus dem Fenster zu Julians Haus hinüber und geht dann zu ihrem Nachttisch, wo ihr Handy liegt. Sie hat eine Mail bekommen. Der Absender fällt ihr sofort ins Auge. onyx@gmail.com.

Der Psycho-Onyx, denkt Ellie und lässt vor Schreck ihr Handy fallen. Zum Glück landet es auf dem runden Teppich neben ihrem Bett. Jetzt bin ich dran. Er weiß bestimmt, was ich schon alles falsch gemacht habe. Vielleicht weiß er sogar, was ich Julian gesagt habe?

Hektisch atmend geht sie in die Knie und nähert sich ihrem Handy so vorsichtig, als könne es beißen. *Lies es gar nicht!*, flüstert eine flehende Stimme in ihrem Kopf. Aber natürlich liest sie es trotzdem.

Elena Jansen,
das nächste Mal, wenn er vor deiner Tür steht, lass ihn nicht herein. Sei dir zu schade dafür.
Onyx

Für ein paar Sekunden zweifelt Ellie an ihrem Verstand: Du hast das falsch interpretiert, da steht etwas ganz anderes. Sie liest die Mail noch einmal. Onyx macht ihr keine Vorwürfe. Er möchte, dass sie sich Chris nicht mehr bedingungslos hingibt.

Werde ich beobachtet?, fragt Ellie sich sofort und zieht ruckartig die mit Rosenranken verzierten Gardinen vor ihr Fenster. Sie bekommt eine Gänsehaut. Woher weiß er oder sie von Chris und mir – und von Chris und Lydia? Wer hätte ein Interesse daran, sowohl mich als auch Lydia von Chris fernzuhalten? Was bedeutet Onyx? Ist es vielleicht ein gefährlicher Psychopath, der uns stalkt? Aber eigentlich stimmt es, ich sollte mich Chris nicht so zu Füßen werfen. Ist es vielleicht nur nett gemeint?

Eingeschüchtert hält sie ihr Handy von sich weg, als wäre die Mail damit weniger real. Dann klingelt es unten an der Tür.

Ellie erschreckt sich so sehr, dass sie zusammenzuckt, ihr Handy abermals fallen lässt und mit dem Knie gegen den Nachttisch stößt.

Der Psycho-Onyx, denkt sie. Vor ihrem inneren Auge erscheint ein vermummter Mann vor ihrer Haustür. Ihre Fantasie stülpt ihm eine gruselige Gasmaske über den Kopf, die rein gar nichts mit einem Edelstein zu tun hat. Und ich bin auch noch allein zu Hause, denkt sie panisch. Mit zitternden Fingern greift sie nach der Gardine und zieht sie minimal zur Seite.

Es ist Chris.

Erst atmet sie erleichtert aus. Dann fängt ihr Herz sofort wieder an zu klopfen. Und dann fällt ihr ein, was Onyx geschrieben hat. *Das nächste Mal, wenn er vor deiner Tür steht, lass ihn nicht herein.* Soll sie sich an den Ratschlag halten? Soll sie die Tür dieses Mal nicht öffnen? Ellie schaut zu Chris hinunter. Er sieht mitgenommen aus, hat ein blasses, gehetztes Gesicht. *Lass ihn nicht herein,* denkt Ellie, während Chris auf der Stelle tritt, gedankenverloren mit seinen Fingern knackt, dann abermals klingelt.

Er ist hier, flüstert Ellies Hoffnung. Ich muss bei ihm sein, ich muss ihn berühren, ich will nicht immer allein sein.

Ich bin ersetzbar, flüstert ihre Vernunft. Was ich ihm nicht gebe, holt er sich woanders. Ich bin ihm völlig egal. Er will mich nicht. Er hat es mir oft genug gesagt.

Aber ich brauche ihn, flüstert ihre Hoffnung. Ich brauche ihn so sehr.

In diesem Moment wendet Chris sich ab, dreht sich um und schlendert die Auffahrt wieder hinunter.

»Nein!«, ruft Ellie, ohne darüber nachzudenken. Sie rennt aus ihrem Zimmer hinaus. Er kann nicht gehen! Sie rast die Treppenstufen hinunter, schlittert in ihren Pantoffeln zur Haustür und reißt sie auf. »Chris!«, ruft sie.

Er dreht sich um. »Elena«, sagt er und lächelt. In seinem Lächeln liegt eine weiche Traurigkeit, die Ellie nicht genauer definieren kann. »Da bist du ja.«

Ellie kann es nicht kontrollieren, schon rennt sie auf ihn zu. Sie springt ihm in die Arme, umklammert seinen Nacken und küsst ihn stürmisch. Mit einem Mal hat sie alles andere vergessen, nichts zählt. Alle ihre Sorgen verblassen. Plötzlich fühlt sie sich heil. Sie hat ihn vermisst. Oh Gott, wie sehr sie ihn vermisst hat.

Er umfasst mit festen Armen ihren Rücken und erwidert ihren Kuss erst überrascht, dann auch schon forsch. Sanft streicht seine Hand ihre Wirbelsäule hinunter, was ihr wohlige Schauer über den Rücken jagt. Sie atmet seinen vertrauten Regengeruch ein, während seine Lippen von ihrem Mund an ihrem Kinn entlang zu ihrem Hals wandern. Ellie wird von einer Erregung erfasst, die sie selbst erschreckt. Als ihre Lippen sich wieder gefunden haben, hebt Chris sie hoch und trägt sie ins Haus. Noch nie hat Ellie sich so verbunden mit ihm gefühlt. Zärtlich fährt sie mit ihrer Zungenspitze über seine, während er die Tür mit einem nebensächlichen Fußtritt hinter ihnen schließt. Er geht mit ihr durch den Flur ins Wohnzimmer, wo sie sich auf die Couch fallen lassen. Ellie hat sein Gewicht noch nie auf sich gespürt. Es verursacht ein Kribbeln in ihr, das sich nicht nur in ihrem Bauch ausbreitet. Mit heißen Wangen zieht sie Chris am Kragen seines T-Shirts näher und schaudert, als er mit der Zungenspitze über ihre Unterlippe fährt.

Erst als seine Hände sich unter ihr Top schieben, kommt sie wieder zu sich und versteift sich.

»Schon gut, Ellie«, murmelt er, zieht den Saum ihres Tops wieder über ihren Hosenbund, verschließt ihre Lippen noch einmal mit seinen und rollt sich dann neben sie. Er zieht sie an sich, drückt ihr einen Kuss auf die vollkommen zerwühlten Haare und schließt die Augen.

Für etwa zehn Minuten genießt Ellie es, einfach nur in Chris' Armen zu liegen und seinen Herzschlag zu hören. Dann kommt Julian zurück in ihren Kopf.

»Ich fühle mich so schlecht, weil Julian im Koma liegt«, murmelt sie.

»Mmh«, macht Chris und blinzelt.

Ellie richtet sich auf, stützt sich auf ihren Ellbogen und sieht ihn an.

»Fühlst du dich nicht schlecht?«, fragt sie. »Immerhin haben wir ihn an dem Abend total stehen lassen. Was eigentlich unfair war. Er ist ein netter Kerl, er hat das nicht verdient.«

»Hast recht«, murmelt Chris schläfrig und schließt wieder die Augen.

Ellie weiß nicht, ob sie ihm von ihrer eigentlichen Schuld erzählen soll. Er wirkt nicht so interessiert, wie sie es sich wünscht.

»Aber was machen wir denn jetzt?«, fährt sie beharrlich fort. »Julian liegt im Koma. Er wacht vielleicht nie wieder auf.«

»Ich möchte jetzt nicht darüber reden«, brummt Chris.

»Hm«, macht Ellie. »Worüber möchtest du denn reden?«

»Über gar nichts«, antwortet er.

»Und warum bist du hier?«, fragt Ellie mit leiser Stimme. »Ich weiß, du hast gesagt, dass du keine Beziehung möchtest. Aber warum klingelst du dann bei mir, warum küsst du mich dauernd?«

Chris öffnet die Augen, löst seine Arme von ihr und setzt sich nun auf.

»Du hast mich doch geküsst«, sagt er.

»Normalerweise küsst du mich aber«, erwidert Ellie. »Und du greifst nach meiner Hand und ziehst mich auf deinen Schoß.«

»Ellie, ich glaube, du verstehst das falsch«, sagt Chris, während er zügig vom Sofa aufsteht. »Ich mache das nur so zum Spaß. Wenn du einen Freund willst, musst du dir jemand anderen suchen. Tut mir leid.«

Er hebt entschuldigend die Schultern, dann dreht er sich um und geht.

Ellie verharrt wie betäubt auf der Couch. Warum habe ich das gesagt? Warum habe ich es kaputt gemacht, dafür gesorgt, dass er mich allein lässt? Ich weiß es doch. Ich weiß doch, dass wir nicht zusammen sein können. Ich bin so unendlich dumm.

Und ihr Herz tut so weh, Ellie versteht nicht, wie ein Herz so wehtun kann. Alles in ihr fühlt sich plötzlich hohl an. Sie möchte sich nicht mehr so abgelehnt und einsam fühlen. Sie möchte nicht, dass er immer wieder weggeht.

Langsam steht sie auf und geht mit monotonen, abgehackten Schritten in die Küche hinüber. Das schärfste Küchenmesser steckt in der Mitte des hölzernen Messerblocks. Sie läuft wie hypnotisiert darauf zu. Ich muss mir wehtun. Körperlich wehtun, weil ich so dumm war. Körperlich wehtun, damit ich mein Herz nicht mehr fühle. Mit einer langsamen Bewegung zieht sie das Messer aus dem Block und fühlt sich für einen kurzen, absurden Moment wie Artus, der Excalibur aus dem Stein zieht. Sie umfasst den Griff mit beiden Händen und verlässt die Küche, geht die Treppe hoch und in ihr Zimmer. Als sie vor dem Spiegel stehen bleibt, erschreckt sie sich vor sich selbst. Ich sehe aus, als würde ich jemanden abstechen wollen, denkt sie, während sie ihre stumpfen braunen Augen und ihre zitternden Lippen mustert. Ich bin zu dick. Wenn ich so aussehen würde wie Linda, würde Chris mit mir zusammen sein wollen. Ellie hat zwar einen schmalen Oberkörper, aber ausgeprägte Hüften und recht pralle Oberschenkel. Birnchen, so hat Lydia sie mal genannt.

Sie setzt sich mit dem Messer auf ihr Bett, streckt ihren linken Arm aus und setzt die Klinge an. Sie würde es gern tun. Sie würde es wirklich gern tun.

»Soll ich mir EmoGirl22 in die Haut ritzen, Lydia?«, flüstert sie. Aber sie tut es wieder nicht. Weil ich nicht einmal Blut sehen kann, denkt sie resigniert. Weil ich vor allem Angst habe, sogar davor, mich zu ritzen. Ermattet lässt sie das Messer vor sich auf die Bettdecke fallen.

In diesem Moment öffnet sich ihre Zimmertür, ihre Mutter streckt den Kopf herein. »Hallo, Ellie, wir sind wieder da«, sagt sie in einem versöhnlichen Tonfall.

Wo kommt die denn plötzlich her? Ich hab sie überhaupt nicht gehört, durchfährt Ellie der Schreck. Mit geweiteten Augen bemüht sie sich, unauffällig die Bettdecke über das Messer zu schlagen.

»Okay«, sagt sie und hofft, dass ihre Mutter jetzt geht. Stattdessen läuft diese auf Ellie zu. Nein. Geh weg.

»Du musst die Pralinen übrigens nicht ersetzen, ist schon in Ordnung. Iss nur nächstes Mal bitte nicht alle auf, ja?«, sagt ihre Mutter.

»Alles klar«, quetscht Ellie heraus.

»Gut«, sagt ihre Mutter lächelnd. »Sollen wir gleich einen Film schauen? Ganz klassisch *Pretty Woman?* Ich wollte nur erst noch eine Gemüsepfanne kochen, aber das scharfe Messer ist weg. Hast du es vielleicht gesehen?«

»Nein«, murmelt Ellie.

»Na gut. Dann bis gleich.« Ihre Mutter beugt sich über Decke und Messer und drückt ihr einen Kuss auf die Stirn.

Lydia

Lydia Rosengarten,
ich möchte dir helfen, schau in den Briefkasten. Kauf dir davon etwas bei H&M, das Preisschildchen eines Kleidungsstücks definiert dich überhaupt nicht. Versprochen.
Onyx

Mit angespanntem Kiefer liest Lydia die Mail. Dann läuft sie in den Flur zum Briefkasten. Ihre Fingerspitzen zittern, deswegen dauert es, bis sie den kleinen Schlüssel herumgedreht hat.

»Das ist doch jetzt nicht wahr«, murmelt sie fast lautlos. »Es ist nicht so, wie ich denke.«

Im Briefkasten liegt ein unbeschrifteter roter Umschlag. Lydia nimmt ihn heraus. Er ist fest zugeklebt. Nachdem sie tief Luft geholt hat, reißt sie den Umschlag auf. Geldscheine flattern ihr wie angriffslustige Vögel entgegen, weil sie den Umschlag aus Versehen verkehrt herum hält. Sie beginnt automatisch, sie aus der Luft zu fischen. Nur ein Zehneuroschein landet auf ihren Pantoffeln. Sie bückt sich und hebt ihn mit zwei Fingern auf. In ihren Händen hält sie aufgefächert fünfzig Euro.

Onyx weiß, dass ich geklaut habe. Er oder sie weiß es. Woher, zur Hölle? Sie stiert wie gebannt auf das Wasserzeichen des obersten Scheins. Woher weiß Onyx von Chris und mir und von meinen Diebstählen, und warum weiß er oder sie auch genau, wieso ich Kleidung stehle?

Sie würde das Geld gern mit stolzem Gesichtsausdruck und einer nachlässigen Handbewegung in die Luft werfen, herumwirbeln und zurück in die Wohnung stolzieren, aber das kann sie sich wortwörtlich nicht leisten. Deswegen schluckt sie, schaut sich nach allen Seiten um und steckt sich das Geld dann in die Tasche ihres Minirocks, bevor sie wieder zurückgeht.

Ellie kann es nicht sein, schießt ihr durch den Kopf. Sie weiß nichts von meinen Diebstählen, garantiert nicht. Sie würde mir auch kein Geld in den Briefkasten schmeißen, das passt einfach nicht. Und sie hat ja auch gesagt, dass sie die erste Mail nicht verfasst hat. Wer könnte es noch sein? Jannis oder Chris? Die sind viel zu faul, um so etwas anzuzetteln. Wer würde mich mit vollem Namen ansprechen? Das klingt, als ob es jemand Erwachsenes ist.

Sie greift wieder nach ihrem Handy – und beschließt, zurückzuschreiben.

Spammer / Stalker / Spanner / Staatsanwalt / Spender,
wer bist du und was willst du von mir? Halte dich bitte aus meinem Privatleben raus, ich brauche weder ein Gerichtsverfahren noch Almosen. Du kannst dir vorstellen, was passiert, wenn ich rausfinde, wer sich hinter dem pseudooriginellen Codenamen verbirgt.
Jigsaw (Du kennst den Film? Gut, dann verstehst du mich! ;))

Mit einem zufriedenen Grinsen drückt sie auf »Senden«. Während sie auf eine Antwort wartet, geht sie in die Küche, wo Jared mit einem Buch über den Investiturstreit am Tisch sitzt. Dabei schlürft er geräuschvoll kalten Kakao durch drei Strohhalme.

»Warum nimmst du drei auf einmal? Dann ist er doch viel zu schnell leer«, sagt Lydia und schenkt sich ein Glas Milch ein, in das sie ebenfalls Kakaopulver hineinrührt.

»Aber ich kann mehr auf einmal im Mund haben. Größere Geschmacksexplosion«, sagt Jared mit gewichtigem Gesichtsausdruck.

Irgendwie gruselig, wenn ein Achtjähriger das Wort »Geschmacksexplosion« in den Mund nimmt, während er ein Buch über den Investiturstreit liest, denkt Lydia. Mo liegt bäuchlings auf der verblichenen Couch, bei der Lydia den Verdacht hat, dass ihr Vater sie vom Sperrmüll geholt hat, und schaut leise glucksend *SpongeBob*.

Lydia stellt ihren Kakao in die Mikrowelle und beginnt seufzend, den aus Haushaltsgeräten improvisierten Minispielplatz aufzuräumen. Xenia hat ihn heute Morgen sorgfältig gestaltet. Den Mixer hat sie mit dem Kabel an einen Schubladengriff geknotet, sodass er herabhängt – er soll eine Schaukel darstellen. In die Schüssel, wo normalerweise Wurst drin ist, hat Xenia Sand hineingeschaufelt, um »einen Sandkasten zu bauen«. Und die in die Käsereibe geschobene Colaflasche, deren Boden Xenia herausgeschnitten hat, steht für die magische rote Rutsche, die ins Feenreich führt. An solche von der Norm abweichenden Hobbys ist Lydia bei Xenia gewöhnt. Während sie den Spielplatz aufräumt, überlegt sie wieder, wer so gefährlich viel von ihr weiß: Wie sehr muss ich mich in Acht nehmen? Wie groß ist das Risiko, dass andere es auch wissen, dass die Polizei demnächst hier vor der Tür steht?

In dem Moment, als die Mikrowelle piept, piept auch ihr Handy. Onyx hat ihr geantwortet.

Lydia Rosengarten,
ich möchte dir einfach nur helfen. Ich glaube, dass du ein wenig Hilfe gut gebrauchen kannst.
Onyx

Ich brauche keine Hilfe, denkt Lydia. Ich hab schon immer alles selbst gemacht. Sie hat sich mit fünf selbst die Haare geschnitten – wobei sie heute noch betont, dass es für ihr Alter ein ziemlich akzeptabler Schnitt war –, mit sieben Jahren angefangen zu kochen, und als sie zehn war, ging sie zum Elternsprechtag des Gymnasiums und stellte sich ihrer damaligen Klassenlehrerin als Frau Rosengarten vor.

»Aber Lydia, wo sind denn deine Eltern?«, fragte ihre Lehrerin damals erstaunt.

»Meine Eltern arbeiten«, erwiderte sie ernst. »Aber ich bin alt genug, Sie können mit mir meine eigenen Angelegenheiten besprechen.«

Unentschlossen starrt Lydia auf ihr Handydisplay, bis es vor ihren Augen verschwimmt und sie nur noch das Wort »Onyx« sieht. Einerseits möchte sie schreiben, dass er seine Gutmenschattitüde woanders ausleben soll, andererseits hat sie auch keine Lust, sich länger mit dem anonymen Typen oder Mädchen oder Neutrum auszutauschen.

Ich hoffe einfach, dass es jetzt aufhört, denkt sie schließlich, steckt das Handy zu den Geldscheinen in die Rocktasche und drückt die Mikrowelle auf. Der Kakao ist so heiß geworden, dass sie sich die Lippen verbrennt.

Mit der Tasse in der Hand geht sie zu Mo hinüber und setzt sich zu ihm auf die Couch. Patrick Star plärrt ihr mit nervtötender Stimme entgegen. Er sieht aus wie ein sprechendes Marshmallow, denkt Lydia. Ein Marshmallow beschwert sich darüber, dass sein Lolli geklaut wurde. Großartig.

Sie greift nach der Fernbedienung und schaltet um. Auf ZDF läuft *Stolz und Vorurteil.* Das gefällt ihr deutlich besser.

»Neeeeein!«, kreischt Mo. »Ich will Fponfbob!«

»Ich schalte wieder zurück, wenn du es richtig sagst«, erwidert Lydia süßlich.

»Fponfbob. Bitte«, sagt Mo.

»Keine Ahnung, wer Fponfbob ist«, sagt Lydia gespielt verwirrt. »Da kann ich dir auch nicht helfen, Moritz.«

Ich bin so gemein. Ich mache mich über den Sprachfehler meines zweijährigen Bruders lustig, weil meine Freunde ohne mich auf dem Holi-Colour-Festival sind und ich hier mal wieder meine Geschwister babysitten muss.

»FPONFBOB«, bemüht Mo sich.

Seufzend schaltet Lydia wieder zurück. Mo lächelt glückselig, patscht einmal in die Hände und richtet seine leuchtenden Augen augenblicklich auf den Bildschirm.

»Wehe, du redest von jetzt an mit Schwämmen«, knurrt sie, aber Mo nimmt sie nicht mehr wahr. Sie beschließt, es zu riskieren, den Raum zu verlassen, da Mo sowieso am Fernseher klebt. Also läuft sie durch den engen Flur zu ihrem Zimmer, das sie sich mit Xenia teilt, um sich den *Faust* zu holen. Die linke Hälfte des Raumes glitzert so stark in Rosa, Gold und Silber, dass Lydia immer unwillkürlich die Augen schließt. Xenia macht sich nichts daraus, dass das Geld ihrer Eltern nicht reicht, um ihr Kinderzimmer luxuriös zu gestalten, sie schafft sich ihren Luxus selbst. Ihren Teil des Raums nennt sie »Salon der Prinzessin«.

»Man braucht kein Geld, um schön zu leben«, hat sie einmal mit erhobenem Kinn gesagt, »sondern Fantasie.«

Stimmt, hätte sicher gereicht, mir einzubilden, dass mein Fleecepulli von Aldi eigentlich ein Chanel-Designerstück ist, hat Lydia gedacht. Dann hätte es damals bestimmt nicht an der Tafel gestanden.

Xenia hat mit Glitzerstiften Wörter an die Wand geschrieben, »Feenschrift«, wie sie sagt. Ihre Lieblingswörter sind »Glianza«, »Fioran« und »Amantil«. Die Bedeutung der Wörter will sie Lydia nicht verraten. Von Xenias altrosa Kleiderschrank hängen goldene und rosafarbene Luftschlangen. Den Kerzenleuchter, von dem der Goldlack größtenteils abgeblättert ist, hat sie sich auf einem Kinderflohmarkt gekauft, und auf ihrem Schreibtisch liegen ein Dutzend Wendy-Pferdeposter. Jedem Pferd hat Xenia sorgfältig ein Horn an die Stirn gemalt. Ein Plüscheinhorn liegt auch auf ihrer Bettdecke.

Den größten Teil von Lydias siebeneinhalb Quadratmetern nimmt ein Bücherregal in Anspruch. Wenn sie auf dem Flohmarkt ist, kauft sie sich Bücher. Auf ihrem Fensterbrett stehen neben einem blühenden Kaktus farblich sortierte Nagellacke und über ihrem schmalen Bett hängt ein Poster von Marilyn Monroe. Daneben steht ihr Lieblingsspruch: »Ein weises Mädchen küsst, aber liebt nicht, hört zu, aber glaubt nicht, und verlässt, bevor es verlassen wird.«

Besonders stolz ist Lydia auf ihre Kuscheldecke mit dem Leopardenmuster, die ihr Ellie, Chris und Jannis zu ihrem sechzehnten Geburtstag geschenkt haben. Und von dem kleinen, hölzernen Anker, der unter ihrem Kopfkissen liegt, wissen nur Jannis und sie.

Sie setzt sich auf ihr Bett, hat plötzlich vergessen, was sie eigentlich holen wollte. Ihre Finger greifen nach dem Anker. Er ist so groß wie ihr Daumen und leuchtend grün angemalt. Sie hat ihn bekommen, als sie elf war. Es war kurz vor Weihnachten:

Es ist einer der letzten Schultage, deswegen haben wir alle unsere Wichtelgeschenke mitgenommen. Ich habe Clarissa eine Minilavalampe gekauft. Sie war nicht billig und mein Taschengeld ist jetzt weg, aber ich wollte das beste Geschenk der Klasse überreichen. Und es ist das beste Geschenk. Alle anderen schauen neidisch zu Clarissa hinüber. Ich habe gedacht, dass sich das toll anfühlen würde. Aber ich habe nur im Kopf, dass mein Geld weg ist. Dass ich es verschwendet habe, ich hätte Clarissa auch etwas basteln können.

Papa hat immer noch keinen Job, er ist jetzt schon seit einem halben Jahr arbeitslos. Gestern Nacht hat er sich wieder mit Mama gestritten, weil Mama meinte, er würde sich keine Mühe geben, und sie wäre die Einzige, die schuften müsste. Vielleicht hat sie recht, Papa liegt nur noch im Bett oder schaut fern. Erst habe ich mich ja sogar gefreut, dass mal jemand zu Hause ist. Aber er kocht nicht einmal, das muss immer noch ich machen. Ich bemühe mich wirklich, wenig zu essen, weil ich weiß, dass wir sparen müssen. Aber ich habe solchen Hunger. Während die anderen auf Clarissas Lavalampe starren, presse ich mir die Hände auf den schmerzenden Bauch. Auf der linken Tischseite, wo Clarissa sitzt, steht ihre Brotdose, die vollgestopft mit Christstollen ist. Ich muss mich wirklich zusammenreißen, um nicht danach zu greifen. Ich hasse mich. Ich hasse mich, weil ich das tollste Geschenk überreichen wollte. Clarissa fragt mich in letzter Zeit häufig, warum ich so still bin. Ich habe ihr geantwortet, dass ich mich wegen Weihnachten besinnen möchte. Sie ist dumm, sie hat es sofort geglaubt und wollte mitmachen.

»Lydia, bist du krank?«, hat meine Klassenlehrerin mich gefragt. »Du bist in letzter Zeit so dünn und so blass! Und du hast so dunkle Schatten unter den Augen!«

Ich habe sie für die Worte gehasst, wo ich doch so versucht habe, die Schatten unter meinen Augen abzupudern. Es fällt mir schwer, nachts zu schlafen, wenn Mama und Papa sich anschreien.

»Lydia? Möchtest du dein Geschenk nicht auspacken?«, fragt Clarissas Stimme neben mir. Ich schaue auf das kleine, rote Päckchen in meinen Händen. Bestimmt ist es etwas Doofes, so was wie ein Radiergummi oder ein Zauberwürfel. Ich löse das Papier, ein kleiner, grüner Gegenstand fällt mir in die Hände. Er hat die Form eines Ankers.

Den hat jemand selbst geschnitzt, denke ich verwundert und streiche über die rauen Kanten. Aber warum bekomme ich einen Anker? Ich würde gern fragen, aber das Wichteln bei uns ist leider anonym.

»Warum kriegst du einen Anker?«, fragt Clarissa nun auch. »Voll doof, als ob du dich für Schiffe interessieren würdest.«

»Ich mag ihn«, sage ich sofort und umklammere ihn schützend. »Ist besser, als seiner Mutter ein Duschgel zu klauen und das zu verschenken.«

Aline sieht auf.

»Du wolltest es nicht weitersagen!«, ruft Clarissa aus.

»Ich denke, Aline sollte die Wahrheit wissen«, erwidere ich kühl.

»Gut, das war es dann, ich wünsche euch allen schöne Ferien!«, sagt Frau Klopp, während sie begeistert an ihrem neuen, blau-weiß gestreiften Schal dreht, den Julian ihr geschenkt hat. Ich stehe sofort auf und gehe, warte dieses Mal nicht auf meine Freundinnen. Meine Beine zittern, so einen Hunger habe ich. Jannis steht an der Tür und sieht mich seltsamerweise an, sonst beachtet er mich nie.

»Der Anker ist von mir«, sagt er.

Ich wundere mich über seinen freundlichen Tonfall. Normalerweise spricht er immer spöttisch oder wenigstens belustigt.

»Danke«, antworte ich. »Warum hast du ihn mir geschenkt?«

Er zieht den Reißverschluss seiner Jacke zu und stülpt sich seine weinrote Mütze über den Kopf. »Ein Anker steht für Hoffnung. Die Farbe Grün auch. Du siehst so aus, als könntest du doppelte Hoffnung gebrauchen«, erwidert er.

Ich mustere ihn verwirrt.

»Frohe Weihnachten, Lydia«, sagt er, lächelt mir zu und macht sich dann auf den Weg nach Hause. –

Aus einem plötzlichen Impuls heraus greift Lydia nach einer dünnen Jacke und verlässt ihr Zimmer.

»Jared, Mo?«, ruft sie. »Wir gehen jetzt was einkaufen!«

*

Auf dem Weg zu H&M überlegt Lydia, was ihre Freunde gerade auf dem Festival machen. Ellie und Chris verspeisen sich wieder gegenseitig und Jannis beschließt aus Langeweile, irgendeinem Mädchen farbiges Maismehl in den Ausschnitt zu werfen, denkt sie. Du verpasst nichts, Lydia. So cool ist es da gar nicht, dafür hast du danach in allen Körperöffnungen Farbe. Und was macht Julian grad? Er wird von Maschinen am Leben gehalten, weil du ihn so niedermachen musstest.

Neben ihr an der Ampel stehen zwei Mädchen, eines beißt in ein belegtes Brot.

»Ich glaube, dass er Julian Berg heißt«, sagt das andere Mädchen wie auf Kommando. »Er ist wohl noch nicht aufgewacht. Voll krass. Stell dir mal vor, wie die Eltern sich fühlen müssen.«

Nicht schon wieder. Das kann doch nicht wahr sein.

Das andere Mädchen stimmt dem ersten schmatzend zu. Sein Brot sieht genauso aus wie eines von denen, die Julian ihr immer mitgebracht hat.

Lydia widersteht dem Drang, mit dem Kinderwagen über die rote Ampel zu stürmen. Kurz schließt sie die Augen. Ich habe nichts damit zu tun, beschwört sie sich stumm. Ich kann nichts dafür.

Jared hat sein Buch über die Steinzeit mitgenommen und liest im Gehen und Stehen.

»In dem Moment, wo du gegen die Laterne läufst, wirst du dich an meine Worte erinnern«, hat Lydia gesagt.

»Man sollte in jeder Sekunde lesen, in der man lesen kann«, hat Jared ernst erwidert. »Regelmäßiges Lesen ist die Grundlage für ein erfolgreiches Berufsleben.«

Da muss Lydia ihm recht geben, und es ist wohl besser, ständig seine Nase in ein Buch zu stecken, als so *SpongeBob*-süchtig zu sein wie Mo. Sie würde Jared gerne mal auf Chris einreden lassen, der sich strikt weigert, ein Buch auch nur anzufassen.

Die Ampel schaltet auf Grün, Lydia lässt die Mädchen hinter sich und läuft wieder auf das Rheincenter zu. Sie betritt das Geschäft. Warum genau bin ich noch mal hier? Habe ich wirklich auf Onyx gehört? Sie mustert sich im Spiegel am Eingang.

»Guck dich doch nicht dauernd im Spiegel an«, sagt Jared, ohne von seinem Buch aufzuschauen. »Da merkt man, wie unsicher du eigentlich bist.«

Lydia schaut ihn mit offenem Mund an. »Vielleicht guck ich ja auch in den Spiegel, weil ich so schön bin«, sagt sie dann lächelnd.

»Nein. Du guckst rein, weil du dich ständig vergewissern musst, dass du nicht plötzlich hässlich geworden bist. Was machst du denn, wenn du mal alt bist?«

Lydia mustert ihn verwirrt.

»Siehst du«, sagt Jared zufrieden. Er schafft es häufiger mal, Lydia aus der Fassung zu bringen. Mo beginnt zu glucksen, als würde er Lydia auslachen, weil sie keine Antwort hat.

»Halt den Mund, Fponfbob!«, faucht Lydia ihn an. Mo lacht nur noch mehr.

»Fponfbob Fammkopf!«, erwidert er kichernd.

Lydia verdreht die Augen und schiebt Mos Kinderwagen weiter. Unschlüssig beginnt sie, durch das Kleiderstangenlabyrinth zu laufen. Nach einigen Fehlgriffen findet sie ein blaues Ballonkleid für fünfzehn, ein weißes Spitzentop für sieben und eine weißblau schattierte Jeans für zwanzig Euro, die sie sich über den Arm legt. Sieht eigentlich gar nicht schlecht aus, denkt sie. Könnte mir eventuell wirklich stehen. Und ich würde mich zur Abwechslung mal ehrlich an der Kassenschlange anstellen.

Sie will sich gerade auf den Weg zu den Umkleidekabinen machen, als sie Alexis, Alissa und Lara, die mit ihr zusammen beim Hollinder-Casting waren, draußen vorbeigehen sieht.

Levi's, denkt Lydia. Marc-Jacobs-Schuhe. Schmuck von Tiffany. Ray-Ban-Sonnenbrillen. Longchamp-Taschen. Sie sehen mich. Sie mustern mich. Alexis hebt eine Augenbraue. Er betrachtet mich abfällig, abfällig, weil ich nicht bei Hollinder arbeite, sondern bei H&M einkaufe. Alissa hebt vage die Hand. Als wolle sie mir zuwinken, es dann aber doch lieber sein lassen. Sie haben bestimmt grad Mittagspause und gehen bei dem superteuren Italiener lunchen, um danach einen Espresso zu trinken. Bei dem Italiener, an dem Mama immer schnell vorbeigeht, weil es dort so schön aussieht.

Lydia starrt noch nach draußen, als Alexis, Alissa und Lara schon verschwunden sind. Dann wirft sie die ausgesuchte Kleidung mit einer wütenden Handbewegung über den nächstbesten Kleiderständer, krallt sich Mos Kinderwagen und stürmt aus dem Geschäft hinaus. Ich kann das nicht tragen, denkt sie verbissen. Kleider machen Leute. Wenn ich die Markenkleidung nicht mehr trage, bin ich nicht mehr schön, so einfach ist das. Dann schaut mir kein Junge mehr nach, kein Mädchen beneidet mich mehr, und plötzlich ist nichts mehr da, was mich ausmacht. Dann kann ich mir direkt einen anderen Namen geben.

Lydia rennt nun fast. Im nächsten Moment prallt sie gegen eine andere Person, welche augenblicklich zu Boden geht. Es ist eine kleine, vielleicht siebzigjährige Frau mit hellgrauen, leicht gewellten Haaren, die ihr bis zum Kinn gehen. Sie trägt eine mit Kornblumen verzierte Bluse, und kornblumenblau sind auch ihre Augen.

»Ach je«, ist das Erste, was sie sagt, während sie auf dem Boden liegt.

»Aua«, sagt Mo und weint überraschenderweise nicht einmal.

»Oh«, sagt Lydia, läuft um den Kinderwagen herum und greift der Frau peinlich berührt unter die Arme. Sie ist leicht wie eine Puppe und lässt sich problemlos auf die Füße stellen.

»Das tut mir wirklich leid«, sagt Lydia. »Ich wollte Sie nicht umlaufen, ich hab Sie wirklich nicht gesehen. Haben Sie sich wehgetan?!«

»Schon in Ordnung, mein Kind«, sagt die Frau und verzieht ihre Lippen zu einem warmherzigen Lächeln. »Wenn du mir nur meinen Stock geben könntest?«

»Stock? Klar, natürlich!« Lydia bückt sich, um den Gehstock aufzuheben, der unter einen Kleiderständer gerollt ist. »Haben Sie sich wirklich nicht wehgetan?«

Die Frau schüttelt milde lächelnd den Kopf. Ihre Augen tragen einen jungen, lebenslustigen Schimmer. »Ich bin Schwimmerin«, sagt sie zu Lydia. »So schnell haut mich nichts um. Aber sag mal, warum warst du denn so stürmisch?«

»Ich muss hier raus«, sagt Lydia wahrheitsgemäß. »Ich kann hier nicht bleiben. Ich … kann das nicht erklären.«

»Wie heißt du, mein Kind?«, fragt die Frau.

»Lydia«, erwidert Lydia zögernd. Sie hat das Gefühl, dass die Augen der Frau ihr direkt ins Innerste blicken. Dass ihr Leben ein Buch ist, und dass die Frau es schon vor langer Zeit gelesen hat. Errötend senkt sie den Blick.

»Ich auch«, sagt die Frau erfreut. »Ich heiße auch Lydia.«

Sollten alte Frauen nicht Waltraud, Ingrid oder meinetwegen sogar Walburga heißen?, schießt es Lydia durch den Kopf. Laut sagt sie: »Oh, was für ein Zufall.«

»Nichts ist Zufall«, erwidert die alte Lydia und hebt ihre Hände, um sie mit sanftem Nachdruck auf Lydias Schultern zu legen. »Du bist so ein schönes Kind. Man könnte dir einen Sack anziehen, und du wärst trotzdem noch die Prinzessin.« Sie lächelt ein letztes Mal, dann wendet sie sich ab und geht langsam mit ihrem Stock hinaus.

Lydia sieht ihr verblüfft nach.

»Das stimmt«, sagt Jared. »Kauf dir die Sachen, die du dir ausgesucht hast, Lydia.«

»Prinfeffin«, wiederholt Mo.

Und Lydia geht zurück.

*

»Schau zwischendurch bitte mal von deinem Buch auf und guck nach, ob Mo noch lebt«, sagt sie zu Jared, bevor sie den Vorhang der Umkleidekabine hinter sich zuzieht. Sie zieht ihre Sachen aus. Selbst im hässlichen Neonlicht der Kabine sieht ihr Körper gut aus. Ellie jammert immer, dass man in den Umkleidekabinen wirkt, als hätte man noch zehn Kilo mehr auf den Rippen. »Und überall ist Cellulite«, quäkt sie dann. »Mach Sport, Süße«, gibt Lydia für gewöhnlich zurück. »Und ich meine nicht Ritter Sport.«

Sie schlüpft in das blaue Ballonkleid und zieht es glatt. Es geht bis zur Mitte ihres Oberschenkels und betont ihre schmale Taille. Es geht, denkt Lydia. Ich kann es tragen. Es steht mir. Und auch das Top und die Jeans sehen nicht deutlich schlechter aus als ihre Markenkleidung. Sie lächelt sich im Spiegel an. *Man könnte dir einen Sack anziehen, und du wärst trotzdem noch die Prinzessin.* Zufrieden schlüpft sie wieder in ihre alte Kleidung, schnürt ihre rot-weiß-blauen geklauten Nikes zu und verlässt die Kabine. Jared sitzt immer noch mit kerzengeradem Rücken und erhobenem Kinn da. Aber Mos Kinderwagen ist leer.

»Ähm, Jared?«, fragt Lydia entgeistert. »Wo zur Hölle ist Mo?«

Jared schaut auf. »Ohh … Mo wollte unbedingt aus dem Wagen.«

»Und dann?«, fragt Lydia warnend.

»Dann kam eine spannende Stelle?«, erwidert Jared und wirkt ehrlich zerknirscht.

»Das ist doch nicht dein Ernst!«, stößt Lydia aus. »Hör *sofort* auf zu lesen und hilf mir suchen!«

Sie lässt den Kinderwagen stehen und rennt los. »Mo?«, ruft sie laut. »Bist du noch hier drin?« In ihrer Fantasie wackelt Mo langsam aus dem Center hinaus und läuft glucksend auf die Straße zu. Wieder stürmt sie Richtung Ausgang, wobei ihre Gedanken ihr nun wie Zeitungsschnipsel in einem Wirbelsturm durch den Kopf flattern: Ich hätte ihn einfach mit in die Kabine nehmen müssen. Wo ist er bloß hingelaufen? Wurde er schon von einem Auto angefahren? Ist er vielleicht eine Treppe runtergefallen? Was, wenn ihn jemand mitgenommen hat? Könnte es sein, dass er entführt wurde? Oh Gott, wo such ich denn zuerst?

»MOOOO!«, schreit sie, als sie am Ausgang steht.

»Piep«, gluckst es leise.

Lydia fährt herum. Das Geräusch kommt aus dem Inneren des Geschäfts. Und plötzlich weiß sie, was Mo gemacht hat. Es ist eins von Xenias und seinen Lieblingsspielen. Sich zwischen den Kleiderständern verstecken und die Kunden erschrecken. Lydia atmet langsam aus. Das kann nicht wahr sein.

»Mo, komm sofort raus!«, ruft sie, während sie sich blitzschnell durch reduzierte Jeans wühlt.

Eine Verkäuferin mit weißblonden Strähnchen im Haar und einem entzündeten Lippenpiercing eilt auf Lydia zu. »Entschuldigung, könntest du aufhören, hier so herumzubrüllen? Das ist sehr störend!«

»Entschuldigung, könntest du dich vielleicht maskieren? Dein Gesicht ist sehr störend!«, zischt Lydia und lässt die Verkäuferin stehen, durchsucht dann alle Abschlussballkleider.

»Mo, wenn du jetzt nicht rauskommst, gibt es richtig Stress«, sagt sie halblaut. Da hört sie rechts von sich ein leises Glucksen.

Mit zwei großen Schritten ist sie bei einem Schlafanzugständer und zieht zwei Bügel ruckartig auseinander. Mo sitzt im Schneidersitz auf dem Boden, lutscht an dem Preisschildchen eines Nachthemds und strahlt sie an.

»Du kleines Biest!«, faucht Lydia, will schon zwischen die Schlafanzüge greifen und Mo am Kragen herauszerren. Da sieht sie keine fünf Meter von sich Julians Mutter. Sie scheint gerade erst gekommen zu sein und hat Lydias Lärm wohl verpasst. Sie steht seitlich von ihr und zieht gerade am Ärmel eines violetten Omapullis, um ihn näher begutachten zu können. Lydias zorniger Gesichtsausdruck wechselt schlagartig zu entsetzt. Normalerweise hat sie vor nichts und niemandem Angst. Aber das hier ist Julians Mutter. Die Mutter des Jungen, an dessen Unfall sie schuld ist, obwohl er sich immer um sie bemüht hat. *Ich frage mich, warum konntet ihr ihm kein einziges Mal helfen?* In einer instinktiven Bewegung bückt Lydia sich, kriecht zu Mo zwischen die Schlafanzüge und zieht sie hinter sich zu. Er gluckst verwundert. Lydia legt ihm schnell die Hand auf die Lippen und drückt ihn auf ihren Schoß.

»Psst«, macht sie mit dünner, leiser Stimme. Erstaunlicherweise hört Mo auf sie. Du bist bescheuert, Lydia Rosengarten, denkt sie. Versteckst du dich gerade wirklich mit deinem zweijährigen Bruder zwischen den Pyjamas, um Julians Mutter nicht zu begegnen? Was soll sie schon tun? Wo hast du deine Würde gelassen? Es riecht außerdem ziemlich streng, Mo muss dringend die Windeln gewechselt bekommen. Bitte komm nicht auf die Idee, dir heute ein sexy Spitzenhemdchen zu gönnen, denkt Lydia verzweifelt. Geh zu deinem Sohn ins Krankenhaus.

In diesem Moment greift eine Hand zwischen die Schlafanzüge und zieht ein Nachthemd mit einem Pandakopf auf der Brust hervor. Neeeein, denkt Lydia verzweifelt. Ein Paar ehemals weiße, nun in allen Farben bemalte und mit Perlenarmbändern behängte Chucks verharrt direkt vor ihnen. Dann beugt sich ein Kopf zu

Lydia und Mo herunter. Aber es ist nicht Julians Mutter – sondern Hanna, die Schuldiebin.

»Lydia Rosengarten«, murmelt sie irritiert. »Da sitzt die Queen auf dem Boden der Tatsachen. Du kannst dir vorstellen, dass ich noch ein paar Geschichten guthab?«

Lydia schaut sie mit aufgerissenen Augen an. Jetzt denk dir aber ganz schnell was aus, Lydia, zeig, was deine Synapsen draufhaben. Sie knipst ihr Standardlächeln an und hofft, dass Julians Mutter nichts mitbekommt.

»Ich hab einen Geheimtipp für dich«, flüstert sie. »Wenn du niemandem hiervon erzählst, kann ich dir wirklich weiterhelfen.«

»Glaub ich nicht«, sagt Hanna grinsend. »Hiermit kann ich mir weiterhelfen.«

»Bitte?«, raunt Lydia. »Ich erzähl auch niemandem mehr, dass du klaust! Und mein Tipp ist wirklich gut!«

Hanna seufzt. »Dann hau deinen Tipp mal raus.«

»Wenn du es niemandem sagst und danach sofort weggehst.«

»In Ordnung«, brummt Hanna. »Du kannst echt froh sein, dass ich nicht wie du bin.«

»Ja, danke!«, flüstert Lydia. »Also – mein Tipp: Kauf dir bloß nicht dieses Pandading! So kriegst du *niemals* einen Typen. Kein Junge der Welt will mit einem Pandabären ins Bett steigen. Versuch's mal mit dem grauen Spitzenkleid da hinten, das könnte funktionieren!«

»Okay, danke«, sagt Hanna wieder grinsend. »Noch viel Spaß da unten!« Sie richtet sich wieder auf und hängt das Pandanachthemd zurück.

Lydia wartet bestimmt zehn Minuten, bis sie sich traut, nachzuschauen, ob Julians Mutter noch da ist. Dann steht sie auf, streicht sich die Haare zurecht und stolziert zur Kasse.

*

Nachdem sie Xenia vom Kindergarten abgeholt und gekocht hat und ihre Mutter endlich nach Hause gekommen ist, setzt Lydia sich in ihr Zimmer. Sie klaut sich ein Blatt von Xenia, das am oberen Rand bereits bedeutungsvoll mit dem Feenwort »Amantil« beschriftet wurde, holt den Füller aus ihrem Mäppchen und beginnt zu schreiben.

Lieber Julian,
heute habe ich eine alte Frau umgelaufen. Ich habe mich entschuldigt, und sie hat gesagt, dass es schon in Ordnung sei. Bei dir kann ich mich nicht entschuldigen. Und es kann nicht schon in Ordnung sein. Ich schaffe es nicht, deiner Mutter in die Augen zu sehen, weil ich weiß, dass du meinetwegen im Koma liegst. Ich hätte dir sagen können, dass du mit uns zur Party gehen kannst. Ich hätte mich für das Getränk bedanken können. Ich hätte dich nicht »perverses Schwein« nennen müssen, hätte nicht sagen müssen, dass du widerlich bist. Ich hätte nicht sagen müssen, dass du stinkst. Vor allem hätte ich nicht sagen sollen, dass man sich eine Waffe wünscht, wenn man dich sieht. Aber ich hab das alles getan und gesagt.

Es tut mir leid. Ich weiß, das ändert gar nichts. Aber es tut mir wirklich, wirklich leid.

Lydia lässt den Füller fallen. Die Tinte spritzt über die Buchstaben. Blaues Blut, denkt sie. Dann nimmt sie das Papier, zerknüllt es und wirft es aus dem offenen Fenster hinaus. Denn auch ein Brief, den er nicht lesen kann, wird nichts daran ändern. Sie steht auf und greift noch einmal nach ihrer Jacke. Sie muss raus hier. So wird sie nur von den Worten erdrückt, die sie soeben geschrieben hat.

»Wo gehst du hin?«, fragt ihre Mutter. »Sollen wir nicht zusammen etwas spielen?«

Lydia schüttelt den Kopf. »Nein, ich muss raus. Irgendwohin.«

»Ich will auch irgendwohin!«, ruft Xenia aus, stürmt mit ausgebreiteten Armen zur Garderobe und schlüpft in ihre rosa Sandalen.

»Lass mich bitte kurz in Ruhe, Xeni«, sagt Lydia.

»Wirklich?«, fragt Xenia enttäuscht und lässt die Arme sinken, als hätte man ihr die Flügel gestutzt.

»Eigentlich ist es auch egal«, entscheidet Lydia sich um. Was hat es schon für einen Sinn, mich allein von meinen Vorwürfen erschlagen zu lassen?, denkt sie. »Komm ruhig mit.«

Xenia strahlt wieder, reißt ihre rosa Plüschjacke vom Garderobenhaken, stülpt sich ihren Minnie-Maus-Haarreifen auf den Kopf und stellt sich erwartungsfroh an die Haustür. Dann fällt ihr ein, dass sie noch etwas vergessen hat. Blitzschnell saust sie in ihr Zimmer und kommt stolz mit ihren Karnevalsfeenflügeln auf dem Rücken zurück.

Lydia seufzt, schnürt ihre Schuhe und folgt ihr. Sie beschließt, noch in die Kölner Innenstadt zu fahren. Xenia und sie steigen am Hauptbahnhof aus und laufen dann hinüber zur Schlösserbrücke.

»Glaubst du, die Schlösser sind auch ein magischer Eingang ins Feenreich?«, fragt Xenia ernst, während sie bei einem Schloss mit dem Daumen das eingravierte »Martina & Leo« nachfährt.

»Bestimmt«, sagt Lydia. »Wo so viele daran glauben.«

Xenia hopst zu ihr herüber und greift nach ihrer Hand.

»Ich hab dich lieb, Lydia. Ich bin froh, dass du meine Schwester bist«, sagt sie.

»Ich hab dich auch lieb, Xeni«, sagt Lydia und streicht ihrer kleinen Schwester über das zerzauste rotblonde Haar, während eine Bahn über die Brücke rattert.

Als sie am Ende der Brücke angekommen sind, lehnt Lydia sich auf das Geländer und schaut einem weißen Schiff nach. Xenia tut es ihr nach.

»Denkst du nach, Lydia?«, fragt sie und schaut ihre Schwester stirnrunzelnd an.

»Ja«, erwidert Lydia.

»Worüber denn?«

»Über falsche Entscheidungen«, sagt Lydia.

»Was für welche?«

»Das ist kompliziert, Xeni«, sagt Lydia ausweichend und rechnet mit einer weiteren Nachfrage.

»Da ist Jannis!«, schreit Xenia stattdessen und rennt los.

Verdutzt sieht Lydia ihr nach. Der Junge, den Xenia verfolgt und der nun zurückschaut, scheint wirklich Jannis zu sein. Mit rasender Geschwindigkeit jagt er am Rheinufer entlang.

Was geht denn jetzt ab?, schießt es Lydia durch den Kopf. »Xenia!«, ruft sie, während eine Windböe ihre Haare durchwirbelt. »Bleib stehen!«

Aber sie kennt ihre Schwester gut genug, um zu wissen, dass sie nicht aufhört zu laufen, wenn sie einmal angefangen hat. Ihre Feenflügel flattern, als würde sie gleich wirklich vom Boden abheben.

»Aaaah, ich geb euch alle im Småland ab und hol euch nie wieder ab!«, schreit Lydia. Dann beginnt sie ebenfalls zu rennen.

Jannis

Ellie und Chris verspeisen sich wieder gegenseitig, und Jannis beschließt aus Langeweile, irgendeinem Mädchen farbiges Maismehl in den Ausschnitt zu werfen. Er greift in seine mit neonblauem Pulver gefüllte Plastiktüte und schleicht sich an ein zierliches, asiatisches Mädchen im Mulan-Stil heran. Dann streckt er die Hand aus und lässt das Mehl blitzschnell in ihren knappen Ausschnitt rieseln.

Er hat gedacht, dass er sich aus dem Staub machen kann, bevor sie überhaupt den Blick auf ihr Dekolleté richtet. Aber sie holt augenblicklich aus, gibt ihm eine saftige Backpfeife, die noch fünf Minuten später auf seinem Gesicht zittert, und zischt ohne jeglichen asiatischen Kleinmädchencharme: »Sackgesicht!«

»Hm«, macht Jannis, während er das restliche blaue Pulver über der Meute verteilt, die auf den nächsten Countdown zur großen Farbschlacht wartet. »Äußerlich bist du die typische japanische Masseurin, aber in deinem Inneren lauert Hulk.«

Nach diesem Satz verdrückt er sich lieber sofort und geht zurück zu Chris und Ellie. Im Gehen nimmt er seine Brille ab und wischt die mit farbigem Pulver beschlagenen Gläser mit dem Saum seines Shirts sauber. Selbst mit seinen minus vier Dioptrien sind Chris und Ellie eindeutig zu erkennen: zwei eng umschlungene Gestalten, die sich gegenseitig verschlingen. Jannis stellt sich Chris mit Ellies Zöpfen und ihrem Schmetterlingsshirt vor.

Auf dem Hinweg haben sie noch kein Wort miteinander gesprochen – wobei Chris ja sowieso nie spricht. Auf jeden Fall sorgten sie dafür, immer mindestens zwei Meter Abstand zueinander zu halten.

Jannis war völlig euphorisch und erwartete einen segensreichen Tag mit einer Pause von diesem ständigen Gebalze. Leider Gottes währte sein Glück nicht lang. Beim ersten Countdown sprangen Ellie und Chris sich im farbigen Regen an, als hätte Sigmund Freud persönlich ihr Über-Ich aus- und ihre Triebe angeschaltet. Sie begannen, sich zu küssen, als würde die Titanic gerade untergehen, und rieben sich das Farbpulver leidenschaftlich in die Kopfhaut.

Und genau das tun sie jetzt, Stunden später, immer noch. Ein und dieselbe Sequenz wird stetig wiederholt. Schmatzende Geräusche – Chris küsst Ellies Hals – Ellie kichert – sie reibt ihr Bein furchtbar irritierend an seinem – er wirft eine Farbtüte in die Luft – diese rieselt auf sie nieder – dann finden ihre froschgrün gefärbten Lippen sich mit einem lauten Schmatzen wieder. Jannis fragt sich wirklich, warum Chris immer noch nicht mit ihr zusammen ist. Er setzt sich seine Brille wieder auf die Nase.

»Zwei Chamäleons verknoten ihre Zungen in HD«, kommentiert er trocken. Für ein paar Sekunden wünscht er sich, dass Lydia da wäre und er mit ihr eine Farbschlacht samt eloquenter Diskussion anfangen könnte, aber dann will er sie doch lieber nicht sehen. Zwar würde er Chris und Ellie gern mit den Schädeln aneinanderschlagen, bis ihr Sexualtrieb außer Kraft gesetzt ist, aber immerhin küsst Chris nicht Lydia. Er nähert sich den beiden und bleibt seufzend in etwa einem Meter Entfernung von ihnen stehen.

»Hallo, meine Freunde«, sagt er. »Schmeckt es? Gute Arbeit, ihr habt euch vollständig aufgegessen. Morgen gibt es garantiert schönes Wetter.«

Ellie hebt eine Hand von Chris' Schulter und zeigt Jannis nachlässig den Mittelfinger, ohne dabei von Chris abzulassen.

Das traut sie sich nur, wenn sie Körperkontakt zu Chris hat, denkt Jannis.

Schließlich löst Chris sich von Ellie, seine rot besprenkelte Hand bleibt aber besitzergreifend an ihrer Taille liegen. »Was gibt's?«, fragt er.

Ellie schlingt beide Arme um Chris' Hüften und umarmt ihn hin und her schaukelnd mit einem grinsenden, vollständig blau gefärbten Gesicht.

»Die Halfpipe wird umgebaut«, sagt Jannis, weil ihm sonst nichts einfällt. »In ein Seniorenzentrum. Ist das nicht der schlechteste Witz seit Langem?«

»Doof«, sagt Ellie, ohne Chris aus den Augen zu lassen. Dann greift sie nach ihrer roten Farbtüte und leert sie so über Chris' Kopf aus, dass eine Pulverpyramide entsteht.

»Na warte!«, ruft Chris gespielt drohend.

Ellie entfernt sich quietschend mit winzigen Schritten von ihm.

Chris schüttelt sich das Pulver aus den Haaren, dann stürmt er auf sie zu und wirft sich mit ihr auf den Boden, wo er sofort beginnt, sie von Kopf bis Fuß durchzukitzeln.

»Nehmt euch ein Dixi-Klo«, knurrt Jannis. »Oder geht direkt ins Zuchthaus.«

Er dreht sich um und entfernt sich wieder.

Großartige Idee, mit den beiden zum Holi-Colour-Festival zu gehen, Jannis. Das hätte dir vorher klar sein müssen, ärgert er sich.

Gelangweilt schlendert er über den Festplatz zu den Verkaufsständen und bewegt sich dabei im Takt von *Sky and Sand* von Paul Kalkbrenner. An einem Stand werden bunte Saris verkauft, am nächsten billiger Schmuck. Jannis denkt gerade darüber nach, sich ein Bier zu holen, als er von hinten angequatscht wird.

»Na, möchtest du auch einen kostenlosen Chai Latte?«

Da die Verkäuferin gewaltige Ballonbrüste hat, sagt Jannis automatisch Ja. Er bekommt einen kleinen Pappbecher in die Hand gedrückt.

»Danke, wirklich reizend«, sagt er mit einem anzüglichen Lächeln.

»Bild dir nichts drauf ein, jeder Spaten bekommt hier kostenlos seine Latte.«

»Seine Latte?«, erwidert Jannis laut auflachend. »Ist das denn legal?«

Die andere Verkäuferin spuckt vor lauter Lachen ihren soeben genommenen Schluck Chai Latte auf den Boden.

Mrs Ballonbusen läuft sofort rot an. »So hab ich das nicht gemeint, ich meinte Chai Latte!«, protestiert sie.

»Kein Problem, ich toleriere sexuelle Aufgeschlossenheit«, sagt Jannis grinsend, schaut unbestimmt zur Bühne hinüber – und erstarrt. In etwa zwanzig Metern Entfernung steht mit dem Rücken zu ihm ein kleiner, rothaariger Junge. Er trägt ein blau-grün kariertes Hemd.

»Julian«, murmelt Jannis.

»Bitte?«, fragt Mrs Ballonbusen.

Mit bleichem Gesicht stellt Jannis seinen Pappbecher so ruckartig auf dem Tresen ab, dass ihm die heiße Flüssigkeit auf den Handrücken schwappt. Er wendet sich ab und geht mit schnellen Schritten auf den kleinen Jungen zu.

Julian ist wieder wach, denkt er. Julian ist hier, weil alles gar nicht so schlimm war. Er kann schon wieder feiern. Er streckt seine Arme aus, um sich durch einen Haufen blonder Mädchen zu wühlen, die einen Tanzkreis gebildet haben und synchron nach links und rechts hopsen. In diesem Moment beginnt Julian, sich von ihm zu entfernen.

»Nein Julian, warte!«, ruft Jannis und läuft schneller über das Meer von aufgerissenen Plastiktüten. Er rennt. Julian ist hier. Er ist wieder vollkommen gesund und seine Situation hatte nie etwas mit Kokain zu tun.

Der nächste Farbcountdown beginnt.

»Zehn …«

So schnell er kann, arbeitet er sich mit den Ellbogen durch die Meute, tritt blindlings auf irgendwelche Füße und folgt dem Lockenkopf.

»Neun … acht …«

Eine Welle aus rotem Farbpulver fliegt durch die Luft und legt sich wie Wüstenstaub auf seine Brillengläser.

»Sieben …«

»Fuck!«, ruft er aus, reißt sich die Brille erneut ruckartig von der Nase und wischt sie wieder sauber.

»Sechs … fünf … vier …«

Als er sie sich auf die Nase setzt, ist Julian nicht mehr zu sehen. Stattdessen schaut er in ein anderes vertrautes Gesicht, welches Lydias sehr ähnelt – die Nase ist allerdings deutlich spitzer. Wie heißt sie noch mal?, überlegt Jannis.

»Drei … zwei …«

»Man sieht sich immer zweimal«, zischt sie, holt aus und will zuschlagen.

Jannis fährt dieses Mal instinktiv rechtzeitig zurück.

»Eins …«

»Viel Spaß beim Suchen!«, sagt er.

»Null!«, rufen die Menschen.

Die Farbbeutel fliegen in die Luft, alles verschwindet in bunten Staubwolken. Farbapokalypse, denkt Jannis. Er entfernt sich zügig von Lydias Doppelgängerin, wobei er mehrmals gegen irgendwelche Menschen prallt. Als sich die Welt wieder etwas aufgeklärt und er seine Brille abermals geputzt hat, stellt er fest, dass der rothaarige Junge genau vor ihm steht.

»Julian!«, ruft er aus und dreht ihn an der Schulter zu sich herum.

Das ist er nicht, stellt er fest. Das ist nicht einmal ein Junge. Das Gesicht ist eindeutig mädchenhaft und unter dem karierten Hemd wölbt sich andeutungsweise ein Busen.

»Nein. Ich bin ein Mädchen«, seufzt sie, als wäre sie schon hundert Mal mit einem Jungen verwechselt worden.

»Tschuldigung«, sagt Jannis und macht sich aus dem Staub. Natürlich ist es nicht Julian, denkt er. Das war ja der absolute Kurzschluss in meinem Gehirn. Dabei kann ich wirklich nichts dafür, dass er im Koma liegt. Ich wollte ihm nur einen Gefallen tun, damit er mal locker wird. Er wühlt sich wieder aus der Menge bunter Haarschöpfe und farbverschmierter Sonnenbrillen heraus. Sein weißes Hemd und seine weißen Chucks sind nun vollständig bunt, er hat das salzig schmeckende Pulver sogar im Mund. Und jetzt?, fragt er sich.

In diesem Moment zischt sein Handy. Er zieht es heraus. Wollen Chris und Ellie wissen, wo er ist? Er hat eine Mail bekommen.

Jannis Wegener,
du kannst nicht von Freundschaft sprechen, wenn du immer nur an dich selbst denkst. Frag deinen besten Freund doch mal ehrlich, wie es ihm geht.
Onyx

»Ernsthaft?«, fragt Jannis halblaut. »Echt jetzt?« Es geht also doch nicht nur um Emily. Jetzt spricht sie von Chris? Was will die Bitch von mir? Gereizt verstaut er sein Handy wieder, schaut sich um und entdeckt Chris und Ellie vor sich. Sie wiederholen ihre Knutschsequenz noch immer in Dauerschleife. Kurzerhand marschiert Jannis auf sie zu. Wie du willst, Onyxbitch.

Er bleibt direkt vor ihnen stehen, greift ihnen jeweils an den Kragen und zieht sie auseinander, als würden sie sich prügeln.

»Ähm, hä?«, fragt Chris.

Jannis legt Chris beide Hände auf die Schultern, schaut ihm pseudoverständnisvoll in die Augen und klimpert mit den Wimpern.

»Wie geht es dir, Chris?«, fragt er.

»Hä?«, fragt Chris wieder.

»Wie geht es dir, Chris? Sprich mit mir, öffne deine schweigende Seele!«, sagt Jannis dramatisch und schüttelt Chris mehrmals. »Oh Mann«, sagt er dann und grinst. »Was für eine Scheiße.« Dann lässt er Chris wieder los, vergräbt die Hände in seinen Hosentaschen und geht.

»Versteh ich nicht«, hört er Ellie hinter sich sagen.

»Ich auch nicht«, antwortet Chris, und Jannis weiß, dass er dabei mit den Schultern zuckt.

Er macht sich auf den Weg zum Ausgang. Chris und Ellie werden sowieso nicht bemerken, dass er gegangen ist. Während er sich durch eine Gruppe von Jugendlichen hindurchquetscht, die diskutieren, ob sie sich einen Mundschutz holen sollen, erblickt er auf der anderen Straßenseite ein Mädchen mit Zöpfen, einer weißen Bluse und einem karierten Rock. Sie sieht ihm genau in die Augen. Es ist Emily. Was macht sie hier?, fragt sich Jannis. Emily hält ihr Handy in der Hand. Plötzlich glaubt Jannis, es zu wissen: Sie schreibt mir die Psychomails.

Jannis beeilt sich, nach draußen zu kommen. Er muss Emily erwischen und sie fragen, ob sie eigentlich bescheuert ist. Dieses Gutmenschgetue passt zu ihr. Aber warum sollte sie mir eine Mail schreiben, in der sie mich auffordert, ihr das Kokain wieder abzunehmen? Sie hat mir doch letztes Mal schon wieder neues abgekauft, denkt er, während er auf den Bürgersteig läuft. Vielleicht ist sie jetzt schon süchtig und konnte deswegen nicht widerstehen, obwohl sie es versucht. Und warum soll ich Chris fragen, wie es ihm geht?

Emily lehnt bewegungslos wie eine aus Versehen am falschen Ort abgestellte Statue an einer Hauswand und starrt ihn immer noch an. Jannis will über die Straße auf sie zurennen und kann gerade noch abbremsen, als ein Lkw heranfährt. Dahinter folgt ein Polizeiauto, das so am Straßenrand hält, dass es Emily verdeckt. Zwei Polizisten steigen aus und marschieren breitbeinig wie das A-Team auf den Festplatz zu. Nach zwei weiteren Autos schafft Jannis es schließlich, die Straße zu überqueren. Doch als er auf der anderen Straßenseite steht, ist Emily verschwunden. Mit langen Schritten geht er bis zu einer schmalen Gasse und schaut hinein. Bestimmt ist sie dort und versteckt sich vor ihm.

»Komm raus, Emily, Schluss mit den magischen Botschaften!«, ruft er und geht die Gasse entlang, die in ein stillgelegtes Fabrikgelände mündet, auf dem u-förmig mehrere Gebäude angeordnet sind. Der gigantische silberne Schornstein an dem zentralen Gebäude erinnert Jannis an das Horn eines Einhorns. Die Wände sind farbverschmiert, auf dem Boden liegen bunte Glasscherben. Vor einem verfallenen rotbraunen Backsteinbau parkt ein zerbeulter VW. Jannis umrundet den Wagen und schaut zur Sicherheit sogar hinein, Emily ist allerdings nicht zu sehen. Unschlüssig bleibt er stehen.

»Ach ja, mein wundersames Heilmittel«, murmelt er schließlich, holt das tief in seiner Hosentasche vergrabene Reservepäckchen heraus und schüttet kurzerhand etwas von dem Inhalt in eine kleine Beule auf der Motorhaube. Eine bessere Unterlage sieht er nicht. Schon wieder Pulver, denkt er. Einen Moment lang stellt er sich vor, die Leute drüben auf dem Festplatz würden mit buntem Kokain statt mit einfachem Farbpulver umherwerfen. Dann beugt er sich über die Motorhaube.

»Hey!«, ertönt in diesem Moment eine barsche Stimme hinter ihm. »Was soll das?«

Jannis sieht auf. Offenbar ist das A-Team doch nicht zum Festivalgelände gegangen.

»Oh, shit«, stößt er aus.

»Stehen bleiben!«, ruft der eine Polizist, während sie auf ihn zueilen.

Ohne nachzudenken klettert Jannis auf die mit Koks bestreute Motorhaube und von dort aufs Autodach. Es knarrt und ächzt unter seinem Gewicht. Das offene Päckchen lässt er in der Eile liegen.

»Sofort stehen bleiben!«, schreit die barsche Stimme wieder. Die beiden Polizisten stürmen mit dumpfen Schritten auf ihn zu. Jannis kommt sich vor wie Pippi Langstrumpf. Hastig sieht er sich um und erblickt direkt über sich ein Fenster. Die Glasscheibe fehlt, stattdessen ist es notdürftig mit Plane zugeklebt. Die Rettung! Jannis schwingt sich vom Autodach aus hoch und klettert, die Plane hastig zerreißend, in das Fabrikgebäude.

»Das wird Konsequenzen haben!«, schreit der andere Polizist mit einer Stimme, die wie gezuckertes Öl klingen würde, wenn gezuckertes Öl einen Klang hätte.

Jannis wetzt in Windeseile durch einen Raum mit einem nicht mehr laufenden Fließband und einem großen Eisenrad. Er springt über einen Mann in einem verblichenen Schlafsack hinweg, der mitten im Raum liegt und ihm seltsamerweise summend die Hand zum High five hinhält, dann jagt er eine Treppe hinunter. Eine Holzstufe zerbricht unter seinen Füßen, nur mühsam fängt er sein Gleichgewicht. Mit stolperndem Herzen stürzt er auf einen von einem Unkrautpelz bedeckten Hof. Er befindet sich jetzt auf der anderen Seite des Gebäudes. Hinter einem großen Tor sieht er die Straße. Er hastet durch das Tor, biegt links ab und stürzt beinahe über einen grauen Dackel mit bodenlangen Ohren, der auf dem Asphalt so gut wie unsichtbar ist. Die alte Dame, die den Dackel führt, hebt drohend ihre Klatschzeitschrift, aber da ist Jannis schon zehn Meter weiter. Er fühlt sich ein bisschen wie ein böser James Bond. Blindlings sprintet er durch Straßen und Gassen und versucht, dabei so unsystematisch wie möglich abzubiegen. Trotzdem hört er die Polizisten immer noch hinter sich rufen.

Schon wieder ein ganzes Gramm versemmelt, denkt er verärgert. Erst Lydias kleine Schwester, dann die Bullen!

Einige hundert Meter später werden die Rufe hinter ihm endlich leiser, bis sie schließlich ganz verstummen.

»Das war's schon?«, fragt Jannis grinsend, bremst ab und schlendert wie ein abgeklärter Vagabund weiter. Er zündet sich genüsslich eine Zigarette an und dreht sie zwischen seinen farbverschmierten Fingern, bis sie ebenfalls bunt ist. Dann nimmt er einen tiefen Zug, pustet den Rauch in den Himmel und shuffelt aus Spaß ein bisschen hin und her. Gerade als er mit dem Gedanken spielt, ein Bild für Instagram festzuhalten, tauchen am Ende der Straße die Polizisten auf.

Das war mein Zug, jetzt kommt ihrer. Die Götter spielen Schach mit mir, denkt Jannis. Er lässt seine noch glimmende Zigarette fallen und rennt weiter.

*

Auch nach zehn Minuten noch spürt er die Polizisten im Nacken. Allmählich geht ihm die Puste aus, er läuft nicht so gut wie Chris. Schweißtropfen rinnen über sein Gesicht. Wo bin ich überhaupt?, fragt er sich. Nachdem er noch einmal willkürlich erst links, dann rechts abgebogen ist, sieht er die Schlösserbrücke vor sich. Er wendet sich nach rechts und rennt am Rhein entlang weiter.

Die sieht von hinten aus wie Lydia, denkt er, als er an einem schlanken Mädchen mit üppigen blonden Locken vorbeirast.

»Da ist Jannis!«, schreit eine Kinderstimme. Jannis schaut verwirrt zurück. Im nächsten Moment hat sich ihm schon ein kleines Mädchen mit Plastikflügeln auf dem Rücken und einem Minnie-Maus-Reifen im Haar an die Fersen geheftet.

»Xenia!«, ruft das Mädchen, dessen blonde Locken von einer Windböe in alle Richtungen gezerrt werden. »Bleib stehen!«

Lydia und Xenia, denkt Jannis.

»Aaaah, ich geb euch alle im Småland ab und hol euch nie wieder ab!«, schreit Lydia. Als Jannis abermals zurücksieht, stellt er fest, dass sie ihm nun auch folgt.

Sie ist so schön, das ist schon irreal, ist sein erster Gedanke. Dann übernimmt sein Verstand wieder die Kontrolle. Das ist überhaupt nicht gut, viel zu auffällig. So kriegen die Bullen mich.

»Xenia!«, ruft er mit heiserer Stimme. »Hör auf, mir nachzulaufen! Geh zu deiner Schwester zurück!«

»Ich hör erst auf, wenn du aufhörst!«, strahlt Xenia, während ihre rosa Sandalen über den Boden kratzen.

»Ich kann nicht, ich werde verfolgt! Und wenn du mir nachläufst, kriegen sie mich!«, versucht Jannis es noch einmal.

»Ich werde dir beistehen!«, erwidert Xenia kein bisschen außer Atem. »Du flüchtest bestimmt vor den Orks?«

»So in der Art«, stößt Jannis mit schmerzverzerrtem Grinsen hervor, hält sich die Seite und wird langsamer, weil er allmählich wirklich nicht mehr kann. Xenia holt ihn mit einem munteren Lächeln ein.

»Ich bin eine Feentochter, ich habe besondere Kräfte«, sagt sie. »Folg mir.«

Sie biegt in einen schmalen Weg ein. Jannis joggt ihr schwer atmend nach. Sie landen auf einem kleinen Spielplatz mit einer einzelnen Schaukel und einer zerbeulten, röhrenförmigen gelben Rutsche, die bestimmt zehn Meter lang ist.

»Es ist nicht die magische Rutsche«, erklärt Xenia gewichtig. »Aber es reicht, um uns zu verhüllen.«

»Bitte?«, fragt Jannis.

»Glaub mir«, sagt Xenia. »Warum bist du überhaupt so bunt? Ist das Unsichtbarkeitspulver?«

Lydia kommt angerannt.

»Die Polizisten, sie kommen!«, ruft sie hektisch, statt ihre kleine Schwester auszuschimpfen. »Sind die hinter dir her, Jannis?«

»Verstecken wir uns in der Rutsche«, stimmt Jannis Xenia zu. Zu dritt stürmen sie los und erklimmen das hölzerne Spielgerät.

Xenia schlüpft zuerst in die Röhre, Lydia folgt ihr. Jannis hat einige Mühe damit, seine ein Meter sechsundneunzig hineinzubekommen. Keuchend schiebt er sich vorwärts und kauert sich zusammen wie ein Embryo.

»Gleich kommen sie!«, flüstert Xenia.

Lydia legt ihr energisch die Hand auf den Mund. Sie ist Jannis nah, sehr nah. Ihre blonden Locken berühren seine Wange, sie riechen fruchtig. Einen selbstvergessenen Moment lang betrachtet er den Schwung ihrer Lippen, den kleinen Haarwirbel an ihrer Schläfe und ihre langen, dichten Wimpern. Dann richtet sie ihre grünen Augen fragend auf ihn. Er sieht sofort weg und bewegt seinen Kopf minimal zur Seite, damit ihre Haare ihn nicht länger berühren. Es ist nicht gut, dass sie so nah an ihm ist.

»Wo ist der Mistkerl hin?«, erklingt in diesem Moment die barsche Stimme aus etwa zwanzig Metern Entfernung. Xenias Augen weiten sich, als sie feststellt, wie real die Gefahr ist. Lydia legt warnend einen Finger an ihre Lippen. Feste Schritte nähern sich ihrem Versteck.

»Am Ende war da nur noch das Mädchen«, sagt die zuckerölige Stimme. »Sie hat bestimmt etwas damit zu tun.«

Nein, denkt Jannis. Das geht nicht, Lydia darf nicht meinetwegen dran sein.

Die Schritte kommen näher, knirschen im trockenen Sand. Jannis sieht, wie Lydia und Xenia synchron weiß um die Nasenspitze werden. Er hört sogar, wie sich einer der beiden Polizisten am Kopf kratzt. Da verliert Xenia plötzlich das Gleichgewicht und gleitet rückwärts die Rutsche hinunter. Lydia greift nach ihr und erwischt sie am Zacken eines Flügels, aber das Quietschen ist nicht zu überhören gewesen. Lydia schaut Jannis Hilfe suchend an, als hätte er einen geheimen James-Bond-Kuli dabei, der wundersamerweise alle Probleme löst. Okay, das war's, denkt Jannis und will nach oben aus der Rutsche herausklettern. Da hellt Lydias Gesicht sich plötzlich auf, sie legt ihre Hand auf seine und schüttelt schnell den Kopf.

»Wer ist da?«, fragt die zuckerölige Stimme.

Lydia rutscht herunter und schiebt Xenia dabei mit sich. »Wehe, du haust noch einmal ab!«, faucht sie Xenia an, als sie unten angekommen sind. »Mama wird sich freuen, das zu hören! Oh – hallo!« Ihr Tonfall wandelt sich von beängstigend in bezaubernd. »Kann ich Ihnen helfen?«

»Sind Sie wegen der Kleinen gerannt?«, fragt die zuckerölige Stimme.

»Ja, meine kleine Schwester ist ziemlich ungezogen.«

»Tut mir leid«, murmelt Xenia, ihr Tonfall vereint Frömmigkeit und Schuldbewusstsein in Perfektion.

»Aber den Jungen haben wir gesehen«, sagt Lydia. »Er ist weiter geradeaus gelaufen. Habe mir direkt gedacht, dass er nichts Gutes im Sinn hat. Sie werden ihn kriegen, sie sehen deutlich trainierter aus als er.«

Honig für das Bullen-Ego, denkt Jannis und tastet automatisch nach seinem Sixpack.

»Danke«, säuselt die zuckerölige Stimme. »Na gut, Tom, dann geht die Jagd weiter.« Sie stapfen davon.

Nach etwa fünf Minuten sagt Lydia: »Komm raus, du Schwerverbrecher!«

Jannis schiebt sich langsam aus der gelben Röhre, aber nicht, ohne sich so heftig den Kopf anzuscheppern, dass die ganze Rutsche erzittert.

»Funktioniert dein Gehirn jetzt wieder?«, fragt Lydia betont freundlich. »Ich hatte eigentlich vor, dir direkt 'ne Kopfnuss zu verpassen, aber scheinbar hast du das schon selbst erledigt. Was zur Hölle hast du gemacht, Jannis? Solltest du nicht auf dem Holi sein? Warum sind die Bullen hinter dir her? Du kannst froh sein, dass du keine Farbspur à la *Hänsel und Gretel* hinterlassen hast.«

»Ich hab mir da einen Joint angezündet«, sagt Jannis. Besser, sie weiß nichts von dem Kokain, überlegt er. Sie scheint ja zu glauben, dass ich das Zeug nur verticke und nicht selbst nehme.

»Das ist wirklich beschränkt«, kommentiert Lydia lakonisch. »Manchmal denke ich, dass deine Zukunft daraus besteht, kiffend zu dealen, um deine Parkbank mit Schuhen zuzustellen.«

»Manchmal habe ich das Gefühl, für dich hält die Zukunft nur Sex bereit«, erwidert Jannis, während er Chris und sie vor Augen hat. »Wie auch immer – bei der echten Kleopatra gab es sicher auch 'ne Menge Orgien. Danke für die Rettung in größter Not.«

»Was ist Sex?«, fragt Xenia.

»Du bist still!«, fährt Lydia ihr über den Mund. »Das war das letzte Mal, dass ich dich freiwillig irgendwohin mitgenommen habe. Ich kauf dir so schnell wie möglich Halsband und Maulkorb. Und du –«, damit wendet sie sich an Jannis, »du hörst auf, solche Wörter vor meiner kleinen Schwester zu benutzen und dich in meine Privatangelegenheiten einzumischen.«

Bildet Jannis es sich nur ein, oder sieht sie wirklich verletzt aus? Ihre grünen Augen weichen ihm aus, während sie ihre Lippen hart aufeinanderpresst.

»Ganz locker, Kleo«, sagt er betont lässig. »Ich bin ein guter Doktor Sommer.«

»Du würdest bei allen Dreizehnjährigen ein kollektives Trauma auslösen. Xenia, wir gehen«, sagt Lydia, umschließt Xenias Arm wie eine Handschelle und zieht sie hinter sich her.

»Ich möchte noch schaukeln!«, ruft Xenia aus.

»Und ich möchte dich an den Marterpfahl binden«, erwidert Lydia und zerrt sie unbarmherzig weiter.

*

Zu Hause schält Jannis sich augenblicklich aus seiner farbverklebten Kleidung. Seine Eltern sind nicht da. Sie haben ihm gesagt, wo sie sind, aber er hat es vergessen. Deswegen läuft er nackt, seine Kleidung über dem Arm, durch den Flur und will gerade ins Badezimmer gehen, als er von dort ein leises Schleifen vernimmt.

Jemand ist da, denkt er. Ein Einbrecher.

Er sieht sich schnell nach etwas um, was er als Waffe umfunktionieren kann. Einzig und allein die dicke, schwere Schnalle seines Gürtels könnte jemanden verletzen, wenn man schwungvoll genug zuschlägt. Das leise Schleifen ertönt abermals, dann ein Plätschern.

Was will er überhaupt im Bad klauen? Shampoo? Oder glaubt er, dass es unter der Duschmatte eine geheime Falltür gibt?

Mit angehaltenem Atem legt Jannis seine Kleidung auf dem Boden ab und läuft so leise wie möglich mit dem Gürtel in der Hand zur Badezimmertür.

Was, wenn er eine Waffe dabeihat? Ich muss sehr schnell sein und ihn überraschen.

Ruckartig reißt er die Tür auf und stürmt ins Bad, während er den Gürtel lassogleich durch die Luft schwingt. Es ist tatsächlich jemand dort drin. Allerdings ist es kein Mann.

Gibt auch Einbrecherinnen, denkt Jannis und will sich auf sie stürzen, um sie zu Boden zu schlagen. Im letzten Moment nimmt er aus dem Augenwinkel einen Wischer wahr, der an der gefliesten Wand lehnt, sowie einen mit Schaumwasser gefüllten Putzeimer. Abrupt bremst er ab und schlittert über den nassen Boden, bevor er vor ihr zum Stehen kommt. Der Gürtel rutscht ihm aus den Fingern und scheppert mit der Metallschnalle gegen die Duschtür.

»Bist du eine dieser Einbrecherinnen, die putzen und dann wieder gehen?«, fragt er entgeistert, während er sich mit den Händen bedeckt.

Die putzende Einbrecherin ist klein und um die fünfzig. Ihre dicht gekrausten, von grauen Strähnen durchzogenen schwarzen Haare sind zum Zopf geflochten, sie trägt ein orangefarbenes Strickkleid und eine Kette aus orange lackierten Muscheln. Ihre schwarz schimmernden Augen wandern von seinem Kopf bis zu seiner grün besprenkelten Brust, vermeiden es aber sorgfältig, weiter hinunterzuschauen.

»Ich bin neue Haushalterin«, sagt sie in kratzigem, gebrochenem Deutsch und mustert ihn abermals ungerührt. »Du solltest duschen«, fügt sie hinzu. Anschließend bückt sie sich nach dem Gürtel, nimmt Wischer und Eimer und geht hinaus.

Chris

Auf dem Hinweg zum Holi-Colour-Festival schweigen Chris und Ellie sich an, aber Jannis füllt die kühle Stille mit irgendwelchen Erzählungen und scheint so euphorisch wie lange nicht zu sein. Es ist etwa elf Uhr morgens.

»Das ist ein super Wetter für das Festival! Wusstet ihr, dass es in Indien bis zu zehn Tage dauern kann? Und die sonst so starren gesellschaftlichen Schranken werden dann aufgehoben, jeder darf jeden mit Farbe bewerfen. Nachts verbrennen sie dann eine Dämonin aus Stroh namens Holika. Und die nehmen da alle Bhang, besteht auch aus Hanf, sozusagen Cannabis' kleine Schwester«, referiert Jannis fachmännisch.

»Wow«, murmelt Ellie.

Die Türen der S-Bahn öffnen sich, sie sind am Deutzer Bahnhof angekommen und drängeln sich hinaus. Im Gehen versucht Chris, die Albtraumreste abzuschütteln. Tagsüber wird Chris mit Julian fertig, aber nachts holt ihn dieser eine Faustschlag immer wieder blutig ein. Jede Nacht wird er schweißgebadet wach.

»Habt ihr schon gehört, dass Neuseeland überlegt, den Union Jack von der Flagge zu streichen? Was haltet ihr davon?«, fragt Jannis munter in Chris' Gedanken hinein.

»Waren wir nicht eben noch in Indien?«, knurrt Chris.

»Kurbel mal dein totes Gehirn an, Chris. Manchmal würde ich ja gern nachsehen, ob es schon schimmelt oder doch nur ewigen Winterschlaf hält.«

Halt's Maul, denkt Chris, aber er sagt nichts. Sie gehen über den Bürgersteig Richtung Festplatz, hinter einer Karawane aus weiß gekleideten Menschen her. Unauffällig mustert Chris Ellie von der Seite. Sie trägt ein weißes T-Shirt mit Puffärmeln und einen Faltenrock, der um ihre Knie schwingt. Sie ist hübsch, denkt er und wirft einen schnellen Blick auf ihre immer geröteten Wangen und ihre zusammengepressten Lippen. Aber sie weiß es nicht. In Gedanken zeichnet er die weichen Linien ihres Profils nach, die kleinen Schatten, die ihre Wimpern auf ihre Wangen werfen.

Jannis plärrt den ganzen Weg bis zum Festplatz am Stück durch. Erst spricht er über die neuseeländische Flagge, dann über Obama, dann wieder über Bhang, dann über die Energiewende und schließlich kommentiert er die Figuren der Mädchen, die vor ihnen hergehen, mit Ausdrücken wie »Teekanne«, »Schneebesen« oder auch »Mixer«.

Ich mag es nicht, wenn sie nicht mit mir spricht, denkt Chris. Aber ich kann es nicht ändern. Ich möchte nun einmal keine Freundin haben. Ich möchte von niemandem zum Reden gezwungen werden, denn Worte ändern einfach nichts. Ich möchte nicht gebraucht werden, diese Klammerei ist so furchtbar ätzend. Ich schaffe es ja nicht einmal, mit meiner eigenen Mutter umzugehen. Frei möchte ich sein, frei von allen Zwängen. Aber das kann ich Ellie nicht sagen, das würde sie nicht verstehen. Ich muss aufhören, immer wieder zu ihr zurückzukommen.

Sie haben den Festplatz erreicht und stellen sich in der Schlange an. Jannis beginnt sofort, sich im Takt der Elektromusik wie ein Roboter zu bewegen. Als er feststellt, dass die Mädchen vor ihnen ihn beobachten, gibt er sich noch ein bisschen mehr Mühe. Schließlich legt er noch ein paar Shuffle-Schritte nach. Chris kann nicht shuffeln, er beschränkt sich beim Tanzen lieber auf die einfacheren Bewegungen. Sie rücken in der Schlange vor, während Ellie in einer Endlosschleife immer dieselben Haarsträhnen flicht und wieder löst. Chris wendet seinen Blick von ihr ab und lässt ihn planlos durch die Gegend schweifen. Julian, denkt er verwirrt, als er einige Meter hinter sich einen roten Lockenkopf in der Schlange erblickt.

Er schaut genauer hin und stellt fest, dass die roten Haare einem schmächtigen, jungenähnlichen Mädchen gehören. Wäre auch zu schön gewesen. Er will nicht daran denken. Schnell zieht er sein Handy aus seiner Hosentasche und widmet sich *Quizduell.*

»Es macht echt Spaß, dich dabei abzuziehen«, grinst Jannis. »Bei mir ist alles grün und bei dir ist alles rot.«

»Welcher amerikanische Präsident hatte nur eine Amtszeit?«, liest Chris. Unentschlossen klickt er »Ronald Reagan« an. Die Taste leuchtet rot auf, »George H. W. Bush« wäre richtig gewesen.

»Falsch!«, triumphiert Jannis, der die Runde schon gespielt hat und das richtige Ergebnis wusste. »Du hast es nicht drauf!«

Sie zeigen ihre Eintrittskarten vor und Ellie muss ihre Handtasche öffnen, in die einmal lustlos hereingeleuchtet wird. Jannis hat sein Zeug eh in seiner Hosentasche, denkt Chris.

Sie schlendern auf den Festplatz und stellen sich nun für die Farbtüten an. Chris erwischt Ellie dabei, wie sie ihn beobachtet. Hastig wendet sie ihren Blick ab und beginnt wieder, betont konzentriert ihre Haare zu flechten. Sie achtet darauf, Abstand zu mir zu halten, denkt er.

Sie kaufen die Farbtüten und setzen sich am Rande des Platzes auf den Boden. Während Jannis mit einem Kevin-allein-zu-Haus-Grinsen herumläuft und die noch weiße Menschenmasse großzügig mit Farbe bewirft, beginnt Chris, Kieselsteine der Größe nach zu sortieren.

»Was ist los mit euch, ihr sitzt hier wie Romeo und Julia! Wer stößt sich zuerst ein Messer in die Rippen? Muss ich euch Antidepressiva besorgen?«, ruft Jannis, während er im Kreis um sie herumläuft und ständig in eine andere Tüte greift, um Farbe auf sie herunterrieseln zu lassen.

»Lass das bitte«, murmelt Ellie.

»Oh, tut mir leid, dass ich dich auf einem *Farb*festival mit Farbe bewerfe!« Jannis schlägt sich theatralisch die Hände vor den Mund. »Ich konnte ja nicht ahnen, dass ihr zum Meditieren hier seid.«

»Hör mal auf, so einen Müll zu reden«, brummt Chris.

»Das verletzt mich jetzt aber. Vielleicht hau ich mir zuerst ein Messer in die Rippen«, sagt Jannis fröhlich. »Kommt, Leute, der erste Countdown geht gleich los!«

Die Leute beginnen schon zu zählen. Chris rappelt sich hoch und reißt eine beliebige Plastiktüte auf. Es ist besser so, ich muss Abstand zu ihr halten, denkt er.

»Vier, drei, zwei, eins!«, ruft ein Typ mit rotem Zylinder auf der Bühne in ein Mikro. »NULL!«

Hunderte von Farbbeuteln fliegen in die Luft, die Welt versinkt in farbigen Nebelwolken. Im nächsten Moment hält er Ellie auch schon in seinen Armen. Er kann nichts mehr erkennen, aber ihre Lippen finden sich trotzdem.

*

Ich bin so herrlich inkonsequent, denkt Chris und kann gar nicht mehr aufhören, Ellie zu küssen. Jetzt gerade zählt nur sie. Ab und zu lässt er von ihr ab, um einen Farbbeutel über ihrem Kopf auszuleeren, aber ihre Lippen ziehen ihn immer wieder magisch an. Countdown um Countdown geht vorüber, aber Chris hat jegliches Zeitgefühl verloren. Da sind nur Ellies goldbraune Augen, ihr glühendes, farbverschmiertes Gesicht und ihre vollen Lippen. Sie ist wie ein sicherer Hafen, denkt er. Aber kein Schiff bleibt für immer im Hafen. Dort ist immer nur die kurze Ruhe vor dem Sturm. Noch ist Ruhe. Er zieht Ellie noch enger an sich, während seine Finger die Wirbel ihres schmalen Rückens nachzeichnen. Jannis tanzt um sie herum und erzählt irgendetwas von Pflanzen und Seniorenzentren. Schließlich reißt er Ellie und ihn auseinander und fragt Chris – wohl vollkommen zugekifft –, wie es ihm geht.

Gegen sechs fällt Chris auf, dass er Jannis' sarkastische Sprüche schon seit einer ganzen Weile nicht mehr gehört hat. Er löst sich sanft von Ellie.

»Wo ist Jannis eigentlich?«, fragt er.

»Keine Ahnung«, sagt Ellie strahlend. »Aber ich muss dir was sagen, Chris.«

»Hm?«, fragt er lächelnd, während er ihr mit dem Daumen blaue Farbe von der Wange streicht.

»Ich liebe dich«, sagt sie.

Chris mustert sie verwirrt, lässt seine Hand sinken. Warum sagt sie so was? Er weicht einen Schritt zurück.

Ellies Augen weiten sich, als hätte sie verstanden, was sie soeben gesagt hat.

»Geh jetzt nicht«, flüstert sie. »Bitte geh jetzt nicht.«

Aber Chris kann nicht bleiben. Er wendet sich ab, weil er ihr nicht länger in die so unheimlich verletzlichen Augen schauen kann. Und dann geht er. Du weißt es doch, Chris, denkt er verbittert. Du weißt doch, dass du nicht immer wieder zu ihr zurückkommen kannst. Du bist doch überhaupt nicht in der Lage, Liebe zu empfinden. Aber was ist schon Liebe? Nichts als ein Bündel aus Erwartungen, die alle früher oder später enttäuscht werden. Ich kann das nicht, Ellie. Ich kann's einfach nicht.

Er dreht sich nicht mehr um und verlässt blindlings den Festivalplatz. Es beginnt zu regnen. Er joggt zur S-Bahn rüber, während die Farbe in bunten Wellenlinien an ihm herunterläuft. In der Bahn ist er plötzlich einfach nur noch erschöpft. Er geht mit so schweren Schritten durch den Gang, als hätte er den ganzen Regen aufgesogen. Seine Schuhe hinterlassen neongrüne Abdrücke. Die Leute weichen vorsichtig vor ihm zurück. Am Ende des Abteils sieht er Hanna, das Mädchen, das von Lydia »Schuldiebin« getauft wurde. Im Gegensatz zu den anderen scheint sie die Farbe an ihm gar nicht zu bemerken. In ihrem bodenlangen, mit schwarzen Katzengesichtern bedruckten Kleid lehnt sie an einer der Haltestangen und ist vollkommen in ihr Buch vertieft. Zwischen ihre Füße hat sie eine H&M-Tüte gestellt. Chris bleibt ebenfalls stehen, um nicht auch noch die Sitze mit Farbe zu beschmieren, und stopft sich seine

Stöpsel in die Ohren. Er möchte *Swim Good* von Frank Ocean hören und schließt die Augen, öffnet sie aber sofort wieder, als er Ellies schmerzerfüllten Blick sieht.

Ich kann das nicht, Ellie. Ich schaffe es nicht einmal, Verantwortung für meine demenzkranke Mutter zu übernehmen. Für die Mutter, die mich mit ihrem Bruder verwechselt.

Sein Vater spricht noch weniger als sonst, seit Chris ausgerastet ist. Und Mirko schreibt seiner Mutter Briefe in krakeliger Kinderschrift, die er in leere Wasserflaschen packt und dann in den Rhein wirft.

Als Chris zu Hause ist, stellt er sich zuallererst unter die Dusche, um die Farbe abzuwaschen. Bunte Tränen, denkt er abwesend, während er mit dem Nagel eine hartnäckige blaue Spur von seiner Schulter kratzt. Er legt den Kopf in den Nacken und hält sich die Hände vor das Gesicht, während ihm das heiße Wasser über den Rücken läuft. Farbe kann man abwischen. Erinnerungen nicht. Nachdem er sich abgetrocknet hat, wirft er einen prüfenden Blick in den Spiegel. Sein Gesicht ist immer noch leicht bläulich verfärbt, als wäre er unterkühlt. Er schlüpft in ein frisches weißes T-Shirt und graue Stoffshorts. Regentropfen prasseln auf die Fensterscheiben, der Himmel ist inzwischen bleigrau.

»Du siehst aus wie ein Avatar«, sagt eine Kinderstimme.

Chris dreht sich um und sieht, dass sein kleiner Bruder in der Badezimmertür steht. Er ist Chris wie aus dem Gesicht geschnitten, hat allerdings braune Haare und ein sternförmiges Grübchen in der linken Wange. Chris glaubt, dass es irgendwann verschwinden wird, weil Mirko nicht mehr viel lacht, seit ihre Mutter weg ist.

Chris lächelt. »Kommst du mit nach Pandora?«, fragt er.

»Wenn Mama auch mitkommt«, sagt Mirko leise.

Chris' Gesicht verhärtet sich. Er wendet sich ab und starrt in den Spiegel, bis er sich doppelt sieht. »Was soll das denn, Mirko?«, fragt er.

»Mama wird wiederkommen«, beharrt Mirko. »Das wird wieder besser. Bald können wir wieder segeln fahren.«

Chris fährt abrupt zu ihm herum. »Red doch keine Scheiße, Mirko! Wir werden nie wieder mit Mama segeln!«

Mirko schiebt trotzig sein Kinn vor. »Sie wird sich wieder an uns erinnern. Ich weiß es.«

»Mama ist ein Pflegefall!«, schreit Chris. »Aber schreib ruhig weiter deine sinnlose Flaschenpost!«

Mirkos Augen beginnen zu glitzern, während der Regen weiterhin an die Scheiben hämmert, als würde er die ganze Welt unter sich begraben wollen.

»Sie weiß, dass ich ihr schreibe«, sagt er.

»Chris!«, hört Chris die Stimme seines Vaters von unten. »Hör auf damit!« Aber Chris kann nicht aufhören.

»Sie weiß, dass du ihr schreibst? Mama weiß *überhaupt* nichts mehr! Sie weiß nicht mehr, dass wir ihre Söhne sind! Warum? Weil Teile ihres Gehirns *tot* sind! Und soll ich dir noch was sagen? In ein paar Jahren wird sie auch *tot* sein! Dann kannst du deine *beschissene* Flaschenpost in den Himmel werfen!«

»Chris!«, brüllt sein Vater und Chris hört, wie er die Treppe hochrennt.

Tränen rollen über Mirkos starres Gesicht. »Das stimmt nicht«, schluchzt er leise. »Das ist nicht wahr.«

Ihr Vater reißt die Tür auf und stürmt auf Chris zu. Sein Gesicht ist vor Wut ganz rot, er zittert am ganzen Körper. »Es reicht«, sagt er, mühsam beherrscht.

»Was willst du tun?«, fragt Chris mit einem falschen Grinsen.

Sein Vater holt aus und schlägt ihm ins Gesicht, im nächsten Moment hält Chris sich schon die schmerzende Nase. Mirko weint noch lauter. Chris geht an seinem Vater vorbei zum Spiegel und fasst sich an das Blut, das ihm aus der Nase tropft.

»Das wollte ich nicht«, sagt sein Vater und streckt die Hand nach ihm aus. »Chris –«

Chris weicht ihm schnell aus, läuft aus dem Badezimmer hinaus und an der leeren Wand entlang die Treppe hinunter. Alba sitzt mit eingezogenem Schwanz an der untersten Stufe und mustert ihn aus traurigen Augen. »Wie auch immer, Alba«, murmelt Chris, während er sich die Nase reibt.

»Chris!«, ruft sein Vater von oben und läuft ihm nach. »Bitte warte!«

Chris verlässt sofort das Haus. Er lässt die Tür offen stehen. Ist ihm egal. Er hat keine Schuhe an. Ist ihm egal. Der Regen peitscht ihm ins Gesicht. Ist ihm so was von egal.

Er beginnt zu laufen. Er muss nur schneller als seine Erinnerungen sein. Barfuß rennt er über den nassen Asphalt. Ich renne weg. Ich renne immer nur weg. Alles, was ich kann, ist abhauen, schießt es ihm durch den Kopf. In der Straßenrinne liegen die Scherben einer Flasche Bacardi. Ein paar Meter weiter tritt er in eine Scherbe hinein. Ist ihm egal. Gleichgültig zieht er sie aus seinem Fußballen, der nun auch zu bluten beginnt, dann läuft er weiter. Vor lauter Regen kann er fast nichts mehr sehen, er kommt von allen Seiten. Chris läuft blindlings über eine Straßenkreuzung. Ein Auto bremst schlitternd und wild hupend vor ihm ab. Ist ihm egal. Er läuft an dem Blumenladen Florentia vorbei. Er weiß noch genau, wie oft sie dort war. Jeden Mittwoch war Blumentag, denn da hat sie immer einen Strauß bei Florentia gekauft. Meistens waren es Sonnenblumen, aber manchmal hat sie auch eine Orchidee mitgebracht, über die sie sich dann tagein, tagaus gefreut hat. Alle Blumensträuße hat sie gemalt, jeden einzelnen, allerdings immer in anderen Farbtönen, häufig den Komplementärfarben.

Plötzlich kommt es Chris so vor, als ob alles mit ihr verbunden ist: Je weniger Erinnerungen du hast, desto mehr habe ich. Da ist der Spielplatz, an dem sie Mirko skizzierte, während er mit seinen Freunden »Der Boden ist Lava« spielte. Dort ist ihr Lieblingscafé, wo sie mit allen Kellnern per Du war und immer »das Übliche« bestellt hat, nämlich ein Stück gedeckten Apfelkuchen und einen großen Cappuccino. Selbst die ewig rote Ampel, die seine Mutter immer zur Verzweiflung gebracht hat, erinnert ihn an sie. Da ist der Park, wo sie an sonnigen Sommertagen mit der ganzen Familie waren. Seine Mutter nahm dann einen Picknickkorb und eine Decke mit. Sie zeichnete, während Chris mit seinem Vater und Mirko stundenlang Fußball spielte. Er erinnert sich noch ganz genau:

»Es ist furchtbar, als weibliche Minderheit in einer Männerfamilie zu leben«, seufzt meine Mutter laut, während sie eine Erdbeere vom grünen Stiel befreit und sie sich dann in den Mund steckt. Ich bin zwölf Jahre alt, Mirko ist erst vier, aber er spielt unermüdlich mit Fußball.

»Sei nicht böse«, sagt Papa lächelnd und zwinkert Mama zu.

»Ich überleg es mir noch mal. Aber es ist schon schade, dass ich mit keinem meiner Kinder über Make-up und die erste große Liebe reden kann – denn sie reden ja nicht, von wem haben sie das wohl?« Meine Mutter wirft sowohl mir als auch Papa einen gespielt beleidigten Blick zu. Dann versinkt sie wieder in ihrem Zeichenblock. Ich weiß, dass sie die Tage im Park nicht weniger genießt als ich selbst. Nach einer Weile setzt Papa sich zu ihr und sieht ihr beim Zeichnen zu.

»Pass auf, Mirko!«, rufe ich und spiele meinem kleinen Bruder, dessen gesamte Aufmerksamkeit gerade einem flatternden Schmetterling gilt, den Ball zu. Er ist so verdutzt, dass er über den Ball stolpert und auf dem Po landet.

»Oh«, sagt er und beginnt zu lachen.

Ich schaue mich, ebenfalls lachend, nach meinen Eltern um.

»Das sind doch die Momente, die im Leben wirklich zählen«, höre ich Mama leise lächelnd zu Papa sagen, welcher ihr daraufhin einen Kuss aufs Haar gibt. Sie schaut mir in die Augen, während ihr Bleistift über das Papier flitzt wie ein aufgeregtes Insekt. Ich beschließe, diesen Moment nie zu vergessen. –

Aber sie hat ihn vergessen.

Als Chris wieder aus seiner Erinnerung aufgetaucht ist, stellt er fest, dass er vor ihrem Lieblingsbuchladen steht und mit stumpfem Blick ins Schaufenster sieht. Drinnen steht eine Verkäuferin, die ihn leicht verängstigt mustert, als hätte sie Angst, dass er gleich eine Waffe hervorzieht. Der Laden heißt Magica Verborum, was lateinisch ist und übersetzt »Die Magie der Worte« bedeutet. Das hat seine Mutter ihm früher ständig erklärt. Da die Magie der Worte Chris schleierhaft war, lief er immer blind an diesem Laden vorbei. Jetzt schaut er zum ersten Mal wirklich hin. In diesem Laden hat seine Mutter das Märchenbuch gekauft, aus dem sie jeden Sonntagabend vorgelesen hat. Chris hat es an dem Tag, als sie ihn nicht mehr erkannte, eigenhändig in den Kamin geworfen. Kurz entschlossen läuft er auf die Eingangstür zu und betritt den angenehm warmen Laden. Der Regen tropft ihm aus den Haaren und der Kleidung auf den dunklen, knarrenden Dielenboden. In dem kleinen Raum türmen sich die Bücher in hohen, mit geschnitzten Spiralen verzierten Regalen und hinter dem Schaufenster auf Tortenplatten. Vor einem Fenster hängen schwere rote Samtvorhänge. Eine enge Wendeltreppe führt in das nächste Stockwerk, wo man auch Kaffee trinken kann. Ein vager Duft steigt Chris in die Nase.

»Kann ich dir helfen?« Die Verkäuferin sieht von ihrer altmodischen Verkaufstheke auf und rückt ihre rote Lesebrille zurecht, bemüht sich, seine blutende Nase und seine nackten Füße nicht kritisch zu mustern.

»Nein«, murmelt Chris. Niemand kann mir helfen, denkt er resigniert. – »Danke«, fügt er schnell hinzu, ehe er auf eines der Regale zugeht. Bücher befremden ihn. Er hat noch nie gern gelesen, auch wenn Jannis meint, dass ihn das disqualifizieren würde. Das letzte Buch, das er angefangen hat, war *Krabat* – die Schullektüre in der achten Klasse. Danach hat er sich für seinen Grundkurs Deutsch nur noch die Zusammenfassungen auf Wikipedia angeschaut. Was soll er auch mit so einem erschlagenden Wortschwall? *Geh zu der Person, die du mehr als alles andere vermisst. Geh einfach zu ihr und lies ihr was vor, ohne irgendetwas von ihr zu erwarten,* erinnert er sich plötzlich an die komische Mail. Einen Herzschlag später liegt seine Hand auch schon auf dem Einband des vertrauten Märchenbuchs. Es ist also noch da. Er zieht es aus dem Regal heraus. Auf dem Cover geht Rotkäppchen wie erwartet mit wehendem roten Mantel und einem Korb in der Hand durch einen dichten Wald. Selbst das Lesezeichen – ein auf Pappe gedruckter gläserner Schuh – ist das gleiche, das auch in dem anderen Märchenbuch steckte. Chris schluckt, fischt einen vollkommen durchweichten Geldschein aus der Tasche seiner Shorts und läuft zur Kasse, wo er bezahlt. Dann schiebt er sich das Buch unter das T-Shirt und läuft wieder hinaus in den peitschenden Regen. Die Arme vor dem Buch verschränkt, wendet er sich gegen den nun heftig aufkommenden Wind. Wind und Regen versuchen, ihn mit allen Mitteln zurückzudrängen, indem sie ihm wüst ins Gesicht schlagen, aber er geht unbeirrt weiter.

Er kommt erst wieder zu sich, als ihm auffällt, dass er vor dem Pflegeheim steht. Auch im Pflegeheim Sonnengarten regnet und stürmt es, als würde die Sonne von nun an nie wieder aufgehen. Wie ironisch.

Was mache ich hier?, fragt sich Chris, während er mit den Händen die nassen Gitterstäbe des Eingangstors umklammert, als würde er sonst davongeweht werden. Dadurch fällt das Buch herunter und landet mit einem lauten Platschen in einer Pfütze. Warum kann ich nicht akzeptieren, dass es ist, wie es ist? Warum habe ich dieses bescheuerte Buch gekauft? Wegen einer E-Mail? Warum sollte ich ihr etwas vorlesen? Warum sollte ein für sie fremder Junge mit einem Märchenbuch zu ihr kommen? Noch einmal lasse ich mich nicht fragen, wer ich eigentlich sei, oder mit Maxi verwechseln. Was zur Hölle mache ich hier? Was für eine Scheiße.

Chris bückt sich, greift nach dem Buch und öffnet es. Dann beginnt er, grob die nassen Seiten herauszureißen. Eine Seite nach der anderen wird für immer vom Wind mitgenommen. Weg mit den Worten, all den sinnlosen Worten. Für ein paar Sekunden fühlt sich die Welt surreal an, als er dort in einem Orkan aus fliegenden weißen Blättern steht. Dann ist das Buch leer. Auch das Lesezeichen flattert wie ein skurriler Vogel davon. Chris starrt auf den nun leeren Einband. Keine Worte mehr. Und doch sagt es mehr, als all diese Worte ausdrücken können, denkt er, ehe er den Einband wieder in der Pfütze versenkt. Nachdem Rotkäppchen untergegangen ist, fühlt er, dass ihn nun endgültig alle Kraft verlassen hat. Mit einem Mal möchte er sich nur noch hinlegen und schlafen.

Schlafen ist die einzige Möglichkeit zu vergessen. Er macht sich langsam auf den Heimweg, tastet noch einmal nach seiner Nase, die nun blutverkrustet ist. Jetzt erst fällt ihm auf, wie kalt seine nackten Füße sich anfühlen. Mit leerem Blick tappt er an einem verlassenen, im Regen schimmernden Bahngleis vorbei. Auf der anderen Straßenseite erblickt er eine Frau. Sie ist winzig und dunkelhaarig.

Das ist Julians Mutter, denkt er. Da bohren sich ihre Augen auch schon in seine, während sich ihr Gesicht verhärtet.

Sie hat bestimmt gesehen, wie ich das Buch zerrissen habe, denkt Chris. Aber sie kann mich sowieso nicht mehr hassen, als sie es schon tut. Ich hasse mich auch. Ich bin schlecht für alle Menschen um mich herum. Damit wendet er sich von ihr ab und setzt seinen Weg fort. Zu Hause klopft er, Mirko öffnet ihm die Tür.

»Papa ist dich suchen gegangen«, sagt er leise.

Chris nickt vage und geht an ihm vorbei hinein.

»Es tut mir leid, dass ich Mama mit nach Pandora nehmen wollte«, flüstert Mirkos Stimme hinter ihm. Sie ist nicht mehr als ein Blatt, das im Herbst vom Baum geweht wird und seine letzte Reise antritt. Chris hat keine Worte mehr für ihn übrig. Schwerfällig geht er die Treppe hoch in sein Zimmer. Auf dem Schreibtisch liegt sein Handy. Er drückt auf den Homebutton und will einen flüchtigen Blick darauf werfen. Dann jedoch bleiben seine Augen an dem Absender der Mail hängen, die er vor ein paar Minuten bekommen hat.

Christoph Heider,
Wenn du deiner Mutter nichts vorlesen möchtest, achte doch wenigstens mal auf deinen kleinen Bruder. Bei allem, was du tust, bist du sein Vorbild. Du solltest ihn mal häufiger auf dem Schulhof beobachten.
Onyx

Ellie

Ellie lässt die Klinge des Messers über ihren Unterarm gleiten und wundert sich, dass es so leicht ist. Ja, es tut weh, aber es ist kein wirklicher Schmerz. Wirklichen Schmerz löst Chris' Reaktion auf meine Liebeserklärung aus. Wirklichen Schmerz habe ich empfunden, als ich ihm nachgesehen habe, dort stand und den Regen erst bemerkte, als ich schon klitschnass war. Im Vergleich dazu ist das hier nichts, höchstens eine nette Ablenkung.

Das Blut quillt glitzernd aus dem hauchdünnen Schnitt hervor, tropft dann an ihrem Handgelenk herunter. Ellie greift nach einem Taschentuch, damit es keine Blutflecken auf der Bettdecke gibt. Ihre Eltern sollen nichts davon wissen. Niemand soll davon wissen.

Bin ich jetzt ein Emo? Bin ich krank im Kopf? Aber ich weiß nicht mehr, was ich sonst machen soll. Ich habe ihm gesagt, dass ich ihn liebe. Warum? Ich weiß es nicht, es kam einfach so heraus, weil ich so glücklich war. Und dann ist er gegangen, ohne sich noch einmal umzudrehen. Er empfindet einfach überhaupt nichts für mich, benutzt mich immer nur zum Rummachen. Und jedes Mal denke ich, dass das besser ist, als gar nichts von ihm zu haben.

Regen und Wind peitschen an ihre Fensterscheibe. Sie fährt mit der Kuppe ihres Zeigefingers den filigranen Schnitt nach. Er reicht noch nicht aus.

Wie konnte ich es ihm sagen? Wie konnte ich ihm mein allerletztes bisschen Würde vor die Füße werfen? Wie konnte ich glauben, dass er genauso fühlt? Ich bin dumm, so unendlich dumm. Für jede Dummheit ein Schnitt, das ist die Gleichung.

Sie greift erneut nach dem Messer und setzt es etwas unterhalb des ersten Schnittes an. Dabei wandert ihr Blick zufällig über ihre herzförmige Pinnwand, an der auch das Klassenfoto aus der Fünften hängt. Auf dem Bild trägt Ellie eine pinke Jacke und eine orangerote Caprihose, die sich farblich so beißen, dass jeder blinzeln muss, wenn er sich das Foto anschaut. Sie sitzt etwas abseits von den anderen, lächelt nicht und schaut auch nicht in die Kamera, sondern auf den Boden. Der einzige andere, der auch abseits steht, ist Julian. Wegen seiner Körpergröße könnte man ihn übersehen, wären da nicht seine leuchtend roten, wild vom Kopf abstehenden Haare. In der fünften Klasse wurde Julian von allen »Pumuckl« genannt. Er trägt auf dem Foto eine Trägerhose mit Hochwasser und Wandersandalen mit Tennissocken, aber er strahlt über das ganze Gesicht.

Obwohl er allein steht, denkt Ellie. Sie lässt das Messer auf die Decke fallen, steht auf und geht näher an das Foto heran. Ich ritze mich, weil ein Junge meine Liebeserklärung nicht erwidert hat, während Julian im Koma liegt, denkt sie. Das ist falsch. Das ist einfach nur absurd und falsch.

»Es tut mir leid, Julian«, flüstert sie mit papierdünner Stimme und starrt auf Julians Strahlen, bis ihre Augen glasig werden. Was ist mit mir passiert?, denkt sie verzweifelt. Ich war immer schon schüchtern und ängstlich, aber nicht immer so abhängig von jemandem. Warum bin ich so? Warum brauche ich ihn so sehr? Warum schneide ich mir die Unterarme auf? Und warum kann mir keiner helfen?

Ihr Handy summt leise in ihrer Hosentasche. Sie zieht es heraus, während sie mit der anderen Hand das Taschentuch auf den blutenden Schnitt drückt. Onyx hat ihr geschrieben.

Elena Jansen,
hast du ihn reingelassen, als er das letzte Mal vor deiner Tür stand?
Onyx

Verfall jetzt nicht in Panik, denkt Ellie. Lass dir keine Angst machen. Es ist nur eine Mail. Mehr wehtun als Chris kann dir sowieso keiner.

Sie holt tief Luft, dann drückt sie auf »Antworten«. Und fragt: *Wer bist du?*

Die Antwort kommt postwendend: *Das kann ich dir nicht sagen. Aber ich möchte dir wirklich helfen.*

Was, wenn das die Wahrheit ist?, fragt Ellie sich unsicher. Wenn das die Hilfe ist, die ich mir gerade eben gewünscht habe?

Warum?, tippt sie.

Dieses Mal dauert es etwa zwei Minuten, bis Onyx zurückschreibt. *Weil ich helfen möchte. Dafür gibt es keinen Grund. Hast du Christoph Heider reingelassen, als er das letzte Mal vor deiner Tür stand?*

Ellie presst die Lippen aufeinander, schaut aus dem Fenster zu der Stelle hinüber, wo Chris stand. Was soll ich antworten? Soll ich dem anonymen Onyx vertrauen? Obwohl er der totale Freak sein könnte? Aber kann ich es mir überhaupt leisten, ihn abzublocken?

Sie schaut auf ihren blutenden Unterarm und das Messer auf der Bettdecke. Das ist doch Antwort genug, denkt sie.

Also antwortet sie ihm mit einem Wort: *Ja.*

Warum?, entgegnet Onyx.

Ellie zögert wieder und schreibt dann: *Weil ich nicht anders kann. Weil ich ihn brauche.*

Warum brauchst du ihn?

Ich liebe ihn.

Ist das wirklich der einzige Grund?

Was für einen Grund sollte es denn sonst geben?

Die Antwort von Onyx überrascht Ellie: *Oder fühlst du dich mit ihm stärker?*

Sie blinzelt und nagt an ihrer Unterlippe. *Das auch …*, schreibt sie dann.

Deine Hölle bereitest du dir nur selbst. Die Nähe von Christoph Heider ist nicht das Einzige, was dich stark macht. Das kannst du auch ganz allein.

Ellie zieht die Brauen zusammen und tippt: *Das glaube ich nicht.*

Natürlich kannst du das, Elena!, schreibt Onyx zurück. *Du bist unsicher und unglücklich. Warum?*

Wegen Chris.

Nicht nur deswegen. Erzähl mir die ganze Wahrheit. Du kannst mir vertrauen.

Ellie hatte nie jemanden, dem sie vertrauen konnte. Also beschließt sie, es zu versuchen:

Ich bin zu dick, schreibt sie. *Ich werde nie so schön aussehen wie meine große Schwester. Ich habe Angst davor, die falschen Dinge zu sagen. Ich habe Angst davor, dass die Menschen mich auslachen und über mich reden. Ich habe so viel Angst davor, an Gruppen vorbeizugehen. Ich traue mich nicht, fremde Menschen anzusprechen. Es gibt nichts, was mich auszeichnet. Ich habe Angst, dass mich niemand liebt. Ich bin bedeutungslos. Ich werde keine Spuren auf dieser Welt hinterlassen. Ich bin sogar schon so weit, dass ich mich ritze.*

Wenn ich dir zeige, wie du dich verändern kannst, würdest du es versuchen?, liest Ellie nur Sekunden später auf dem Display ihres Handys.

Wieder schreibt sie nur ein Wort. Wieder ist es *Ja.*

Ich glaube, du solltest damit anfangen, jeden Tag Sport zu machen, schreibt Onyx. *Versuche, täglich fünfzehn Minuten zu joggen und anschließend dreißig Liegestütze, dreißig Kniebeugen und dreißig Sit-ups zu machen.*

Im ersten Moment kommt Ellie sich wie der neueste Kandidat von *The Biggest Loser* vor.

Ich bin absolut unsportlich, schreibt sie zurück. *Das kann ich gar nicht.*

Auch Mozart wurde nicht als Pianist geboren, mailt Onyx zurück. *Fang einfach morgen früh an. Trau dich. Heb dein Kinn und glaub einfach mal an dich.*

*

Ellie schnürt um acht Uhr morgens ihre Sportschuhe. Sie sehen nagelneu aus, weil Ellie sie nur zum Schulsport benutzt.

»Was machst du?«, fragt Linda, die schon in einem gebügelten Polokleid am Küchentisch sitzt und für die Uni lernt.

»Joggen gehen?«, fragt Ellie zurück und grinst sich missmutig im Spiegel an.

»Haha. Du läufst nur, wenn man dir eine Angel mit einem Nutellaglas vor die Nase hält«, sagt Linda und sieht von ihrem Buch auf. »Jetzt ernsthaft.«

»War kein Witz«, entgegnet Ellie, während sie sich ihre Ohrstöpsel in die Ohren stopft.

»Du bist nicht meine Schwester!«, sagt Linda verblüfft.

Ellie zuckt zaghaft mit den Schultern, wählt einen beliebigen Song aus ihrer Playlist und geht hinaus. Nachdem sie die Tür hinter sich geschlossen hat, läuft sie los. Sie hasst es zu laufen. Chris macht es gern und auch ihr Vater geht häufiger joggen. Aber der Sinn des Ganzen bleibt ihr verborgen. Wieder und wieder setzt man einen stumpfsinnigen Schritt vor den anderen. Es gibt nichts Fantasieloseres. Und danach sieht man aus, als hätte man sich in Frittierfett gewälzt. Blöder Onyx. Wie soll mir das helfen?

Nach dem stürmischen Wetter am Vortag funkelt nun die Sonne unschuldig auf die regengetränkte Welt herunter, aber das hebt Ellies Laune auch nicht. Nach drei Minuten hat sie das Gefühl, schon seit einer halben Stunde zu laufen. Die Schweißtropfen und das Seitenstechen kommen Hand in Hand. Bestimmt gucken alle aus den Fenstern und lachen mich aus, denkt Ellie. Auch ihre Playlist animiert sie eher zum Träumen als zum Joggen. »If I lay here, if

I just lay here«, singen Snow Patrol, und Ellie würde auch lieber liegen als laufen. Genervt sucht sie nach einem Song, der sie nicht noch mehr demotiviert. *Train* von Flipsyde ist das einzige Lied auf ihrem Handy, das sie niemals hört. Es ist nur dort, weil Jannis es vor einigen Jahren wochenlang in jeder erdenklichen Situation gesungen hat. Ellie klickt darauf. Überraschenderweise passt sich ihre Geschwindigkeit sofort der Schnelligkeit des Beats an. Es ist nicht mein Musikgeschmack, denkt sie. Aber es ist ein starkes Lied. Und als sie schneller läuft, fühlt sie sich plötzlich auch ein kleines bisschen stärker. Ellie läuft über einen Zebrastreifen, während sie sich die schwitzigen Haarsträhnen hinter die Ohren streicht, und in einen sommergrünen Park hinein. Es ist der Park, wo sie Chris vor vielen Jahren einmal zufällig mit seiner Familie gesehen hat. Chris und Mirko haben Fußball gespielt und zusammen mit ihren Eltern gelacht. Chris sah glücklich aus. Ellie kann sich nicht daran erinnern, dass sie ihn danach jemals wieder so glücklich gesehen hat. Das Lied zwingt sie, nicht an Schnelligkeit zu verlieren, obwohl ihr Herz hämmert und ihr Hals schon wehtut. Sie hat so eine miserable Kondition. Und dann fällt Ellies Blick auf die Mädchengruppe, die ihr entgegenkommt. Es sind fünf Mädchen mit perfekt gestylten Haaren, die sich gegenseitig den Rang um die knappsten Hotpants ablaufen wollen. Grell kichernd schlendern sie auf Ellie zu.

Oh nein, denkt Ellie. Die werden mich sehen und mich auslachen. Ich sehe schrecklich aus. Ich bin zu dick und ich schwitze. Ich muss mich verstecken. Sie sieht sich nach einem Baum oder Gebüsch um, hinter dem sie sich verbergen kann, bevor die Mädchen sie entdecken. Es gibt aber kein gutes Versteck in der Nähe. Ich muss jetzt weg, denkt sie panisch. Kurzerhand dreht sie sich um und will wieder zurücklaufen, als sie aus dem Augenwinkel Leon mit einer Zeitschrift auf einer Parkbank wahrnimmt. Er hebt die Hand und nickt ihr mit einem freundlichen Lächeln zu, als wolle er ihr sagen, dass sie das schon schaffen wird. Zwei aus der Mädchengruppe bedenken Leon mit auffällig unauffälligen Blicken.

Deine Hölle bereitest du dir nur selbst, denkt Ellie und lächelt mit rotem Gesicht zurück.

Sie hadert, dreht sich einmal um sich selbst, während die Mädchen näherkommen. Komm schon, denkt sie. Sei mutig. Nur ein einziges Mal. Sie atmet tief ein, klickt Jannis' Song erneut an und läuft wieder los. Während sie an den Mädchen vorbeijoggt, hebt sie ihr Kinn und schaut stur geradeaus, wobei ihr Herz laut wie eine Kirchturmuhr gegen ihren Brustkorb schlägt. Und stellt dann fest, dass sie den Mädchen überhaupt nicht aufgefallen ist.

*

Ich kann nie wieder aufstehen, schreibt Ellie Onyx, während sie nach dem letzten Sit-up wie ein totes Tier auf dem Boden ihres Zimmers liegt und ihr heißes Gesicht am Parkett kühlt.

Hast du alles gemacht? Wie fühlst du dich?, fragt Onyx.

Tot, tippt Ellie.

Komm schon, Elena. Bist du wirklich nicht stolz auf dich?

Ellie überlegt und stellt fest, dass sie physisch zwar am Ende ist, sich aber letztendlich gar nicht schlecht fühlt.

Doch, schon.

Na also. ;)

Ich wusste gar nicht, dass Edelsteine cool genug für Zwinkersmileys sind, schreibt Ellie.

#EdelsteineSindHipster, ist die Antwort. Und danach: *Ich hab noch eine Aufgabe für dich. Ich möchte, dass du rausgehst und drei verschiedene Leute nach dem Weg fragst. Deine Mutter zählt nicht.*

Ellie runzelt die Stirn. Augenblicklich nistet sich ein unangenehmes Gefühl in ihrer Magengrube ein.

Was macht das für einen Sinn?, schreibt sie.

Trau dich einfach, antwortet Onyx.

Ellie seufzt. So albern es auch klingen mag, selbst davor hat sie Angst. *Heb dein Kinn und glaub einfach mal an dich.* Sie steht auf, duscht und macht sich auf den Weg.

Als sie wie ein Zinnsoldat auf der Straße steht und eine Frau Mitte dreißig auf sie zugelaufen kommt, ist sie sich nicht mehr so sicher. Komm schon, frag einfach nach dem Elisenweg, das ist kein Akt, redet sie sich ein. Dann ist die Frau auch schon vorbeigegangen. Es soll einfach niemand mehr kommen, denkt Ellie. Da kann ich dann auch nichts für.

Im nächsten Moment biegt ein unheimlich gut aussehender Typ mit schwarzen, an den Enden gelockten Haaren um die Ecke. Das soll wohl ein Witz sein, denkt Ellie. Nein, den frag ich nicht. Das kannst du vergessen, Onyx. Der denkt dann, dass ich ihn anmachen will. Der denkt jetzt wahrscheinlich schon, dass ich ihn anmachen will, weil ich ihn so anstarre. Wie schrecklich. Sofort senkt sie ihren Blick und beginnt, ihr glattes T-Shirt glatt zu streichen.

»Entschuldigung?«, fragt da eine Stimme. Ellie sieht auf und stellt fest, dass der Typ direkt vor ihr steht. Er hat intensiv blaue Augen, ein kantiges Gesicht und breite Schultern.

Oweia, er redet mit mir. – »Ja?«, fragt sie und ärgert sich, dass sie wie ein Chipmunk klingt.

»Kannst du mir vielleicht sagen, wo der Elisenweg ist?«

Ellie mustert ihn verdutzt. Ernsthaft? Echt jetzt? – »Der Elisenweg?«, echot sie.

»Ja«, lächelt der Typ mit einem Zahncrememodelgrinsen.

»Nur die Straße hoch und dann li… links«, stößt Ellie aus und muss lachen.

»Gibt es da was Lustiges?«, fragt der Typ.

Ellie schüttelt schnell den Kopf, lächelt, hört dann wieder auf, weil sie sich dabei doof vorkommt.

»Na gut, danke«, sagt der Typ und lächelt noch einmal, bevor er geht.

Dann geht Ellie selbst los. Als sie einem vielleicht dreizehnjährigen Mädchen mit pinken Strähnchen und pinken Brackets begegnet, öffnet sie den Mund, holt tief Luft und fragt – mit hochrotem Kopf zwar, aber immerhin – konzentriert nach dem Elisenweg.

Beim zweiten Mal leuchten nur noch ihre Ohren, und als Ellie zuletzt eine Frau mit einer orangefarbenen Muschelkette fragt, ist es eigentlich ganz einfach.

Fertig, schreibt Ellie Onyx.

Ungelogen?, kommt zurück.

Zweifelt mein Mentor mich etwa an?, fragt Ellie.

Natürlich nicht. Ich bin stolz auf dich, Elena. Nenn mir drei Dinge, die du gern tun würdest, dich aber nicht traust.

Ellie überlegt. *Mir die Haare rot färben. Karaoke singen. Und einen Jungen ansprechen,* schreibt sie zurück. Wider Erwarten geht er in seiner Antwort nicht näher darauf ein.

Okay. Jetzt aber genug von dir, es geht ja nicht immer nur um dich. Wie geht es deinen Freunden?

Da erst fällt Ellie wieder ein, dass Onyx ja auch Lydia geschrieben hat. Es erfüllt sie mit einem albernen Hauch von Eifersucht, als wäre er ihr persönlicher Edelsteinschutzengel.

Ich weiß nicht, erwidert Ellie vage.

Wann hast du sie denn das letzte Mal gesehen?

Mit Chris und Jannis war ich auf dem Holi, schreibt Ellie und hat wieder Chris' versteinerten Gesichtsausdruck vor Augen, als sie »Ich liebe dich« gesagt hat. *Ich habe Chris gesagt, dass ich ihn liebe,* schreibt sie in dem plötzlichen Bedürfnis, es jemandem zu erzählen. *Und er ist einfach gegangen. Ich hätte es mir denken können.*

Das tut mir leid, Elena. Was ist mit Jannis Wegener und Lydia Rosengarten?

Was hat das mit Jannis und Lydia zu tun?, denkt Ellie gereizt. – *Keine Ahnung,* schreibt sie. *Lydia konnte nicht mitkommen. Und mit Jannis hatten Chris und ich auf dem Holi nicht viel zu tun. Wir haben uns geküsst, bis ich ihm gesagt habe, dass ich ihn liebe.*

Interessieren deine Freunde dich nicht?, liest Ellie auf dem Display.

Natürlich interessiere ich mich für meine Freunde, schreibt sie. *Ich hatte nur wirklich eigene Sorgen.*

Pass auf, dass deine eigenen Sorgen dich nicht immer davon abhalten, dich für deine Freunde zu interessieren, lautet die Antwort.

Mit einem Mal kommt Onyx Ellie nicht mehr wie ein Schutzengel, sondern eher wie ein strenger Lehrer oder ein Pastor vor. Was soll das?, denkt sie. Ich interessiere mich immer für meine Freunde. Sie schließt die Haustür auf und wirft sie wütend hinter sich zu.

»Du sollst nicht mit den Türen knallen, Ellie!«, ruft ihre Mutter sofort.

Ellie hat das Bedürfnis, ihr Handy zu schütteln, als könnte das Onyx wehtun. Weil sie weiß, dass er recht hat.

*

Hey Jannis :), schreibt Ellie Jannis bei WhatsApp.

Na, Joachim Gauck :D, ist die Antwort.

Schon gut, der Name ist jetzt für immer in mein Gehirn eintätowiert. Ich wollte dir sagen, dass es mir leidtut, dass Chris und ich dich beim Holi so ausgegrenzt haben. Hat bestimmt keinen Spaß gemacht, uns die ganze Zeit zugucken zu müssen. Hab ich irgendwie nicht drüber nachgedacht, war dumm von mir. Sorry, kommt nicht wieder vor.

Jannis braucht ein paar Minuten, bis er ihr antwortet.

Ähm, kein Ding, du kannst ja meine Traumatherapie bezahlen. ;) Nein, passt schon!, schreibt er schließlich.

Übrigens – »Train« von Flipsyde ist gar nicht so schlecht!, setzt Ellie noch nach.

Sie lächelt, dann wählt sie Lydias Nummer. Sie weiß nicht, dass ich in Chris verliebt bin, denkt sie. Ich muss mich wegen Chris und der Sache auf der Party abregen.

»Ellie! Ich hasse diesen Nagellack!«, ruft Lydia aus. »Ich habe ihn bestimmt vor einer Stunde aufgetragen und jetzt ist er schon wieder zerkratzt, nur weil ich Xenias doofe Hello-Kitty-Cornflakespackung aufgerissen habe! Ich kriege einen Anfall! Und dann hat Leon auch noch jedes meiner Profil- und Titelbilder auf Facebook gelikt! Dabei wollte er nicht mit mir rummachen, was geht bitte bei ihm? Oh Gott – ich sehe grad, dass er auch alle meine Instagram-Bilder gelikt hat!«

Lydia lädt gerne Fotos von sich auf Instagram hoch, am liebsten mit ihrer Diamond-Mütze oder den Armen voll Armreifen und -bändern.

»Das mit dem Nagellack ist ärgerlich. Und Leon verstehe ich auch nicht«, sagt Ellie, während sie auf ihrem Bett liegt und ihre Schneekugel schüttelt. Siehst du, Onyx?, denkt sie. Ich interessiere mich für sie!

»Ich habe gerade zweiunddreißig neue Benachrichtigungen – und jede ist von Leon!«, regt Lydia sich weiter auf. »Und meine Fingernägel sehen jetzt so schmierig aus! Und ich hab so Hunger, aber ich hab keine Lust, mich zu bewegen.«

Ellie lacht. »Das klingt wirklich dramatisch!«

»Ja, ich verhungere, bring mir bitte was zu essen, ja? Einen Chickenburger und Pommes und eine Apfeltasche und einen McFlurry! Mit Smarties! Und noch einen Chickenburger! Ich lebe ja eigentlich immer gesund – aber ich habe sooo Lust auf Fast Food!«

»Okay«, sagt Ellie.

Wenig später steht sie mit einer großen Tüte vor Lydias Tür.

*

Als Ellie wieder nach Hause geht, hat sie fast gute Laune. Ja, Chris hat sie abgewiesen, und wenn sie daran denkt, zieht sich ihr Herz zusammen. Aber es hat Spaß gemacht, mit Lydia ungesundes Zeug zu essen – wobei Ellie aber darauf geachtet hat, ihre ganzen verbrannten Kalorien nicht prompt doppelt draufzulegen –, sich die Nägel mit dem schrecklichen Nagellack zu lackieren und

Frühstück bei Tiffany in einer improvisierten Höhle aus Lydias Leopardendecke, einer alten Yogamatte und Xenias Kuschelkissen zu gucken. Und es war in Ordnung, Lydia beim Schimpfen über alles Erdenkliche zuzuhören. Jetzt erst fällt Ellie auf, wie selten sie solche guten Momente mit Lydia hat.

Sie schließt die Tür auf und tritt sogar ihre Schuhe vorbildlich auf der »Hotel Mama«-Türmatte ab. Gerade will sie die Tür geräuschvoll schließen, als sie Lindas leise Stimme durch die angelehnte Wohnzimmertür hört.

»Ellie hat wirklich eine erschöpfende Pubertätsphase«, sagt sie.

»Sie ist immer so trotzig«, entgegnet ihre Mutter. »Und immer nur in ihrem Zimmer, wenn sie sich nicht gerade mit ihren Freunden trifft. Bei uns ist sie die kleine Rebellin, aber gegenüber dem Postboten kriegt sie kein Wort heraus. Ach Linda, Engel, bei dir war das alles nie ein Problem. Warum ist sie so schwierig?«

Ellie geht Richtung Wohnzimmer und stößt die Tür abrupt auf, sodass sie an die Wand schlägt. Ihre Eltern und Linda schauen hoch, als hätte man sie auf frischer Tat ertappt.

»Weil ihre tolle große Schwester mit den Einserklausuren und den perfekten Manieren einfach nicht zu übertrumpfen ist. Wenigstens habt ihr eure Goldmarie gefunden, oder?«, stößt Ellie mit zitternder Stimme aus.

»Ellie!«, sagt ihre Mutter. »So war das nicht gemeint, ich –«

»Lass es!«, ruft Ellie, während sie spürt, wie ihr die Tränen in die Augen steigen. »Lass es einfach und streichle Linda noch ein bisschen!«

»Ellie!«, setzt Linda nun auch an.

»Sei still!«, zischt Ellie. »Sei einfach still, Miststück!«

Dann dreht sie sich um, stürzt hoch in ihr Zimmer und dreht den Schlüssel im Schloss. Sie kriecht unter die Bettdecke und schlägt zweimal heulend mit der Faust auf ihr Kopfkissen. Wie sehr sie sich wünscht, sie könnte diese Welt durch ihren Kleiderschrank verlassen. Was sie alles dafür geben würde. Mit Tränenspuren auf den Wangen schläft sie ein. Als Chris klingelt, träumt sie schon davon, wie Linda von ihren Eltern mit Gold übergossen wird. Als Ellie dran ist, verwandelt sich das Gold – vorhersehbarerweise – in Pech.

Lydia

Manchmal habe ich das Gefühl, für dich hält die Zukunft nur Sex bereit, klingt Jannis' Stimme in ihrem Kopf nach. Verärgert versucht Lydia, sich auf *Stolz und Vorurteil* zu konzentrieren. Es ist Samstagabend. Sie ist fertig mit dem kompletten *Faust,* Mo guckt *SpongeBob,* Xenia beklebt einen Stock mit Luftschlangen, ein Zauberstab soll es werden, und Jared saugt freiwillig sein Zimmer, weil der Staub ihn nach eigenen Angaben von seiner Arbeit ablenkt. Ihre Eltern arbeiten heute länger. Es gibt gerade nichts, was sie unbedingt erledigen muss. Sie hat Linsensuppe gekocht und gespült, eingekauft und die schmierigen Fenster endlich mal geputzt. Auch die Wäsche hat sie bereits gebügelt – wobei die ganze weiße Kleidung nun einen Rosastich hat, weil Xenia fröhlich ihre rosa Jacke zwischen die weiße Wäsche gestopft hat.

Lydia hätte ein bisschen Zeit, sich über Lizzy Bennets und Mr. Darcys Wortgefechte zu amüsieren. Viermal hat sie das abgenutzte Buch, das sie irgendwann einmal auf dem Flohmarkt entdeckt hat, schon gelesen. Sie bewundert die Macht der Wörter. Normalerweise freut sie sich immer daran, wie schwarze Buchstaben auf gelblichem Papier eine längst vergangene Zeit zurückholen können. Manchmal stellt sie sich sogar heimlich vor, selbst ein langes Kleid, Seidenhandschuhe und Perlen in den Haaren zu tragen.

Aber heute liest sie, ohne die Worte wirklich wahrzunehmen. Sinnlos aneinandergereihte Buchstaben rauschen an ihr vorbei wie ein D-Zug. Nur Jannis' Satz ist immer noch in ihrem Kopf – scharf und kalt wie eine Glasscherbe. Sie versteht selbst nicht, warum es sie so stört. Es stimmt nicht, denkt sie zum hundertsten Mal. Ich habe nicht nur Sex zu bieten. Ich bin verantwortungsvoll. Ich bin schlagfertig. Ich bin die schnellste Schwimmerin in meiner Stufe. Ich bin gut darin, Songs oder Geschichten zu schreiben. Ich habe sogar den zweiten Teil von *Faust* gelesen.

Genervt schließt sie das Buch und schlägt es so laut auf die Tischplatte, dass Mo seine Schildkröte, der er bis dahin abwesend auf den Kopf gesabbelt hat, auf den Boden fallen lässt.

Warum versuche ich die ganze Zeit, mir selbst etwas zu beweisen? Es kann mir doch total egal sein, was er über mich denkt!

Für gewöhnlich hat es sie nie interessiert, wenn jemand sie auf die vielen Jungs ansprach. »Du bist so etwas wie das Gegenteil einer Jungfrau, oder Lydia?«, hat ein Mädchen aus ihrer Stufe sie mal gefragt. »Und du bist so etwas wie das Gegenteil der menschlichen Natur und würdest dich unter Phytoplankton wohler fühlen – da ist Asexualität kein Problem! Vielleicht klappt's ja im nächsten Leben!«, hat Lydia zuckersüß zurückgegeben.

Aber als Jannis diesen Satz zu ihr gesagt hat, da ist in ihr einfach etwas gerissen. Auf dem ganzen Nachhauseweg hat sie kein Wort zu Xenia gesagt.

Eben war Ellie noch mit einem Haufen Junkfood bei ihr. Lydia hat nicht damit gerechnet, dass Ellie ihrer Bitte wirklich nachkommen würde. Es hat gutgetan, all das ungesunde Zeug zu essen und sich bei Ellie über sinnlose Dinge aufzuregen, die nichts mit der Sache zu tun haben, die sie eigentlich beschäftigt. Aber jetzt ist Ellie weg, während Jannis' Worte sie wieder und wieder heimsuchen.

Ich bin nur wütend, weil ich keine gute Antwort hatte, sagt sie sich. Das ist der Grund.

Sie greift wieder nach ihrem Buch und bemüht sich abermals, der Geschichte zu folgen, und endlich funktioniert es. Erst das Klingeln an der Tür reißt sie aus der Handlung heraus. Sie steht auf, um aufzumachen. Vor ihr steht ein gut aussehender, blasser Typ mit blonden Haaren und auffällig dunkelblauen Augen. In seiner Hand hält er einen großen Minnie-Maus-Luftballon, der ihre kleine Schwester zu Begeisterungsstürmen veranlassen würde.

»Oh«, sagt sie. »Chris. Hey. Hast du dich mit Xenia verabredet?«

Er schüttelt den Kopf, tritt über die Schwelle und lässt den Luftballon los, sodass dieser an die Decke stößt. »Für dich«, sagt er.

Was hab ich von einem Minnie-Maus-Luftballon?, denkt Lydia. – »Danke«, erwidert sie kritisch. »Wie habe ich mir diese Ehre verdient?«

Er zuckt mit den Schultern, legt seine Hände an ihre Taille, zieht sie an sich heran und beginnt, sie zu küssen.

Oh, schon wieder, denkt Lydia, erwidert seinen Kuss aber. Beim Küssen ist es leicht, in ihm nur den hübschen Jungen zu sehen und nicht den grenzdebilen Schweigemönch, der damit angibt, nicht zu lesen. Er sollte seine Zunge vielleicht mit etwas weniger PS rotieren. Na ja, wenigstens kribbelt es ein bisschen.

Chris drückt sie wie in einem dramatischen Liebesfilm an die Wand, um sie dort weiter mit seinen Lippen zu bearbeiten. Dabei bohren sich ihr die Haken der Kindergarderobe in den Rücken. Die Tür zum Wohnzimmer, wo ihre Geschwister auf der Couch sitzen, steht einen Spalt offen.

Lydia bringt mit den Händen etwas Abstand zwischen Chris und sich. »Gehen wir in mein Zimmer«, sagt sie.

Er nickt lächelnd und zieht sie wie ein geübter Player hinter sich her. Ob er gerade sein Haus mit dieser Wohnung vergleicht?, fragt Lydia sich. Ob er gerade nachrechnet, wie oft unsere Wohnung in ihre Villa hineinpasst? Sie schließt die Zimmertür hinter ihnen und dreht den Schlüssel im Schloss.

Chris stürzt sich augenblicklich auf sie und beginnt, ihr das neue T-Shirt-Kleid von H&M auszuziehen, wobei er ihren flachen Bauch mit Küssen versieht. Dann wirft er ihr Kleid nachlässig auf Xenias Plüscheinhorn und öffnet ihren BH mit einem gekonnten Schnipsen, während Lydias Hände ihn automatisch von seinem weißen T-Shirt und seiner Hose befreien. Er hat schon einen ordentlich trainierten Oberkörper, denkt sie. Chris' Lippen wandern im Zickzack an ihrem Hals entlang. Da wird sie am liebsten geküsst. Sie verkneift sich ein Stöhnen. Er küsst ihr Schulterblatt, dann ihre linke Brust, während ihre gespreizten Hände über seine Bauchmuskeln streichen. Seine Finger verhaken sich bereits in ihrem Tanga und beginnen, ihn über ihre nackten Oberschenkel zu rollen.

Sie schließt die Augen, um sich den Küssen auf ihrem Körper hinzugeben – und dann hört sie es wieder. *Manchmal habe ich das Gefühl, für dich hält die Zukunft nur Sex bereit.* – Nein. Nein, das stimmt nicht. Sie macht einen schnellen Schritt zurück und zieht den Tanga wieder hoch.

»Lass uns das doch lieber nicht tun«, sagt sie.

Chris hält in der Bewegung inne. Auf dem Boden liegt auf Xenias Feenflügeln die Packung Kondome, die er mitgebracht hat. »Warum?«, fragt er dümmlich.

»Zieh dich wieder an«, sagt Lydia und greift nach ihrem BH und ihrem Kleid. Chris zieht sich gehorsam wieder sein T-Shirt über den Kopf und schlüpft in seine kurze Hose und seine farbverschmierten Vans, wobei die Farbe vermutlich vom Holi-Colour-Festival stammt.

Lydia schließt die Tür wieder auf. Und denkt an den Luftballon, der eben noch an der Decke der engen Diele geklebt hat.

Ellie, denkt sie. Ellie hat auf dem Hinweg zur Party im Bootshaus ein Mädchen mit so einem Luftballon gesehen und gesagt, dass sie auch so einen haben möchte.

»Du warst erst bei Ellie«, sagt sie zu Chris und schaut ihn an.

»Woher weißt du das?«, fragt Chris, nun noch verwirrter.

»Du wolltest dich mit dem Luftballon einkaufen, um mit ihr rumzumachen. Und weil das wohl irgendwie nicht geklappt hat, dachtest du dir, du gehst damit einfach zu mir. Findest du es nicht ein bisschen krank, mit Disney für Sex zu bezahlen?«

»Was geht denn jetzt bei dir?«, fragt Chris und hebt die Hände zur Verdeutlichung seiner Unschuld. »Auf der Party fandest du es auch nicht schlimm, dass ich Ellie vor dir geküsst habe.«

Das stimmt, denkt Lydia. Da hat es mir Spaß gemacht, dass wir uns gegenseitig benutzt haben.

»Es ist jetzt anders«, sagt sie.

»Warum?«, fragt er.

»Weil es für mich nicht nur Sex gibt«, sagt Lydia, ohne wirklich darüber nachzudenken. »Geh jetzt. Ich werde nicht mehr mit dir schlafen. Und nimm den bescheuerten Luftballon mit. WO ist der überhaupt?«

Sie läuft ins Wohnzimmer und stellt fest, dass Xenia sich den Minnie-Maus-Ballon schon um das Handgelenk gebunden hat. »Gib ihn wieder her«, sagt sie unwirsch und löst ihn von Xenias Arm. Ihre kleine Schwester will nach dem Ballon greifen, lässt es dann aber doch sein, als Lydia ihr einen bitterbösen Blick zuwirft. Lydia schiebt Chris samt Ballon hastig aus der Tür hinaus und schließt sie. Dann erst fällt ihr auf, dass sie schon wieder auf Onyx gehört hat.

*

Als Lydia wieder ins Wohnzimmer geht, steht Xenia direkt an der Tür, den Zeigefinger anklagend auf Lydia gerichtet.

»Warum hast du mir den Ballon weggenommen?«, fragt sie vorwurfsvoll.

»Weil ich das Ding hier nicht haben will«, erwidert Lydia.

»Warum denn? Das war ein Minni-Maus-Ballon! Ich will ihn wiederhaben!«, stößt Xenia aus.

»Man kann nicht alles haben«, sagt Lydia trocken.

»Ach Manno!«, ruft Xenia, stolziert wieder zu ihrem Zauberstab, richtet ihn auf Lydia und murmelt mit geblähten Nasenlöchern in düsterer Tonlage: »Grimgor!«

»Ich bin beeindruckt, das ist ein ganz schön tödliches Feenwort«, sagt Lydia.

Jared und Mo sitzen auf dem Boden und spielen Mensch ärgere dich nicht.

Während Jared Mo die Spielregeln vorliest, stößt dieser glucksend die Figuren um.

»Das ist nicht gut Jared, Mo kann die Figuren verschlucken!«, sagt Lydia und hebt ihren kleinen Bruder vom Boden.

»Er versteht die Regeln einfach nicht, ständig wirft er alles um!«, ruft Jared verärgert, bevor er die Spielanleitung seufzend ablegt, wie jemand, der schon zu viel von der Welt gesehen hat. »Ist dein Besuch schon wieder weg?«

Lydia nickt knapp.

»Warum denn?«, fragt Jared forschend.

»Ich mochte den Luftballon nicht«, entgegnet Lydia.

»Meinen Luftballon!«, quäkt Xenia dazwischen und fuchtelt mit ihrem Zauberstab, bis sich eine Luftschlange löst und auf das Spielbrett fällt.

»Das war die richtige Entscheidung, Lydia«, sagt Jared so ernst, dass Lydia versteht, dass er nicht von dem Luftballon redet. »Aber warum gehst du den Jungen im Krankenhaus nicht besuchen? Das finde ich nicht richtig von dir.«

Lydia mustert ihn verdattert.

»Julian?«, fragt sie. »Wie kommst du auf ihn?«

»Er war immer nett zu uns«, sagt Jared, während er die Arme vor der Brust verschränkt. »Wenn wir ihn mal gesehen haben, hat er dich immer gefragt, wie es dir geht. Deine Freunde fragen dich nie, wie es dir geht. Und einmal war er bei uns auf dem Schulhof, als ich tierischen Hunger hatte. Da hat er mir ein Brot geschenkt.«

Ernsthaft?, denkt Lydia und drückt Mo wie zum Schutz an sich. Muss er Jared unbedingt auch noch so ein blödes Brot geschenkt haben? Reicht es nicht, dass ich in seiner Schuld stehe? Ich weiß genau, was er für mich getan hat. Und ich weiß genau, was ich ihm angetan habe.

»Wir waren da, Jared«, sagt sie. »Wir dürfen ihn nicht sehen.«

»Warum nicht?«, fragt Jared, während Mo aus Langeweile beginnt, ihre Haare zu verknoten.

Weil er meinetwegen im Krankenhaus liegt, denkt Lydia.

»Weil seine Eltern nicht wollen, dass er Besuch kriegt. Keine Ahnung wieso«, sagt sie.

Auf dem Küchentisch piept ihr Handy leise. Sie setzt Mo wieder auf dem Boden ab und schaut auf das Display, nachdem sie die Spielfiguren aufgesammelt hat.

Lydia Rosengarten,
wie wäre es, wenn du mal etwas Selbstloses für jemand Fremden tust, anstatt etwas Selbstsüchtiges für dich? Ich versuche immer noch, dir zu helfen.
Onyx

»Meine Güte, lass mich doch in Ruhe!«, schnauzt sie ihr Handy an und drückt wütend auf »Antworten«.

Psychopath,
wie wäre es, wenn du mit deinem Helfersyndrom zum Therapeuten gehst? Jetzt versuche ich, dir zu helfen.
Lydia

Den Rest des Abends überlegt sie, wer sich hinter dem Codenamen verbergen könnte: Es kann doch nicht wahr sein, dass er oder sie mir immer noch schreibt.

Erst soll ich nicht mehr mit Chris rummachen, dann soll ich mir Klamotten bei H&M kaufen und jetzt etwas Selbstloses für jemand Fremden tun? Wozu? Ich bin weder Mutter Teresa noch die Heilsarmee. Auch als sie unter ihrer Bettdecke liegt, während Xenia ihrem Einhorn ein Schlaflied in Feensprache singt, denkt sie noch darüber nach: Ist es ein Mann oder eine Frau? Wie alt ist er oder sie? Ist er oder sie in meinem Alter oder schon erwachsen? Wenn Onyx auf der Party war, muss er oder sie in meinem Alter sein. Warum spricht er oder sie mich mit vollem Namen an? Bestimmt, um mich zu verwirren.

In ihrem Traum sitzt sie auf kaltem Steinboden und lehnt an einem Gebäude: Ich schaue mich um. Ich sitze am Kölner Dom. Das macht vollkommen Sinn, das tue ich immer. Es ist bitterkalt, meine Fingerspitzen sind blau. Auf meinen Knien liegt eine zerrissene Decke und davor steht eine leere Schale, oder ist es ein Hundenapf? Plötzlich steht Jannis vor mir. Er trägt eine dicke Jacke, einen Schal und eine Pelzmütze.

»Hey Lydia«, sagt er und geht in die Hocke. »Ist dir nicht kalt?«

Ich nicke schlotternd, denn ich trage nur mein dünnes H&M-Kleid.

Jannis breitet die Arme aus. Er möchte mich bestimmt umarmen, damit mir warm wird. Ich wünsche mir so sehr, dass er mich in die Arme nimmt und ich mich darin verstecken kann.

Jannis verharrt kurz vor mir. Dann nehmen seine Augen einen harten Ausdruck an, er beginnt, laut zu lachen. »War nur ein Scherz. Ich muss etwas Selbstloses für jemand Fremden tun – aber eine Umarmung ist mir dann doch zu viel des Guten. Hier, bitte.« Er wirft mir eine rote Münze in die Schale. »Viel Spaß damit!« Dann steht er auf und geht.

*

Als sie Xenia am Montag vom Kindergarten abholt, kommt diese ihr mit einer großen gelben Pappkrone auf dem Kopf entgegen, auf der vorne in Glitzerstift »Glianza« steht. Lydia hat Mo nicht dabei; er hat seit gestern Fieber, das nicht abklingen will, und ihre Mutter ist mit ihm zum Kinderarzt gefahren.

»Erst hab ich den Luftballon nicht bekommen, und jetzt hast du meinen Geburtstag vergessen«, sagt Xenia und reckt ihr Kinn in die Luft.

Lydia mustert sie verwirrt. »Quatsch«, sagt sie. »Du hast am elften November Geburtstag, Xenia.«

»Ich meine doch nicht meinen *normalen* Geburtstag!« Xenia rollt mit den Augen und stolziert mit verschränkten Armen an Lydia vorbei.

»Aaaach … deinen Feengeburtstag?« Lydia tut erstaunt.

»Richtig. Ich habe das zwanzigste Feenjahr erreicht. Und niemand hat sich daran erinnert. Also musste ich mir selbst eine Krone basteln.«

»Du *armes* Mädchen!«, ruft Lydia gespielt bestürzt aus, während sie Xenia milde belustigt folgt. Die Krone ist viel zu groß und rutscht ihrer kleinen Schwester schließlich vollständig über den Kopf. Xenia stürmt trotzdem trotzig weiter, wie ein ehrgeiziger Ritter, der sich in den Schwertkampf stürzt.

»An deiner Stelle würde ich nicht blind über den Bürgersteig laufen, kleine Fee!«, ruft Lydia ihr hinterher.

Im nächsten Moment biegt auch schon Jannis um die Ecke – und Xenia donnert ihm samt Pappkrone in den Magen.

Oh nein, ihn will ich grad wirklich nicht schon wieder sehen, denkt Lydia. Jannis und sie schauen sich an. Sie kennt keinen anderen Jungen, der so dunkle und so spöttische Augen hat. Er ist auffällig blass. Hastig wendet sie ihren Blick ab und versucht, seine Worte aus ihrem Kopf zu verdrängen. Das hat mich gar nicht verletzt, betet sie innerlich ihr Mantra herunter. Ich bin vollkommen immun gegen alles, was er sagt.

Jannis schaut auf Xenia. »Guten Tag da unten«, grinst er unbefangen.

Xenia hebt sich die Pappkrone vom Kopf und mustert Jannis einmal von Kopf bis Fuß. »Jannis«, sagt sie. »Weißt du wenigstens, was heute für ein Tag ist?«

»Äh«, sagt Jannis und blickt Lydia Hilfe suchend an.

Sie beginnt, intensiv an ihren Armbändern herumzudrehen. Hör auf damit, ermahnt sie sich selbst. Du verhältst dich wie Ellie.

»Dein Geburtstag?«, fragt Jannis ins Blaue.

»Gut, jetzt bist du mein Bruder. Und Lydia ist nicht mehr meine Schwester!« Triumphierend dreht Xenia sich zu Lydia um und greift mit beiden Händen nach Jannis' Arm.

»Ich glaube, deine Schwester macht den Job besser«, sagt Jannis.

Lydia schaut flüchtig zu ihm, bevor sie sich wieder mit ihren Armbändern beschäftigt: Dunkelrotes Leder, weißes Holz und nussbraunes Tuch, das hab ich schön kombiniert, nur das interessiert mich.

»Sie hat noch einiges auf dem Kasten«, fährt Jannis fort. »Sie ist sogar fast so schlau wie ich.«

War das eine Entschuldigung?, fragt sich Lydia und sieht ihm nun doch wieder in die Augen, während sie bemerkt, dass ihre Wangen irritierenderweise heiß werden. Was soll ich sagen? Was mache ich mit dieser komischen Stille?

»Warum nur fast?«, erkundigt sich Xenia glücklicherweise interessiert.

»Weil es nicht zwei Alphas geben kann«, entgegnet Lydia betont spöttisch.

»Was ist ein Alpha?«, fragt Xenia weiter.

»Jemand, der alle anderen immer von seinem Hügel schubst, damit er allein draufstehen kann«, erläutert Lydia.

»Du schubst immer alle vom Hügel? Hast du nicht gelernt, dass man teilt?«, wendet Xenia sich nun vorwurfsvoll an Jannis und löst ihre Hände von seinem Arm.

»Nein, ich bin Einzelkind«, sagt Jannis grinsend, während er Lydia nicht aus den Augen lässt.

»Du hast gar keine Geschwister?«, stößt Xenia bestürzt aus.

Jannis schüttelt den Kopf.

»Dann geh noch ein Stückchen mit uns mit, damit du nicht allein bist«, sagt Xenia.

»Das möchte er bestimmt nicht, Jannis hat sicher etwas vor, Xenia!«, sagt Lydia.

»Es ist mein Feengeburtstag! Ich wünsche mir, dass er mitgeht!«, ruft Xenia, nimmt Jannis' Hand und zieht ihn hinter sich her auf Lydia zu.

»Tja«, sagt Jannis. »Da die Fee normalerweise immer die Wünsche erfüllt, ist sie an ihrem Geburtstag wohl mal selbst dran, oder?«

»Was machst du überhaupt hier?«, fragt Lydia und wischt sich eine blonde Locke aus dem Gesicht, die in ihren Wimpern hängt.

»Ich hab meine neuen Asics Volcano!«, sagt Jannis mit einem breiten Grinsen und mustert seine rotvioletten Schuhe. »Hab extra mit den Skatern vor The Good Will Out gecampt!«

»Sehen cool aus – aber warum bist du hier?«, fragt Lydia.

»Ich laufe einfach durch die Gegend, die Welt muss diese göttlichen Schuhe sehen!«, sagt Jannis grinsend. »Und jetzt begleiten diese göttlichen Schuhe euch ein bisschen. Ihr werdet sehen, der Glanz wird auf euch abfärben!«

»Ich fühle mich geehrt«, sagt Lydia spöttisch und geht los. Jannis geht neben ihr her, wobei Xenia ihn noch immer an der Hand hält.

Jannis

Es wundert Jannis, dass Ellie sich bei ihm entschuldigt hat. Sie hat sich noch nie dafür interessiert, wie es mir geht, denkt er. Normalerweise verbringt sie die Tage damit, sich ihre Probleme zu backen und sich anschließend genüsslich darin zu suhlen. Denn schließlich sind alle Menschen Schweine, weil sie Elena Jansen nicht zum Mittelpunkt ihrer Welt machen. Für gewöhnlich ist es immer dieses »Niemand braucht mich, niemand liebt mich«-Blablabla. So eine Entschuldigung passt wirklich nicht in ihr Verhaltensrepertoire.

Jannis verstaut seinen Stoff im Reißverschlussfach seines Rucksacks. Vielleicht könnte ich es Ellie mal nachmachen, überlegt er. Vielleicht bin ich jetzt dran, mich bei Lydia zu entschuldigen.

Er hat das Gefühl, dass sein Konter, für sie würde die Zukunft nur Sex bereithalten, vielleicht etwas zu hart war.

Sie sah wirklich verletzt aus. Ich kann mich nicht daran erinnern, dass ich diesen Gesichtsausdruck vorher jemals bei ihr gesehen habe. Dabei haben wir uns gegenseitig schon viel reingedrückt. Aber gut, ich habe ihr damit praktisch gesagt, dass sie eine Schlampe ist. Was ihr wohl nicht egal war. Wenn ich mir das nicht nur einbilde. Vielleicht hat ihr das auch gar nichts ausgemacht. Als ob sie so viel auf das gibt, was ich sage.

Er holt die Steaks aus dem Kühlschrank, die sie heute Abend vor The Good Will Out grillen wollen. Auch die anderen Skater warten seit Monaten auf die neuen Asics Volcano. Seit die Halfpipe gesperrt ist, hat Jannis nicht mehr viel Zeit mit ihnen verbracht. Ein Seniorenzentrum, denkt er. Für uns war die Halfpipe ein Ort zum

Leben. Jetzt wird es ein Ort zum Sterben. Wie auch immer, ich kann es eh nicht ändern.

Er stopft die eingepackten Steaks und die *Frankfurter Allgemeine Sonntagszeitung* seines Vaters in den Rucksack, dann klemmt er sich einen Klappstuhl unter den Arm. Auf seinem Longboard macht er sich auf den Weg. Als sein Vater ihm im Auto entgegenkommt, beschleunigt er und schaut bewusst in die andere Richtung. Besser, er guckt ihm gar nicht erst in die permanent enttäuschten Augen, sie schauen ihn immer gleich an. Mit Board und Stuhl unter dem Arm betritt er die S-Bahn Richtung Innenstadt und steigt noch einmal um, um die U-Bahn zur Haltestelle Rudolfplatz zu nehmen. Er stellt sich bereits voller Vorfreude die neuen Asics an seinen Füßen vor. Alle werden mich beneiden, denkt er.

Am Rudolfplatz hat er sich mit Phil, Leo und Chang verabredet. Chang heißt eigentlich Michael, redet aber fast so ungerne wie Chris. Seine Mutter ist Chinesin, er selbst ist in Deutschland geboren und spricht fließend deutsch. Da ihm häufig die Lust fehlt, auf Menschen zu reagieren, ist seine Standardantwort: »Nicht verstehen.« Dies sagte er zu Beginn auch zu Phil, Leo und Jannis, weswegen Jannis eine Zeit lang lautstark auf der Halfpipe darüber wetterte, dass Immigranten gefälligst zwangsweise Deutschsprachkurse verabreicht werden sollten. Er ging davon aus, dass Michael kein Wort verstand. Eines Tages erschien ein sehr blondes und sehr vollbusiges Mädchen, das den Skatern auf der Halfpipe zusah. Michael ging zu ihr hin und fragte sie in perfektem Deutsch, ob er sie auf einen Cocktail, einen Kaffee oder ein Eis einladen dürfe, ganz wie es ihr gefalle. Phil fiel vor lauter Überraschung von seinem Board. Von da an nannten sie Michael Chang.

Jannis geht auf seine Kumpels zu, die alle einen Campingstuhl unter dem Arm haben. »Na, ihr Pisser?«, begrüßt er sie, während er nacheinander mit ihnen abschlägt. Phil und Leo sind Brüder, Phil ist sechzehn, Leo achtzehn. Phil ist nur eins siebzig groß, trägt immer bunte Hosen und lacht bei fast allem, was er sagt. Leo ist noch größer als Jannis, trägt immer die gleiche Hose und lacht so gut wie nie, dafür hat er eigentlich immer eine Kippe im Mund.

»Chang, hast du dich inzwischen eingelebt?«, fragt Jannis wie immer.

»Nicht verstehen«, antwortet Chang mit seinem üblichen Grinsen und schiebt sich die fetten Beats-Kopfhörer von den Ohren.

»Nein, Chang hasst immer noch alle außer Nele«, stößt Phil glucksend aus. Mit dem blonden, vollbusigen Mädchen von der Halfpipe ist Chang inzwischen seit drei Jahren zusammen.

»Kein Wunder, sie ist immer noch heiß«, sagt Leo mit seiner Reibeisenstimme.

»Das *hab* ich verstanden!«, knurrt Chang und boxt ihm in den Oberarm, woraufhin Leo sofort zurückboxt.

Zu viert machen sie sich auf den Weg zum Schuhladen. Als sie dort ankommen, stellt Jannis fest, dass schon einige da sind. Auf dem schmalen Bürgersteigstreifen sammeln sich in einer langen Reihe diverse Typen auf Campingstühlen mit Bierflaschen und Boxen, die alle Angst haben, dass man ihnen ihre Schuhe wegschnappt. Neuankömmlinge werden misstrauisch gemustert. Ein Typ führt einen Freestyle-Rap vor, der zu neunzig Prozent aus dem Wort »Fuck« besteht. Jannis stellt seinen Stuhl auf, während Phil wie versprochen den kleinen Grill herausholt. Chang hat seinen ganzen Rucksack voller Alkohol.

»Hey, ist dieser eine Typ inzwischen eigentlich aufgewacht?«, fragt Phil.

»Ich trag uns mal in der Anwesenheitsliste ein«, sagt Jannis zu den anderen, als hätte er Phils Frage nicht verstanden, und macht sich auf den Weg. Wegen des Drops hat der Laden sogar Sonntagabend geöffnet.

»Ihr seid spät«, sagt die hübsche, aber arrogante Verkäuferin, die die Zipfel ihrer karierten Bluse so verknotet hat, dass ihr flacher Bauch samt glitzerndem Bauchnabelpiercing zu sehen ist. »Ich schätze, dass ihr keine mehr abbekommt.«

»Es ist Sonntagabend!«, empört sich Jannis. »Wir sind total früh! Kannst du für mich keine Ausnahme machen?«

»Wüsste nicht wieso«, sagt die Verkäuferin süffisant.

»Weil wir beide eine besondere Chemie haben?«, fragt Jannis und versucht, charismatisch auf sie herunterzulächeln.

»Haben wir nicht. Hör auf, mich anzumachen, dazu müsstest du etwas mehr wie Channing Tatum und etwas weniger wie Severus Snape aussehen«, sagt sie, während sie mit ihren mit Yin und Yang verzierten Fingernägeln ihren absichtlich im Schlafzimmerlook gestalteten Dutt zurechtzupft.

Jannis' Gehirn beginnt zu rattern. Jetzt aber ganz schnell eine passende Antwort, bitte. – »Sagte das Mädchen, das zwar ein Photoshop-Gesicht hat, aber nicht einmal weiß, wer der Bundespräsident ist.« Er beobachtet sie wachsam und sieht, wie ihre Gesichtszüge für eine Sekunde entgleisen. Na bitte, denkt er. Der funktioniert doch immer. »Vor lauter ›Swag‹ und ›Yolo‹ keine Synapsen mehr für Allgemeinwissen übrig? Na ja, dann hoffe ich für dich, dass es noch nicht zu spät ist!« Er klopft auf die hölzerne Ladentheke. Beim Hinausgehen dreht er sich noch einmal um. »Wenn du morgen nicht weißt, wie der Bundespräsident heißt, kommt Snape vorbei und ersticht dich mit seinem Zauberstab!«

»Wir sind zu spät«, sagt er zu Phil, Leo und Chang, als er wieder draußen steht, während seine Zufriedenheit über seine Schlagfertigkeit dem Frust darüber, keine Asics zu bekommen, weicht.

»Nicht verstehen?«, fragt Chang.

»Wie?« Leo rutscht die Zigarette aus dem Mundwinkel.

»Kriegen wahrscheinlich keine mehr«, knurrt Jannis.

»Ernsthaft? Boah, fuck!« Leo holt aus und will auf Jannis' Stuhl treten.

»Woah, ruhig, willst du mir meine romantischen Campingausflüge am See versauen?«, fragt Jannis, während er Leo bestimmt davon wegschiebt.

»Ich will diese Schuhe!«, schnaubt Leo unwirsch und grapscht hastig nach einer weiteren Trostzigarette.

»Ich auch!«, sagt Phil und lacht ausnahmsweise mal nicht.

»Die kriegen wir auch«, sagt Jannis und wirft einen Blick ins Schaufenster. Die Verkäuferin schaut ihn immer noch wütend an. »Wir sind nicht umsonst hier.«

»Sollen wir ein paar von denen zusammenschlagen?«, fragt Leo mit angriffslustig funkelnden Augen und spannt schon seinen Bizeps an.

»Oder der Asiate versucht, sie totzufotografieren«, gluckst Phil schon wieder.

Jannis legt die Stirn in Falten und zieht seine Unterlippe zwischen die Zähne. »Bratet mal das Fleisch. Ich denk mir was aus. Verlasst euch drauf.«

Sie gehorchen ihm. Sie wissen, dass Jannis am Ende immer den besten Plan hat. Die Nacht verbringen sie damit, das viele Fleisch mit den Fingern zu essen, Bier zu trinken und Wiz Khalifa zu hören. Die anderen Kerle versuchen, einander mit ihrer Musik zu übertönen. Phil, Leo und Chang lassen einen Joint kreisen. Jannis würde sich ja auch damit begnügen, aber ihn überfällt ein intensives Verlangen nach Koks. Er kippt etwas vor sich auf dem Stuhl aus. Seit der Endless-Summer-Night-Party, als er es genommen hat, nachdem er Lydia mit Chris gesehen hat, ist seine Lust darauf deutlich größer geworden. Davor hat er es unregelmäßiger konsumiert. Das Gefühl, das es auslöst, ist aber auch einfach das Beste.

»Warum ziehst du dir jetzt 'ne Line rein?«, fragt Chang. »Der Joint reicht doch, oder?«

»Kümmer dich lieber um dein Visum«, erwidert Jannis spöttisch.

»Ernsthaft, Jannis. Davon wirst du verdammt schnell abhängig! Ich würd mir das lieber zweimal überlegen«, setzt Chang nach und mustert ihn streng.

»Jetzt halt dein Maul, so wie du es sonst immer tust«, erwidert Jannis gereizt. »Ich komm schon damit klar. Da ist es mir ja lieber, wenn du nichts verstehst.«

Chang zuckt mit den Schultern und greift nach seiner Bierflasche. Den Rest der Nacht benutzt er nur noch seine zwei Lieblingsworte.

»Jannis, hast du jetzt eine Idee?«, fragt Phil um sieben Uhr morgens.

Nein. Mist. Um drei Uhr hat Jannis sich dank Kokain damit beschäftigt, sich eine Choreografie zu *We Own It* von Wiz Khalifa auszudenken und den anderen dabei auf Händen und Füßen herumzutrampeln, wofür Leo ihn mit einigen originellen Schimpfworten bedacht hat. Um fünf ist die Wirkung dann allmählich verflogen, ihm ist schlecht geworden und er wurde von einer Frustwelle überrollt, weswegen er sich in den Stuhl gesetzt hat und eingeschlafen ist.

Er horcht in sich hinein: Was ist mein Plan? Von weit weg hört er eine leise Polizeisirene. Und dann hat er doch eine Idee.

*

Um halb acht raffen sie ihre Sachen zusammen und gehen die Straße hinunter. Jannis ruft bei der Polizei an.

»Guten Morgen«, sagt er mit verstellter, quietschender Stimme. »Ich konnte die ganze Nacht nicht schlafen. Vor meinem Haus sitzen schreckliche Jugendliche! Sie machen einen *Riesenkrach* und ich rieche Alkohol und *Droooogen*! Ich glaube, sie haben auch Messer dabei! Können Sie für Ruhe sorgen? Ich ertrage das nicht mehr, ich hatte schon einmal einen Schlaganfall, noch einen überlebe ich nicht, verstehen Sie?«

Um Punkt acht Uhr ist der gesamte Bürgersteig wie leer gefegt. Jannis, Phil, Leo und Chang stolzieren lächelnd in den Laden hinein. Die Verkäuferin holt gerade die Kartons mit den neuen Schuhen aus dem Lager und hat den polizeilichen Aufruhr gar nicht mitbekommen.

»Einen wunderschönen guten Morgen, liebe Yolobitch. Einmal die neuen Asics, bitte«, flötet Jannis.

»Nein! Ihr wart zu spät!«, faucht sie und durchbohrt Jannis mit mörderischen Blicken aus ihren kajalumrandeten Augen.

»Schau raus. Ansonsten will niemand mehr was haben. Alle sind weggerannt, weil du nicht weißt, wer der Bundespräsident ist«, sagt Jannis schulterzuckend.

»Ach Quatsch«, sagt die Verkäuferin und sieht nach draußen. Sie runzelt die Stirn und läuft zum Schaufenster. »Das kann doch nicht wahr sein!«, stößt sie aus. »Manche waren Tage vorher hier!«

»Dann solltest du von nun an für dein Allgemeinwissen die *Tagesschau* gucken. Verkauf uns jetzt bitte die Schuhe, damit du wenigstens noch einen kleinen Gewinn machst«, sagt Jannis überaus zufrieden mit sich selbst, während Phil vor lauter Lachen neben ihm gluckst wie ein Ertrinkender.

»Was habt ihr getan?«, fragt die Verkäuferin und richtet ihren roten Kugelschreiber wie eine Waffe auf Jannis.

»Glaubst du wirklich, wir hätten die von der Stelle bewegen können?«, fragt Jannis. »Also, wird's bald? Dein Chef wird eh schon unzufrieden sein.«

Wenige Minuten später stolzieren die vier Skater alle mit den nagelneuen Asics Volcano aus dem Laden hinaus und der Welt entgegen. Dabei laufen sie aber natürlich nicht nach rechts, wohin die Polizei die schuhwütige Meute vertrieben hat.

Nachdem Jannis sich von seinen Kumpels verabschiedet hat, marschiert er noch weiter durch Köln. Die ganze Welt muss diese Schuhe sehen. Eigentlich sollten die Menschen sich ihm zu Füßen werfen und ihm einen Thron bauen. Er ist der Schuhgott Volcano.

Selbstgefällig grinsend biegt er um die Ecke – und dann schlägt ihm ein großes Pappding in den Magen, als wolle das Universum ihn für seine narzisstische Attitüde bestrafen.

Bevor Jannis hinunterschaut, sieht er Lydia, die wenige Meter von ihm entfernt steht. Sie trägt ein weißes Top und eine weiß-blaue Jeans. Ihre blonden Haare sind zu einem hohen Pferdeschwanz zusammengebunden, einzelne Locken umrahmen ihr Gesicht. Sie schauen sich an. Er kennt kein anderes Mädchen, das so grüne und so spöttische Augen hat. Lydia wendet den Blick ab.

Ich wollte mich entschuldigen, denkt Jannis und stellt fest, dass die Vorstellung leichter als die Ausführung ist. Mit einem Mal ist er kein Schuhgott mehr, sondern nur noch ein Mensch, dem die Worte fehlen.

Es tut mir leid, dass ich gesagt habe, dass es für dich nur Sex gibt. Sorry, dass ich dich indirekt als Schlampe betitelt habe. Natürlich hast du noch mehr drauf als Sex.

Er weiß überhaupt nicht, was er sagen soll, und schaut stattdessen mal auf das kleine Mädchen, das ihm in den Magen gerannt ist.

»Guten Tag da unten«, sagt er und bemüht sich um ein unbefangenes Grinsen.

Xenia hebt sich die Pappkrone vom Kopf. »Jannis«, sagt sie. »Weißt du wenigstens, was heute für ein Tag ist?«

Glücklicherweise errät Jannis, dass sie Geburtstag hat.

»Gut, jetzt bist du mein Bruder. Und Lydia ist nicht mehr meine Schwester!« Xenia greift mit beiden Händen nach Jannis' Arm. Und da weiß er plötzlich, wie er es ausdrücken kann.

»Ich glaube, deine Schwester macht den Job besser«, sagt er.

Lydia schaut leicht gelangweilt zu ihm hoch, wendet den Blick dann wieder ab und dreht an ihren Armbändern.

Das hat sie nie verletzt, denkt Jannis. Ich mache mich hier nur zum Affen. – »Sie hat noch einiges auf dem Kasten«, fährt er trotzdem fort. »Sie ist sogar fast so schlau wie ich.« – So, das reicht, denkt er. Dann sieht Lydia ihm erneut in die Augen, diesmal mit festem Blick, während er bemerkt, dass seine Wangen irritierenderweise heiß werden. Was soll ich sagen? Was mache ich mit dieser komischen Stille?

Xenia beendet die komische Situation glücklicherweise, plappert noch ein bisschen vor sich hin. Und ehe Jannis es sich versieht, zieht sie ihn schon an ihrer Hand hinter sich her, weil sie möchte, dass Jannis sie ein Stück begleitet. Er weiß nur nicht, ob Lydia das will.

»Was macht dein Leben, Lydia Rosengarten?«, erkundigt er sich möglichst lässig.

»Alles wie immer«, erwidert Lydia. »Xenia lebt in ihrer Parallelwelt, Jared strebert von morgens bis abends, meine Eltern arbeiten. Ach ja, Mo hat Fieber und ist deswegen beim Kinderarzt.«

»Was ist eine Parallelwelt?«, erkundigt Xenia sich misstrauisch.

»Dein Feenuniversum«, entgegnet Lydia. »Na ja, es gibt etwas, was mich stört.«

»Was denn?«, fragt Jannis und mustert sie.

»Ich bekomme so komische Nachrichten«, setzt Lydia an. »Ich weiß, das kann mir eigentlich egal sein. Ist nur irgendjemand, der sonst nichts mit seiner Freizeit anzufangen weiß. Aber dafür weiß Onyx alles über mich.«

»Ernsthaft?«, fragt Jannis. »Du bekommst den Scheiß auch?«

Lydia wendet ihm ihr Gesicht zu und schaut ihm prüfend in die Augen, um festzustellen, ob er sich über sie lustig macht.

»Du kriegst auch Nachrichten?«, fragt sie. »Von Onyx?«

»Was für ein Onyx?«, quäkt Xenia. »Ich möchte ihn haben!«

»Von Onyx!«, erwidert Jannis. »Ganz genau! Wie viele Mails hast du schon bekommen?«

»Drei«, sagt Lydia. »Und du? Hast du eine Idee, wer hinter diesem psychotisch angehauchten Codenamen steckt?«

»Bis jetzt zwei«, sagt Jannis. »Ich gehe fest davon aus, dass es Emily ist«, fügt er hinzu. »Eigentlich dachte ich, sie würde jetzt damit aufhören, wo ich sie ja entlarvt habe. Aber wenn sie dir auch diese Mails schickt …«

»Emily?«, fragt Lydia verwirrt.

»Emily Arendt«, sagt Jannis.

»Die Tochter des Bürgermeisters?«, fragt Lydia skeptisch. »So was passt doch gar nicht zu ihr! Wie kommst du denn darauf?«

Sie betreten einen Park und setzen sich dort in stummem Einverständnis auf eine Bank. Xenia gibt den Versuch auf, dem Gespräch zu folgen, und beginnt, ihre Pappkrone mit Gänseblümchen zu verzieren.

»Ich hab ihr auf der Party Stoff verkauft«, sagt Jannis. Er verschweigt bewusst, dass es sich dabei um Koks handelt. »Irgendwie ist sie deswegen wohl durcheinander. Sie hat mich beim Holi beobachtet, und als ich zu ihr gehen wollte, ist sie abgehauen.«

»Du hast Emily Stoff verkauft? Die ist doch viel zu brav dafür, die strickt doch sogar im Unterricht Puppenkleider und hilft freiwillig in der Schulbücherei! Na ja – du hast recht, ihr Verhalten ist komisch. Aber wieso weiß sie dann auch alles Mögliche von mir?«

»Was hast du denn für Nachrichten bekommen?«, fragt Jannis, während er feststellt, dass er seit einigen Sekunden auf den Streifen Haut starrt, den Lydias leicht verrutschtes Top entblößt. Sofort konzentriert er sich wieder auf ihr Gesicht und stellt fest, dass es rot geworden ist.

Lydia holt Luft, setzt zu einem Satz an – und sagt dann doch nichts. Sie blinzelt bestimmt zehn Mal und klopft nervös mit ihren Fingerspitzen auf die Lehne der Holzbank.

»Lydia?«, fragt Jannis.

»In der ersten Nachricht stand, dass ich mich schämen soll, weil … Chris und ich … auf der Party …«

»Ach so«, sagt Jannis. »Erspar mir bitte die Details.« Er grinst so sehr, dass seine Mundwinkel schmerzen.

»Chris?«, fragt Xenia und sieht von ihrer Gänseblümchenkrone auf. »Der mit dem Ballon? Ich durfte den Ballon nicht haben! Obwohl er von Minnie Maus war! Lydia hat ihn mit dem Ballon rausgeschmissen! Jared hat gesagt, dass sie einfach nicht in ihn verliebt ist!«

»Sei leise, Xenia!«, funkelt Lydia ihre Schwester an.

»Natürlich steh ich nicht auf Chris«, sagt sie dann zu Jannis, wobei sie konzentriert an ihm vorbeischaut. »Ich überlass es Ellie, ihm *Nur ein Wort* von Wir sind Helden vorzusingen.«

»Ist ja auch deine Sache, geht mich ja gar nichts an, deine Privatangelegenheit, ne?«, sagt Jannis, wobei er ebenfalls konzentriert an Lydia vorbeischaut und sich darüber wundert, dass er sich ein Lächeln verkneifen muss. Lydia hat Chris rausgeschmissen.

»Genau, meine Privatangelegenheit«, murmelt sie.

»Oh, bitte gib mir nur ein, oh, bitte gib mir nur ein, oh«, beginnt Xenia zu singen.

Plötzlich identifiziert Jannis das Mädchen, das er die ganze Zeit anstarrt, um Lydia nicht in die Augen schauen zu müssen.

»Da ist Emily!«, stößt er aus. »Schon wieder!«

Er springt auf und schaut zu Lydia. »Ich fang sie ab«, sagt er, dann beginnt er auch schon zu laufen.

»Oh ja, wir laufen wieder!«, ruft Xenia, lässt vor Begeisterung sogar ihre Krone fallen und hetzt ihm nach, sodass auch Lydia sich ihnen notgedrungen anschließen muss.

Als Emily feststellt, dass sie zu dritt auf sie zustürmen, wendet sie sich sofort ab und flieht. Ihre Zöpfe klatschen ihr dabei auf den Rücken. Sie verfolgen sie durch den Park, dann den leicht abfallenden, baufälligen Bürgersteig hinunter. »Lauf schneller, Jannis!«, ruft Lydia, weil Xenia sie trotz einer für ihre fünf Jahre überdurchschnittlichen Geschwindigkeit aufhält. »Sonst ist sie gleich weg!«

Emily rennt über eine rote Fußgängerampel und biegt dann nach links ab, sodass sie außer Sicht ist. Hastig legt Jannis einen Zahn zu, läuft so schnell er kann ebenfalls zur Ampel und dann hinüber, wobei er um ein Haar von einem Radfahrer mit verspiegelter Sonnenbrille angefahren wird. »Hey, geht's noch?«, brüllt dieser ihm nach. Jannis biegt ebenfalls links ab und sieht gerade noch, wie Emily in etwa hundert Meter Entfernung in ein kleines Waldstück hineinläuft. Er setzt ihr nach, stolpert dabei fast über die inzwischen offenen Schnürsenkel seiner neuen Schuhe. Als er das Waldstück erreicht hat, bremst er abrupt ab und geht leise weiter. Mit fast lautlosen Schritten betritt er die Wiese und umrundet einen wuchtigen Baum. Emily lehnt atemlos an der anderen Seite, ihre Zöpfe haben sich inzwischen aufgelöst.

»Aha«, sagt Jannis.

Sie fährt hektisch zu ihm herum und will abermals fortlaufen, aber er erwischt sie am Ärmel ihrer mit Glitzerfäden durchsponnenen Bluse.

»Jannis!«, stößt Emily mit weit aufgerissenen Augen aus und versucht sich an einem anständigen Lächeln. »Was ist denn los?«

»Warum beobachtest du mich dauernd?«, fragt Jannis barsch, während er ihren Ärmel nicht loslässt. »Warum rennst du weg? Was sollen die Nachrichten? Hältst du dich für ganz besonders schlau? Oder wird die Bürgermeistertochter zur geheimnisvollen Wohltäterin, weil sie soziales Engagement im Lebenslauf benötigt?«

»Was für Nachrichten?«, fragt Emily, während sich auf ihrem Gesicht aufrichtige Verwirrung abzeichnet.

»Spar dir die Schauspielerei«, sagt Jannis. »Gib mir ein paar Antworten.«

Emily presst die Lippen aufeinander und schaut auf ihre Schuhspitzen. »Es ist wegen des Koks«, sagt sie dann. »Ich möchte mehr.«

»Das ergibt keinen Sinn, warum solltest du dann zweimal abhauen?«, fragt Jannis forsch.

»Ich will nicht, dass es jemand anders mitbekommt«, sagt Emily leise. »Lydia und das kleine Mädchen sind doch bei dir. Am Freitag war sogar die Polizei da. Kann ich bitte einfach alles an Koks bekommen, was du dabeihast?«

»Und was ist mit den Nachrichten?«, hakt Jannis noch einmal nach.

»Ich habe keine Ahnung, wovon du sprichst«, sagt Emily ernst. »Was für Nachrichten?«

Jannis mustert sie noch ein paar Sekunden, bevor er beschließt, ihr zu glauben.

»Wie viel hast du dabei?«, fragt Emily und schaut nervös über ihre Schulter. Ihre kindlichen Gesichtszüge sind verspannt.

»Drei Gramm hab ich noch«, sagt Jannis und befördert die Päckchen aus seiner Hosentasche.

»Was geht denn jetzt?«, fragt Lydias Stimme da. Im nächsten Moment steht sie neben ihm. In Windeseile wandern ihre grünen Augen über Jannis, Emily und den Stoff in seiner Handfläche. Sie scheint Xenia aufgefordert zu haben, in etwa zehn Metern Entfernung auf einer Bank zu warten, und diese hält sich tatsächlich daran.

»Du vertickst Emily Koks?«, fragt Lydia.

»Sie will unbedingt«, sagt Jannis rechtfertigend und breitet zur Verdeutlichung seiner Unschuld die Arme aus.

»Das heißt trotzdem nicht, dass du es ihr geben musst!«, sagt Lydia und rollt mit den Augen. »Das ist Emily Arendt! Sie darf nur an Sonn- und Feiertagen Süßigkeiten essen, und du willst ihr drei Gramm Kokain verkaufen? Bist du vollkommen bescheuert?«

»Aber –«, setzt Emily an.

»Halt den Mund, Mary Sue! Willst du dich zudröhnen, um Mama zu zeigen, dass ihr kleines Mädchen jetzt was anderes als Vitamintabletten konsumiert? Du kriegst nichts.« Lydia wendet sich Jannis zu. »Du gibst ihr nichts.«

»Na gut«, sagt Jannis zu seiner eigenen Überraschung. Vielleicht sagt er es, weil Lydia gemeint hat, dass sie nicht auf Chris steht. »Sorry, Emily«, fügt er hinzu. »Und bitte hör auf, mich zu verfolgen.«

Sie drehen sich um und gehen zu Xenia hinüber.

»Dass du das überhaupt verkaufst …«, sagt Lydia missbilligend.

Ihre Augen treffen sich, Dunkelbraun tritt gegen Grün an. Zwei Sekunden verstreichen, dann geschieht etwas Sonderbares. Sie schauen beide wieder weg, dieses Duell hat keinen Sieger.

»Also kommen die Nachrichten nicht von ihr?«, fragt Lydia dann. »Sie wollte einfach nur Stoff?«

»Ich hab sie gefragt«, erwidert Jannis. »Ich glaube nicht, dass sie gelogen hat.«

»Also wissen wir doch nicht, wer uns schreibt«, seufzt Lydia. »Ich will es herausfinden. Ich hab keine Lust, mir das länger anzuhören.«

»Geht mir genauso«, sagt Jannis. »Aber wir kriegen das schon noch raus. Ich bin mir ziemlich sicher, dass es ein Mädchen ist.«

»Warum?«, fragt Lydia.

»Der Schreibstil ist total mädchenhaft.«

»Finde ich nicht unbedingt. Ich bin mir echt nicht sicher, ob Onyx weiblich oder männlich ist.«

»Warum durfte ich nicht dabei sein?«, fragt Xenia, die mit böser Stirnfalte auf der Bank hockt und die grüne Farbe von der Lehne kratzt.

»Sei lieb«, sagt Jannis und zerzaust ihr die rotblonden Haare.

»Das war eine ernste Angelegenheit, Xenia«, erwidert Lydia und zieht ihre kleine Schwester an der Hand von der Bank.

»Na und? Ich bin auch ernst«, entgegnet Xenia und pustet sich trotzig den Pony aus der Stirn. Ihre Arme sind von glitzernden Klebetattoos übersät.

»Und fünf Jahre alt. Manches versteht man erst, wenn man älter ist«, sagt Lydia, während sie gemeinsam aus dem Waldstück herausschlendern und unbestimmt eine Allee aus ineinander verzweigten Bäumen entlanglaufen. Die Sonne malt Lichtfiguren auf den Asphalt.

»Also immerhin verstehe ich im Gegensatz zu euch, dass ihr ineinander verliebt seid«, sagt Xenia.

Jannis verschluckt sich an seinem Atem und beginnt zu husten.

»So ein Quatsch, Xenia! Wir sind Freunde!«, stößt Lydia aus.

»Absolut – Freunde!«, stimmt Jannis ihr zwischen zwei Hustern zu.

»Wer's glaubt«, seufzt Xenia im Tonfall einer Zwanzigjährigen.

Ich bin nicht in Lydia verliebt, denkt Jannis. Ich finde sie einfach nur korrekt, weil sie nicht auf den Mund gefallen ist. Aber Xenia hat ja sowieso eine blühende Fantasie.

In der plötzlich eingetretenen Stille gehen sie weiter, bis sie in Jannis' Straße angekommen sind. Lydia schaut beharrlich in die andere Richtung, Jannis sieht nur ihren Pferdeschwanz.

»Na gut«, sagt er. »Dann geh ich mal rein.«

»Hier wohnst du?«, fragt Xenia. »Darf ich mit rein? Ich möchte gucken!«

»Ist jetzt gut, Xenia«, sagt Lydia entschlossen, aber Xenia heftet sich eisern an Jannis' Fersen. »Bitte!«, ruft sie. »Bitte bitte! Nur ganz kurz!«

»Nein, Xenia, wir gehen jetzt nach Hause!« Lydia versucht, ihre kleine Schwester am Arm zu packen, aber diese entwischt ihr.

»Ihr könnt ruhig eben mit reinkommen«, sagt Jannis, holt seinen Schlüssel heraus und schließt die Haustür auf. Xenia stürzt sofort hinein.

»Irgendwann koche, brate und grill ich dich, alles auf einmal!«, zischt Lydia ihr nach. Ihr bleibt nichts anderes übrig, als Jannis zu folgen. Er streckt den Arm aus, um hinter ihr die Tür zu schließen, wobei seine Hand ihre Schulter streift. Sie mustert ihn zögerlich, dann wendet sie den Blick schnell ab und läuft zu Xenia ins Wohnzimmer. Das Nachmittagssonnenlicht fällt durch die Fensterscheiben und taucht sie in Gold. Für einen kurzen Moment findet Jannis, dass sie mit den lockigen Haaren, den feinen Gesichtszügen und den langen Beinen fast überirdisch schön aussieht. In diesem Moment verkündet sein Handy eine Mail. Er wendet seinen Blick von Lydia ab und schaut nach.

Jannis Wegener,
manchmal muss man sich ein Herz fassen und mutig sein, auch wenn man viel verlieren könnte. Sonst lebt man nur im Konjunktiv.
Onyx

Jannis blinzelt, als würden die Buchstaben dadurch einmal neu gemischt werden. Gerade jetzt? Erst Xenia, und dann das? Jetzt weiß

Onyx auch noch von Lydia und mir? Ernsthaft? Andererseits gibt es da nichts zu wissen. Da ist gar nichts. Onyx ist eine blöde Schlampe. So ein weltfremder Satz kann wirklich nur von einem Mädchen kommen. Am besten gipst man sich sein Herz ein, das wäre für alle am sichersten. Das lass ich mir wirklich nicht mehr gefallen. Wir kriegen dich, Onyx. Und das im Indikativ, darauf kannst du dich verlassen … Mit zusammengebissenen Zähnen verstaut er das Handy wieder in seiner Hosentasche.

»Wollt ihr was trinken?«, ruft er dann betont gelassen.

»Nein, danke«, sagt Lydia.

»Jaaa – Kakao!«, ruft Xenia.

Jannis macht sich auf den Weg in die in Braun- und Weißtönen gehaltene Küche. Als er das Kakaopulver in die Milch schüttet – wobei erst nichts aus der Packung kommt, und dann alles auf einmal –, hört er Xenias Füße auf der Treppe.

»Wo geht's denn jetzt hin, Lillifee?«, fragt er.

»Ich will dein Zimmer sehen!«, antwortet Xenia fröhlich.

»Xenia, komm wieder zurück, was soll das denn?«, ruft Lydia und nimmt die Verfolgung auf.

Ich will dein Zimmer sehen, denkt Jannis, während er wie in Trance in der Milch rührt. Lydia wird gleich dein Zimmer sehen, beziehungsweise in deinen benutzten Unterhosen baden. – »Halt!«, ruft er aus, lässt den Löffel fallen und setzt ihnen nach. »Stopp! Nicht!«

Aber als er die Treppe in drei riesigen Sätzen hinter sich gelassen hat, stehen Lydia und Xenia schon in der offenen Tür.

»Es sieht nicht immer so aus!«, ruft Jannis und rennt hastig auf sie zu, wobei er wegen des glatten Parkettbodens fast das Gleichgewicht verliert.

»Das glaub ich dir aufs Wort, bei dir ist doch normalerweise nie irgendetwas ordentlich!«, sagt Lydia.

Jannis versucht, den Sarkasmus in ihrer Stimme zu finden, dann schaut er in sein Zimmer und stellt fest: Es ist sauber. Es ist absolut ordentlich und sauber. Die schmutzige Kleidung, das benutzte Geschirr und die leeren Flaschen sind verschwunden, sein Bett wurde gemacht, die ehemals vor Staub graue Fensterbank ist weiß, sogar sein Schreibtisch wurde aufgeräumt und die darauf verbleibenden Gegenstände akribisch sortiert. Für einen kurzen Moment glaubt Jannis, durch die falsche Tür gegangen zu sein: Ist das hier gar nicht mein Zimmer? Habe ich eine Zeitreise gemacht und hier wohnt inzwischen jemand, der sein Zimmer in Ordnung hält? Da erinnert sich Jannis wieder an die Putzfrau. Ein Stein fällt ihm vom Herzen.

»Ich mag das Poster nicht«, sagt Xenia und schaut mit gerümpfter Nase hinüber zu Mac Miller, der über Jannis' Bett hängt. »Er sieht aus wie ein böser Zauberer.«

»Du hast bestimmt recht. Komm wieder mit runter, dein Kakao ist so gut wie fertig.« Jannis schließt erleichtert seine Zimmertür und geht wieder zurück zur Treppe.

Gott sei Dank hat Mama diese Putzfrau angeheuert, das bezahl ich doch gern … Moment – warum ist mir das überhaupt so wichtig? Kopfschüttelnd läuft er die Stufen hinunter und stellt Xenias Kakao in die Mikrowelle.

»Willst du sicher nichts?«, fragt er Lydia noch einmal.

»Nein danke«, erwidert sie. Sie warten das Piepen der Mikrowelle ab, während Xenia bei jeder verstreichenden Sekunde mit dem Kopf nickt.

Sie sitzt schon auf Jannis' üblichem Platz in der Sitzecke am Esstisch. Er holt die Tasse heraus, flucht leise, weil er sich die Finger daran verbrennt, und stellt sie Xenia schließlich notdürftig mit einem Geschirrtuch umwickelt vor die Nase. Dann setzen Lydia und er sich zu ihr.

»Denkst du manchmal an Julian?«, fragt Lydia da unvermittelt.

Jannis sieht auf. »Manchmal, wieso?«, fragt er.

»Ich hab das Gefühl, dass wir ihn ziemlich mies behandelt haben«, sagt Lydia leise. »Wir waren so oft so unfair zu ihm.«

»Gerade ich hab ihm das Leben häufig zur Hölle gemacht«, murmelt Jannis. »Ich erinnere mich an jeden blöden Spruch, den ich ihm jemals reingedrückt habe.«

»Ich war nicht weniger grausam. Ich frage mich, wie es so weit kommen konnte, was eigentlich genau passiert ist.«

Er hat das ganze Kokain geschnupft, das ich ihm aufgedrängt habe, denkt Jannis. Alles auf einmal, weil er überhaupt keine Ahnung davon hat. Aber das kann er Lydia einfach nicht sagen. Er will den Ausdruck in ihren Augen nicht sehen, wenn sie das erfährt.

»Ich wünschte, ich könnte die Zeit zurückdrehen und es anders machen«, sagt Lydia.

Jannis schweigt. Ich auch, denkt er. Sei doch ehrlich zu dir selbst, Jannis. Das ist genau das, was du dir auch wünschst. Als Lydia und Xenia später weg sind, fällt ihm erst auf, dass er die ganze Zeit nicht das Bedürfnis hatte, Koks zu nehmen.

*

Am nächsten Morgen trifft Jannis im Flur auf die Putzfrau. Er hat nur mit Palmen bedruckte Boxershorts an. Schon wieder bin ich fast nackt, denkt er.

»Morgen«, nuschelt er in ihre Richtung, ehe er sich zur Treppe wendet.

»Guten Morgen, gefällt dir dein Zimmer?«, fragt sie so scharf, dass Jannis sich verwirrt umdreht. »Jo«, erwidert er. »Danke.«

»Es ist bodenlose Frechheit von dir«, sagt sie in gebrochenem Deutsch.

»Wovon genau reden Sie?«, fragt Jannis und zieht die linke Augenbraue gönnerhaft nach oben.

»Von der Unordnung im Zimmer«, erwidert sie.

»Ähm, nicht, dass ich da was missverstehe – aber sind Sie nicht dafür da, um Unordnung in Zimmern zu beseitigen?«, fragt Jannis spöttisch lächelnd. »Das ist doch Ihre Bestimmung.«

Blitzschnell steht sie direkt vor ihm und mustert ihn eiskalt, was trotz ihrer ein Meter fünfzig ziemlich beeindruckend wirkt.

»Es ist nicht meine Bestimmung, deine Unterhosen vom Boden und die Maden aus deinen Essensresten zu kratzen! Das ist ohne Respekt – vor allem deinen Eltern gegenüber.« Ihr Deutsch ist in dem Moment überraschend gut.

»Wollen Sie mich jetzt verfluchen, weil ich meine Unterhosen auf dem Boden liegen lasse? Das ist mein Zimmer!«

»Es ist nicht dein Zimmer. Es gehört deinen Eltern. Alles, was du hast, verdankst du deinen Eltern. Und du schenkst ihnen nicht einmal Respekt!«

Ich komm nicht mehr klar, warum bekomme ich gerade eine Wutpredigt von der Putzfrau?, denkt er. Laut sagt er: »Sie sollten jetzt aufhören, mir eine Lektion zu erteilen, und anfangen, Ihren Job zu machen. Sehen Sie, Sie haben die Chancen verpasst und es im Leben nicht weit genug gebracht, um mich kritisieren zu dürfen. So ist das in der Klassengesellschaft. Wer seine Chancen nicht nutzt, backt danach verdienterweise die kleinen Brötchen.«

Die Putzfrau tritt einen Schritt zurück und mustert ihn mit hartem Gesichtsausdruck von Kopf bis Fuß. »Ich habe es im Leben weit gebracht«, sagt sie mit fester Stimme. »Ich komme aus Afrika, ich habe nicht nur meine Chancen genutzt, ich habe Grenzen überwunden. Ich habe mir ein neues Leben aufgebaut, eine neue Sprache gelernt. Ich schäme mich nicht dafür, sauber zu machen. Ich ernähre damit fünf Kinder, wobei du wahrscheinlich mehr Taschengeld hast als ich Monatsgehalt. So ist das in der Klassengesellschaft. Die verwöhnten Kinder versaufen das Geld ihrer Eltern, anstatt sich selbst eine Zukunft zu bauen, bis sie irgendwann rausgeschmissen werden und merken … Sie wissen nicht mal, wie man Brötchen backt!« Damit wendet sie sich ab und lässt ihn stehen.

Jannis möchte etwas sagen. Aber ihm fehlen die Worte.

Chris

Schließlich geht er doch zum Schulhof. Die letzten Tage hat er versucht, die Mail aus seinem Kopf zu verdrängen. Aber es hat nicht funktioniert. Der Traum verfolgt ihn nach wie vor, wobei nun Mirkos Stimme anstatt Julians murmelt: *Achte doch wenigstens mal auf deinen kleinen Bruder. Er tritt in deine Fußstapfen.*

Gedankenverloren läuft er über den Bürgersteig und lässt dabei immer wieder sein Feuerzeug aufflammen. Was bedeutet es, dass er in meine Fußstapfen tritt?, überlegt er. Was heißt das? Er ist zu jung, um zu trinken, zu kiffen oder mit Mädchen rumzumachen. Apropos rummachen – Lydia hat mich abblitzen lassen. Komisch eigentlich. Ich dachte, sie steht auf besinnungs- und emotionslosen Sex. Jetzt muss ich mir den woanders holen.

Sein Daumen kommt zu nah an die Flamme heran, er zuckt zusammen und lässt das Feuerzeug fallen. Er bückt sich, um es wieder aufzuheben. Genauso bin ich, denkt er. Ich spiele so lange mit dem Feuer, bis ich mich verbrenne. Und dann wundere ich mich. Also tu es weg. Hör auf zu spielen.

Er lässt es in seine Hosentasche gleiten, verschränkt die Arme im Nacken und blinzelt in die blendende Mittagssonne, während er sich dem Schulhof nähert. Etwa eine Minute später hält er das Feuerzeug schon wieder in der Hand und lässt es gedankenverloren aufflammen. Er überquert die Straße und bleibt vor dem Zaun, der den Schulhof eingrenzt, stehen. Er hat nie groß darüber nachgedacht, dass Mirko selbst in den Ferien meistens hier ist. Auf dem Schulhof malt eine Erzieherin neben einer etwas größeren Gruppe von Kindern mit Straßenkreide Hüpfkästchen auf den Boden, obwohl die Kinder fast alle mit den Nasen an ihre iPhones stoßen. Es ist kein Ton zu hören. Chris verdrängt das Bedürfnis, die Szene zu zeichnen. Das übereifrige Lächeln der Erzieherin, die versucht, den Job richtig zu machen, auf den sie sich so gefreut hat. Und die abgestumpften Gesichter der Kinder, deren glasige Augen sich auf nichts mehr freuen können. Zwischen ihnen steht sein Bruder, die Augen ebenfalls auf sein iPhone gerichtet.

Er tritt in meine Fußstapfen, weil er zu viel Flappy Bird zockt?, denkt Chris. Das überlebe ich. Er will sich gerade abwenden und zurück nach Hause gehen, als die Erzieherin aufschaut.

»Leute, interessiert ihr euch gar nicht hierfür? Diese Dinger sollte man alle einschmelzen.«

»Nein«, sagt sein Bruder. »Wir interessieren uns nicht dafür.«

Chris verharrt und stopft das Feuerzeug abermals in die Hosentasche. Sein Bruder klingt nicht kindlich und unbeholfen, sondern hart und … tot. Als wäre seine Stimme über Nacht gestorben und er hätte jetzt nur noch Asche im Mund.

Die Erzieherin legt den pinken Kreidestummel auf dem Boden ab, stemmt die Hände zur Unterstreichung ihrer Pseudo-Autorität in die Hüften und mustert Mirko. »Warum denn nicht, Mirko? Was möchtest du denn machen?«

»Nichts«, sagt Mirko tonlos. »Einfach gar nichts.«

»Du bist komisch«, sagt ein Junge mit einer Army-Cap neben ihm und schaut ihn kritisch über den Rand seines iPhones hinweg an. Er ist einer der Jungen, die zusahen, als Chris und Jens sich geschlagen haben. »Wir mögen dich und deinen Bruder nicht.«

»Nick!«, setzt die Erzieherin an, aber Mirko ist schneller. In Windeseile hat er sich auf Nick gestürzt und ihn zu Boden befördert. Nicks iPhone landet auf dem Asphalt. Chris erinnert Mirkos wutverzerrtes Gesicht an ein Gummiband, das immer weiter gedehnt wird. Sein kleiner Bruder prügelt mit beiden Fäusten auf Nicks Kopf, dann auf seinen Bauch ein. Nick stöhnt und krümmt sich zusammen.

Das bin ich, denkt Chris. Das bin *ich*.

Er reißt das Tor zum Schulhof auf und rennt auf Mirko zu. Die Erzieherin versucht, Mirko zu fassen zu kriegen und von Nick wegzuziehen, aber sein kleiner Bruder reißt sich von ihr los und schlägt Nick abermals ins Gesicht. Nick beginnt zu schluchzen.

»Mirko!«, ruft Chris. »Mirko, hör auf!«

Sein Bruder dreht sich verwirrt nach ihm um. Im nächsten Moment ist Chris bei ihm und hebt ihn von Nick herunter.

»Mirko! Ich hab dir doch gesagt, dass wir das hier nicht dulden!«, stößt die Erzieherin mit rotem Gesicht aus.

»Ich regle das«, sagt Chris zu ihr. »Wir gehen.«

Er legt Mirko die Hand auf den Rücken und schiebt ihn Richtung Ausgang. Die Erzieherin sieht ihm perplex nach. Sie verlassen den Schulhof.

Mehrere Minuten lang gehen sie auf der Straße und schauen beide geradeaus, ohne ein Wort zu sagen.

Er ist mir viel zu ähnlich, denkt Chris.

»Warum hast du das gemacht, Mirko?«, fragt er schließlich.

Mirko schaut zu ihm hoch und presst die Lippen trotzig aufeinander.

»Antworte mir«, sagt Chris leise.

»Du machst es auch immer«, sagt Mirko.

Da. Er hat es gesagt. Du wusstest es von Anfang an, aber er hat es dir noch einmal ins Gesicht gesagt. Er schlägt, weil du schlägst. So einfach ist es.

»Scheiße, Mirko«, sagt Chris, dreht sich zu seinem kleinen Bruder um und legt ihm die Hände auf die Schultern. Mirko schaut auf den Boden.

Er ist groß geworden, stellt Chris überrascht fest. In meinem Kopf ist er immer so klein wie an dem Tag, als er über den Ball gestolpert ist, weil er so auf den Schmetterling konzentriert war. – »Guck mich an«, fordert er.

Mirko kommt seiner Aufforderung widerstrebend nach.

Es sind meine Augen. Es ist mein Blick. Voller Hass auf eine Welt, die niemals gerecht war. – »Du darfst das nicht tun«, sagt Chris mit fester Stimme.

»Du machst es auch immer«, sagt Mirko wieder.

»Ich weiß«, erwidert Chris. »Aber es ist nicht richtig. Verstehst du das? Ich mache so ziemlich alles falsch, was man falsch machen kann. Ich schlage zu, obwohl es so viele andere Möglichkeiten gibt, einen Konflikt zu lösen. Ich bin *kein* Vorbild, Mirko. Ich bin einfach nur absolut … verloren. Ich habe keine Ahnung, welche Richtung ich einschlagen soll. Aber das bedeutet nicht, dass du mir folgen sollst.«

»Aber du bist mein großer Bruder«, flüstert Mirko und schaut wieder auf den Boden. Chris muss ihm nicht in die Augen zu sehen, um zu wissen, dass er Mühe hat, sich die Tränen zu verkneifen.

»Ja, aber kein guter«, sagt Chris leise.

»Ich will trotzdem keinen anderen«, sagt Mirko noch leiser.

Chris legt seine Arme um Mirkos Rücken und zieht ihn fest an sich. Mirko umarmt ihn ebenfalls. »Ich vermisse sie so sehr«, flüstert er. »Aber ich vermisse dich auch, Chris. Können wir nicht zusammen verloren sein?«

»Ja«, murmelt Chris. »Ja, das können wir.«

Und so stehen sie dort zusammen verloren auf der Straße.

*

»Chris?«, fragt Mirko später, als sie zusammen mit Thunfischpizza und Fassbrause am Esstisch sitzen. »Darf ich die Bilder noch einmal sehen?«

Chris schaut auf und legt das Pizzastück wieder ab, in das er gerade hineinbeißen wollte.

»Bitte«, sagt Mirko. »Du kannst sie danach auch sofort wieder wegtun. Ich will sie nur einmal sehen. Ich mag sie so. Bitte.«

Chris schaut ihn für ein paar Sekunden unschlüssig an, dann steht er auf und geht.

»Gehst du jetzt?«, fragt Mirkos traurige Stimme hinter ihm.

»Nein«, sagt Chris. »Nein, ich hole sie.«

Er läuft die Stufen der weißen Wendeltreppe hoch, biegt in sein Zimmer ab und kriecht dort unter sein Bett. Er hebt die beiden losen Schachbrettplatten an und holt die Bilder heraus, zieht sie dann unter dem Bett hervor. Damals hätte er sie gern verbrannt oder anders kaputt gemacht. Aber es ging nicht. Das sind die Bilder von ihm und seiner Mutter. Das sind die Bilder, die sie verbinden. Hätte er sie zerstört, hätte er das Gefühl gehabt, sie zu verraten. Aber er kann sie auch nicht um sich haben, das erträgt er nicht. Er nimmt einige Blätter und Leinwände, drückt sie sich an die Brust und geht zurück zu Mirko. Dieser hat in der Zeit den Tisch abgeräumt und sauber gewischt und erwartet ihn mit großen Augen. Chris legt den Stapel vorsichtig auf dem Tisch ab und setzt sich neben seinen kleinen Bruder. Oben auf dem Stapel liegt eine Leinwand mit einem Durchmesser von einem halben mal einen halben Meter, auf die ihre Mutter mit Acrylfarbe in Blau- und Silbertönen einen eigentlich roten Tulpenstrauß gemalt hat. Die Blüten sind weit geöffnet, sozusagen am Höhepunkt ihrer Existenz, als hätte ihre Mutter diesen eingefangen, bevor die Blüten sich auf ihren unvermeidlichen Verfall vorbereiten mussten.

Die Tulpen stehen in der Rosenthalvase, die ihre Mutter am liebsten mochte, bevor sie sie an die Wand schmiss. Chris legt das Bild zur Seite und zieht nun die Zeichnung hervor, die seine Mutter angefertigt hat, als Mirko mit seinen Freunden auf dem Spielplatz spielte. Auf der Zeichnung stürmt Mirko gerade über eine Hängebrücke und dreht sich dabei strahlend zu seiner Mutter um. Sein Lächeln beherrscht das ganze Bild. Es ist eine unbeschreibliche Mischung aus kindlicher Abenteuerlust und dem Vertrauen darauf, dass er jeden Moment zu Mama zurücklaufen kann. Chris fährt mit dem Daumen über die weichen Bleistiftlinien seiner Trägerhose, dann über das nur zu erahnende Sternchen, das sein Grübchen darstellen soll. Er wirft seinem Bruder einen schnellen Blick zu, mustert seine traurigen, umschatteten Augen und seine dünnen, blassen Lippen. Auf dem Papier ist eine andere Welt, denkt er. Eigentlich ist das die wirkliche Welt, voller Farben, voller kleiner Glücksmomente. Diese Welt hier ist nur schwarz-weiß.

Gemeinsam schauen Mirko und er sich all die Bilder und Zeichnungen an. Sie sprechen dabei nicht. Sie wissen beide, dass jedes Bild mehr als tausend Worte sagt. Da ist das Bild, welches Chris im Profil zeigt und im Wohnzimmer stand, als Ellie, Lydia, Jannis und er zum ersten Mal zusammen waren. Hier ist die Zeichnung der beiden kleinen Mädchen, die vor so vielen Jahren einmal mit einem Korb voller selbst gebackener Kekse von Tür zu Tür gingen, um laut eigener Aussage Geld für Diamanten zu sparen. Und dann findet Chris schließlich seine erste Zeichnung. Er war acht Jahre alt und seine Mutter hochschwanger mit Mirko:

»Er sieht überhaupt nicht so aus wie in echt!«, beschwere ich mich. Meine Mutter schaut auf. Mein Tonfall überrascht sie, denn normalerweise beschwere ich mich nie über irgendetwas.

»Zeig her, Schatz«, sagt sie und streckt die Hand aus. Ich überreiche ihr mürrisch das Blatt. Seit Stunden versuche ich, den Straßenmusikanten an der Ecke zu zeichnen. Vor zwei Wochen, als ich von der Schule nach Hause gegangen bin, ist er mir zum ersten Mal aufgefallen. Ein großer Mann mit schwarzen Rastazöpfen, einem roten Umhang und einer Holzflöte. Seitdem ist er jeden Tag hier, lächelt immer und spielt auf der Flöte weiche, glückliche Melodien. Ich habe das Gefühl, er braucht nur diese Flöte, um glücklich zu sein. Das hat mir gefallen, ich brauche auch nicht viel, um glücklich zu sein. Deswegen wollte ich ihn zeichnen, so wie Mama immer zeichnet. Deswegen sitze ich hier mit Mama in ihrem Lieblingscafé am Straßenrand und darf ihren Zeichenblock benutzen. Aber der Straßenmusikant auf dem Blatt sieht nicht echt aus, sondern eher wie die Statue eines Straßenmusikanten. Dabei habe ich mir so viel Mühe gegeben.

»Das ist wirklich gut, Chris«, sagt meine Mutter mit sanfter Stimme. »Es fehlt nur noch der allerletzte Schliff. Schau.« Sie greift nach meinem Bleistift, beugt sich über ihren kugelrunden Bauch und beginnt. Ich schaue ihr zu, wie sie scheinbar willkürlich hier eine Linie verwischt und dort eine verstärkt. Dann schiebt sie das Papier zurück.

»Na?«, fragt sie und lächelt, nimmt einen Schluck von ihrem Cappuccino. Und es hat geklappt. Der Straßenmusikant auf dem Papier ist nicht mehr aus Stein, sondern aus Fleisch und Blut. Seine funkelnden Augen, seine sanften Hände, sein immerwährendes Lächeln, selbst der rote Umhang und die hölzerne Flöte, alles lebt. Ich lächele, streiche begeistert mit den Händen über die lebende Figur. Meine Mutter lächelt zurück. Ich schaue hinüber zum Straßenmusikanten. Er sieht zu uns herüber und lächelt ebenfalls, während die leise Melodie der Flöte vom Wind durch die Straßen getragen wird. –

Chris mustert die Zeichnung. Das Papier ist nach all den Jahren etwas zerknittert, die Ecken rollen sich ein. Der lächelnde Straßenmusikant ist an dem Tag verschwunden, als sein Vater ihnen sagte, dass ihre Mutter an Alzheimer erkrankt sei. Manchmal glaubt Chris, dass der Straßenmusikant auch sein eigenes Lächeln mitgenommen hat.

Als sie beim letzten Bild angekommen sind, weiß Chris nicht, ob er lachen oder weinen möchte.

»Es reicht jetzt«, sagt er zu Mirko und stapelt alles wieder. »Sie müssen wieder weg, ich kann sie nicht länger sehen.« Er greift nach dem Stapel und läuft zurück zum Versteck unter seinem Bett.

»Chris?«, hört er Mirkos Stimme, als er an der ersten Treppenstufe angekommen ist. Er dreht den Kopf leicht zu seinem Bruder um.

»Danke«, sagt Mirko mit schimmernden, blauen Augen, während sich seine Lippen zu einem traurigen Lächeln verziehen. Chris nickt und geht dann weiter. Als er die Schachbrettplatten anhebt, piept sein Handy. Sorgfältig begräbt er die bessere Welt und verschließt sie wieder. Dann krabbelt er unter seinem Bett hervor und schaut nach.

Christoph Heider,
hast du nach deinem kleinen Bruder gesehen? Schau mal in den Briefkasten.
Onyx

Chris überlegt kurz. Zurückschreiben will er nicht, er geht aber hinaus zum Briefkasten. Onyx hatte recht, denkt er. Ich musste nach Mirko sehen. Auch wenn es mir nicht gefällt. Er schließt den Kasten auf. Am Schlüsselbund hängt immer noch der kleine Anhänger seiner Mutter – ein goldener Pinsel. Ein roter Umschlag fällt ihm entgegen und landet auf seinen Füßen. Er hebt ihn auf und öffnet ihn. In dem Umschlag befinden sich drei schwarze Pappkärtchen, die weiß beschriftet wurden. Chris nimmt eines heraus und schaut es sich genauer an. »Telekom Baskets – Alba Berlin«, liest er.

Wie kann das sein?, denkt er. Woher weiß Onyx, dass mein Vater, Mirko und ich früher immer zusammen Basketball geguckt haben? Da war Mama nicht einmal bei. Sie hat immer gesagt, dass sie nicht versteht, warum so ein Trubel entsteht, wenn jemand einen Känguruspsprung bis zum Korb macht. »Das ist Männersache, Kathrin«, hat Papa dann gesagt.

*

Beim Basketballgucken sind Chris, sein Vater und sein Bruder nicht still. Sie schreien.

»Komm schon, Jordan, looooooos!«, brüllt sein Vater.

»Hau reeeeeeeeein!«, brüllt Mirko und lässt vor lauter Aufregung seine ganze Popcorntüte fallen. Die Frau, die unter ihnen sitzt, regt sich furchtbar auf, weil sich ihr die volle Tüte wie ein Eimer über den Kopf stülpt, aber Chris, Mirko und sein Vater haben keinen Blick für sie übrig.

Jordan setzt zum Sprung an, schmettert den Ball ins Netz und schwingt dann am Korb hin und her, die eine Faust triumphierend in die Luft gestreckt.

»JA!«, schreien Chris, Mirko und sein Vater gleichzeitig. Die Telekom Baskets haben ganz knapp gewonnen. Mirko strahlt Chris mit glühendem Gesicht an. Sie stehen auf und schieben sich aus der Bankreihe hinaus. Mirko streckt seinen Fanschal so hoch wie möglich in die Luft. Gemeinsam verlassen sie den Telekom Dome.

»Das war großartig!«, stößt Mirko aus, als sie draußen sind und zum Auto gehen. »Soooo knapp!«

»Ja«, stimmt ihr Vater zu. »Ja, es war großartig.«

Auf dem Beifahrersitz schläft Chris ein. Die Basketballspiele mit Mirko und seinem Vater haben ihm gefehlt. Und er hat festgestellt, dass es dort nicht ganz so furchtbar ohne ihre Mutter ist. Denn der Telekom Dome gehört seinem Vater, seinem kleinen Bruder und ihm.

»Hey, Chris, wach auf! Wir sind da!«, hört er die leise Stimme seines Vaters, während sich eine Hand auf seine Schulter legt. Chris blinzelt und gähnt, öffnet dann schlaftrunken die Autotür. Mirko sitzt auf dem Rücksitz und hat die Augen fest zugekniffen. Wie früher tut er so, als ob er schläft. Und wie früher hebt sein Vater ihn vom Sitz und trägt ihn ins Haus, während Mirkos Lider flattern und sich ein verräterisches Lächeln auf seine Lippen schleicht.

Wenigstens darf er noch mal kurz Kind sein, denkt Chris. Das hat er verdient.

Er schlägt beide Autotüren zu und folgt lächelnd seinem Vater, welcher den Hausschlüssel aus seiner Jackentasche fummelt und dann im Dunkeln nach dem Schlüsselloch sucht.

Chris holt sein Handy aus seiner Tasche und leuchtet auf das Schloss.

»Danke«, sagt sein Vater. »Und Chris – es tut mir wirklich leid, weißt du, ich wollte das nicht, es tut mir so leid –«

»Ist gut, Papa«, unterbricht Chris ihn. »Ist schon gut.«

Für einen Moment schauen sie sich in die Augen. Die Augen seines Vaters sind eine Spur grauer als seine. Heute Abend lächeln sie, wehren sich gegen die Sorgenfalten. Sein Vater nickt dankbar, öffnet die Tür mit einem leisen Klicken und geht mit Mirko auf dem Arm hinein. Als Chris auf sein Handy schaut, stellt er fest, dass Jannis ihm bei WhatsApp geschrieben hat.

Hey, ich wollte dich etwas fragen. Ich habe gestern mit Lydia gesprochen, und wir haben festgestellt, dass wir beide komische Mails von einer gewissen Onyx bekommen. Ich hab vorher gar nicht darüber nachgedacht, aber kriegst du vielleicht auch welche?

Chris stutzt, liest die Zeilen noch einmal. Jannis und Lydia bekommen die Mails auch? Da hätte er im Traum nicht dran gedacht. Es versetzt ihm sogar einen absurden Stich. Und veranlasst ihn zu einer absurden Reaktion: *Nein,* antwortet er. *Was für Mails?*

Ellie

Ellie joggt die Auffahrt hinauf und bleibt keuchend, aber lächelnd vor der Haustür stehen. *Aufstehen und sportlich sein!*, liest sie auf ihrem Handy.

War schon joggen, schreibt sie zufrieden zurück, während sie die Tür aufschließt. Es ist acht Uhr morgens. Nachdem sie ihre Übungen gemacht hat, geht sie in die Küche, füllt die vom Bäcker mitgebrachten Brötchen in den Brotkorb und setzt Wasser für Tee auf. Dann holt sie die Teller heraus und beginnt, den Tisch zu decken. Dazu hört sie über ihre Ohrstöpsel *Rather Be* von Clean Bandit und Jess Glynne, singt munter mit und wiegt sorglos die Hüften. Als ihre Mutter schlaftrunken im Frotteebademantel die Küche betritt, presst Ellie gerade Orangen für frischen Saft aus, hört aber auf zu tanzen. Denn sie findet es einfach komisch, sich vor anderen Menschen zu bewegen. Selbst, wenn es nur ihre Mutter ist.

»Ellie?«, murmelt ihre Mutter verwirrt. »Was machst du hier?«

»Zeigen, dass ich die Goldmarie auch mal auspacken kann«, sagt Ellie fröhlich. »If you gave me a chance, I would take it. It's a shot in the dark but I'll make it«, singt sie weiter.

»Ellie, es tut mir wirklich leid, das war nicht richtig von uns –«, setzt ihre Mutter an.

»Ist gut, Mama«, sagt Ellie. »Ist schon gut.«

Das hat sie gestern und vorgestern auch schon gesagt. Zu Beginn sah sie das überhaupt nicht so, aber dann hat Onyx ihr erklärt, dass man sich nicht von heute auf morgen vollständig verändern kann, dass die Menschen um einen herum es zumindest nicht so wahrnehmen. Er hat ihr gesagt, dass sie zur Abwechslung mal tough sein soll, anstatt sich von allem unterkriegen zu lassen. Und das versucht Ellie jetzt. Tough sein. In den letzten Tagen ist sie jeden Morgen joggen gewesen und hat auch immer die entsprechenden Übungen ausgeführt. Jeden Tag hat Onyx dafür gesorgt, dass sie Menschen nach dem Weg fragt. Dabei ist es Ellie sogar passiert, dass sie denselben Mann zweimal nach dem Elisenweg gefragt hat. Als er sie mit hochgezogenen Brauen ansah, hat Ellie erwidert: »Wissen Sie, ich weiß eigentlich im Schlaf, wo der Elisenweg ist. Ich übe nur, Leute anzusprechen.« Vorgestern hat Ellie es sogar geschafft, eine Gruppe von Mädchen nach dem Weg zu fragen. Und gestern hat Onyx sie unter Auferbietung einiger Überzeugungskraft überredet, das orangefarbene Kleid zu tragen, in dem Lydia sie einmal als »Annoying Orange« bezeichnet hat, wenn auch nur im Garten.

»Okay«, sagt ihre Mutter und schaut verdattert auf den gedeckten Frühstückstisch.

»Morgen«, sagt Linda und schlendert herein, sie hat sich einen Bleistift in den perfekten Dutt gesteckt. Abrupt bleibt sie stehen, als täte sich zwei Zentimeter vor ihr ein Abgrund auf.

»Du warst *schon* wieder joggen und machst Frühstück? Welcher Dämon hat sich bei dir eingenistet?«

Ellie fletscht die Zähne und tut so, als ob sie Linda beißen würde. »Pass bloß auf, Linda. Mein Dämon hat eine erschöpfende Pubertätsphase, möglicherweise vergiftet er aus Rachsucht deinen Orangensaft, da kann ich dann nichts für.«

»Ellie –«, setzt Linda an.

Ellie winkt milde lächelnd ab. »Schon gut, der musste einfach sein. Oh, der Postbote, seht ihr? Ich denke, ich hole mal das Paket, und wisst ihr was? Ich trau mich sogar, mit ihm zu reden! Ich glaube, ich lade ihn ein, mit uns zu frühstücken!«

»Ellie –«, setzen ihre Mutter und Linda nun synchron an.

»Spaß, Spaß! Chillt!«, grinst Ellie und geht zur Tür.

*

So, Elena. Wie wäre es, wenn du dir heute die Haare rot färbst?, schreibt Onyx.

Wir sind ja heute witzig, schreibt Ellie zurück, während sie ihre Lippen zu einem stummen Hahaha verzieht.

Warum nicht?, fragt Onyx.

Alle würden mich komisch angucken. Ellie windet sich schon bei der Vorstellung.

Ja, man würde dich angucken. Aber du musst lernen, damit umzugehen. Sei so, wie du sein willst, nicht wie jemand anders dich möchte.

Ich hab viel zu viel Angst vor den blöden Sprüchen, erwidert Ellie.

Sag doch einfach, dass du die Haare so hast, weil es dir gefällt. Und dass es dir egal ist, wenn jemand anderer Meinung ist.

Du glaubst nicht ernsthaft, dass ich jetzt zum Friseur laufe, oder?, fragt Ellie.

Doch. Jetzt sofort. Denk nicht lange drüber nach.

Ellie krabbelt von ihrem Bett und stellt sich vor den Spiegel, mustert prüfend ihre dunkelbraunen Haare. Sie wollte schon immer rothaarig sein und so selbstbewusst wie Ariana Grande auftreten.

Denk nicht lange drüber nach. – »Mama, ich bin beim Friseur!«, ruft Ellie, und bevor sie noch mehr zweifeln kann, ist sie schon aus der Tür raus.

Ich bin tough, ich habe gleich rote Haare, mir ist es völlig egal, wenn jemandem das nicht gefällt, sagt Ellie sich nonstop, während sie im Bus sitzt und sich nervös im reflektierenden Fenster anstarrt. Ihre Hände veranstalten hektische Klatschspiele auf ihren Knien. Ich kann immer noch zurück. Ich muss gar nichts. Vielleicht gefallen mir rote Haare doch nicht? Das hat nichts damit zu tun, dass ich Angst habe.

Sie steigt beim Friseur aus und bleibt fünf Minuten wie eingefroren vor dem Schaufenster stehen, hinter dem schwarze, knautschige Ledersessel, diverse Zeitschriften und eine große Schale nimm2 soft warten. Über dem Eingang hängt eine aufgeklappte, pinke Schere. Ellie starrt auf ein Plakat mit einem lächelnden Model, dem die glänzenden Haare in einer dunkelroten Flut über die Schulter bis zur Hüfte fließen. Schließlich stellt sie fest, dass die Friseurin sie von drinnen mustert und eine auffordernde Handbewegung macht. Ellie seufzt, beißt sich auf die Unterlippe und trippelt ganz langsam hinein.

»Was möchtest du mit deinen Haaren machen, obwohl du Angst davor hast?«, fragt die Friseurin grinsend und fährt sich durch die hellblonden Haarstacheln.

»Rot?«, fragt Ellie unsicher. »Rot wie Ariana Grande?«

»Das machen wir«, sagt die Friseurin. »Du wirst begeistert sein, nichts macht selbstbewusster als Rot.«

»Dann komm ich da wohl nicht drum herum«, sagt Ellie, begleitet die Friseurin zu dem Sessel und verabschiedet sich im Spiegel von ihrer alten Haarfarbe.

*

Sie bereut es nicht. Als sie wieder in den Spiegel schaut und ihre leuchtend roten Haare erblickt, hat sie das Gefühl, eine neue Ellie zu sehen. Ihre Augen funkeln, sie kann gar nicht aufhören zu strahlen.

»Danke!«, stößt sie aus und fällt der Friseurin spontan um den Hals, bis ihr auffällt, dass sie gerade eine fremde Frau angesprungen hat. »Oh, sorry«, entfährt es ihr. Peinlich berührt will sie sich von der Friseurin lösen, doch diese erwidert ihre Umarmung lachend.

Ellie 2.0, denkt sie, während sie ihre neuen Haare so vorsichtig berührt, als würden sie sonst plötzlich wieder braun werden. Immer noch strahlend bezahlt sie und gibt der Friseurin ein großzügiges Trinkgeld, dann geht sie hinaus, schießt ein schnelles Selfie und schickt es Onyx.

»Klasse, Elena! Das sieht wirklich gut aus!, antwortet er postwendend.

Danke :), erwidert sie.

Und was sagst du dazu, heute Karaoke zu singen?, fragt er dann.

Ernsthaft? Hast du nie genug?, fragt Ellie, der das Strahlen nun von den Lippen gerutscht ist.

Warum nicht?, fragt er wieder.

Es wäre peinlich. Lydia würde mich auslachen, erwidert Ellie.

Wieso musst du denn unbedingt mit Lydia Rosengarten gehen?, fragt Onyx.

Mit wem sonst?, fragt Ellie, während sie wieder in den Bus einsteigt und sich durch einen Männergesangsverein schlängelt, der gerade *Das Wandern ist des Müllers Lust* probt, angeführt von einem älteren Mann mit Baskenmütze, der wie ein Wetterfrosch aussieht.

Warum nicht mit Hanna Innbrunn? Sie hat sich häufig um dich bemüht.

Hanna, die Schuldiebin?, fragt Ellie.

Du hörst dabei wirklich auf Lydia Rosengarten, oder? Das ist auch der Grund, warum du nicht zu Hannas Party gegangen bist. Finde ich schwach von dir.

Ich bin nicht mehr schwach, denkt Ellie, sucht in ihrer Kontaktliste und findet tatsächlich Hannas Nummer. Kurzerhand drückt sie auf »Anrufen«.

»Hallo?«, fragt Hannas Stimme.

»Hey Hanna, hier ist Ellie!«, sagt Ellie und muss die Stimme heben, um nicht in der Müllerslust unterzugehen.

»Ellie?«, fragt Hanna verwirrt. »Oh, hey, schön, von dir zu hören. Was ist los?«

»Hast du Lust, heute Abend mit mir in eine Karaokebar zu gehen?«, fragt Ellie laut.

»Ernsthaft?«, fragt Hanna noch verwirrter. »Mit Lydia?«

»Nein, nur wir beide!«, ruft Ellie, während sie ihre roten Haarspitzen begutachtet.

»Ähm, klar, gerne, freu mich total, dass du mich fragst«, sagt Hanna. »Wann möchtest du denn los?«

»Treffen wir uns um neun am Hauptbahnhof?«, fragt Ellie.

»Klar, okay!«, sagt Hanna. »Dann bis später! Du hast ja einen spannenden Musikgeschmack!«

»Das singen wir nachher als Erstes!«, sagt Ellie grinsend und legt auf.

Ich geh mit Hanna, schreibt sie Onyx.

Starkes Mädchen, lautet die Antwort.

»Und wa-han-dern!«, tönt der Gesangsverein.

*

Um halb neun macht Ellie sich auf den Weg. Sie trägt ein schwarzes Trägerkleid, das sie vorher noch nie anhatte. Als sie sich im Spiegel anschaut, muss sie wieder lächeln, und stellt dabei fest, dass sie nicht wie üblich ihre Lippen aufeinanderpresst. Ich sehe nicht schlecht aus, stellt sie fest. Endlich denke ich mal, dass ich nicht schlecht aussehe.

Ihre Mutter ist aus allen Wolken gefallen, als Ellie rothaarig nach Hause kam. »Jetzt ist es verifiziert, Ellie wurde durch ein Wechselbalg ersetzt!«, hat Linda ausgestoßen. »Nein, ich habe nur eingesehen, dass Zora viel cooler als Goldmarie ist«, hat Ellie geantwortet und hätte sich am liebsten selbst einen High five für diesen Satz gegeben.

Lächelnd macht Ellie sich auf den Weg und lauscht dem Klackern ihrer Pumps auf dem Gehweg. Wahnsinn, denkt sie. Es waren nur vier Tage, und ich fühle mich wie ein anderer Mensch. Das verdanke ich alles Onyx. Da knickt sie mit dem linken Fuß um und stößt einen leisen, schmerzvollen Zischlaut aus. Gut, nicht überheblich werden, old Ellie ist immer noch mit in da Hood, denkt sie.

Als sie Hanna am Hauptbahnhof erblickt, hält diese bereits – auf den Zehen auf und ab wippend, sodass ihr Kopf immer wieder wie eine Boje aus der Menge auftaucht – nach ihr Ausschau.

Sie erkennt mich nicht, denkt Ellie. Sie rechnet nicht mit roten Haaren.

Hanna hat sich die dunkelblonden Haare hochgesteckt und trägt ein pink-violett-weißes Kleid im Galaxy-Look.

»Hey Hanna«, sagt Ellie und bleibt vor ihr stehen. Mir gefallen meine roten Haare, denkt sie. Andere Meinungen sind mir egal.

Hanna blinzelt verwirrt, legt den Kopf schräg, reißt dann die Augen auf.

»Ellie!«, stößt sie aus. »Deine Haare! Das sieht … so gut aus!«

»Danke«, freut Ellie sich. Es ist ungewohnt für sie, von einem Mädchen ein Kompliment zu bekommen. Lydia hat ihr noch nie eins gemacht.

»Ernsthaft! Krass! Du bist ein ganz anderer Mensch, du siehst so selbstbewusst damit aus!«, sagt Hanna.

Das ist der Plan, denkt Ellie innerlich jubilierend. »Danke, dein Kleid gefällt mir auch echt gut!«, erwidert sie. »Wollen wir los?«

»Klar«, sagt Hanna. »Ich freu mich echt, dass du mich gefragt hast.«

Ellie lächelt errötend. Ich freu mich auch, dass ich dich gefragt habe, denkt sie. Keine Ahnung, warum ich mich bis jetzt an Lydias Regeln gehalten habe.

Sie nehmen die nächste Bahn, fahren dann zehn Minuten mit einem mit aufgedonnerten Dreizehnjährigen gefüllten Bus und laufen schließlich noch etwa hundert Meter bis zur Karaokebar. Die Bar ist schon gut gefüllt. Am Eingang hängt ein Zigarettenautomat im Stil der Sechziger. Rechts von der rot beleuchteten, mit leeren Gläsern gespickten Bar spielen zwei sonnenstudiogebräunte Mädchen Flipper. Die Karaokeecke ist allerdings noch leer, bis auf einen deutlich angeheiterten Typen, der *99 Luftballons* singt.

»Da sollten wir wirklich besser *Das Wandern ist des Müllers Lust* anstimmen«, grinst Ellie, ehe sie sich etwas zu trinken holen.

»Einen Hugo bitte«, sagt sie an der Bar – und stellt fest, dass der mit Piercings übersäte Typ auch bei der Endless-Summer-Night-Party hinter der Theke stand. Bei der Party, denkt sie, auf der ich Julian eine suizidverherrlichende Predigt gehalten habe, woraufhin er vom Krankenwagen abtransportiert werden musste. Was zur Hölle hab ich mir eigentlich gedacht?

»Ich kenn dich von irgendwoher«, sagt der Barkeeper, während er die Sektflasche mit einem Knallen öffnet. »Nur nicht rothaarig. Die graue Maus hat Feuer gefangen. Interessant.« Er grinst.

Ellie versucht zu lächeln, ist aber in Gedanken bei ihren Worten: *Unsere Träume werden nicht wahr, sondern staubig, weil wir sie schon so lange unverändert mit uns herumschleppen. Vielleicht wäre es besser, alles auf einen Schlag zu beenden.* – Scheiße, Ellie. Warst du eigentlich vollkommen krank im Kopf? Und dann hast du Julian auch noch mit dieser Krankheit infiziert. Sie schluckt.

»Hey, alles gut? Du guckst so komisch! Auch einen Hugo, bitte«, sagt Hanna.

Ellie stutzt und mustert Hanna nachdenklich. Lydia fällt es nie auf, wenn mich etwas bedrückt.

»Hm?«, macht Hanna. Ihre blaugrauen Augen schauen Ellie forschend an, sie hat eine kleine, blitzförmige Falte zwischen den Augenbrauen.

»Schon gut«, sagt Ellie, schüttelt den Gedanken ab und lächelt, bezahlt dann für ihren Hugo.

»Gehen wir tanzen?«, fragt Hanna, nachdem sie getrunken haben. Sie stellt ihr leeres Sektglas auf der Theke ab und zieht Ellie an der Hand hinter sich her zur Tanzfläche. Sie quetschen sich an den Flippermädchen vorbei, die Ellie so hochnäsig mustern, als wären sie Zarentöchter. Erstaunlicherweise ist es ihr egal. Auf der Tanzfläche beginnt Hanna direkt, selbstbewusst die Hüften zu wiegen. Dabei bewegt sie ihre Arme natürlich und fließend.

Ich kann nicht tanzen, denkt Ellie. Lydia lacht dann immer. Ich sehe lächerlich dabei aus, wie Heidi, die versucht, ihren Großvater zu verführen.

»Ellie!«, ruft Hanna. »Tanzen!« Sie dreht sich im Rhythmus des Songs im Kreis und schließt entspannt die Augen. Dabei löst sich ihre Hochsteckfrisur langsam auf.

»Oh Mann!«, stößt sie schließlich aus und zieht sich lachend die Klammer aus den Haaren.

Ellie beginnt, sich vorsichtig zu bewegen.

»Mehr, taaaanzen, Ellie!«, ruft Hanna, nimmt Ellies Hände und zwingt sie damit, größere und schwungvollere Bewegungen zu machen. »Besser, genau!« Sie zwinkert Ellie zu und lässt ihre Hände wieder los.

Ellie behält die Bewegungen bei. Sie wiegt ihre Hüften und bewegt ihre Arme.

Mir gefallen meine roten Haare. Und Lydia ist nicht hier.

Und dann lässt sie sich einfach in das Lied fallen, als hätte jemand ein schützendes Netz aufgespannt. Sie schließt die Augen, sie lässt ihren Körper sprechen, ohne darüber nachzudenken, sie schüttelt ihre roten Haare, während hellblaue und hellorangefarbene Lichtblitze um sie herum durch die Luft schießen. Sie spürt, wie ihr warm wird und wie ihre Füße beginnen, in den Schuhen zu schmerzen, aber sie kann nicht mehr aufhören. Sie hat bis jetzt noch nie richtig getanzt.

»Geht doch!«, ruft Hanna und gemeinsam verlieren sie sich in der Musik.

Irgendwann geht Ellie ganz von selbst zur Bühne und nimmt das Mikro. Die Leute mustern sie, manche kritisch, manche freundlich, manche sensationslustig.

Oweia, denkt Ellie. Du bist ja einfach hier hochgegangen. Und jetzt? Sie schaut Hilfe suchend zu Hanna hinüber. Diese strahlt sie an und streckt beide Daumen in die Luft.

Ellie holt so viel Luft, als wolle sie fünfzig Meter tauchen. »Ich singe *Am I Wrong* von Nico & Vinz«, kündigt sie mit zittriger Stimme an und wartet, bis die ersten Töne des Liedes einsetzen. Ihre Augen kleben nervös an der ersten Zeile des Songtexts, der vor ihr auf dem Bildschirm an der Wand erscheint. Der kleine rote Pfeil saust darauf zu, und wenn er da ist, muss sie singen. Noch drei. Noch zwei. Noch eins.

»Am I wrong for thinking out the box from where I stay?«, beginnt sie. »Am I wrong for saying that I'll choose another way?« Kaum singt sie, ist es ganz leicht. Sie stellt sich einfach vor, dass sie singend in der Küche den Frühstückstisch deckt, Brötchen aufschneidet, O-Saft auspresst, Eier anpikst. Sie schließt die Augen, denn eigentlich braucht sie den Text gar nicht. Sie beginnt, sich zum Song zu bewegen, und plötzlich geht alles von selbst.

»Now am I wrong for trying to reach the things that I can't see? But that's just how I feel, that's just how I feel.« Und sie singt, sie singt nur noch, nichts anderes ist mehr von Bedeutung. Nicht mal Chris, stellt sie glücklich fest. Nicht mal Chris. Sie singt noch lauter, der ganze Raum wird vollkommen von ihrer klaren Stimme beherrscht. Jeder einzelne Mensch wird von ihr eingefangen, an einem stillen Fleck berührt.

Als sie schließlich verstummt, ist es für wenige Sekunden ganz still. Dann ertönt begeisterter Applaus.

»Wuhuuuu!«, ruft Hanna.

Ellie stolpert mit glühendem Kopf von der Bühne und hat plötzlich einfach keine Angst mehr, überhaupt keine Angst mehr. Sie läuft zur Bar, um sich einen Cocktail zu bestellen, während die Leute immer noch klatschen und man sich anerkennend nach ihr umdreht. Einzig und allein die Zarentöchterflippermädchen mustern sie immer noch hochnäsig, aber das ist nicht mehr wichtig.

Als Ellie sich auf dem Weg zur Bar suchend nach Hanna umdreht, kollidiert sie mit jemandem.

»Huch, tschuldigung!« Sie schaut hoch und sieht … den gut aussehenden Typen, den sie nach dem Elisenweg fragen wollte. Der sie dann nach dem Elisenweg gefragt hat.

»Kein Problem, ich bin stolz, dass der Rockstar gegen mich gelaufen ist. Und mir den Weg beschrieben hat«, erwidert der Typ grinsend.

»Na dann«, sagt Ellie lächelnd, während ein Kaleidoskop aus Rottönen über ihr Gesicht wandert. Er sieht so gut aus, denkt sie. Er sieht aus wie Prinz Eric aus *Arielle, die Meerjungfrau* – nein, Schluss damit. Heute Abend hast du keine gute Zeit mit Disney, sondern eine gute Zeit in der Realität.

»Ich heiße Ellie«, sagt sie und streckt ihm die Hand hin.

»Hey, Ellie, ich bin Alexis«, sagt er und schüttelt ihre Hand mit einem charmanten Lächeln. »Du hast eine Wahnsinnsstimme.«

»Danke«, sagt Ellie und hat ihren Cocktail plötzlich vergessen. »Lass uns tanzen«, fährt sie ohne nachzudenken fort. Habe ich das gerade wirklich gesagt? Oh mein Gott. Tiefstes Dunkelrot flutet über ihre Wangen.

»Ganz schön stürmisch«, erwidert er, schnappt sich lässig ihre Hand und zieht sie zur Tanzfläche. Ellie stolpert ihm ein wenig überfordert, aber grinsend hinterher. Ungläubig schaut sie sich noch einmal nach Hanna um und entdeckt sie jetzt wenige Meter neben sich in ein Gespräch mit einem Jungen mit Galaxyhemd vertieft. Sie wirft ihr einen fragenden Alles-gut?-Blick zu. Hanna nickt lächelnd, schaut auf Alexis und zuckt anerkennend mit den Augenbrauen.

Ich hab es gemacht, denkt Ellie. Gut, ich habe Alexis nicht angesprochen, aber ihn gefragt, ob er mit mir tanzt. Und Onyx hat es mir noch nicht einmal aufgetragen. Ich habe heute alles getan, was ich mich eigentlich nicht getraut habe.

Auf der Tanzfläche legt Ellie Alexis die Hände auf die Schultern, er umfasst ihre Taille. Seine blauen Augen leuchten so intensiv wie die Lichtblitze. Ellie mustert sein symmetrisches, kantiges Gesicht und die schwarzen Locken, die ihm etwas Engelhaftes geben, während ihr Körper sich wie selbstverständlich zum nächsten Song bewegt. Alexis zieht sie enger an sich, sie spürt seinen schlanken, geschmeidigen Körper. Er riecht ganz anders als Chris. Nicht nach frisch gefallenem Regen, sondern eher nach Holz und Zimt. Und er trägt auch kein chronisch weißes T-Shirt, sondern ein dunkelblaues Jeanshemd. Er hat es an den Ärmeln hochgekrempelt, sodass seine gebräunten, sehnigen Unterarme zu sehen sind. Sie tanzen noch lange gemeinsam, aber im Gegensatz zu Chris küsst er sie nicht. Er bezahlt ihr ihre Getränke, spricht mit ihr über Träume und den Sinn des Lebens, und als Hanna und sie gehen wollen, fragt er nach ihrer Handynummer. Ellie kann nicht fassen, dass dieser Wahnsinnstyp wirklich ihre Nummer möchte. Sie tippt sie mit flatternden Fingern in sein Handy ein und verabschiedet sich mit einem schüchternen Kuss auf die Wange. Dann machen Hanna und sie sich auf den Weg.

Chris ist Geschichte, denkt Ellie, als sie draußen sind.

Dann hört sie ein Klatschen, ein dumpfes Pochen und ein Stöhnen. Sie blinzelt in die Dunkelheit, hat die Lichtblitze noch vor Augen.

»Hanna, was passiert da?«, fragt sie leise.

»Keine Ahnung«, murmelt Hanna.

Abermals ertönt ein Klatschen, dann ein gedämpfter Schrei. Ellie greift nach Hannas Hand und zieht sie mit klopfendem Herzen hinter sich her die Straße hinunter, dem Geräusch nach. Als sie sich nach links wenden, sieht Ellie in etwa fünfzig Metern Entfernung fünf Gestalten. Eine liegt auf dem Boden und versucht vergeblich, sich mit den Händen zu schützen. Die anderen vier schlagen und treten wild auf sie ein. Es wirkt so surreal wie Schattentheater.

»Oh Gott!«, stößt Ellie aus. »Wir müssen sofort die Security von der Karaokebar holen!« Sie reißt sich die Pumps von den Füßen, lässt sie auf den Boden fallen und stürmt barfuß zur Bar zurück.

»Hilfe!«, ruft sie und umklammert den Arm des vordersten Security-Mannes. »Bitte helfen Sie, da wird jemand brutal zusammengeschlagen! Von vier anderen! Hilfe!«

Die zwei Security-Männer folgen ihr sofort.

»Am Ende der Straße, schnell!«, stößt Ellie hysterisch aus und rennt. Sie laufen um die Ecke, hinter der Hanna sich totenbleich versteckt hat.

»Sofort aufhören!«, brüllt der eine Security-Mann. Die Täter reagieren augenblicklich, lassen von ihrem Opfer ab, biegen nach rechts in eine andere Straße und stürzen davon. Während der eine Mann die Verfolgung aufnimmt, läuft der andere auf die Person zu, die gekrümmt auf dem Boden liegt. Ellie folgt ihm, zieht ihr Handy aus der Tasche. Im Rennen hat sie sich ihr schwarzes Kleid an den spitzen Ästchen einer Hecke aufgerissen.

»Den Notarzt, richtig, den Notarzt, oder, der Notarzt kann helfen, nicht wahr?«, stammelt sie.

Auf dem Boden liegt ein blonder Junge mit einem weißen T-Shirt. Das Blut quillt aus seinen Nasenlöchern und läuft seinen Mundwinkel herunter, tropft von dort auf den Boden. Sein linkes Auge ist geschwollen.

»Chris!«, schreit Ellie, rennt die letzten Meter und wirft sich neben ihm auf die Knie.

*

»Ich brauche echt keinen Arzt«, sagt Chris zu dem Security- Mann. Er steht fest auf beiden Beinen, aber sein Gesicht sieht wirklich übel aus. »Sie waren zum Glück rechtzeitig da. Danke.«

»Komm mit, du nimmst von der Bar aus ein Taxi«, sagt der Security-Mann schließlich und schiebt Chris entschlossen an der Schulter vor sich her. Ellie geht leise neben ihm. An der Straßenecke hebt sie ihre Schuhe auf.

»Oh Gott«, sagt Hanna. »Christoph, du brauchst einen Arzt!«

Chris schüttelt nur müde den Kopf. Der Security-Mann zieht sein Handy heraus, um ein Taxi zu rufen. Es dauert nur wenige Minuten. In dieser Zeit stehen sie dort wie vergessene Schachfiguren. Als das Auto heranrollt, steigt Chris ein und sieht sich zu Ellie um.

»Kommst du mit?«, fragt er leise, während ihm das Blut von der Lippe tropft.

Ellie nickt. »Hanna aber auch«, sagt sie. »Komm, Hanna, lass uns einsteigen.«

Hanna setzt sich auf den Beifahrersitz, Ellie und Chris rutschen auf die Rückbank. Ihre Knie berühren sich. Ellie mustert ihn unauffällig. Die Blutspritzer auf seinem weißen T-Shirt, die von einer Wunde am Schlüsselbein stammen, sehen aus, als hätte sich dort ein abstrakter Künstler ausgelebt. Hoffentlich geht es ihm wirklich gut. Hoffentlich kippt er nicht um. Wie konnte das passieren? Wer waren diese Typen? Wieso wollten sie ihn zusammenschlagen? Ellie greift nach seiner Hand und umschließt sie fest. Er erwidert ihren Händedruck.

»In die Taubenstraße 24, bitte«, sagt Hanna, die am nächsten wohnt. Der Taxifahrer mustert Chris, offensichtlich besorgt um sein Interieur, im Rückspiegel, fährt dann aber doch los. Er hat einen Talisman am Innenspiegel, einen kleinen Kletteraffen, der während der Fahrt hin und her baumelt.

»Du hast rote Haare«, flüstert Chris.

Ellie nickt.

»Ich mag's«, sagt er und streicht ihr eine Haarsträhne hinter das Ohr. Ellie könnte heulen.

»Wer war das?«, fragt sie. »Was wollten sie?«

»Ich weiß nicht«, murmelt Chris und bemüht sich, sein Gesicht nicht vor Schmerz zu verziehen. Seine Mundwinkel zucken trotzdem. »Ich kannte den einen, mit dem hab ich mich mal geschlagen. Aber sonst …«

Nachdem Hanna ausgestiegen ist, fahren sie zu Ellie.

»Kann ich mit?«, fragt Chris, als sie dort sind.

Ellie nickt. Was sollte sie auch sonst tun? Sie bezahlt den Taxifahrer und verlässt den Wagen, dann hilft sie Chris beim Aussteigen, indem sie ihm unter die Arme greift. Keuchend kommt er auf die Füße, wobei er sie unaufhörlich anschaut. Mit verschränkten Fingern gehen sie auf die rote Tür zu. Ich liebe ihn, denkt Ellie. Scheiße, ich liebe ihn so. Wie ist es möglich, jemanden so sehr zu lieben? Leise öffnet sie die Haustür, nimmt Chris' Hand und zieht ihn im Dunkeln hinter sich her die Treppe hoch und in ihr Zimmer.

»Setz dich aufs Bett«, flüstert sie, läuft ins Bad und befeuchtet dort ein Handtuch. Dann holt sie von unten Desinfektionsspray und Eis, das sie mit einem Geschirrtuch umwickelt. Auf leisen Sohlen geht sie zurück. Chris sitzt mit gekrümmtem Rücken auf dem Bett. Sie bleibt vor ihm stehen, hält sein Gesicht mit der einen Hand und tupft ihm mit dem Handtuch das Blut von Nase und Mund. »Benutz das, damit dein Auge nicht noch mehr anschwillt«, flüstert sie und hält ihm das Eis entgegen, während sie die tennisballgroße Wunde an seinem Schlüsselbein desinfiziert. Er legt das Eis neben sich auf die Decke und zieht sie an sich heran. So bleibt er sitzen, den Kopf an ihrem Herzen.

»Ich hatte so eine Angst um dich«, flüstert Ellie.

»Pscht«, macht er und zieht sie zu sich aufs Bett. Langsam lassen sie sich nach hinten sinken. Chris schlingt einen Arm um Ellie und vergräbt seine Nase in ihren Haaren. Mit der anderen Hand kühlt er sein geschwollenes Auge.

Er könnte mir jetzt sagen, dass er mich liebt, denkt Ellie, während ihr Kopf an seiner Brust ruht, ihr Knie auf seinen Beinen liegt und sie seinen vertrauten Geruch einatmet. Aber er sagt es nicht. Eng umschlungen schlafen sie ein.

Als Ellie am nächsten Morgen aufwacht, ist er fort. Er ist schon wieder fort. Sie ist sofort hellwach, setzt sich auf. In einer einzigen Bewegung greift sie sich ihre Lieblingsschneekugel vom Nachtschränkchen und schleudert sie an die Wand. Ein letztes Mal fällt der glitzernde Schnee zu Boden.

*

»Diese dummen Nachrichten«, sagt Lydia und wirft sich mit ausgestreckten Armen auf Ellies Bett. Sie ist spontan bei Ellie vorbeigefahren. »Das regt mich einfach auf. Ich soll etwas Selbstloses für jemand Fremden tun. Wieso zur Hölle? Ich könnte diesen hässlichen Onyx anzeigen. Ja, das mach ich. Wenn ich rausfinde, wer sich dahinter verbirgt, zeig ich ihn an. Jannis kriegt die Mails auch. Das verstehe ich einfach nicht.«

»Ich verstehe es auch nicht. Ist komisch«, sagt Ellie und setzt sich neben Lydia. Sie hat ihr nicht gesagt, dass Onyx ihr auch schreibt. Sie hat auch nicht vor, es zu tun. So unauffällig wie möglich hebt sie die Bettdecke an und riecht daran. Aber Chris' Geruch ist weg. Er ist fort, wie ein Vogel, der endgültig nach Süden geflogen ist. Alles, was bleibt, ist Lydias blumiges Parfüm. Wie konnte ich ernsthaft glauben, dass er dieses Mal bei mir bleiben würde?, denkt sie.

»Wie findest du meinen neuen Lippenstift?«, fragt Lydia, setzt sich auf und spitzt die Lippen in Richtung Spiegel. »Korall«, sagt sie dann. »Ich steh drauf. Was sagst du, Ellie?« Sie erhebt sich, bauscht ihre goldblonden Locken auf und wirft sich in Pose wie die Göttin der Liebe.

»Sieht gut aus«, murmelt Ellie.

»Weiß ich doch.« Lydia grinst ihr Spiegelbild selbstgefällig an.

»Ich würde gern einen Song schreiben«, sagt Ellie leise. »Einen richtig guten. Einen, der etwas bedeutet.«

»Ein Typ hat mich bei Facebook gefragt, ob ich ein Model bin. Ich würde aussehen wie ein gefallener Engel. Ich hab geantwortet, dass er aussieht, als ob er bei seiner Geburt aufs Gesicht gefallen wäre«, sagt Lydia, ohne auf Ellie einzugehen.

»Bist du cool«, murmelt Ellie mit ausdruckslosem Gesicht.

»Was ist denn das für eine Antwort?«, fragt Lydia verwirrt und dreht sich schwungvoll zu Ellie um. »Wie siehst du überhaupt aus? Also abgesehen von den, ähm, hübschen roten Haaren, wieso trägst du ein schwarzes Kleid und warum hast du überall Wimperntusche im Gesicht? Hattest du Lust auf einen kleinen Drama-Effekt? Du siehst aus wie eine Voodoo-Hexe mit Ketchupkopf.«

»Ich war feiern«, sagt Ellie. »Mit Hanna. Der Schuldiebin, genau. Wir hatten einen ziemlich guten Abend. Wir haben getanzt und ich hab Karaoke gesungen. Und ich habe Alexis kennengelernt. Er hat nach meiner Nummer gefragt.«

Lydia hebt die Augenbrauen. »Alexis? Wie heißt er mit Nachnamen?«

»Alexis? Steinfeld, wieso?«, fragt Ellie.

»Alexis Steinfeld?«, stößt Lydia aus. »Was sollte der von dir wollen? Der hat dich eh nur nach deiner Nummer gefragt, weil du ihm gedroht hast, sonst zu tanzen. Und da das ja keiner sehen will, Süße … Ach was, das ist bestimmt nicht der Alexis Steinfeld. Vielleicht gibt's ja noch einen. Hm, mein Lippenstift ist wirklich klasse, da sieht man mal, wie voll meine Lippen sind.« Sie holt den Lippenstift wieder hervor und malt noch einmal die Kurve ihres Mundes nach, während sie sich selbst mit glitzerndem Blick im Spiegel vernascht.

»Ich kann dir sagen, warum Onyx meint, dass du etwas Selbstloses für jemand Fremden tun sollst«, sagt Ellie und richtet ihren Blick fest auf Lydia.

»Ja, wieso denn?« Lydia zwinkert sich schelmisch im Spiegel zu.

»Weil du ein selbstverliebtes Miststück und eine verdammt miese Freundin bist. Verpiss dich.«

Lydia schaut sie wie vom Donner gerührt an. Der Lippenstift fällt ihr aus der Hand und rollt zwischen die glitzernden Scherben der Schneekugel.

»Lass das mit den Witzen, Ellie«, sagt sie und versucht zu lächeln.

»Ich meine es beschissen ernst«, sagt Ellie, steht auf und öffnet ihre Zimmertür. »Hau ab.«

Lydia öffnet den Mund, bringt einen undeutlichen, eulenartigen Laut hervor, schließt ihn wieder. Sie blinzelt sicherlich zehn Mal. Dann bückt sie sich, fischt ihren Lippenstift zwischen den Scherben hervor und geht zur Tür.

»Was geht denn bei *dir*?«, sagt sie noch.

»Raus«, antwortet Ellie.

Chris

Du hast es verdient«, flüstert Mirkos Stimme, während der Blutregen von allen Seiten auf mich und Julians leblosen Körper niedergeht. »Du hast es verdient, dass sie dir wehgetan haben. Denn du hast mir wehgetan.«

Der Blutregen wird immer dichter, bis alles rot ist.

»Weißt du«, sagt die Stimme meiner Mutter, schneidet wie ein Messer durch das ewige Rot. »Weißt du, ich vergesse dich nur, weil ich mich für dich schäme. Ich will nicht mehr, dass du mein Sohn bist.« –

Chris fährt hoch: Wo bin ich? Was ist passiert? Wo ist Mama? Träume ich noch? Warum sind überall Schneekugeln? Er schaut auf das rothaarige Mädchen, das neben ihm liegt und die Arme schlafend nach ihm ausstreckt. Okay, fällt es ihm wieder ein. Es ist alles gut. Ich bin bei Ellie, und zwar, weil diese Typen mich zertrümmern wollten.

Da erst spürt er den Schmerz in seinem Körper. Vorsichtig tastet er sein geschwollenes, blutverkrustetes Gesicht ab. Sein eines Auge lässt sich kaum öffnen. Er wirft einen Blick auf Ellies Tinkerbell-Wecker. Es ist sechs Uhr morgens. Langsam steht er auf, hebt sein weißes T-Shirt an und mustert sich im blassen Tageslicht im Spiegel. Sein Oberkörper ist von Blutergüssen übersät. Es tut weh, aber mit solchen Schmerzen kann Chris umgehen. An den Rändern der Wunde auf seinem Schlüsselbein hat sich juckender Schorf gebildet. Er widersteht dem Bedürfnis zu kratzen, geht noch einmal zum Bett, beugt sich über Ellies schlafenden Körper, drückt ihr seine Lippen leicht auf die Stirn, dreht sich um und verlässt den Raum.

Ich hab sie gebraucht, denkt er. Aber ich kann nicht bleiben. Dann will sie wieder reden. Sie will so viel und ich kann ihr doch keinen einzigen Wunsch erfüllen. Es ist besser so.

So leise wie möglich geht er die Treppe hinunter, öffnet die rote Tür und entschwindet in den frühen Morgen. Er will nicht nach Hause, sein Vater und Mirko würden sich nur unnötig Sorgen machen. Also läuft er so lange, bis er einen Bäcker findet, kauft sich dort ein billiges Laugenbrötchen und einen Kaffee und setzt sich damit auf einen hölzernen, wackelnden Hocker. Sobald es halbwegs zumutbar ist, wird er zu Jannis gehen. Der Kaffee schmeckt wie eingeschmolzenes Plastik, aber Chris zwingt ihn trotzdem in sich hinein, während er die neugierigen Blicke der Verkäuferin ignoriert. War eigentlich klar, dass dieser Schlägertyp mich mit mehreren packt, denkt er. So mörderisch, wie der ausgesehen hat, nachdem ich letztens auf ihn losgegangen bin. Schade, dass Jannis gerade weg war. Andererseits hätten wir auch zu zweit keine Schnitte gehabt, und so hat wenigstens Jannis kein vollkommen zerstörtes Gesicht.

Jannis und er sind gestern zusammen unterwegs gewesen und spontan in eine Karaokebar gegangen. Eigentlich wollten sie sofort wieder weiter, aber dann ist dieses Mädchen auf die Bühne gekommen und hat angefangen zu singen. Im ersten Moment hat Chris gar nicht begriffen, dass das rothaarige Mädchen wirklich Ellie war. Und ihre volle, selbstbewusste Stimme, die hat er vorher auch noch nie gehört.

»Krass, das ist echt Ellie. Sie ist jetzt ein Redhead. Oha. Na ja, wollen wir gehen?«, hat Jannis gesagt, aber Chris musste bleiben. Er konnte den Blick nicht von ihr losreißen. Sie ging so vollkommen in diesem Lied auf, es schien in diesem Moment wirklich nichts sonst für sie zu geben. Sie tanzte in selbstvergessenen, weichen Bewegungen. Einen Moment lang wünschte Chris sich, dass sie nie aufhören würde zu singen. Sie berührte ihn an einem ganz stillen Fleck. Dann war das Lied vorüber und Jannis zerrte ihn ungeduldig aus der Bar. Sie besuchten noch einen anderen Club, stellten frustriert fest, dass sie auf einer Schwulenparty gelandet waren, und beschlossen schließlich, nach Hause zu gehen. Chris wollte bis zur nächsten größeren Straße laufen, um sich ein Taxi zu nehmen, aber Jannis war nicht bereit, Geld dafür auszugeben. Kaum war Jannis verschwunden, fielen die vier Typen über ihn her.

Chris seufzt und kippt mit einem Stirnrunzeln den letzten Rest Kaffee herunter. Bis halb acht spielt er mit irgendwelchen Frühaufstehern *Quizduell* und erschreckt mit seinem geschwollenen und blutverkrusteten Gesicht ältere Leute bei ihrem morgendlichen Brötchenkauf. Als eine ältere Frau mit aufgemalten Augenbrauen, die sich gute zehn Minuten bei ihrem Mann über den Jungen im Krankenhaus ausgelassen hat, ihm einen Euro in seinen leeren Kaffeebecher wirft, beschließt er, dass Jannis jetzt genug geschlafen hat. Er nimmt den nächsten Bus, der glücklicherweise direkt vor der Bäckerei hält, fährt fünf Haltestellen und steigt dann wieder aus. Während er zu Jannis läuft, wählt er dessen Nummer.

»Was?« Jannis schnarcht mehr in sein Handy, als dass er spricht.

»Ich bin gleich bei dir«, sagt Chris.

»Ich schlafe«, stöhnt Jannis.

»Ich bin gleich bei dir«, wiederholt Chris und legt auf.

*

Jannis öffnet die Haustür. »Sag mal, was hast du nicht –«, setzt er an, macht dann aber einen erschrockenen Satz zurück und stolpert über sein auf dem Boden liegendes Skateboard.

»Woaaaah!«, stößt er aus, während er auf seinen Hintern stürzt. »Haben wir Halloween? Du siehst aus wie ein Zombie! Das ist aber eine verdammt gute Mas– … Das ist echt, oder? Was ist denn mit dir passiert?« Er rappelt sich auf, geht auf Chris zu und mustert ihn. »Scheiße Alter, du siehst richtig übel aus.«

»Ein paar Typen haben gestern Nacht noch versucht, mich zusammenzuschlagen«, sagt Chris.

»Warum?«, fragt Jannis entgeistert.

»Hab mich schon mal mit dem einen geschlagen, hätte mir so was denken können«, sagt Chris. »Aber halb so schlimm, die Security war rechtzeitig da.«

»Mach mal keinen auf hart, du hast richtig was abbekommen. Warum bist du so früh hier?«

»Will meine Familie nicht schocken. Macht bei dir mehr Spaß«, sagt Chris mit einem Grinsen im rechten Mundwinkel.

»Ja, ich bin jetzt auch hellwach«, sagt Jannis, der mit seinen verwuschelten dunklen Haaren wie Harry Potter aussieht. »Mir ist grad eingefallen, dass meine Mutter mich eigentlich gestern schon einkaufen geschickt hat. Also kannst du mich begleiten und dafür sorgen, dass die Schlange an der Kasse wegrennt, wenn wir bezahlen wollen. Ich zieh mir nur eben was an.«

Fünf Minuten später machen sie sich auf den Weg und gehen am Spielplatz vorbei zum nächsten Supermarkt.

»Glaubst du, dass die dir noch mal auflauern werden?«, fragt Jannis.

»Bestimmt nicht«, sagt Chris.

»Hoffentlich«, sagt Jannis, bevor er einen stolzen Blick auf seine neuen Asics Volcano wirft.

Die Kirchturmglocke schlägt acht Mal.

Chris schaut hoch zu der goldenen Uhr an dem vielleicht zwanzig Meter hohen, offenen Turm, der aus roten Ziegeln erbaut und mit weißen, in sich gedrehten Säulen geschmückt wurde. »Wollen wir da nicht eben noch hoch?«, fragt er aus einem spontanen Impuls heraus.

Jannis wirft ihm einen schnellen Blick zu. »Auf den Turm?«

»Ja«, sagt Chris.

»Lieber nicht«, sagt Jannis. »Wir wollen doch zum Supermarkt.«

»Nur ganz kurz«, sagt Chris.

Jannis errötet eine Spur. »Ich würde da nie hochgehen«, sagt er. »Ich hab Höhenangst. Guck mal, wie niedrig der Rand ist.«

Chris wundert sich. Er kennt Jannis schon seit der fünften Klasse, aber er wusste bis jetzt nicht, dass er Höhenangst hat. Sein bester Freund scheint auf eine Reaktion zu warten, aber Chris fällt keine ein.

Im Supermarkt stellt Jannis fest, dass er die Einkaufsliste nicht dabeihat. »Ich weiß nur noch, dass sie unbedingt Damenbinden wollte«, seufzt er. »Weil sie mir noch erklärt hat, dass es die extragroßen sein müssen. Ich kaufe hier doch jetzt nicht nur Damenbinden.«

»Sondern?«, fragt Chris.

»Ich hab eine Idee«, antwortet Jannis und grinst. »Ich muss zehn verschiedene grüne Sachen in meinen Einkaufswagen tun und du zehn rote. Wer schneller ist, hat gewonnen.«

Über die Herausforderung muss Chris nicht lange nachdenken. Er holt den Euro heraus, den ihm die alte Dame großzügig gespendet hat, stopft ihn in den nächsten Einkaufswagen und läuft los. Jegliche körperlichen Schmerzen hat er vollkommen vergessen.

Erst einmal zur Obst-und-Gemüse-Abteilung, denkt er, während Jannis ihm schon auf den Fersen ist. Blitzschnell sprintet er mit dem leeren Einkaufswagen durch die Getränkeabteilung und grapscht im Laufen nach einer roten Flasche Kindersekt. Am Ende des Ganges biegt er schlitternd ab, verhindert es gerade noch, mit einem anderen Wagen zu kollidieren, und stürmt schon weiter. In der Obst-und-Gemüse-Abteilung lässt er seinen Einkaufswagen stehen und wirft wie ein unfähiger Jongleur einen roten Apfel, eine Kirsche, eine Dose Himbeeren und dann eine Packung Erdbeeren hinein. Die Packung öffnet sich und die Erdbeeren verteilen sich auf dem Gitter. Er will nach einem Strauß Radieschen greifen.

»Die zählen nicht, die sind pink!«, ruft Jannis hinter ihm aus, während er sich einen Salatkopf schnappt.

»Pisser!«, ruft Chris, den der Ehrgeiz nun vollends gepackt hat. Hastig läuft er einmal um die Kisten herum, rempelt Jannis zur Seite und sammelt eine Paprika und eine Tomate ein.

Noch drei Sachen. Salami, denkt Chris, weicht Jannis aus, der ihn gegen das Kühlregal stoßen will, und läuft nun ohne Einkaufswagen zur Wursttheke, wo er erst Salami und dann zu seiner Freude auch noch schön blutiges Rindfleisch findet.

»Hey, was macht ihr da?«, ruft von irgendwoher eine Stimme, aber das kümmert Chris nicht, wo er so kurz vor dem Gewinnen ist. Wo ist sein letzter roter Gegenstand? Chris schaut rüber zu Jannis – und stellt fest, dass dieser gerade dabei ist, sich mit einer Wassermelone den Sieg zu holen.

»Das ist total unfair, du musstest gar nicht vom Gemüse weggehen, weil es da so viel Grün gibt!«, ruft Chris, stürzt auf Jannis zu und reißt ihm die Melone aus den Armen.

»Hey, gib sie sofort zurück, oder du hast bald fünf blaue Augen!«, droht Jannis lachend.

Chris weicht ihm aus und sieht in diesem Moment seine Chance. Am Süßigkeitenregal hält eine Frau mit Kugelbauch und Pampelmusenbusen eine rote Packung Kit Kat in der fleischigen Hand. Chris legt die Melone vor sich auf den Boden und schießt sie so weit weg, wie er kann.

»Foul!«, brüllt Jannis.

»Hey, es reicht!«, ruft die Stimme wieder. Aber Chris hat nur noch seinen Gewinn vor Augen. Wie Usain Bolt sprintet er hinüber zu der Frau und reißt ihr die Kit-Kat-Packung mit einem lauten »Buh!« aus der Hand. Sie stößt einen hysterischen, langgezogenen Schrei aus, wobei ihr Doppelkinn erzittert. Er rennt zurück zu seinem Einkaufswagen, aus dem Jannis gerade wieder etwas herausholen möchte. Ich bin schneller, denkt Chris, macht einen letzten Satz und wirft die Kit Kats wie Jordan, der zum Korb des Jahrhunderts ansetzt, in Richtung Einkaufswagen. Er trifft.

»Das ist kein gerechter Sieg!«, ruft Jannis empört. Dann sehen sie, dass drei Mitarbeiter mit gebleckten Zähnen auf sie zugelaufen kommen. Lachend lassen Chris und Jannis den roten und den grünen Einkaufswagen stehen und machen sich von dannen.

Im nächsten Supermarkt wirft Jannis dann auf gut Glück irgendwelche Dinge in den Wagen. »Die Binden muss ich wohl mitnehmen«, sagt er und befördert sie mit spitzen Fingern hinein, als könnten sie lebendig werden. »Hey, hilf mir mal, du Scheiß-Cheater!«, sagt er an der Kasse zu Chris.

»Er hat seine Tage«, sagt Chris, legt die Damenbinden auf das Band und lächelt die niedliche Kassiererin mit dem Herzchenmund wissend an. Sein blutverkrustetes Lächeln scheint ihr allerdings eher Angst zu machen.

»Und er hat wilde Nächte«, sagt Jannis und klopft Chris auf die Schulter. »Seine Freundin ist ein bisschen dominant.«

Chris ärgert sich, dass Jannis mal wieder das letzte Wort hat, und hüllt sich in sein übliches Schweigen.

»Aber was wollen Sie denn kaufen?«, fragt die Kassiererin da einen älteren Mann, der vor ihnen steht. Chris hat bis jetzt nicht auf ihn geachtet. Der Mann ist klein, gebeugt und trägt eine schmutzige Strickjacke. Er steht mit leeren Händen an der Kasse.

»Ich weiß nicht«, murmelt er verwirrt. »Ich hab es vergessen. Ich weiß es nicht.« Hilfe suchend schaut er erst die Kassiererin an, dann dreht er sich zu Chris und Jannis um. Seine verwirrten, schmerzerfüllten blauen Augen, die einem anderen Augenpaar so ähnlich sehen, treffen Chris härter als die Schläge von gestern. »Ich weiß es nicht«, wiederholt er und mustert Chris flehend. Die schlohweißen Haare stehen ihm wie ein unordentliches Vogelnest vom Kopf ab. Chris stellt fest, dass er sein T-Shirt verkehrt herum anhat, die Nähte sind außen.

»Was geht denn bei dem?«, murmelt Jannis. »Der Hundertjährige, der aus dem Fenster stieg und verschwand, da ist er! Allerdings ist der wohl aus der Klapse und nicht aus dem Altenheim ausgebrochen!«

Chris fährt zu ihm herum. »Halt's Maul!«, schnauzt er Jannis an.

»Warum?«, fragt Jannis wie vom Donner gerührt, während er ihn mit großen Augen anstarrt.

»Weil er krank ist«, sagt Chris mit harter Stimme, wendet sich ab und geht.

»Chris!«, ruft Jannis ihm nach. »Hey Chris, wo gehst du hin?«

Aber Chris schaut sich nicht mehr um und antwortet auch nicht. Weil er krank ist, denkt er. Krank wie meine Mutter. Würdest du das auch bei ihr sagen, Jannis? Dass sie wohl aus der Klapse ausgebrochen ist? Er läuft schneller, als könnte er den schmerzerfüllten Blick so hinter sich zurücklassen, aber eigentlich weiß er, dass er tief in sein Herz eingebrannt ist.

*

Zu Hause stellt Chris erleichtert fest, dass sein Vater schon arbeiten und Mirko bei der Schulbetreuung ist. Nachdem er Alba begrüßt hat, befreit er sich aus seiner blutbespritzten Kleidung und stellt sich unter die Dusche. Deswegen erzähle ich niemandem von meiner Mutter, denkt er. Niemand würde es verstehen.

Das heiße Wasser brennt in seinem Gesicht, weswegen er so wenig davon verbraucht wie nie zuvor. Dann zieht er sich eine Jeans und ein weißes Tommy-Hilfiger-T-Shirt an. Nachdem er eine Spur Deo aufgetragen hat, klingelt es an der Tür. Chris hat eigentlich keine Lust aufzumachen, geht aber trotzdem los und öffnet die Tür. Vor ihm steht Leon.

»Hi«, sagt Chris nüchtern. »Was willst du denn hier?«

»Ich hab gehört, dass du verprügelt wurdest«, sagt Leon. »Ich wollte gucken, wie es dir geht. Du siehst ja schlimm aus.«

»Warum?«, fragt Chris verständnislos.

»Weil wir mal beste Freunde waren. Und es ist mir wichtig, dass es dir gut geht«, sagt Leon ernst und mustert ihn aus besorgten braunen Augen.

Schon wieder der Meisenblick, denkt Chris entnervt. Was soll dieser ganze Therapeutenmist? Hält er sich für den Dalai Lama? »Wir sind aber keine besten Freunde mehr«, sagt er laut und macht keine Anstalten, Leon hereinzulassen. Warum machst du bei dem schönen Wetter nicht einen Ausflug mit deiner Familie? Ihr könnt Golf spielen, und deine Mutter schmiert euch allen bestimmt Camembert-Brötchen, denkt er.

»Es ist mir aber trotzdem wichtig«, lässt Leon nicht locker. »Bitte lass mich kurz reinkommen. Fünf Minuten, dann bin ich weg und nerve dich nicht länger.«

Chris zuckt mit den Schultern, dreht sich um und schlurft in die Küche, wo er sich ein Glas Milch einschenkt. Leon folgt ihm. Chris nimmt einen Schluck und schaut dann in sein Glas, als würde er darin die Zukunft lesen wollen. Seinem Nachbarn bietet er nichts an.

»Ich habe das Gefühl, dass du ein großes Problem hast, Chris. Irgendetwas, was dir wirklich auf dem Herzen liegt. Sag es mir. Du kannst mit mir darüber reden.«

»Ich habe kein Problem und ich möchte nicht mit dir reden«, sagt Chris zur Milch.

»Schau, Chris, als du dich letztens mit diesem Typen angelegt hast, hast du geweint. Was ist los? Worum geht es? Hat es was mit Ellie zu tun? Oder deiner Familie? Geht es um deine Mutter oder um deinen Vater? Wollen deine Eltern sich scheiden lassen? Ist jemand krank?«

Da platzt Chris urplötzlich der Kragen. Er wirft das Glas neben Leon an die Wand. Es zerspringt, die Scherben verteilen sich auf dem Boden, während die Milch an der Tapete herunterläuft. Chris macht einen Satz auf Leon zu, packt ihn an dem hellblauen Hemd, das ihm seine Mutter sicher gebügelt hat, und drückt ihn gegen die Wand. »Hör auf damit!«, schnauzt er. »Halt dich aus meinem Leben raus, hör auf, Fragen zu stellen! Niemand ist krank! Wir sind keine Freunde! Und jetzt raus hier, oder ich hau dir eine rein!«

Leon ist etwas größer als er, aber Chris hat das breitere Kreuz und mehr Muskeln. Er lässt Leon langsam los und schaut ihn drohend an.

»Okay!«, stößt Leon aus. »Okay Mann, ich hau ab!« Er hebt die Hände und geht rückwärts aus der Küche, öffnet dann die Haustür. »Sorry, Chris, ich wollte dich nicht wütend machen!«, sagt er, bevor er die Tür hinter sich schließt.

Elender Wichser, denkt Chris. Jetzt entschuldigt er sich auch noch, obwohl ich ihm gedroht habe. Hört er denn einfach nie auf, der nette Junge zu sein? Was muss ich denn noch machen? Je kaputter ich bin, desto aufrichtiger und vorbildhafter ist er. Ich könnte kotzen.

Eine halbe Stunde später erhält Chris eine E-Mail von Onyx.

Christoph Heider,
du reagierst mit Gewalt, wenn du dich eingeengt fühlst. Warum versuchst du nicht mal, Konflikte sachlich und überlegen zu führen?
Onyx

Chris starrt auf sein Handy. Und antwortet: *Lass mich verdammt noch mal in Ruhe, du blödes Arschloch!*

Onyx antwortet prompt. *Wenn du keine Hilfe willst, lass wenigstens Elena Jansen ziehen, damit sie wieder auf die Beine kommt.*

Was für eine Scheiße! Vor lauter Wut drückt Chris auf dem Bildschirm seines iPhones herum, als würde er es zerquetschen wollen. *Hör auf damit! Du kennst mich nicht! Du kennst Ellie nicht! Du weißt nicht, wie das mit uns ist!*

Ich weiß, dass du sie zum Wrack machst, schreibt Onyx.

Ach Quatsch, denkt Chris. Was für ein Schwachsinn. Wieso sollte ich Ellie zum Wrack machen? Gut, ich habe sie vielleicht mal enttäuscht. Aber ansonsten findet sie das, was wir haben, wohl auch ganz gut. Ich mache sie nicht zum Wrack. Das stimmt nicht. Das hat Onyx sich einfach nur ausgedacht.

Er weiß nicht, was er antworten soll, deswegen macht er sein Handy aus und starrt noch gefühlte Stunden auf den schwarzen Bildschirm. Dann dreht er sich um, läuft hoch in sein Zimmer und setzt sich an seinen Schreibtisch. Er nimmt sich ein weißes Blatt aus seinem Drucker und greift nach einem Bleistift. Ohne wirklich darüber nachzudenken, beginnt er zu zeichnen. Mit konzentriert verengten Augen führt er den Stift in schnellen Strichen über das Papier. Erst weiß er selbst nicht, wen oder was er zeichnet. Dann aber entsteht aus den Strichen ein Mädchen mit weit aufgerissenen Augen, leicht geöffneten, vollen Lippen und Sommersprossen auf der Nase. Ellie, denkt er. Das ist Ellie bei der Endless-Summer-Night-Party, direkt nachdem ich sie dort geküsst habe. Oder ist es eher eine Statue von Ellie? Nun tut er das, wobei seine Mutter ihm früher geholfen hat, selbst. Er verwischt den Schwung ihrer Oberlippe und die Linie ihrer Stupsnase, dann verstärkt er die Form ihrer Augen. Irgendwas fehlt noch, denkt er. Natürlich. Er zieht die oberste Schublade seines Schreibtischs auf und wühlt zwischen den Buntstiften einen roten hervor. Dann beginnt er, ihre Haare mit dem Stift rot zu färben. Als er fertig ist, lässt er den Stift fallen und starrt auf seine erste Zeichnung seit langer Zeit. Sie sieht stärker aus mit den roten Haaren, denkt er. Stärker als vorher. Und viel stärker als ich.

Lydia

Lydia geht am Freitagmorgen mit angespannten, schnellen Schritten über den Bürgersteig. In ihrer Handtasche liegt das Paar Ohrringe, das sie soeben gestohlen hat. Sie wollte es eigentlich nicht tun. Aber die Ohrringe sehen aus wie glitzernde Tautropfen. Und Lydia musste sie einfach unbedingt haben. Onyx wird nicht glücklich sein, denkt Lydia und könnte sich augenblicklich für diesen Gedanken ohrfeigen.

Das hast du gerade nicht wirklich gedacht, Lydia Rosengarten. Nicht ernsthaft. Sie beißt wütend ihre Zähne aufeinander und geht hastig weiter, ohne sich nach dem Schmuckladen umzusehen.

Xenia ist noch im Kindergarten, Jared zu Hause und ihre Mutter hat Mo heute ausnahmsweise mit zur Pommesbude genommen, weil Lydia Xenia versprochen hat, nachher mit Jared und ihr ins Kinderspieleland zu gehen. Aber im Moment kann sie nur an die Tropfenohrringe denken, die sich in ihrer Tasche eher so schwer wie Tropfsteine anfühlen.

Wie kann es sein, dass dieser Stalker mir so ein schlechtes Gewissen machen kann, ohne mir auch nur geschrieben zu haben? Wegen ihrer Unruhe vergisst sie sogar Ellie, die sie in den letzten zwei Tagen pausenlos verflucht hat, weil sie sie einfach rausgeschmissen und als selbstverliebtes Miststück bezeichnet hat. Schwungvoll biegt Lydia um die Straßenecke und läuft dabei gegen eine andere Person. Diese Person ist so zerbrechlich, dass sie zu Boden stürzt. Lydia erkennt die kornblumenblauen Augen sofort wieder. Oh nein, denkt sie. Schon wieder. Verdammt.

»Hallo Lydia«, sagt die alte Lydia mit einem so warmherzigen Lächeln, als hätte sie ihre Namensvetterin nicht gerade zu Boden befördert.

»Entschuldigung! Ich fühle mich wirklich dumm! Oh Mann! Schon wieder!«, stößt Lydia verstört aus, geht in die Knie, greift nach den Händen der alten Frau und zieht sie vorsichtig auf ihre kleinen Füße, dann hebt sie ihren Stock auf. Heute trägt die alte Lydia ein cremefarbenes Kleid, das mit roten Mohnblüten verziert ist, und dazu passende cremefarbene Sandaletten.

»Du hast wohl viel Energie, mein Kind«, sagt die alte Lydia, während sich ihre Lippen zu einem faltigen Lächeln verziehen.

»Wie kann ich das wiedergutmachen?«, fragt Lydia bestürzt.

»Ist schon gut, ich lebe ja wundersamerweise immer noch!«, sagt die alte Lydia und zwinkert ihr zu.

»Nein, im Ernst. Ich möchte es gutmachen. Gibt es etwas, wobei ich Ihnen helfen kann?«

»Genau genommen … ja. Es gibt eine Sache, die mir Schwierigkeiten bereitet.«

*

Eine halbe Stunde später sitzt Lydia in einem altmodischen Salon, der von oben bis unten voll mit bemalten Tellern, schweren Standuhren und Porzellanpuppen ist, vor einem uralten Gerät, das sich nur noch als Computer erahnen lässt.

Neben ihr auf dem mahagonifarbenen Tisch stehen eine hellrosa Tasse mit Kaffee und ein hellrosa Unterteller mit einem Stück Bienenstich.

»Das ist wirklich ganz einfach, jetzt drücken Sie einfach nur noch hier auf ›Senden‹, und das war's schon«, sagt Lydia und schickt die E-Mail lächelnd ab.

»Und dann kann mein Enkelsohn die wirklich auf seinem Computer lesen?«, fragt die alte Lydia mit großen Augen.

»Ja, wirklich«, sagt Lydia. »Gibt es noch etwas, was Sie nicht verstehen?«

»Im Moment nicht«, sagt die alte Lydia. »Vielen Dank, mein Kind.«

»Nicht der Rede wert«, sagt Lydia. »Wenn Sie noch einmal eine Situation haben, wo Sie etwas an Ihrem Computer nicht verstehen, rufen Sie mich einfach an. Ich schreib Ihnen meine Nummer auf.«

Sie greift nach einem altgoldenen Füller und beschreibt einen kleinen, mit Kätzchen verzierten Notizzettel.

»Dankeschön, Lydia«, sagt die alte Lydia und legt ihre Hand auf Lydias. »Nun iss aber mal deinen Kuchen.«

Lydia gehorcht und pikst ihre Gabel in das noch warme Gebäck.

»Weißt du, mein Kind«, sagt die alte Lydia. »Du bist ein so schönes Mädchen. Und das weißt du auch. Aber das ist lang nicht alles, was dich ausmacht.«

Lydia stutzt und verharrt mit der Kuchengabel auf halbem Weg zum Mund. »Was meinen Sie damit?«, fragt sie.

»Wenn du nur an deine Schönheit denkst, macht dich das eitel und überheblich«, sagt die alte Lydia. »Glaub mir, ich war nicht anders. In deinem Alter habe ich allen Jungs das Herz gebrochen, weil ich auf jedem Tanzabend mit einem anderen getanzt habe. Ich war berauscht von meinem Äußeren und meiner Macht über Männer. Als ein Junge mir sagte, dass er mich liebt, habe ich ›Ich mich auch‹ erwidert. Nach so vielen Jahren würde ich dem dummen jungen Mädchen gern die Ohren langziehen. Schau mich an. Ich bin alt. Schönheit vergeht. Was also bleibt?«

»Ich weiß nicht«, murmelt Lydia und wird von einer Welle kindlicher Panik überflutet. Jared hat das auch schon gefragt, erinnert sie sich. Was mache ich, wenn ich alt und nicht mehr schön bin?

»Liebe natürlich«, sagt die alte Lydia lächelnd. »Liebe ist die Antwort auf alles. Liebe macht viel glücklicher als dein eigenes Gesicht im Spiegel, glaub mir. Aber um zu lieben, musst du nicht schön, sondern gut sein. Und du warst heute gut zu mir, mein Kind. Sei aber gut zu allen Menschen.«

»Ich werd mal drüber nachdenken«, entgegnet Lydia verwirrt und fühlt sich plötzlich wie in einem Märchen. Sie isst ihr Stück Kuchen auf, trinkt den Kaffee und steht dann auf. »Tschüss, Lydia«, sagt sie.

Die alte Lydia stellt sich auf die Zehenspitzen, nimmt Lydias makelloses Gesicht in ihre Hände und drückt ihr einen Kuss auf die Stirn. »Pass auf dich auf, mein Kind.«

Erst als Lydia schon draußen ist, fällt ihr auf, dass sie soeben etwas Selbstloses für jemand Fremden getan hat. Und dass es sich gut anfühlt.

*

»Onyx hat mir eine Mail geschrieben, in der er oder sie mir einen Nebenjob in einem Café angeboten hat!«, beschwert Lydia sich drei Stunden später bei Jannis, der neben ihr sitzt. »Die Arbeitszeiten passen genau! Montag- und freitagabends und samstagnachmittags! Genau da, wo meine Eltern zu Hause sind! Ich hab keine Lust, mir diese Schnüffelei länger gefallen zu lassen!«

Nachdem sie die Mail bekommen hat, hat sie Jannis angerufen. Und er ist sofort zu ihr gekommen. Eine halbe Stunde lang hatte sie Angst, dass er angesichts der engen Wohnung einen dieser schlecht getarnten abschätzigen Blicke aufsetzen würde, wie alle Leute es tun, die Familie Rosengarten besuchen. Aber er marschierte schnurstracks herein, zerstrubbelte Xenia die Haare und belehrte Jared, dass die Wikinger lange vor Christoph Kolumbus in Amerika waren. Dann schnappte er sich Lydias Laptop, warf sich damit auf ihr Bett und begann, wild herumzuklicken.

»Wir gucken jetzt, wo die Mails herkommen«, sagt er nun entschlossen. »Die hat doch allen Ernstes vorgeschlagen, ich solle dem

Jugendparlament der Stadt beitreten! Es reicht jetzt, wir orten den Server.«

»Wie macht man so was denn?«, fragt Lydia, die an ihrem Schreibtisch sitzt und ihr Gesicht auf ihre gefalteten Hände stützt.

»Überlass das mir«, sagt Jannis fachmännisch.

»Bitte lass das Sugardaddy-Face«, erwidert Lydia lachend.

»Wieso, möchtest du keinen Ferrari zum Valentinstag?«, fragt Jannis grinsend. »Muss ich mir ein anderes viel zu junges Mädchen suchen, das mich nur liebt, bis mein Testament unterschrieben ist?«

»Manche Mädchen haben gern zwei Väter«, erwidert Lydia achselzuckend.

»Du nicht?«, fragt er.

Lydia schüttelt gespielt bedauernd den Kopf.

»Mist«, erwidert Jannis. »Vielleicht rettet meine Anti-Aging-Creme das Ganze ja noch.«

Lydia schmunzelt und mustert die dunklen Haare, die ihm in die Augen fallen, seine geraden Augenbrauen und seinen Dreitagebart, bis er vom Bildschirm ihres Laptops aufschaut und ihr direkt in die Augen sieht.

»Was gibt's, Kleo?«, fragt er.

»Ellie ist vollkommen bekloppt«, erwidert Lydia, um sich schnell mit einem anderen Thema zu beschäftigen. »Sie hat mich einfach rausgeschmissen, kannst du das glauben? Meine beste Freundin! Sie hat gesagt, dass ich ein selbstverliebtes Miststück sei! Und eine verdammt miese Freundin! Im Wortlaut hat sie das so gesagt! Glaubst du das?«

»Das hast du mir eben schon erzählt«, sagt Jannis und scheint sich ein Grinsen zu verkneifen. »Aber komm schon, Lydia, du findest dich schon ziemlich gut.«

Lydia funkelt ihn wütend an, steht auf und zieht ihm das Kopfkissen weg, sodass sein Kopf auf die Matratze donnert. »Du hättest mir recht geben sollen!«, zischt sie und schlägt ihn mit dem Kissen.

»Au au au, na gut, ich kapituliere, Kleopatra, bitte!« Jannis hält sich schützend die Arme vor das Gesicht. »Nein!«, ruft er. »Ich will nicht an den Marterpfahl!«

»Kleopatra hat nichts mit den Indianern zu tun«, erwidert Lydia sachlich.

»Ich wette mit dir, dass Kleopatra auch was mit den Indianern hatte … Aua, was ist das?« Jannis fischt etwas unter seinem Kopf hervor. Es ist der hölzerne Anker, den er ihr vor so vielen Jahren gegeben hat.

»Nein, gib ihn her!« Lydia ist, als hätte ihr jemand kochend heißes Wasser über den Kopf gekippt. Sie reißt Jannis den Anker aus der Hand und verbirgt ihn hinter ihrem Rücken, als könne sie ihn so aus Jannis' Erinnerung löschen. »Ich weiß auch nicht, wie er dahin kommt«, sagt sie dann, während sie der Nachbarin interessiert beim Blumengießen zuschaut. »Komischer Zufall.«

»Ich freu mich über den Zufall«, sagt Jannis.

Lydia schaut ihm in die Augen – und sofort wieder zurück zur Nachbarin, weil ihr direkt noch heißer wird. »Hmm«, macht sie, stopft den Anker in ihre Hosentasche und richtet das Horn von Xenias Plüscheinhorn.

»Rügen«, stößt Jannis aus.

»Wie?«, fragt Lydia und dreht sich zu ihm.

»Rügen«, wiederholt Jannis verblüfft. »Die E-Mails kommen von Rügen.«

»Das kann doch nicht sein«, sagt Lydia. »Was haben wir mit Rügen zu tun? Bist du sicher, dass das stimmt?«

»Ja«, sagt Jannis. »Ganz sicher. Abgefuckter Onyx, vielleicht ist es doch ein Typ und er pinkelt grad lachend in die Ostsee.«

»Lydiaaaaa?« Xenia reißt die Tür auf. »Fahren wir jetzt eeeendlich ins Spieleland?«

»Ach ja«, sagt Lydia, die das vollkommen vergessen hat.

»Kommst du auch mit, Jannis?«, fragt Xenia und schenkt ihm ein Milchzahnstrahlen.

Lydia fasst sich ein Herz. »Ja, hast du Lust, mit Albert Einstein, Lillifee, mir und zweihundert hyperaktiven, nicht stubenreinen Kleinkindern durch ein Kinderspieleparadies zu turnen und dir dabei alle zwei Meter den Kopf anzustoßen?«

»Sugardaddy steht da drauf«, erwidert Jannis grinsend.

*

Wenig später stehen Lydia, Jannis, Xenia und Jared auf Socken im *TIKI* Kinderland. Vor ihnen breiten sich die Hüpfburg, die Autoscooterbahn und das Kletterlabyrinth aus. Alles ist von hysterischen Kinderherden und an Plastiktischen tratschenden Müttern bevölkert. In der Mitte der Halle häufen drei kleine Jungs einen Berg aus Plastikbällen an, den sie wie knallharte Cowboys bewachen.

Hinter einer Theke verkauft eine Blondine in einem vollgeschwitzten Clownskostüm Pommes, Getränke und Softeis. Sie sieht aus, als würde sie die gesamte Kinderschar am liebsten in ihrer Fritteuse brutzeln.

»Los geht's, Jannis fängt!«, schreit Xenia, wirft ihre Arme begeistert in die Luft und stürzt davon.

»Hey, machen wir das nicht demokratisch? Wie wär's mit Auszählen?«, fragt Jannis empört.

»Tut mir leid, sie hat gesprochen«, erwidert Lydia lachend. »Komm schon, Jared, hau ab.«

»Er berechnet noch, in welchem Winkel er am besten abbiegen sollte«, sagt Jannis.

»Ich wollte dir nur etwas mehr Zeit geben, damit du eine faire Chance hast«, erwidert Jared kühl.

»Ach soooo!«, prustet Jannis. »Danke, little Einstein!«

»Hey, nenn ihn nicht so!« Lydia hämmert ihm ihren spitzen Ellbogen in die Rippen, packt Jared am Handgelenk und läuft mit ihm davon.

»Also kein Auszählen. Das ist die Tyrannei unserer Gesellschaft. Kann es noch schlimmer werden?«, ruft Jannis. Ein kleines Mädchen mit softeisverschmiertem Mund prallt gegen ihn.

»Guck gefälligst mal!«, schnauzt sie ihn in der Tonlage eines Pitbulls an, bevor sie weiterläuft.

»Die Frage war rhetorisch!«, ruft Jannis.

Lydia lacht und zieht Jared hinter sich her ins Kletterlabyrinth. »Los, komm, beeil dich!«, sagt sie. »Such dir ein gutes Versteck!«

Sie biegt nach links ab und windet sich zwischen zwei senkrechten Rollen hindurch, was sie einiges an Mühe kostet, während Jared nach rechts geht. Sie liebt das Spiel auch mit siebzehn noch so sehr wie mit fünf. Zügig läuft Lydia über die Matten, klettert dann an zwei flach auf dem Bauch liegenden Jungs vorbei hoch ins nächste Stockwerk. Dort trifft sie auf Xenia, die vor Aufregung aufschreit, als sie Lydia sieht.

»Pscht, du verrätst uns!«, zischt Lydia.

»Ups!«, raunt Xenia beschämt und presst sich beide Hände auf den Mund, ehe sie kichernd im Hopserlauf weiterstürmt. Lydia quetscht sich in die enge Röhre einer Rutsche. So dick habe ich mich lange nicht mehr gefühlt, denkt sie, während sie sich mühsam mit geducktem Kopf und bis zum Kinn gezogenen Knien hinunterzwängt. Unten angekommen, stellt sie fest, dass Jannis direkt außen am Bällebad steht. Sie erschrickt wie ein kleines Kind und schreit auf, wie Xenia eben geschrien hat, so, wie sie selbst früher schrie, wenn ihr Vater sie fast erwischt hatte.

»Ich hab dich, Lydia Rosengarten!«, stößt Jannis frohlockend aus und umrundet blitzschnell das Gehege.

»Nein!«, quietscht Lydia, während sie wie eine Besessene durch die bunten Plastikbälle stürmt, obwohl sie weiß, dass sie in der Falle ist.

Jannis klettert durch die Öffnung des Bällebads und nimmt die Verfolgung auf. Nach drei großen Schritten packt er sie am Bein und befördert sie damit auf den Boden. »Hab dich!«, triumphiert er.

Lydia greift nach seinem Bein und möchte ihn so wenigstens auch zu Fall bringen. Allerdings hat sie nicht damit gerechnet, dass er auf sie drauffällt. Im nächsten Moment spürt sie schon seinen schlanken, drahtigen Körper, während seine Nasenspitze an ihre stößt. Und dann küsst er sie plötzlich. Ganz schnell, ganz kurz, ein Nanosekundenkuss, der Lydia ins Herz schießt.

»Oh«, sagt er dann. »Oh, ähm …«

Er will sich von ihr herunterrollen. Aber sie befreit ihre Arme aus den Bällen, zieht sein Gesicht an ihres und drückt ihren Mund abermals auf seinen. Er erwidert ihren Kuss sofort mit einer stürmischen Erleichterung. Sie fährt mit ihren Händen durch seine Haare und über seine Bartstoppeln, während seine Arme sich um ihre Hüften schlingen. Jetzt sind keine Bälle mehr zwischen ihnen.

Das ist das, was du wolltest, denkt sie. Gib es doch zu, Lydia. Das ist das, was du die ganze Zeit wolltest. Ihre Lippen öffnen sich, sie genießt mit geschlossenen Augen die Schwere seines Körpers und den Geschmack seines Mundes. Es ist, als hätte sie etwas gefunden, ohne zu wissen, dass sie danach gesucht hat. Und es ist der erste Kuss, bei dem ihr Herz rast.

*

Als sie wieder bei ihr zu Hause sind, erfüllt Lydia noch den Wunsch ihrer kleinen Schwester, Pfannkuchen zu backen. Mit einem Lächeln auf dem dauerroten Gesicht wendet sie den Teig in der Pfanne. Sie hat ihn zusammen mit Jannis gemacht, wobei er viel zu viel Zucker reingetan und mit der Milch die ganze Anrichte vollgekleckert hat. Sie bemüht sich, nicht allzu auffällig zu ihm hinüberzuschauen. Er deckt nun den Tisch. Sie mustert sein Profil, dann seine großen Hände, mit denen er sich gerade die Ärmel seines Denim-Hoodies hochschiebt. Als er an ihr vorbeigeht, um Wasser und Apfelschorle auf den Tisch zu stellen, ruhen seine Hände kurz an ihrer Taille. Ein Kribbeln schießt wie eine soeben abgefeuerte

Silvesterrakete durch ihren Körper, sie dreht ihren Kopf schüchtern lächelnd zu ihm um. Er erwidert ihr Lächeln ebenfalls errötend.

»Habt ihr es jetzt endlich eingesehen?«, fragt Xenia da vom Esstisch her, wo sie ihr Stickeralbum beklebt, und schenkt ihnen ein mütterliches Ich-hab's-ja-gesagt-Grinsen.

»Ja, Xenia, wir haben es eingesehen«, erwidert Jannis und greift nach den Getränken. Bei seinen Worten breitet sich ein warmes Gefühl in Lydias Bauch aus.

Da nimmt sie aus dem Augenwinkel eine Bewegung draußen vor dem Küchenfenster wahr. Sie schaut unkonzentriert zu dem Jungen hinüber, der sich mit einem Umschlag in der Hand dem Haus nähert, ist in Gedanken noch bei Jannis' Worten. Bis die Bedeutung des Umschlags ihr allmählich bewusst wird. Und dann reißt sie die Augen auf und versteht, wen sie da gerade gesehen hat. Es ist Leon.

»Ich nehme einen Pfannkuchen mit nach Hause, okay?«, fragt Jannis, während er ihn schon in eine Serviette einpackt.

»Jannis!«, ruft Lydia. »Leon ist Onyx! Ich habe ihn durchs Fenster gesehen. Er muss schon im Haus sein!«

Jannis lässt sofort den Pfannkuchen auf den Tisch fallen und stürmt zur Wohnungstür. Er reißt sie auf und sprintet durchs Treppenhaus auf Leon zu. Lydia folgt ihm hastig. »Bleib drinnen, Xenia!«, brüllt sie, als ihre kleine Schwester ihr freudig hinterherstürzen will. Leon versucht, zu fliehen, aber Jannis erwischt ihn an der Schnur seines Pullis und zieht ihn damit zu sich wie an einem Zügel.

»Der Onyx!«, ruft er. »Natürlich bist du Onyx, wer sollte es auch sonst sein? Ich dachte, es wäre ein Mädchen, aber dieser poetische Schwachsinn passt noch viel besser zu dir. Der selbstlose Schulsprecher wird zum heuchlerischen Helfer. Wie kommst du auf die Idee, dass wir deine Hilfe wollen?«

»Onyx?«, stottert Leon. »Onyx?«

»Ach, jetzt stell dich nicht dumm, du bist aufgeflogen!«, blafft Jannis, zieht den Umschlag aus dem Briefkastenschlitz und reißt ihn auf. Mehrere Geldscheine flattern ihm entgegen. »Was soll das?«, ruft er, zieht noch einmal kräftig an der Pullischnur, ehe er loslässt. »Warum stopfst du ihr Geld in den Briefkasten?«

Leon wendet sich Lydia zu, seine Augen sind geweitet wie die eines Kindes, das in der Küche beim Süßigkeitenklauen erwischt wurde.

Es passt nicht, denkt Lydia. Ich kenne diesen Jungen. Er ist nicht der Typ für solche Spielchen, es passt einfach nicht. Außerdem ist der Umschlag nicht rot, sondern weiß.

»Ich habe gesehen, wie du stiehlst«, sagt Leon zu ihr. »Zweimal. Deswegen wollte ich dir helfen.«

Lydia fühlt sich, als hätte jemand blitzschnell ihr Herz ausgehöhlt. Er hat es gesagt. Er hat es einfach gesagt.

Jannis dreht sich stirnrunzelnd zu ihr. »Ach Quatsch«, sagt er. »Das ist doch Müll, oder, Lydia?«

»Nein, es ist die Wahrheit«, stammelt Leon. »Erst das T-Shirt bei Hollinder und dann heute morgen die Ohrringe. Ich m… möchte dir nur helfen, Lydia.«

»Hau ab!«, stößt Lydia mit zitternder Stimme aus. »Du auch«, sagt sie zu Jannis, ohne ihn anzuschauen. Sie kann ihm in diesem Augenblick nicht ins Gesicht sehen.

»Aber …« Jannis sucht nach Worten, in seinem Tonfall mischt sich Verwirrung mit Enttäuschung. »Können wir nicht darüber reden?«

Sie wissen es, denkt sie. Sie wissen, dass ich mir die ganzen Sachen eigentlich nicht leisten kann. Dass die Prinzessin, als die ich mich ausgebe, nur geklaut ist. – »Geht mir aus den Augen!« Lydia hört, wie schrill ihre Stimme klingt. »Lasst mich allein!«

Leon zuckt mit den Schultern und geht hinaus. Jannis zögert.

»Ich hole nur eben meine Sachen«, sagt er dann mit schmerzhaft neutraler Stimme.

Lydia starrt vor sich auf den Boden und nimmt kaum wahr, als Jannis an ihr vorbeigeht. Sie starrt so lange auf das gemusterte Linoleum, bis ihre Tränen das Muster verschwimmen lassen.

Ellie

»Überraschung!«, ruft Hanna, die vor Ellies Haustür steht und ihr einen mit Kokosflocken bestreuten Schokokuchen präsentiert.

»Oh«, sagt Ellie. »Wow. Womit habe ich mir den denn verdient?«

»Du hast gestern im Taxi so traurig ausgesehen. Da hab ich mir gedacht, ich bring dir einen Kuchen vorbei«, strahlt Hanna und überreicht ihn Ellie stolz.

»Sogar mit Kokos!«, staunt Ellie. »Ich liebe Kokos!« Sie nähert ihre Nasenspitze dem Kuchen und schnuppert.

»Weiß ich doch«, sagt Hanna.

»Woher denn?«, fragt Ellie erstaunt.

»Hast du mal gesagt, als ich so einen Kuchen in der Schule dabeihatte«, sagt Hanna.

Chris, Jannis und Lydia wissen es nicht und hätten es sich auch nicht gemerkt, denkt Ellie.

»Danke, das ist total lieb von dir!«, sagt sie und umarmt Hanna. »Komm rein! Solange es dich nicht stört, dass ich gerade ein bisschen gammlig aussehe.« Ellie trägt eine hellgraue Aladinhose, die inzwischen aus mehr Löchern als Stoff besteht, und ein altes blaues Hemd von ihrem Vater. Die roten Haare hat sie zu einem unordentlichen Dutt zusammengebunden.

»Stell dir mal vor, wie ich zu Hause rumrenne«, sagt Hanna lachend und tritt über die Schwelle. Sie trägt einen in allen erdenklichen Farben geringelten Rock und ein mit roten Luftballons besticktes Top.

»Oh, hallo. Hanna, richtig?«, fragt Ellies Mutter, die gerade in der Küche sitzt und einen Zeitungsartikel über ausgewogene Ernährung ausschneidet.

»Genau«, sagt Hanna lächelnd, geht zu Ellies Mutter und gibt ihr höflich die Hand.

»Und du hast was Leckeres mitgebracht?« Ellies Mutter reckt den Hals zum Schokokuchen.

»Mein Schatz!«, ruft Ellie in Gollum-Tonlage. »Passt auch nicht zur ausgewogenen Ernährung!« Lachend presst sie sich den Kuchen an die Brust.

»Ich habe so eine selbstlose Tochter«, schmunzelt Ellies Mutter.

»Ja, ich sollte einen Sozial-Oscar bekommen«, erwidert Ellie. »Komm Hanna, lass uns hochgehen.« Sie schubst Hanna vor sich her aus der Küche hinaus.

»Wie lieb!«, formt ihre Mutter mit den Lippen.

Ellie nickt lächelnd und greift im Gehen nach einem Messer und Servietten.

»Wie geht's dir so? Wie ist dein Leben?«, fragt Hanna, als sie mit überdimensionalen Stücken Schokokuchen auf Ellies Teppich sitzen und *Fight Song* von Rachel Platten hören. Als Hanna Ellies Gryffindor-Schal gesehen hat, hat sie ihn sich direkt begeistert um den Hals geschlungen.

Ich muss mich daran gewöhnen, danach gefragt zu werden, wie es mir geht, denkt Ellie.

»Eigentlich gut«, sagt sie. »Ich habe Lydia endlich gesagt, was ich ihr schon vor Jahren hätte sagen sollen. Sie ist einfach nur falsch.«

»Da stimmt die ›Schuldiebin‹ dir zu«, erwidert Hanna trocken. »Diese dumme, aus dem Nichts heraufbeschworene Lüge hat mir das Leben zwischenzeitlich ziemlich zur Hölle gemacht. Ich würde *Lydia* gern auf eBay versteigern – als fleischfressende Pflanze. Wie auch immer. Sie ist nicht der Rede wert. Was ist sonst noch bei dir los?«

»Ich muss mit jemandem abschließen«, sagt Ellie zögernd, schaut in die Ecke, wo gestern noch die Scherben der Schneekugel lagen.

»Mit Chris?«, fragt Hanna mit großen Augen.

»Woher weißt du das?«, fragt Ellie entsetzt.

»Ernsthaft, Ellie? Es ist so offensichtlich. Wir hatten ja nie viel miteinander zu tun, aber dass du unsterblich in ihn verliebt bist, das war mir immer klar.«

»Warst«, sagt Ellie. »Ich *war* unsterblich in ihn verliebt. Aber hey, ich habe zu viele Tage hinter mir, in denen neunundneunzig von hundert Gedanken seinen Namen enthielten. Wie geht es denn dir?«

*

Eine Stunde später steht sie vor Chris' Tür und klingelt. Er öffnet. »Ellie«, sagt er verwundert, macht einen Schritt auf sie zu und will sie an sich ziehen. Es ist das erste Mal, dass sie ihm ausweicht.

»Nein«, sagt sie.

»Wie, nein?«, fragt er, macht noch einen Schritt auf sie zu und versucht abermals, sie zu umarmen.

»Hör auf damit«, sagt sie. »Ich möchte dir etwas sagen.«

»Was denn?«, fragt er, während sein lädiertes Gesicht diesen speziellen, distanzierten Ausdruck annimmt, den es immer annimmt, wenn sie ihn nicht küssen, sondern mit ihm reden will.

Sie holt tief Luft, während sie ihm in die blauen Augen schaut, die sie immer so abgöttisch geliebt hat. »Ich bin fertig mit dir«, sagt sie dann und wundert sich, wie sachlich und kühl, wie … abgeschlossen es klingt.

Chris weiß wohl nicht, was er sagen soll. Aber das weiß er ja nie, denkt sie mit einem Anflug von Häme.

»Weißt du, zwischen uns wird nichts mehr laufen. Du wirst nicht mehr vorbeikommen.«

»Aber warum denn?«, fragt Chris wie ein kleiner Junge, der nicht will, dass sein Teddybär weggeworfen wird, obwohl er jahrelang nicht damit gespielt hat.

»Weil du immer wieder gehst!«, stößt Ellie aus. »Weil du jedes verdammte Mal gehst. Du wirst mich nicht mehr plötzlich küssen. Du wirst nicht mehr neben mir einschlafen. Du wirst mich nicht mehr auf deinen Schoß ziehen. Ich werde auch nicht mehr für dich da sein. Du wirst schon wen anders finden.«

»Wen anders?«, echot Chris nun, während er die Augenbrauen erstaunt bis an seinen Haaransatz zieht.

»Genau«, sagt Ellie und tätschelt ihm die Schulter. »Es ist nicht deine Schuld. Ich bin schuld, ich habe mich von dir wie ein blödes Spielzeug behandeln lassen, das man immer aus der Ecke holt, wenn man frustriert ist, und immer wieder zurückwirft, wenn es was Cooleres gibt. Ich habe mir zwar immer eingeredet, dass ich dich liebe. Aber vielleicht habe ich mich in deiner Nähe auch einfach nur stärker gefühlt, vielleicht warst du meine Selbstbewusstseinsdroge. Vielleicht habe ich dich so ausgenutzt, wie du mich ausgenutzt hast. Du bist egoistisch, aber ich bin es auch. Du weißt nichts über mich und ich weiß nichts über dich. Ich habe die ganze Zeit gedacht, du wärst das fehlende Puzzlestück in meinem Puzzle zum Glück. Aber das fehlende Stück war ich. Einfach nur ich, weißt du?« Ellie lacht auf. »Es ist so einfach. Ich habe dich gemocht, das war das Problem. Jetzt mag ich dich nicht mehr, das ist die Lösung.«

Damit dreht sie sich um und geht. Nicht Chris war der rote Stier, denkt sie. Es ist wie im Film. Meine Angst hat mich gejagt. In ihr überschlagen sich die Gefühle. Es ist, als würden sie in Flutwellen aufeinander zurasen und schließlich mit einem lauten Klatschen aneinanderschlagen. Da ist Wehmut, geknüpft an all die Erinnerungen, die sie mit Chris verbinden: Sein Lächeln, als ich den Minnie-Maus-Ballon von dem kleinen Mädchen haben wollte. Sein farbverschmiertes Gesicht, ganz nah an meinem, kurz bevor er mich wieder geküsst hat. Wie er zusammengesunken auf meinem Bett sitzt und mich still an sich heranzieht, den Kopf an mein Herz legt.

Ja, da ist Wehmut, aber da ist auch Zorn. Sie ist wütend auf ihn, aber noch viel wütender auf sich selbst, weil sie so viele Tage damit verbracht hat, einfach nur auf ihn zu warten. Und da sind Stolz, Entschlossenheit und … Stärke. Und nachdem all diese Wellen aufeinandergeprallt sind und sich nun langsamer und sanfter zurückziehen, spürt sie noch etwas: Dankbarkeit. Sie zieht ihr Handy heraus und schreibt Onyx. *Danke. Wie kann ich mich bei dir revanchieren?*

Er antwortet ihr sofort. *Indem du Jannis Wegener motivierst, dem Jugendparlament beizutreten. Du weißt, dass er dort gut aufgehoben wäre.*

Er hat ihm auch geschrieben, denkt sie. Warum habe ich das vorher noch nicht in Betracht gezogen?

Okay, schreibt Ellie. *Ich werd mal mit ihm reden.* Sie steckt ihr Handy weg, schlendert die Straße hinunter und schlägt an einer x-beliebigen Stelle ein Rad. Einfach so, weil sie keine Angst mehr davor hat, was die Leute denken.

Jannis

Als die Wirkung nachlässt, kippt Jannis noch mehr Kokain auf seinem Schreibtisch aus. Er will sich jetzt nicht noch ätzender fühlen, deswegen schnupft er es sofort hinterher.

»Das ist nicht gut«, flüstert Changs Stimme in seinem Kopf. »Jetzt ziehst du dir direkt schon die Nächste, weil du das Gefühl danach nicht magst.«

»Halt's Maul!«, schnauzt Jannis sein Mac-Miller-Poster an, während er darauf wartet, sich wie Superman zu fühlen. Ich brauche es nicht, wenn ich bei Lydia bin, denkt er. Ich vergesse es einfach ganz plötzlich. Ich habe den ganzen Tag nur an sie gedacht, wollte ihre Haare und ihre Haut einfach berühren und sie am liebsten noch einmal küssen, um zu sehen, wie sie dabei lächelnd errötet. Bis sie gesagt hat, dass ich gehen soll. Weil dieser Leon sie erwischt hat, wie sie klaut. Das verstehe ich nicht. Warum klaut sie, und warum muss ich gehen, wenn es rauskommt?

»Ja, hast du 'ne Antwort darauf?«, fragt Jannis Mac. »Normalerweise haust du doch immer so schöne Lebensweisheiten raus, also?«

Mac grinst ihn unverwandt an.

Wütend nimmt er *Das Kapital* von seinem Schreibtisch und schleudert es in Macs grinsendes Gesicht. »Xenia hat recht, du bist ein böser Zauberer«, knurrt er, ehe er sich wieder abwendet und sein Kinn auf eine Faust stützt. »Na schön«, sagt er dann. »Wenigstens weiß ich jetzt, dass der abgefuckte Leon doch nicht Onyx ist, sondern Lydia nur Geld in den Briefkasten wirft, weil er Mitleid mit seiner Ex hat. Großartig.«

Er bleibt auf seinem Schreibtischstuhl sitzen und wartet auf ein besseres Leben. Aber das bessere Leben will einfach nicht vorbeikommen, hat seine Haltestelle wohl verpasst, genau genommen fühlt er sich trotz Koks immer beschissener.

Er greift sich alles von seinem Schreibtisch, was er zu fassen bekommt, und bewirft Mac weiter damit. Er wirft das Buch *Deutschland schafft sich ab,* die Zeitungen der letzten Woche, seinen beleuchtbaren Globus, einen kaputten Zirkel, eine Buchstütze in Moustache-Form, zwei leere Bierflaschen und schließlich ein gerahmtes Bild, das Chris, Ellie, Lydia und ihn an Karneval zeigt. Lydia hat es ihm zu Weihnachten geschenkt. Auf dem Bild steht er neben ihr und schlingt ihr den Arm deutlich angeheitert – sonst hätte er sich das nicht getraut – um die Hüfte, während er sich über etwas totlacht, was er inzwischen vergessen hat. Er weiß noch, dass Lydia als Marie Antoinette verkleidet war und so viel getrunken hatte, dass sie sich sorglos an seinen Arm klammerte.

Ach, Scheiße.

Er tritt sein Skateboard, das vor ihm auf dem Boden liegt, ebenfalls mit einer schnellen Bewegung an die Wand. Scheiß Skatepark. Scheiß Seniorenzentrum. Scheiß Leon. Scheiß Lydia. Scheiß Vater. Scheiß Koks.

Zuletzt hält Jannis den Pfannkuchen in der Hand, den er eben noch in die Serviette eingewickelt hat. »Ach ja«, murmelt er. »Fast vergessen.«

Er verzichtet darauf, Mac damit abzuwerfen, und schlurft über den Flur ins Bad. Die Putzfrau ist dort gerade damit beschäftigt, den Badezimmerspiegel sauber zu wischen.

»Ich habe Ihnen was mitgebracht«, sagt Jannis. »Ich kann zwar keine Brötchen backen, aber wenigstens Pfannkuchen. Ich wollte zeigen, dass ich nicht nur das Geld meiner Eltern versaufe. Hier, bitte.« Er drückt der verdutzten Frau den Pfannkuchen in die Hand, will sich umdrehen und wieder in sein Zimmer laufen, als es ihm plötzlich hochkommt. Hastig rennt er zum Klo, wirft sich über die Schüssel und übergibt sich. Er bekommt noch diffus mit, wie die Putzfrau ihn in sein Bett bringt, dann schläft er auch schon.

*

Als er wieder aufwacht, liegt er in seinem Bett.

»Jannis?«, fragt eine Mädchenstimme.

Lydia, denkt Jannis und dreht den Kopf zur Seite. Aber das Mädchen, das neben ihm sitzt, hat leuchtend rote Haare und sieht kein bisschen wie Lydia aus.

»Ellie«, murmelt er enttäuscht. »Was machst du hier? Hä?«

»Ich hab der Putzfrau gesagt, dass sie weitermachen kann, dass ich warte, bis du wach bist. Sie hat einen Riesenschreck bekommen. Hier, ich hab dir mal einen Tee gemacht. Was ist los mit dir?« Sie drückt ihm die Tasse in die Hand.

»Hab mir wohl was eingefangen«, sagt Jannis schnell und setzt sich auf. Ihm ist noch immer etwas schwindelig und sein Kopf fühlt sich an, als würde eine Hornisse darin herumfliegen. »Aber warum bist du hier?«

»Ich schulde dir wohl eine gute Antwort, nicht?«, fragt Ellie und lächelt. »Na gut.« Sie wirft die Haare zurück und holt Luft. »Eigentlich sind wir ja nicht wirklich Freunde, oder? Also, ich meine, wir laufen immer zusammen rum, aber wir können uns nicht einmal wirklich leiden.«

»Stimmt«, sagt Jannis trocken. »Du heulst immer so rum, das nervt.«

Ellie lacht. »Ja, ja, du hast ja recht. Aber wenn du mal genau darüber nachdenkst, ist es auch ziemlich anstrengend, sich ununterbrochen deine rhetorischen Ergüsse anhören zu müssen.«

»Na gut«, stimmt Jannis ihr schmunzelnd zu und mustert sie. Sie sieht anders aus, als wäre ein neues Mädchen in ihren Körper geschlüpft. Sie ist schlanker und sitzt gerade, aber hauptsächlich geht es um ihre Augen. Ihre alten Augen hatten Angst, denkt er. Ihre neuen Augen haben keine mehr. So einfach ist das.

»Ich bin hier, weil ich dir helfen möchte«, sagt Ellie. »Ich schätze, dass du dich nicht auf anonyme Hilfe einlassen möchtest.«

»Du bist Onyx?«, stößt Jannis aus. »Du hast mich voll ausgetrickst! Hast du die Mails über einen Server auf Rügen umgeleitet? Für so schlau hätte ich dich gar nicht gehalten! Aber was soll die ganze Nummer?«

»Ruhig, Brauner«, sagt Ellie grinsend. »Ich bin es nicht. Aber er hat mir auch geschrieben. Und er hat mir geholfen.«

»Als ob«, sagt Jannis. »Und ich glaube, Onyx ist ein Mädchen.«

»Ein Mädchen?«, fragt Ellie. »Das hab ich noch überhaupt nicht in Betracht gezogen. Onyx muss ein Junge sein. Immerhin heißt es ja *der* Onyx, so würde sich ein Mädchen nicht nennen, oder? Wie auch immer – er konnte mir *wirklich* helfen. Vor seinen Mails hab ich mir das Handgelenk geritzt. Schau.« Sie wendet ihren Unterarm und hält ihm die verkrusteten Schnitte vor die Nase. Für eine Sekunde flackert Verletzlichkeit in ihren Augen auf.

»Ähm«, sagt Jannis, unschlüssig, wie er reagieren soll.

»Ist schon gut, du musst keine rhetorisch angemessene Antwort darauf haben. Du hast recht, ich habe immer rumgeheult. Und mich damit immer tiefer in meine eigene Hölle befördert. Aber Onyx hat mich stark gemacht. Und er kann auch dir helfen, was auch immer dein Problem ist. Du sollst dem Jugendparlament beitreten, hat er mir gesagt.«

Jannis lacht laut auf. »Ernsthaft? Bis jetzt klang deine Rede ja noch ganz gut – aber das Wort ›Jugendparlament‹ hat alles kaputt gemacht.«

Ellie seufzt und stützt ihre Chucks auf der Bettkante ab. »Du hast gesagt, dass deine Halfpipe in ein Seniorenzentrum umgebaut wird, richtig? Beim Holi hast du das gesagt, ich habe, glaube ich, nur ›doof‹ erwidert, was übrigens echt eine bescheuerte Antwort war. Aber hast du wirklich nicht darüber nachgedacht, dass du die Halfpipe vielleicht retten könntest, wenn du dem Jugendparlament beitreten würdest?« Sie mustert ihn.

»Nein«, sagt Jannis wahrheitsgemäß. Das hat er wirklich noch nicht bedacht.

»Dann würde ich mal darüber nachdenken«, sagt Ellie. »Das soll kein Witz sein, Jannis. Wie wäre es, wenn du mal für etwas kämpfst? Du kannst das hinkriegen, du hast die Durchsetzungskraft und die notwendige rhetorische Ausstattung.«

»Du überzeugst, Joachim Gauck«, sagt Jannis amüsiert, während er den Tee auf der Bettdecke abstellt und die Hände hinter seinem Kopf verschränkt. »Für mich warst du immer die personifizierte Angst. Ich dachte mir, dass du am liebsten ein Chamäleon wärst, damit du dich farblich immer dem Hintergrund anpassen kannst und nicht gesehen wirst. Aber hey – jetzt hast du sogar beschlossen, als Redhead die Blicke auf dich zu ziehen.«

»Trink deinen Tee, sonst wird er kalt«, mahnt Ellie lächelnd, kippelt auf dem Stuhl.

Jannis nimmt gehorsam einen Schluck und verzieht sofort das Gesicht. »Puh, wie viel Zucker hast du da bitte reingetan?«

»Trink einfach«, grinst Ellie und zupft an ihrem weißen T-Shirt mit weitem Rückenausschnitt, das sie vor einer Woche noch niemals angezogen hätte. »Onyx hat mir geholfen, Jannis. Denk daran. Vor zwei Wochen habe ich Julian noch erzählt, wie wertlos das Leben doch ist und dass niemand sich für uns interessiert.«

Jannis horcht auf. »Julian?«, fragt er.

Ellie nickt ernst. »Ja. Ich habe es bis jetzt noch niemandem gesagt, aber ich habe so eine Angst, dass er sich wegen mir irgendwas angetan hat. Ich habe ihn zum Selbstmord angestiftet.«

»Es liegt nicht an dir, Ellie«, sagt Jannis leise, während er beschämt auf seine Bettdecke starrt, bis der darauf gedruckte Songtext von Wiz Khalifa beginnt, vor seinen Augen zu tanzen. Er klammert sich an der Tasse fest, sodass seine Fingerknöchel ganz weiß werden. »Ich hab ihm Koks verkauft. Viel zu viel. Ich glaube, er hat es einfach alles auf einmal genommen. Es ist meine Schuld. Scheiße, ich hab versucht, mir was anderes einzureden, aber es ist verdammt noch mal meine Schuld. Ich bin ein mieses Arschloch.«

Einige Sekunden ist es ganz still im Schuldvakuum.

»Er hat es weggeworfen«, sagt Ellie dann. »Er hat es in den See geworfen. Ich hab es gesehen.«

Jannis schaut wieder hoch, sucht ihren Blick, findet ihn, ihre Augen verhaken sich.

»Wirklich?«, fragt er.

»Wirklich«, bestätigt Ellie und legt ihre Hand auf seine Schulter. »Es ist nicht deine Schuld.«

»Nicht?«, flüstert Jannis, während ihm die Tasse aus den Händen rutscht und der Tee sich über die Bettdecke ergießt. Im nächsten Moment stellt er fest, dass ihm Tränen über die Wangen rollen. »Scheiße«, sagt er und presst sich die Daumen auf die Augen. »Nicht? Oh Scheiße.«

»Hey!«, stößt Ellie erstaunt aus. »Hey Jannis, es ist alles gut!«

»Ja eben«, sagt Jannis. »Gerade deswegen.« Und er kann es nicht verhindern, vor lauter Erleichterung zu weinen. Da hört er plötzlich eine hitzige Stimme.

Er wühlt sich unter seiner Decke hervor. »Bin gleich wieder da«, sagt er zu Ellie und schlurft über die vielen Gegenstände, die er eben gegen das Poster geworfen hat, aus seinem Zimmer heraus. Dabei fällt sein Blick auf das Bild von Chris, Ellie, Lydia und ihm. Das Glas ist in viele Stücke zerbrochen. Wir sind in viele Stücke zerbrochen, denkt er für einen komischen Moment.

Im Flur hört er, wie die hitzige Stimme noch lauter wird. Es ist die Putzfrau, denkt er verwirrt. Genau in diesem Tonfall hat sie mit mir diskutiert. Er hört noch einmal hin, aber er ist sich ganz sicher. Auf leisen Sohlen läuft er die Treppe hinunter und bleibt im unteren Drittel stehen. Vom Geländer aus kann er ins Wohnzimmer gucken, die Tür ist halb offen.

»Er ist nicht so ohne Ziel, wie Sie glauben!«, stößt die kleine Frau gerade aus. »Schauen Sie doch, was er liest!« Sie hält *Das Kapital* in den Händen und wedelt damit wie mit einer Fliegenklatsche vor der Nase seines offensichtlich erstaunten Vaters herum. »Er interessiert sich doch! Vergessen Sie das nicht! Sie haben ihn in die Versagerschublade gesteckt und ihn darin eingeschlossen, Sie sind überzeugt davon, dass er nichts schaffen wird. Aber schauen Sie sich sein Zimmer an und freuen Sie sich, dass Ihr Sohn nicht nur die *Bravo Sport* liest, sondern wirkliche Literatur!«

»Ähm. Okay«, sagt sein Vater stirnrunzelnd und schützt sich mit den Händen, um nicht das Buch ins Gesicht zu bekommen.

»Danke schön. Ich wollte mich nicht einmischen. Ich wollte nur, dass Sie Ihrem Sohn eine Chance geben und sich auf seine Interessen einlassen. Und das sind nicht nur Schuhe – obwohl die mich wahnsinnig machen.« Sie lacht geradezu fröhlich auf und wackelt dabei mit dem Oberkörper, dass ihr schwarzer Zopf durch die Luft schwingt. Dann verabschiedet sie sich und geht.

Chris

Es ist so einfach. Ich habe dich gemocht, das war das Problem. Jetzt mag ich dich nicht mehr, das ist die Lösung, denkt Chris. Das hat sie gesagt. Das hat sie wirklich gesagt. Er ist verwirrt, würde sie gern in die Arme nehmen, ihren Geruch einatmen und das Ganze als Missverständnis abhaken. Aber sein Gefühl sagt ihm, dass das kein Missverständnis war. Und auch nichts Kurzfristiges.

Habe ich sie wirklich mies behandelt? Ist es meine Schuld? War ich so egoistisch, wie sie gesagt hat? Sollte ich mich entschuldigen? Nein, besser nicht, sie schlägt mir sicher die Tür vor der Nase zu. Ich vermisse sie. Ich verstehe das nicht.

Seit einer Stunde sitzt er an seinem Schreibtisch und starrt auf seine Zeichnung von Ellie, auf ihre kindlichen Augen, ihre feuerroten Haare und ihre leicht geöffneten Lippen. Ich will sie sehen. Ich muss sie sehen. Ich kann sie aber nicht sehen. Er schließt die Augen und massiert seine Schläfen, dann geht er zum Spiegel und säubert seine Wunden. Komm klar, Chris, denkt er. Du denkst seit einer Stunde in einer Endlosschleife das Gleiche.

»Only know you love her when you let her go«, singt Passengers Stimme aus dem Radio.

Du hast doch keine Ahnung. Lass mich in Ruhe.

Die Antwort ist ein leises Piepen. Ach, Onyx, denkt Chris. Die mysteriöse Person, die mir erzählt, dass ich aus Ellie ein Wrack gemacht habe. Sie sah aber nicht wie ein Wrack aus, als sie vor meiner Tür stand. Er will die Mail eigentlich sofort löschen, ohne sie zu lesen. Aber dann kann er doch nicht widerstehen.

Christoph Heider,
du solltest mit deinem besten Freund sprechen. Er ist praktisch drogenabhängig. Ist dir noch nie aufgefallen, dass er regelmäßig Kokain schnupft?
Onyx

Zwanzig Minuten später steht Chris vor Jannis' Tür und trifft dort auf Lydia, die von einem Fuß auf den anderen tritt. Der Himmel färbt sich allmählich dunkelblau.

»Oh. Hi«, sagt er.

»Wie siehst du denn aus? Was ist mit deinem Gesicht passiert?«, fragt sie. Ihre normalerweise immer perfekt frisierten Haare sehen unordentlich aus und ihr Gesicht ist blass. Ihre kurzärmlige hellblaue Bluse ist zerknittert. Für gewöhnlich bügelt sie aus ihrer Kleidung jede Falte heraus.

»Blöde Schlägerei«, sagt Chris. »Halb so schlimm. Was machst du hier?«

»Sieht aber echt furchtbar aus. War nur zufällig in der Gegend«, erwidert Lydia. »Und du?«

Mir wurde geschrieben, dass mein bester Freund regelmäßig Koks nimmt. – »Auch«, murmelt er. Wie kann das sein?, denkt er abermals. Bezüglich Mirko hatte Onyx auch recht. Warum weiß ich nichts davon?

In diesem Moment geht die Tür auf.

»Hey. Was wollt ihr denn?«, fragt Jannis und mustert Chris und Lydia abwechselnd irritiert, aber Chris hat nur Augen für das rothaarige Mädchen hinter ihm. Ellies Blick zuckt kurz, als sie ihn erkennt. Warum ist sie bei ihm?, durchfährt es Chris. Läuft etwas bei ihnen? Kann das sein? Aber das passt doch überhaupt gar nicht!

»Ellie?«, stößt Lydia aus.

»Ah, meine beste Freundin«, sagt Ellie in einem harten Ton, der überhaupt nicht zu ihr passt. »Bist du hier, um noch ein bisschen von dir selbst zu erzählen?«

»Nimmst du Koks?«, fragt Chris einfach dazwischen.

»Wer, ich?«, fragen Ellie und Lydia gleichzeitig, während Jannis' Pupillen sich weiten.

»Nein, Jannis« sagt Chris ruhig und mustert seinen besten Freund abwartend.

»Was willst du von mir?«, fragt Jannis mit Verwirrung und Ablehnung in der Stimme.

»Du schnupfst es regelmäßig!«, sagt Chris.

»Ach Quatsch!«, wirft Lydia dazwischen. »Warum sollte Jannis koksen, was soll das denn, Chris?«

»Guck ihm doch ins Gesicht, du siehst in seinen Augen, dass es stimmt!«, ruft Chris und deutet auf Jannis. »Was zur Hölle, Jannis?«

»Ernsthaft, Christoph?«, fragt Jannis, während sich ein verächtlicher Zug um seine Mundwinkel legt. »Das fragt der Typ, der Ellie seit bestimmt einem Jahr immer dann benutzt, wenn er Lust auf ein Mädchen bekommt?«

Wie bitte?, denkt Chris, während er wie immer vergeblich nach den passenden Worten sucht. Er schaut Ellie an. Sie erwidert seinen Blick aus mit einer Eisschicht überzogenen goldbraunen Augen.

»Keine Sorge, Jannis«, sagt sie dann mit fester Stimme, während sie sich schräg gegenüber von Chris an den Türrahmen lehnt. »Ich bin ja selbst schuld, dass ich mich von ihm und meiner angeblich besten Freundin so habe behandeln lassen. Mein Fehler.«

»Ach ja, stimmt, sie wirft ja seit Neuestem alle Leute raus!«, sagt Lydia mit so schriller Stimme, dass Chris sich am liebsten die Ohren zuhalten würde. »Was geht bei dir, Ellie? Bist du jetzt cool, nur weil du dir rote Farbe auf den Kopf geschmiert hast, Ellie-Rebelli, oder was?«

»Nein, ich habe festgestellt, dass du immer nur von dir selbst redest und mir nie zuhörst«, erwidert Ellie. »Ich will mir einfach nicht länger angucken, wie du vor lauter Selbstliebe dein Spiegelbild ableckst.«

»Ach?«, fragt Lydia hysterisch. »Ich will mir auch nicht länger angucken, wie du immer mit der Messerspitze um deine Pulsadern herumtanzt.«

Im nächsten Moment hat Ellie Lydia schon mit einem lauten Klatschen ins Gesicht geschlagen. Lydia will sich auf Ellie draufstürzen, aber Jannis hält sie schnell an den Schultern fest.

»Gott, Mädchen, du musstest in deinem Leben noch nie Verantwortung übernehmen!«, schreit Lydia, während sich ihre Wange rot färbt. »Tu nicht so, als ob die sieben Plagen auf dir lasten!«

»Siehst du?«, fragt Ellie und streckt ihre Hand aus. Über den Unterarm ziehen sich rote, verkrustete Schnitte. »EmoGirl22, weißt du noch? Das war auch ein Fehler von mir. Aber immerhin vögele ich nicht mit dem Typen, in den meine beste Freundin verliebt ist, nicht wahr?«

Lydia fällt vor lauter Verblüffung die Kinnlade herunter.

Jannis hält sie noch immer vorsorglich fest, steht zwischen ihr und Ellie.

Was meint sie? Redet sie von der Party im Bootshaus?

»Redest du von Chris?«, fragt Lydia. »Woher soll ich wissen, dass du in ihn verliebt warst, bitte? Du hast selbst gesagt, dass es nicht so ist! Deswegen kannst du mir keine Vorwürfe machen!«

»Natürlich wusstest du es, red doch keine Scheiße!«, zischt Ellie hasserfüllt. »Du fandest es einfach geil, mir den Typen auszuspannen.«

»Jetzt beruhigt euch!«, sagt Jannis, während er beschwichtigend wie ein Yogalehrer die Hände ausbreitet. »Wir veranstalten hier eine Riesenszene, damit landen wir auf YouTube.«

»Warum wohl?«, fragt Lydia. »Warum kokst du? Ist es nicht genug, dass du es Emily verkauft hast? Warum ist mir das denn nicht früher klar geworden? Xenia hat mir sogar noch erzählt, dass du dir Ahoj-Brause durch die Nase gezogen hast. Und deswegen bist du auch vor der Polizei abgehauen, nicht wahr? Du wurdest beim Koksen erwischt!«

»Ach, und du beim Klauen!«, wehrt Jannis sich sofort. »Also pack deinen Moralapostel wieder ein!«

Ein gehetzter Ausdruck legt sich auf Lydias Gesicht. Sie schaut sofort zur Straße, als würde das Polizeiauto augenblicklich angefahren kommen.

»Beim Klauen?«, fragt Ellie und lacht so laut auf, dass es schallt. »Ernsthaft? Das wird ja immer spannender! Und da traust du dich, Hanna als Schuldiebin zu bezeichnen? Du bist ja so ein dreistes Miststück!«

Was ist los hier?, denkt Chris, während er seine Freunde ansieht. Was passiert mit uns? Er mustert erst Ellies harten Blick, dann Jannis' angespannten Kiefer, schließlich Lydias Hände, die beginnen, nervös zu zittern.

»Warum klaust du, Lydia?«, fragt er ruhig.

»Weil wir in einem scheiß Drecksloch leben!«, erwidert sie. »Weil wir uns deinen schönen Skiurlaub im Robinson Club, deine Hollinder-T-Shirts und die beschissene Luxusküche nicht leisten können! Okay? Weil ich sonst einfach nichts mehr bin, nur noch das arme, bemitleidenswerte Mädchen mit dem Fleecepulli von Aldi.«

Für einen kurzen Moment ist es still. Chris, Jannis und Ellie schauen nun Lydia an. Sie beißt sich auf die Unterlippe und sieht hastig zu Boden.

»Siehst du«, sagt sie dann zu Ellie. »Stell dir vor, da ist auch etwas, was du nicht wusstest. Obwohl es nicht so abwegig ist, immerhin warst du ja schon häufiger bei mir, hast unsere Wohnung gesehen. Aber es hat dich einfach nicht interessiert. Also tu nicht so, als ob du dich nicht auch selbst zum Mittelpunkt des Universums machst!«

»Okay. Können wir jetzt bitte demokratisch abstimmen, ob wir diese komische Diskussion hier wirklich weiterführen wollen?«, fragt Jannis.

»Großartig, Jannis, du solltest dem Jugendparlament beitreten«, entgegnet Chris trocken.

Jannis stutzt, blinzelt.

»Du?«, fragt er dann ungläubig. »Du?«

»Was?«, fragt Chris verwirrt. »Was willst du denn jetzt?«

»Du bist der scheiß Onyx?«, fragt Jannis. »Ernsthaft? Und die Drogennummer hast du dir bis ganz zum Schluss aufgehoben? Was geht denn bitte in deinem kranken Kopf vor, soll ich die Männer mit den weißen Kitteln anrufen?«

»Ich soll Onyx sein?«, fragt Chris nahezu belustigt.

»Tu nicht so, du hast dich mit dem Jugendparlament verraten! Du bist ja so ein –«

»Er ist es nicht«, seufzt Ellie. »Glaubt mir, er würde mir nicht erst schreiben, ich solle ihn nicht reinlassen, und dann klingeln.«

»Du hast die Mails auch bekommen?«, ruft Lydia. »Warum hast du nichts gesagt?«

»Warum sollte man darüber reden?«, entgegnet Chris. »Kann man doch selbst entscheiden.«

»Ach was«, erwidert Jannis. »Du bist nicht Onyx, aber du hast auch Mails erhalten?«

»Wir sollten wirklich damit aufhören«, sagt Ellie. »Das hier hat ja keinen Sinn.« Sie holt tief Luft und stemmt die Hände in die Hüften. »Wir haben immer so getan, als wären wir die besten Freunde überhaupt, unzertrennlich. Aber kommt schon, wenn es ernst wird, hauen wir doch alle ab. Wir kennen uns nicht. Was ist Jannis' Lieblingsfarbe, vor welchem Tier hat Lydia Angst, wie alt ist Chris' kleiner Bruder, wo will ich unbedingt mal hin? Wir wissen es nicht. Wir sind eigentlich gar keine Freunde. Julians Mutter hat vollkommen recht. Wir sind vier selbstsüchtige Menschen. Und eigentlich haben wir einander wirklich verdient.«

Aber jetzt ist Jannis noch nicht fertig. Seine dunklen Augen funkeln aufgebracht. »Du hast mich angelogen!«, sagt er zu Chris. »Ich hab dich gefragt, ob du die Mails bekommst. Und du hast gelogen. Zuhören tust du mir übrigens auch nie, geschweige denn antworten, aber das wäre ja auch wirklich zu viel verlangt, nicht wahr? Und obendrein brüllst du mich im Supermarkt an, ich solle mein

Maul halten. Was hättest du denn gemacht, wenn ich weitergeredet hätte? Mir eine reingehauen, so wie du jedem eine reinhaust? Deine Mutter wäre nicht stolz auf dich, Christoph!«

Und da platzt Chris der Kragen. »Meine Mutter?«, schreit er so laut, dass Jannis, Ellie und Lydia zurückzucken. »Wollt ihr wissen, wo *meine Mutter* ist? Im Pflegeheim! Warum? Weil sie Alzheimer hat! Sie erkennt mich nicht einmal mehr! Aber sie ist doch noch gar nicht alt? Richtig! Wie lange ist das schon so? Seit vier beschissenen Jahren! Wie lange wird sie noch leben? Das ist eine sehr, sehr gute Frage! Aber hey – immerhin habe ich ja 'ne Luxusküche, nicht wahr?« Damit dreht er sich um und stürmt davon.

*

Wir sind vier selbstsüchtige Menschen. Und eigentlich haben wir einander wirklich verdient. Auch am nächsten Tag hat Chris Ellies Worte noch im Kopf. Sie hat recht, denkt er. Ich bin selbstsüchtig. Ich habe immer gedacht, dass ich der einzige Mensch auf der Welt bin, der weiß, was ein Verlust ist.

Er blinzelt und stellt fest, dass er schon wieder vor dem Lieblingsbuchladen seiner Mutter steht und durchs Schaufenster hineinstarrt. Hinter dem Verkaufstresen steht dieselbe Verkäuferin wie letztes Mal. Okay, denkt er. Ich weiß doch, was ich tun muss. Okay.

Er betritt den Laden und sucht das Buch. Er hat Glück, es ist noch einmal da. Behutsam zieht er es aus dem Regal. Sogar das Lesezeichen ist darin. Er geht zu der Verkäuferin hinüber und legt das Buch auf den Tresen.

»Dasselbe wie letztes Mal«, murmelt die Verkäuferin, dann schaut sie auf und stellt fest, dass sie ihren Gedanken laut ausgesprochen hat.

»Ja, letztes Mal hab ich es falsch gemacht«, erwidert Chris, während er ihr den zu einem Fächer gefalteten Zehneuroschein hinschiebt. Dann verlässt er den Laden, das Buch fest in den Händen haltend und das Rotkäppchen auf dem Cover nicht aus den Augen lassend. Er geht, bis er beim Pflegeheim angekommen ist. Er meldet sich als »Christoph Heider« an, durchquert den Garten mit schnellen Schritten und betritt das Gebäude. Er winkt der Frau im Empfangsbereich zu, geht in den dritten Stock und dann den Gang entlang. Schon steht er vor der grünen Tür. Da ist der silberne Türknauf. Da ist die Dreiundzwanzig. Er zögert. Seine Hand hängt in der Luft, als würde sie auf den Marionettenspieler warten.

Wirklich?, denkt er. Kann ich das? – »Ich kann das«, flüstert er.

Mit zitternden Händen dreht er am Türknauf. Das Quietschen des Metalls richtet die Härchen auf seinen Armen auf. Wie letztes Mal öffnet sich die Tür von selbst und schlägt an die Wand. Wie letztes Mal sitzt eine dünne Frau in einem weißen Nachthemd auf einem hellgelben Bett. Sie wendet sich ihm zu.

»Oh«, sagt sie. »Hallo. Was möchtest du denn?«

Das klingt besser als »Entschuldigung, wer sind Sie denn?«, denkt Chris. Er holt tief Luft, während ihm das Buch fast aus den schweißnassen Händen und auf den nussbraunen Teppich rutscht. Seine Füße betteln ihn an, sich umzudrehen und zu rennen, einfach zu rennen. Nein, denkt er. Ich hau nicht mehr ab.

Er beißt die Zähne so fest aufeinander, dass es wehtut, dann geht er ganz langsam auf das Bett zu. »Dürfte ich dir etwas vorlesen?«, fragt er. »Einfach so?«

»Etwas vorlesen«, sagt seine Mutter versonnen, während die Sonne Lichtspiralen auf ihre Bettdecke wirft. »Ja, gern.«

Mit weichen Knien geht Chris langsam weiter. Er zieht den hölzernen Stuhl zum Bett und setzt sich darauf, wirft seiner Mutter einen vorsichtigen Blick zu. Sie lächelt ihn erwartungsvoll an. Also schlägt er das Buch auf. Das erste Märchen ist *Rotkäppchen.*

»Es war einmal ein kleines süßes Mädchen, das hatte jedermann lieb, der sie nur ansah, am allerliebsten aber ihre Großmutter, die wusste gar nicht, was sie alles dem Kinde geben sollte«, beginnt er mit leiser Stimme. Und dann liest er. Er liest ihr *Rotkäppchen* vor, dann *Aschenputtel*, dann den *Froschkönig* und dann *Frau Holle*. Seine Mutter schaut ihn die ganze Zeit aufmerksam an.

Es hilft, denkt er. Es sind Worte, und sie helfen. Es sind Worte, die vermeintlich für immer Zerstörtes reparieren. Nicht ihrer selbst wegen, sondern weil wir Menschen durch sie zueinanderfinden.

Schließlich legt er das Lesezeichen zwischen die Seiten, klappt das Buch zu und legt es ab. »Und, hat es dir gefallen?«, fragt er und sieht seine Mutter an.

Etwas in ihrem Blick ist anders. Er ist nicht verwirrt und schmerzerfüllt, sondern eigenartig klar.

»Mein Junge«, flüstert sie.

Chris verharrt stocksteif: Sie meint mich nicht. Bestimmt denkt sie wieder, dass ich Maxi bin. Sie erkennt mich nicht. Das ist in Ordnung. Das muss in Ordnung sein.

»Christoph«, flüstert sie, streckt ihm eine viel zu alt aussehende Hand entgegen.

»Weißt du …«, stammelt Chris mit weit aufgerissenen Augen. »Weißt du, wer ich bin?«

Sie nickt hastig, während ihr die Tränen aus den Augen kullern.

»Pscht, pscht!«, macht Chris, der nun ebenfalls weint. »Du bist die allerbeste Mutter! Du hast uns so viel gegeben. Ich bin so froh, dass du mich wenigstens jetzt erkennst! Ich vermisse dich so sehr!«

Sie breitet die Arme aus und er klettert zu ihr aufs Bett, schlingt ihr die Arme um den Hals und versteckt sich dort, als wäre er noch ein kleiner Junge, während die vielen Tränen in die Matratze sickern.

»Christoph«, flüstert seine Mutter. »Du bist stark.«

»Das stimmt nicht«, flüstert Chris kopfschüttelnd an ihrem Hals. »Alle sind stärker als ich.«

»Doch, du bist stark. Du bist der kleine Junge mit dem unsterblichen Lächeln«, beharrt sie. Er richtet sich wieder auf, versucht sich durch die vielen Tränen hindurch an einem solchen Lächeln.

»Genau so«, murmelt sie mit sanfter Stimme. Dann ist es, als ob ihr Blick plötzlich unscharf wird. Sie legt die Stirn in Falten und rückt zurück an die Bettlehne. Ihre Lider flattern, sie sieht ihn verwirrt an.

Chris nimmt das Buch und geht, schaut sich an der Tür noch einmal um und winkt. Sie winkt vorsichtig zurück.

Es ist in Ordnung, denkt er. Sie war da. Und innen drin gibt es sie noch. Das ist, was zählt.

Als er draußen auf der in Sonne getauchten Wiese steht, holt er sein Handy heraus. Er schreibt Onyx. Es ist nur ein Wort, aber es beinhaltet alles, was er sagen möchte. *Danke.*

*

In den folgenden Tagen schaut Chris immer wieder in WhatsApp hinein, so auch am Montagabend. Keiner seiner Freunde hat geschrieben. Er liest noch einmal das Letzte, was Ellie ihm geschickt hat. *Ich freu mich, wenn wir uns wiedersehen.*

Wann werden wir uns wiedersehen?, denkt Chris. Freitag hat sich wie ein Abschied angefühlt. Er klickt auf die Facebook-App und scrollt über seine Startseite. Keiner seiner Freunde hat etwas gepostet. Jannis hat vor fünf Tagen das letzte Mal einen Artikel aus der Satire-Zeitung *Der Postillon* geteilt, in dem stand, dass Tabakverkäufer ab 2017 einen schwarzen Umhang und eine Sense tragen müssten. Chris schmunzelt. Wo sind sie jetzt? Was beschäftigt sie? Kurzerhand klickt er auf seine Freunde-finden-App. Irgendwann einmal haben sie sich dort vernetzt. Er sucht Ellie und findet sie im Café Kaffeepause.

Mit wem ist sie da? Ob sie gerade auch an mich denkt? Wahrscheinlich nicht, sie wird wohl nie wieder an mich denken. Zu Recht. Er klickt auf Jannis und versucht, dessen Handy zu orten. Jannis ist ganz in der Nähe von Ellie. Chris mustert die Karte, auf der Jannis' Handy als kleiner grüner Punkt abgezeichnet ist.

Er ist in der Kirche? Das ist die Kirche in der Nähe von dem Supermarkt, wo wir das Wettrennen gemacht haben. Chris runzelt die Stirn. Er kann sich nicht daran erinnern, dass Jannis nach seiner Kommunion jemals wieder in der Kirche war. Noch einmal schaut er aufs Display und scrollt etwas näher heran. Er ist auf dem Kirchturm, denkt Chris. Aber …

Ich würde da nie hochgehen. Ich hab Höhenangst, klingt Jannis' Stimme in seinem Kopf nach. Plötzlich hat er ein unerklärliches flaues Gefühl im Magen, als ob er blitzschnell mehrere Hundert Meter gefallen wäre. Er steckt sein Handy weg und verlässt sofort das Haus.

Jannis

Jannis spült das ganze Koks hinunter. Es reicht, denkt er. Es ist genug. Er hört Chris' Stimme wieder in seinem Kopf. *Meine Mutter? Wollt ihr wissen, wo meine Mutter ist?*

Jannis drückt wieder und wieder auf die Klospülung, als könne er den Vorgang so beschleunigen und auch alles andere einfach wegspülen. Wie ist es möglich, dass ich nichts davon wusste?, fragt er sich. Ich bin seit mehr als fünf Jahren sein bester Freund und seine Mutter ist seit vier Jahren krank. Was bin ich für ein Mensch?

Er dreht sich vom Klo weg und schaut in den Badezimmerspiegel, mustert seine ungewaschenen Haare, sein unrasiertes Gesicht und seine verquollenen Augen. Seit Freitag kann er nicht mehr richtig schlafen. Er muss dringend mit Chris reden, aber wie soll er das Ganze in Worte fassen? Mit einem Mal kommen diese ihm platt und nichtig vor. War es das jetzt?, denkt er. Sind wir jetzt einfach keine Freunde mehr? Ich muss aufräumen. Nicht nur den ganzen Stoff, auch meine Freundschaften. Und wenn ich nicht mit Chris reden kann, versuche ich es dann mit Lydia?

Er greift zögernd nach seinem Handy und öffnet WhatsApp. Eine Minute lang starrt er auf Lydias Profilbild, auf dem sie mit einem angedeuteten Lächeln vor ihrem Marilyn-Monroe-Poster steht. Dann schreibt er. *Können wir jetzt reden?*

Er wartet. Nach zehn Minuten steht auf seinem Bildschirm »Lydia schreibt«. Unruhig klopft er mit seinen Fingerknöcheln an den Rand des Waschbeckens. Lässt sie mich jetzt abblitzen? Weil ich gesagt habe, dass sie klaut? Aber sie hat mich direkt auf die Drogen angesprochen.

Ich arbeite, schreibt Lydia. *Ist gerade schwierig. Aber ich würde auch gern mit dir reden. Deswegen bin ich Freitag auch zu dir gekommen.*

Seit wann hat sie einen Job?, fragt Jannis sich. *Wo arbeitest du denn denn? Und bis wann?,* schreibt er.

Bis zehn im Café Kaffeepause, antwortet Lydia.

Ich komm vorbei, schreibt Jannis zurück.

Er hält sein Gesicht unter den Wasserhahn, dann wäscht er sich darunter noch spontan die Haare und rasiert sich. Sonst denkt sie nachher noch, dass ich zum verlotterten Penner mutiert bin, denkt er, während er aus seiner Jogginghose und in eine dunkelgrüne Stoffhose schlüpft. Er schnappt sich sein Handy und sein Portemonnaie und macht sich auf den Weg. Es ist kurz nach neun, allmählich beginnt es zu dämmern und es nieselt. Die Menschen verstecken sich hinter hell erleuchteten Fenstern in ihren Häusern. Jannis ist zu faul, um sich noch einen Regenschirm zu holen. Mit gesenktem Kopf und angezogenen Schultern läuft er über den Bürgersteig. Frau Melle mustert ihn mit schmalen Augen aus ihrem Wohnzimmerfenster heraus, als würde sie gerade einen Mordanschlag auf ihn planen. Er geht am dunklen Spielplatz vorbei. Der Regen schimmert auf der roten Plastikrutsche, eine Schaukel bewegt sich sachte vor und zurück.

Wie im Gruselfilm, denkt Jannis. Ein schaukelnder Geist. Er beeilt sich und läuft an den vielen Reihenhäusern vorbei. Bei jedem Haus schaut er kurz ins Fenster, die Menschen sausen an ihm vorbei wie ein Daumenkino. Eine ältere, fast zahnlose Frau, die versucht, mit zitternden Händen Tee zu trinken. Zwei Geschwister, die sich mit Kochlöffeln um den Esstisch herum verfolgen. Eine Frau, die auf einen Mann einschreit, welcher allerdings vollkommen damit beschäftigt ist, eine Bratwurst zu verschlingen. Und schließlich vier Jugendliche, die zusammen auf einer Couch sitzen. Zwei Mädchen und zwei Jungs. Sie lachen, während sie versuchen, einander hinunterzuschubsen, weil die Couch zu eng ist. Unwillkürlich bleibt Jannis stehen. Das sind wir, denkt er. Die sehen aus wie wir. Auf dem Tisch steht eine geöffnete Flasche Rotwein. Ein Mädchen mit blonden Locken greift danach und nimmt einen kräftigen Schluck.

Jannis blinzelt. Er hat zu viele Regentropfen auf seinen Brillengläsern. Er nimmt sie ab und wischt sie am Saum seines T-Shirts trocken. Als er sie wieder aufsetzen will, kommt urplötzlich eine Hand aus dem Nichts und schlägt sie weg. Jannis ist so überrascht, dass er erst einmal einfach stehen bleibt und nichts tut. Er blinzelt und versucht zu erkennen, wer das war, sieht aber nur zwei dunkle, schummrige Silhouetten vor einem weißen Lieferwagen. Wie in den Filmen, wo Leute entführt werden, denkt er.

»Hey«, sagt er schließlich. »Die ist von Ray Ban, war echt teuer! Wer seid ihr?« Er versucht vergeblich, seine Brille auf dem Boden zu erkennen. Alles ist verschwommen, er sieht nur bunte Nebelstreifen.

Sie gehen auf ihn zu, im nächsten Moment spürt er, wie ihm jemand die Arme auf dem Rücken verdreht. Dann saust eine Faust auf ihn zu und schmettert unter sein Kinn. Die Welt ertrinkt in Schwärze. Etwas Schweres schlägt auf seinen Kopf. Frau Melle will mich wirklich töten, ist sein letzter Gedanke.

*

Wind, ist sein erster Gedanke, als er wieder zu sich kommt. Wind. Er blinzelt. Wo bin ich? Was ist passiert? Wo ist meine Brille? Wollte ich nicht einfach nur zu Lydia? Seine Hände sind hinter dem Rücken zusammengebunden, die raue Kordel schneidet ihm in die Handgelenke. Seine Fingerspitzen fühlen kalten Steinboden. Mit vor Schmerz explodierendem Kopf schaut er hoch. Über seinen Kopf spannt sich der inzwischen fast vollständig dunkle Himmel.

»Was passiert hier? Wo bin ich?«, will er fragen, kommt aber nicht gegen den Knebel in seinem Mund an.

In etwa zwei Meter Entfernung zeichnen sich unscharf Zinnen ab. Dann schlägt die Kirchturmuhr einmal, und das so laut, dass er reflexhaft versucht, sich die Ohren zuzuhalten. Dabei reißt er sich aber nur die Haut an seinen Handgelenken auf. Und da sickert ihm die Wahrheit wie Säure ins Bewusstsein: Ich bin auf einem Kirchturm. Verdammte Scheiße, ich bin auf einem Kirchturm. Er beginnt, am ganzen Körper zu zittern.

Er versucht zu schreien, aber kein einziger Ton verlässt seine Lippen.

Ich muss aufstehen, denkt er. Aber dann ist es noch tiefer. Oh Gott. Wie komme ich hier hoch? Wer hat das getan? Warum, zur Hölle? Bilde ich mir das nur ein? Habe ich es ein für alle Mal mit dem Koks übertrieben? Er dreht sich im Sitzen herum – und erblickt die beiden Typen, die ihn mitgenommen haben. Sie sind vollständig schwarz angezogen. Er glaubt, dass auch ihre Gesichter verhüllt sind. Einer von ihnen hält etwas in der Hand, was einen Lichtkegel auf den Boden malt. Es muss eine Taschenlampe sein. Ich habe nicht einmal meine Brille, flucht Jannis innerlich. Und ich bin zig Meter hoch in der Luft.

Eine Gestalt tritt hervor. Sie ist groß. Das ist alles, was Jannis erkennen kann. »Hast du Angst?«, fragt sie. Jannis kennt die Stimme, er ist sich sicher.

Wer ist das? Reiß dich zusammen, Jannis. Hör auf zu zittern. Denk nach.

Die Gestalt zieht sich das Schwarze, wohl eine Strumpfmaske, vom Kopf. Jannis sieht ein Gesicht, aber er erkennt es nicht. Es ist nur ein verschwommener weißer Fleck. Dann geht die Gestalt auf Jannis zu. Im nächsten Moment hat Jannis seine Brille wieder auf der Nase. Genau vor sich erblickt er nun eine gestochen scharfe Person. Leon. Jannis reißt die Augen auf.

Bitte was? Leon Martin? Warum zerrt Leon Martin mich auf einen Kirchturm? Das kann doch alles nicht wahr sein, das ist unmöglich. Was soll das, was hat er vor?

»Schau mal, jetzt siehst du wieder besser«, sagt Leon mit seinem freundlichen Schulsprecherlächeln, aber mit unheimlich hoher, schriller Stimme. Jannis dreht seinen Kopf nach allen Seiten. Ja, er ist auf einem Kirchturm. Sogar auf dem, an dem er letztens mit Chris vorbeigegangen ist. Wo er ihm gestand, dass er Höhenangst hat.

Direkt hier ist doch das Café Kaffeepause, denkt Jannis und reckt den Hals über die Dachzinnen hinweg, während sein rasendes Herz ihm die Lunge zuzudrücken scheint. Und tatsächlich, unten gegenüber von der Kirche ist das Café. Der Platz davor ist menschenleer. Aus dem Inneren des Cafés tönen die Bässe von lauter Musik.

Also ist es noch nicht zehn, denkt Jannis. Es hat eben zur halben Stunde geschlagen. Ich war somit etwa eine halbe Stunde bewusstlos.

Er steht auf und will so schnell wie möglich vom Rand weglaufen.

»Nein!«, ruft Leon, greift abrupt eine schmutzige, leere Wodkaflasche vom Boden, die irgendjemand dort liegen gelassen hat, und hält sie Jannis drohend entgegen.

Ist nur eine Flasche. Alles gut, solange ich sie nicht auch noch auf den Schädel kriege, denkt Jannis und macht zwei schnelle Schritte in Richtung einer hölzernen Tür. Zeitgleich wird ihm schlecht, es fühlt sich an, als ob der Kirchturm wackelt.

»NEIN! Hast du nicht verstanden?«, schreit Leon und stellt sich ihm in den Weg. Wutentbrannt hämmert er die Flasche auf eine steinerne Zinne. Große weiße Glasstücke brechen heraus und fallen auf den Boden.

»Geh zum Rand«, fordert Leon, nähert sich nun mit dem scharfkantigen Überbleibsel.

Scheiße, das ist so scharf wie ein Messer. Jannis verharrt, geht dann zögerlich rückwärts.

»Was machst du da, Leon?«, mischt sich da zum ersten Mal die andere Person ein. »Ich dachte, wir machen ihm Angst und geben ihm den Rest mit der Faust.«

»Sei still! Wir machen das nach meinem Plan!«, stößt Leon aus. »Ich akzeptiere das nicht, Jannis«, fährt er dann fort. Sein jungenhaftes Gesicht sieht unschuldig aus, aber seine Augen glimmen, als hätte er hohes Fieber. Mit einem schnellen Schritt steht er bei Jannis, sodass die improvisierte Waffe nur wenige Zentimeter von dessen Wirbelsäule entfernt ist.

»Tu nichts Dummes«, sagt Leon. »Eine falsche Bewegung und du hast das Ding im Rücken. Dreh dich um.«

Er ist ja wahnsinnig, vollkommen wahnsinnig. Will er mir Angst einjagen oder will er mich wirklich verletzen? Vielleicht sogar umbringen? Das kann nicht wahr sein, das hier ist nicht real. – »Ich kann nicht«, keucht Jannis, aber der Knebel erstickt jeden Ton. Brennender Schweiß rinnt ihm in die Augen.

»Dreh dich gefälligst um!« Leon drückt ihm die Scherben der Flasche leicht in den Rücken. Der Schmerz schießt Jannis in einer heißen Welle durch den ganzen Körper, er stolpert herum. Nein, denkt er, als er über die kaum kniehohen Zinnen hinweg hinunter auf den Marktplatz schaut.

»Leon, bist du sicher –«, wirft der andere noch einmal ein.

»Halt's Maul!«, blafft Leon. »Du hast gesagt, du stehst mir in jedem Fall treu zur Seite, richtig? Du bekommst tausend auf die Hand, das ist der Deal! Hältst du dich daran?« Der andere schweigt.

Leon gibt Jannis einen Stoß und befördert ihn damit noch näher an den Rand, sodass sich seine Knie nun gegen die Zinnen drücken. Ihm wird speiübel. Er unterdrückt mühsam den Brechreiz. Plötzlich spürt er die Flasche an seinen Händen. Schlitzt er mir jetzt die Pulsadern auf?, denkt er. Im nächsten Moment lösen sich seine Hände aus der Kordel.

»Warte, gleich darfst du wieder sprechen«, sagt Leon. »Aber wenn du schreist, spieße ich dich auf, hast du das verstanden?« Seine Hand zieht den Knebel aus Jannis' Mund.

Okay, denkt Jannis. Nicht runtergucken. Wie war das noch mal, was muss man mit Psychopathen machen? Komm schon, Jannis.

Du hast die notwendige rhetorische Ausstattung. Ich muss … Fragen stellen, genau. Fragen stellen. – »Warum hattest du das Bedürfnis, mich zu kidnappen und hier an den Rand des Kirchturms zu stellen, Leon?«, fragt er betont ruhig, während er geradeaus in den sternlosen Himmel starrt. Er hört Leons manisch hechelnden Atem. »Du hast doch alles. Schulsprecher, Basketballstar, Einsenschreiber. Dein Lebenslauf glänzt. Was soll das hier? Willst du mir Angst machen? Hast du geschafft, lass uns jetzt bitte wieder runtergehen.«

»Nein!«, stößt Leon aus. »Wir gehen nicht wieder runter! Du … du wirst hier nicht mehr runtergehen. Es wird so aussehen, als ob du gesprungen bist. Ja, so wird es aussehen.«

Er meint es ernst. Er meint es wirklich ernst. Er will mich umbringen. Jannis hört den anderen Typen kurz keuchen.

Leon redet schneller und schneller, ist wie von Sinnen. »Sie wird es sehen. Sie wird denken, dass du ein mieser Feigling bist. Sie wird froh sein, dass du nicht mehr existierst.«

Lydia, denkt Jannis. Er spricht von Lydia.

»Du wirst aussehen wie ein Selbstmörder«, fährt Leon mit aufgerissenen Augen fort »Du bist doch sowieso nur ein kleiner Dealer. Ich tue deinen Eltern einen Gefallen, das tue ich.«

»Lydia …«, sagt Jannis so sachlich wie möglich. »Bist du eifersüchtig?«

»Nein!«, sagt Leon. »Ich kann dich nicht an sie heranlassen. Ich muss sie beschützen. Du beschmutzt sie, ziehst sie runter. Ich versuche immer noch, sie zu reparieren. Aber du machst sie kaputt. Als ich das Geld in den Briefkasten geworfen habe, habe ich gesehen, wie sie dich anguckt. Sie darf dich nicht so angucken. Sie hat mich nie so angeguckt.«

»Glaubst du nicht, dass du ein anderes Mädchen finden wirst?«, fragt Jannis.

»Es gibt kein anderes Mädchen«, sagt Leon verbissen. »Sie ist *mein* Mädchen, aber sie hat mich nie geliebt. Weißt du, Chris hat auch seine Strafe für das bekommen, was er ihr auf der Party angetan hat. Ich habe die Jungs bezahlt, damit sie sich ihn vorknöpfen. Aber du bist schlimmer. Du bist wirklich gefährlich. Dich liebt sie.«

»*Du* bist dafür verantwortlich, dass Chris zusammengeschlagen wurde?«, fragt Jannis entsetzt.

»Ja«, erwidert Leon, gepackt von einem kindlichen Stolz, als hätte er erfolgreich einen schwierigen Stein aus einem gefährlich zitternden Jenga-Turm gezogen.

»Ich habe das echt schlau gemacht. Bin dazwischengegangen, als er mit Jens allein aneinander geraten ist, da haben viel zu viele Leute zugeguckt. Und nachher habe ich Jens Geld angeboten, damit er und seine Kumpels Chris bestrafen. Sie haben ganze Arbeit geleistet; ich habe Chris anschließend extra besucht, um mir das einmal aus nächster Nähe anzugucken. Jetzt muss ich dich bestrafen. Du musst sterben. Es geht nicht anders.«

Das ist doch unmöglich, denkt Jannis, während er die beharrlichen Scherben in seinem Rücken spürt und immer noch versucht, nicht nach unten zu sehen. »Das kann nicht dein Ernst sein, Leon«, versucht er es mit stolpernder Zunge. »Komm schon, denk nach. Du willst mich nicht umbringen. Du willst kein Mörder sein. Das verunziert deinen ganzen Lebenslauf. Lass uns runtergehen, wir sprechen nie wieder darüber.«

»Weil du tot sein wirst«, erwidert Leon schrill.

So komm ich hier nicht runter. Was jetzt? Was soll ich machen? – »Willst du mir Jens nicht auch einmal zeigen?«, fragt er, um Zeit zu schinden. »Es ist ein bisschen unhöflich, wenn ich nicht einmal sein Gesicht sehen kann.«

»Von mir aus«, sagt Leon eigentümlich gehorsam, zieht Jannis am Arm etwas vom Rand weg und zu der anderen vermummten Gestalt. »Einem Sterbenden soll man den letzten Wunsch ja nicht abschlagen, richtig?«, fügt er hinzu.

Jannis ist einfach froh, wenigstens etwas vom Rand wegzukommen.

»Zeig dich, Jens«, fordert Leon. »Er wird sowieso sterben, kann dir also egal sein.«

Ich werde sowieso sterben. Sowieso sterben. Sowieso sterben. Was kann ich tun? Das hier läuft unausweichlich darauf hinaus, dass sie mich von diesem Turm stoßen, ich gewinne nur etwas Zeit.

Der andere Entführer befreit sich zögernd von seiner Strumpfmaske. Sein Gesicht ist breit und fleischig. Nach einem Bruch ist seine Nase schief zusammengewachsen, außerdem hat er eine lange Narbe auf der Wange. Und seine Augen sind stumpf, als hätte Leon sie aus Särgen geholt.

Er ist unsicher. Aber nicht so unsicher, als dass er auf die tausend Euro verzichten würde, denkt Jannis.

»Das ist mein Assistent«, sagt Leon, ohne Jannis aus den Augen zu lassen.

Ich muss jetzt etwas tun, denkt Jannis. Etwas, womit sie nicht rechnen. Schreien hat keinen Sinn, die Musik im Café ist zu laut. Bald stehe ich wieder am Rand. Jetzt ist meine Chance. Aber ich komme hier nicht raus. Sein Blick fällt auf die armgroße Taschenlampe in Jens' Hand. Mit einer schnellen Bewegung könnte er sie ihm entreißen. Er wird wohl nicht dazu kommen, sie als Waffe einzusetzen. Außerdem ist er gegen sie beide zusammen machtlos. Aber er hat eine andere Idee.

»Ist Jens mit Woody Allen verwandt?«, fragt Jannis. »Sie sehen fast aus wie Zwillinge. Ich habe das Gefühl, dass ihre Nasen identisch sind.«

»Bitte was?«, fragt Leon verwirrt und wendet sich kurz Jens zu. Jannis nutzt die Gelegenheit, beugt sich blitzschnell vor, schnappt sich die Taschenlampe und schleudert sie mit aller Kraft über die Zinnen des Kirchturms hinweg in das Schaufenster des Cafés hinein. Er hat Glück und trifft. Das Schaufenster zerbricht wie eine dünne Eisdecke, die Scherben regnen auf die leeren Tische davor herunter.

Leon sieht hinüber, dann zu Jannis, dann zu Jens. Seine Gesichtszüge sind entgleist. Damit hat er nicht gerechnet.

»Jetzt ist es kein Selbstmord mehr«, sagt Jannis leise, während die Leute panisch aus dem Café herausstürmen. Unter ihnen ist auch Lydia. Sie schaut sich suchend um, während sie durch die Scherben läuft. Dann schaut sie hoch und erblickt Jannis, Leon und Jens.

»Was soll das?«, ruft sie. »Wer hat das da reingeworfen? Seid ihr bescheuert? Wisst ihr, wie viel das kostet? Was zur Hölle macht ihr da oben?«

Zu Jannis' Verwunderung kommt auch Ellie aus dem Café herausgelaufen. Sie bleibt neben Lydia stehen und blickt ebenfalls empor.

»Zieh dir die Strumpfmaske wieder über, sofort!«, brüllt Leon Jens an. Dann rammt er Jannis die zertrümmerte Flasche plötzlich in einer schnellen Bewegung so fest in die Seite, dass dieser laut aufschreit. Er hat noch nie solche Schmerzen gespürt. »Ich bring dich trotzdem um, das kannst du nicht verhindern!«, brüllt Leon. »Ich bring dich um, weil du sie mir weggenommen hast!«

Vor Jannis' Augen beginnt die Welt zu glitzern. Er sieht Lydias schockiertes Gesicht, als sie plötzlich versteht, was los ist. Er sieht Jens, der sich wieder hinter seiner Strumpfmaske versteckt, als ob das noch irgendetwas ändern könnte. Er sieht Leon, der nun selbst schweißgebadet ist, ein Kind im Fiebertraum. Er sieht den Vollmond, die Holztür, wieder Lydia, Ellies rote Haare, die sich plötzlich bewegen, er sieht die neonorangefarbene Aufschrift »Café Kaffeepause«, seine eigenen roboterartig zuckenden Hände, dann wieder Lydia, Lydia, Lydia.

»Leon!«, schreit sie. »Hör auf! Hör sofort auf! Lass ihn los, dann komm ich wieder zu dir zurück. Es wird wie vorher sein! Bitte, Leon!«

»Du lügst doch! Ich bring ihn jetzt um, du wirst schon sehen!«, brüllt Leon. Jannis sieht, wie er abermals mit der Flasche ausholen will. Dann ist Chris plötzlich da. Wie in Zeitlupe sieht er, wie sein bester Freund an Jens vorbeistürmt und Leon wuchtartig die Flasche aus der Hand schlägt. Er sieht, wie Chris Jens in den Bauch tritt, als dieser reagieren will. Er sieht, wie die Flasche über die Zinnen hinweg in die Nacht saust. Und dann umschließt Chris' Hand sein Handgelenk und zerrt ihn hinter sich her. Sein bester Freund reißt die Holztür auf.

»Komm schon, Jannis, bleib da, du musst laufen, lauf!«, schreit er, aber in Jannis' Ohren kommt nicht mehr als ein Flüstern an.

»Es tut mir leid«, erwidert er, während Chris beginnt, ihn hinter sich eine hölzerne Wendeltreppe hinunterzuziehen. An den Wänden brennen einzelne Kerzenleuchter, die kleinen Flammen werden von den vielen Buntglasfenstern reflektiert und erscheinen Jannis als eine sich eigenartig windende leuchtende Schlange. »Es tut mir leid, wegen deiner Mutter …«, setzt er an.

»Schon gut!«, keucht Chris. »Lauf einfach!«

»Ich bring dich um!«, schreit Leon. Jannis wendet den Kopf und sieht, wie er in wenigen Metern Entfernung hinter ihnen herstürmt, das normalerweise so brave Jungengesicht ist zu einer wutentbrannten Grimasse verzerrt.

»Jens! Komm mit!«, schreit er.

Chris manövriert Jannis so an den Schultern, dass dieser nun vor ihm ist, und schiebt ihn weiter die Treppe hinunter, während er ihn an seinem T-Shirt festhält. Aber Leon ist viel schneller, nimmt in einem Satz fünf Stufen und springt Chris von hinten an. Gemeinsam stürzen sie auf die Treppe.

»Du hättest dich da raushalten sollen!«, schreit Leon, während seine Hände sich um Chris' Hals legen und zudrücken.

»Chris!«, schreit Jannis und bleibt sofort stehen. Die leuchtende Schlange vor seinen Augen dreht sich mehr und mehr, wie ein außer Kontrolle geratenes Riesenrad.

»Hau ab, Jannis! Bleib nicht stehen!«, brüllt Chris zurück, während er versucht, sich aus Leons Griff zu winden. Fast hat er es geschafft, da kommt Jens Leon zu Hilfe und hält Chris fest. Jannis versucht, die Treppe wieder hochzulaufen, während der Turm wie verrückt wackelt. Der Schiefe Turm von Pisa kippt um, schießt es ihm durch den Kopf. Er sieht, wie Chris' Gesicht immer bläulicher wird, seine Lippen sind tintenblau, Jannis schreit, er schwankt, und dann fällt er viele Stufen hinab und landet mit einem dumpfen Aufprall auf dem Boden.

Was hat Julian gedacht, bevor es schwarz wurde?, ist sein letzter Gedanke, bevor es schwarz wird.

Ellie

Hallo, was wollt ihr?«, fragt Lydia barsch, während sie ihren Notizblock wie einen Dolch zückt.

»Einen Coconut Kiss, bitte«, sagt Ellie.

»Ich hätte gern ein Bier«, sagt Alexis.

»Alles klar.« Lydia dreht sich abrupt um und marschiert zurück zur Bar. Ellie kann immer noch nicht glauben, dass Lydia wirklich in dem Café arbeitet, in dem sie mit Alexis etwas trinken geht. Tolle Pointe. Aber ich werde zuletzt lachen, denkt sie. Alexis hat sich gestern bei Ellie gemeldet und sie gefragt, ob sie etwas unternehmen wollen. Sie hat sich auf einen schönen Abend mit einem unkomplizierten Traumtypen gefreut, nicht auf einen vergifteten Cocktail. Ellie seufzt, streicht ihr roséfarbenes Trägerkleid glatt und schließt die Augen.

»Alles in Ordnung?«, fragt Alexis sofort.

»Aber klar«, sagt Ellie, während Lydia Ellies leeres Cocktailglas laut auf den Tresen knallt. Belustigt schaut Ellie zu, wie ihre eigentlich beste Freundin mit zusammengekniffenem Mund in hohem Bogen Ananassaft und Kokossirup ins Glas schleudert und danach absichtlich die Cocktailkirsche weglässt.

»Wo bist du mit den Gedanken?«, hakt Alexis nach.

Ellie wendet sich ihm hastig zu und lächelt. Okay, wie auch immer. Lydia soll mir egal sein, denkt sie, während sie Alexis' Prinz-Eric-Gesicht mustert. Er trägt ein dunkelblaues Hemd und eine helle Leinenhose.

»Ich würde mir nämlich wünschen, dass du in Gedanken bei mir bist«, sagt Alexis, streckt beide Hände aus und beginnt, ihre

Hand zwischen seinen zu reiben, als würde er ein Feuer entfachen wollen.

»Das bin ich«, erwidert Ellie verwundert lächelnd.

»Hier«, knurrt Lydia, während sie ihnen ihre Getränke auf den Tisch scheppert. Ellies Cocktail schwappt ein wenig über auf die Tischdecke.

»Wo ist denn meine Kirsche?«, fragt Ellie freundlich. »Könnte ich die noch bekommen?« Sie sieht Lydia an, dass sie sie am liebsten erwürgen würde.

»Klar«, erwidert Lydia mit knirschenden Zähnen, ehe sie wieder davonstolziert.

Alexis tippt mit dem Daumen auf ihre Handfläche. »Weißt du, Ellie, wenn aus uns etwas werden soll, dann musst du mehr bei mir sein.«

»Wie meinst du das?«, fragt Ellie verwirrt.

»Wenn wir uns treffen, dann sollst du dich auch mit mir beschäftigen, weißt du? Ich mag dich sehr, Ellie. Ich hab viel über uns nachgedacht. Und ich glaube, wir gehören zusammen, ich spüre da eine ganz besondere emotionale Verbindung.«

Verarscht er mich gerade?, fragt Ellie sich. Meint er das ernst?

»Ellie!«, ermahnt Alexis sie. »Wo schaust du die ganze Zeit hin? Zu diesem Typen dahinten, dem mit den blonden Locken? Ich will nicht, dass du ihn anguckst, wenn du mit mir hier bist!«

Es kommt Ellie vor, als ob er sich gerade von Prinz Eric in die Meerhexe Ursula verwandeln würde.

»Wieso hast du mir zu sagen, wo ich hingucke?«, fragt sie, während Lydia ihr eine Hand voll Kirschen ins Glas wirft. Der Cocktail spritzt bis in Ellies Gesicht.

»Weil du mein Mädchen bist, und ich möchte, dass du in meine Augen guckst!«, sagt Alexis, lässt ihre Hände los und umfasst dann beschwörend ihr Gesicht. Oweia, denkt Ellie. Das ist ja ganz falsch. Könnte mich bitte irgendjemand aus dieser Situation retten? Es ist mir egal, was passiert, einfach irgendetwas.

Im nächsten Moment ertönt ein lautes Klirren, dann zerbricht das Fenster des Cafés in hunderttausend Stücke.

Ein paar Sekunden lang ist Ellie wie betäubt, starrt nur in Alexis' entsetztes Gesicht. Dann löst sie sich von ihm, steht auf und blickt mit großen Augen auf den Scherbenteppich.

»So war das nicht gemeint«, murmelt sie entgeistert. »Wirklich nicht.«

Neben ihrem Stuhl liegen schwarze Einzelteile. Das war einmal eine Taschenlampe, denkt Ellie wie in Trance, dann setzt sie sich in Bewegung und läuft hinter Lydia her mit den anderen Leuten aus dem Café hinaus. Sie sieht sich um, versucht zu verstehen, was passiert ist.

»Was soll das?«, ruft Lydia mit schriller Stimme, während sie nach oben schaut. »Wer hat das da reingeworfen? Seid ihr bescheuert? Wisst ihr, wie viel das kostet? Was zur Hölle macht ihr da oben?«

Ellie bleibt neben Lydia stehen und schaut ebenfalls hoch zum Kirchturm. Jannis, denkt sie verwirrt, während die Leute verstört umherlaufen und hysterisch durcheinanderreden. Leon. Den anderen kenn ich nicht. Hä? Ein Mädchen beginnt, laut zu weinen, ein Mann in einem glänzend weißen Anzug murmelt nonstop »Aber das Fenster, aber das Fenster …«.

»Zieh dir die Strumpfmaske wieder über, sofort!«, brüllt Leon oben auf dem Kirchturm – und rammt Jannis etwas in die Seite. Jannis stößt einen markerschütternden Schrei aus. Ellie fühlt sich, als würde sie neben sich stehen. Sie ist so in Trance, dass sie gar nicht mitbekommt, wie Chris am anderen Ende des Platzes auftaucht und zur Kirche hinüberrennt.

»Ich bring dich trotzdem um, das kannst du nicht verhindern!«, brüllt Leon. »Ich bring dich um, weil du sie mir weggenommen hast!«

Tu was, denkt Ellie, fühlt sich seltsam klar. Jetzt.

»Ruf die Polizei«, sagt sie zu Lydia. Dann läuft sie los. Sie stürmt zur Kirche hinüber, während das Vollmondlicht auf ihren Haaren tanzt. Keuchend springt sie über die hohe Schwelle der bereits offenstehenden Tür und stürzt in den Altarraum. In Windeseile rennt sie über den rot ausgelegten Mittelgang zwischen den Bankreihen zum Altar, reißt einen silbernen Kerzenleuchter herunter und dreht wieder um. Der Leuchter ist so schwer, dass Ellies Arme davon nach unten gezogen werden, aber sie wird nicht langsamer. Schon ist sie an der Treppe zum Turm angekommen, springt die Stufen hinauf. Sie ist so schnell, dass sie nicht mehr nachdenken kann. Da ist Jannis – er liegt bewusstlos und mit ausgestreckten Armen auf einem Podest, das Blut sickert ihm aus der Seite und färbt das Holz der Treppe schwarz. Ellie schaut hinauf. Und sieht Chris. Natürlich ist er hier, um Jannis zu helfen, denkt sie, als wäre das vollkommen logisch. Weil sie letztendlich doch beste Freunde sind.

Leon umklammert Chris' Hals mit beiden Händen, ein anderer Typ drückt ihn unerbittlich auf die Stufen. Chris sieht Ellie, seine blauvioletten Lippen formen ihren Namen, während er sich immer schwächer in der festen Umklammerung windet. Kurz entschlossen läuft Ellie hinauf, holt aus und hämmert Leon den Kerzenleuchter auf den Kopf. Der andere Typ schaut auf, will ihr ins Gesicht schlagen. Ellie schafft es auszuweichen, indem sie an ihm vorbei zwei Stufen hinaufspringt. Dann hämmert sie auch ihm den Kerzenleuchter auf den Kopf.

Anschließend fällt ihr der Leuchter aus der Hand, rollt in Jens' Kniekehlen. Jens und Leon liegen beide bäuchlings auf den Stufen. Zitternd sinkt Ellie neben Chris zu Boden, umklammert mit gummiweichen Händen ihre Knie. Wenig später ertönt das Martinshorn, wenig später ist Lydia plötzlich da, bricht weinend über Jannis zusammen. Wenig später sind plötzlich überall Polizisten, wenig später wird sie an der Hand genommen und aus dem Turm hinausgezogen. Wenig später werden Chris und Jannis in den Krankenwagen hineingeschoben, wenig später klettern Lydia und sie sofort hinterher. Wenig später nimmt Lydia Ellies Hand und sagt: »Du hast sie gerettet, Ellie.«

Lydia

Lydia ertappt sich dabei, wie sie mal wieder auf das neue Fenster des Cafés starrt, als könnte es jeden Moment zerbrechen. Als würde Jannis dann wieder auf dem Kirchturm stehen und als würde Leon ihm dann wieder die Flasche in die Seite rammen. Es ist Samstagnachmittag. In den letzten Tagen war sie immer mit Ellie und Chris im Krankenhaus, um Jannis zu besuchen. Er sieht noch ziemlich mitgenommen aus, aber er muss nicht mehr lange dort bleiben. Er hat eine Gehirnerschütterung, die Wunde an seiner Seite musste genäht werden. Chris durfte noch am selben Abend wieder gehen. Seine blauroten Würgespuren hat er als Accessoires zu seinem bereits zerschlagenen Gesicht bezeichnet.

Sie wollte auch heute eigentlich wieder den ganzen Tag an Jannis' Seite verbringen, aber er hat ihr befohlen, arbeiten zu gehen. Macht doch keinen Sinn, denkt sie. Ich bin in Gedanken sowieso die ganze Zeit bei dir. Sie haben alle nicht viel geredet, wenn sie da waren. Allerdings haben sie schließlich darüber gesprochen, dass sie alle auf ihre Art an Julians Situation schuld sind. Wir sind einfach froh, am Leben zu sein, denkt Lydia. Warum muss erst jemand in Lebensgefahr schweben, damit man sich darüber freut?

»Lydia?«, fragt Aurelia und legt ihr sanft die Hand auf das Schulterblatt. »Geht es dir gut?«

Lydia wendet sich von der Fensterscheibe ab und begegnet Aurelias prüfendem Blick. »Ja, es geht mir gut«, sagt sie und lächelt die ältere Frau mit dem hellgrauen Bob, der hochsitzenden Jeans und den sorgfältig dunkelrot bemalten Lippen an. »Auch wenn ich immer noch nicht verstehe, warum Sie mir einen Job angeboten haben, der so perfekt auf meine Zeit abgestimmt ist«, sagt sie. »Wollen Sie mir wirklich nicht sagen, wer Onyx ist? Dann werde ich nämlich weiterhin Sie verdächtigen!«

Nachdem Lydia sich mit ihren Freunden gestritten hat, ist sie dem Angebot von Onyx doch nachgekommen und hat das Café aufgesucht. Und musste feststellen, wie schön es ist, nicht erst zehn Minuten lang darüber nachdenken zu müssen, ob sie sich einen Latte macchiato leisten kann.

»Ich hab dir doch gesagt, dass ich nur eine Helferin bin und die Umschläge in die Briefkästen geworfen habe. Und ich will dir wirklich nicht erzählen, wer Onyx ist«, schmunzelt Aurelia. Das Alter setzt ihr nicht zu, die vielen Lachfältchen machen die gertenschlanke Frau nur noch schöner. »Warum musst du wissen, wer dir etwas Gutes tun will? Sieh mal, da ist Kundschaft, auf auf!«

Lydia seufzt, glättet ihre Schürze und läuft zur Theke.

»Bitte sehr?«, fragt sie – bevor sie die Kundin erkennt. Es ist Leons Mutter.

Lydia verharrt, schaut ihr bewegungslos in die geschwollenen, geröteten Augen. Die totenbleiche Haut spannt sich wie eine Maske über ihr Gesicht. Ihre Lippen sind trocken und aufgeplatzt.

»Einen Tee zum Mitnehmen, bitte«, murmelt sie.

»Was für einen?«, fragt Lydia.

»Ist mir egal«, antwortet Leons Mutter mit dünner Stimme.

Lydia dreht sich weg, greift nach einem Pappbecher und einem Beutel Orangentee. So würde es mir wohl auch gehen, wenn mein Sohn versucht hätte, einen anderen Jungen auf einem Kirchturm umzubringen, denkt sie und schaudert, während sie das heiße Wasser aus dem Kocher in den Becher gießt. So würde es mir auch gehen, wenn mein Sohn eingewiesen worden wäre. Mein perfekter Sohn, auf den ich immer so stolz war. Muttertag hat er nie vergessen. »Du bist so kaputt, Lydia. Ich hab versucht, dich zu reparieren, aber es hat leider nicht funktioniert«, das hat er gesagt. Warum hat niemand gemerkt, dass er kaputter ist als Jannis, Chris, Ellie und ich zusammen?

Lydia wickelt eine Serviette um den heißen Becher und überreicht ihn Leons Mutter. Diese legt mit zitternden Fingern ein Eineurostück auf die Theke. Ihre für gewöhnlich weiß lackierten Nägel sind farblos und angeknabbert.

»Danke«, sagt sie. »Und, Lydia? Es tut mir so leid.«

»Niemand hat damit gerechnet. Machen Sie sich keine Vorwürfe«, erwidert Lydia.

*

Als das Café zwischendurch leer ist, packt Lydia ihren mitgebrachten Bagel aus und sinkt auf einen mit rotem Leder bezogenen Stuhl. Gedankenverloren starrt sie auf die vielen Schwarz-Weiß-Bilder an den Wänden. Die Großaufnahme einer Kaffeetasse mit einem kleinen Silberlöffel, einem Keks und einem Zuckerstück. Zwei grinsende Mädchengesichter mit Sonnenbrillen in den Haaren, die beide aus zwei Strohhalmen aus dem gleichen Cocktailglas trinken. Ein Junge mit einem Strohhut und ein Mädchen in einem weißen Kleid, die Hand in Hand barfuß über einen Strand gehen. Beide halten in ihrer anderen Hand einen Kaffeebecher.

Werden Jannis und ich jetzt auch so gehen?, fragt Lydia sich. Oder sieht er das mit uns nicht so wie ich? Am wichtigsten ist aber, dass es ihm gut geht. Zum Glück hat er das Koks runtergespült, das hat mir so eine Angst gemacht. Das habe ich Onyx zu verdanken. Sie überlegt kurz, dann zieht sie ihr Handy heraus und schreibt Onyx: *Danke für deine Hilfe! Es tut mir leid, dass ich zwischendurch so unfreundlich war. Du hast uns wirklich geholfen.*

Da außer Aurelia immer noch niemand im Café ist, holt sie ein Blatt aus ihrer Tasche. Darauf steht der Songtext, den sie vor einigen Tagen, aber gefühlten Ewigkeiten verfasst hat. Sie dreht das Blatt um und schreibt unter Xenias roten Strich: *Ich habe mich erinnert, dass du gern selbst einen Song schreiben würdest, aber dir kein Text einfällt. Vielleicht kannst du hiermit etwas anfangen. Es tut mir leid, was alles passiert ist. Es tut mir leid, wenn ich dich schrecklich behandelt habe. Chris liebt dich. Das sage ich nicht nur so, das weiß ich.*

Sie legt ihren Kuli ab und liest sich die Zeilen noch einmal durch, als ihr Handy eine E-Mail von Onyx ankündigt.

Lydia Rosengarten,
ich freu mich, das von dir zu hören. Wenn du mit dir selbst im Reinen sein willst, dann bring die gestohlenen Sachen zurück, sobald du dir neue leisten kannst.
Onyx

»Aye aye«, murmelt Lydia seufzend, steckt ihr Handy weg und geht wieder zur Theke, um sie sauber zu wischen. Währenddessen freut sie sich darauf, die alte Lydia morgen zu sehen. Diese hat sich gestern bei ihr gemeldet und gefragt, ob Lydia ihr helfen könne, Fotos auf dem Computer zu speichern. Lydia läuft in die Vorratskammer, um die Kuchentheke mit Tortenstücken, Cupcakes und Cake Pops aufzufüllen.

Die Tür geht auf, jemand kommt herein.

»Bin sofort da!«, ruft Lydia hastig, stapelt das Gebäck auf einem reifengroßen Teller und schaut nach dem Kunden.

Es ist Jannis. »Wie süß von dir, das wäre doch nicht nötig gewesen«, sagt er in Richtung des riesigen Kuchentellers und verzieht seinen Mund zu einem schiefen Lächeln.

»Jannis!«, schreit Lydia und lässt den Teller fast fallen. Schnell stellt sie ihn ab, stürmt um die Theke herum und springt ihm geradewegs in die Arme. »Huch!«, ruft sie dann aus und löst sich sofort von ihm. »War das zu heftig? Hab ich dir wehgetan? Geht es dir gut?« Sie zieht ihn an sich heran und verschließt seine Lippen mit ihren.

Während er ihren Kuss erwidert, schlingen sich seine Arme um ihre Hüften und schließen die letzte kleine Lücke zwischen ihnen. Mit geschlossenen Augen spürt sie seinen Mund auf ihrem und verliert sich vollkommen in diesem Moment.

Ich will diesen Jungen, denkt sie. Nur diesen Jungen, nie wieder einen anderen. Hoffentlich will er mich genauso. – »Wieso sagst du mir nicht, dass du aus dem Krankenhaus raus bist?«, fragt sie schließlich, nachdem sie sich wenige Zentimeter von ihm gelöst hat, und schaut ihm in die dunklen Augen.

»Wollte dich überraschen«, sagt Jannis. »Aber hey – ich bin nicht so schwach, als dass ich dich nicht tragen könnte, guck!« Er greift mit der einen Hand in ihre Kniekehlen, mit der anderen unter ihren Rücken und hebt sie vom Boden.

»Überlaste dich nicht!«, ruft Lydia, während sie sich mit beiden Händen an seinen Hals klammert und verstohlen seinen Geruch einatmet. Ihr ist vollkommen egal, dass Aurelia ihnen möglicherweise zusieht.

»Wer hätte gedacht, dass du dir mal Sorgen um mich machst, Kleo«, sagt Jannis und lächelt versonnen.

»Ich liebe dich«, flüstert Lydia so schnell, als würde sie sich nicht trauen, es langsam zu sagen.

Jannis zieht sie noch enger an sich. »Hör mal auf die Musik«, flüstert er. Lydia verharrt und lauscht.

»Till now, I always got back on my own«, singt Alyssa Reid.

»I never really cared until I met you«, sagt Jannis gleichzeitig mit ihr.

Jannis

»Wer hätte das gedacht«, sagt Jannis zu sich selbst, während er mit seinem Board zum Skatepark rollt. »Du gehörst doch jetzt tatsächlich zu diesem Jugendparlament. Und du hast tatsächlich eine Demo auf die Beine gestellt.«

Er rollt an der Stelle vorbei, wo er in den weißen Lieferwagen gezogen wurde. Er hat keine Angst davor und ihm tut auch nichts mehr weh. Leon ist weggesperrt worden. Und seine Freunde haben ihn gerettet. Wenn es ernst wird, sind wir keine Freunde. Aber wenn es um Leben und Tod geht, dann doch, denkt er, während er wieder versucht, sich vorzustellen, wie Ellie Leon den Kerzenleuchter auf den Kopf hämmert. Er verlagert sein Gewicht, rollt um eine scharfe Kurve und dann einen leichten Abhang hinunter, den er mit einem einfachen Sprung bewältigt. Kurz vor dem Skatepark, wo die Demo stattfindet, sieht er ein Mädchen mit dunklen Zöpfen, das mit einem Buch auf dem Schoß auf einer Bank am Straßenrand sitzt.

»Emily!«, ruft er und springt von seinem Board.

Sie legt ihren Zeigefinger auf eine Zeile und sieht auf. »Oh«, sagt sie. »Hey Jannis.«

»Was liest du?«, fragt Jannis, kickt sein Board hoch und fängt es mit einer Hand auf.

»*Die Bücherdiebin*«, antwortet Emily, sie scheint über sein Interesse verwirrt zu sein.

»Kenne ich. Ist mal etwas anderes, aus der Perspektive des Todes zu lesen, nicht wahr?«

»Ähm, ja«, entgegnet Emily irritiert.

»Ich bin nicht so bibliophob, wie ich aussehe«, erklärt Jannis freundlich. »Sag mal, Emily, ich hätte dir das ganze Zeug nicht verkaufen sollen. Ich weiß auch nicht, was ich mir dabei gedacht habe, es tut mir leid. Ich hoffe, dass es nicht schon alles weg ist?«

»Doch«, erwidert Emily ernst.

»Wirklich?«, fragt Jannis bestürzt. »Mensch Emily, das –«

»Ich hab es alles weggespült«, unterbricht Emily ihn und verzieht ihre Lippen zu einem Lächeln.

»Hä?«, sagt Jannis.

»Ich hab es alles gekauft, um es wegzuspülen«, sagt Emily.

»Warum denn das?«, fragt Jannis verdutzt.

»Damit es kein anderer bekommt«, erwidert Emily, als wäre das selbstverständlich. »Ich hab nur darauf geachtet, dass es außer dir keiner mitkriegt. Deswegen bin ich manchmal abgehauen. Nicht, dass mir sonst was angehängt wird.«

»Koks gekauft, damit es kein anderer bekommt. Neben dir muss sich jeder andere Mensch wie ein selbstsüchtiges Schwein vorkommen, das ist ja irre teuer«, sagt Jannis.

»Ist doch besser, als wenn Mama sich davon die hundertste sündhaft teure Blumenvase oder schicke Samtpantöffelchen kauft, nicht wahr?« Emily zwinkert ihm zu. »Wenn dir *Die Bücherdiebin* gefallen hat, würde ich dir auch *Der Joker* empfehlen«, sagt sie dann.

»Merk ich mir. Komm gut zurück nach Bullerbü«, sagt Jannis, freut sich über ihr verdutztes Gesicht und macht sich wieder auf den Weg.

*

Wenig später steht Jannis breitbeinig auf der höchsten Rampe des Skateparks. Die rot-weißen Absperrbänder haben Phil, Leo, Chang und er einfach durchgeschnitten. Der Park ist bis zum Platzen gefüllt von Skatern, Amtsinhabern, Schaulustigen und sogar den Senioren, die ihnen den Park wegnehmen wollen. Alle Skater sitzen auf den Rampen, vom neunjährigen Sommersprossen-Vince bis zum alten Skatehasen Paolo, der behauptet, für immer sechzehn zu sein. In der Nähe erkennt Jannis den Bürgermeister und seine Frau. Während er ein relativ neutrales Gesicht aufgesetzt hat, wirkt sie mit ihrem mit einer Pfauenfeder geschmückten Hut so, als würde sie am liebsten mit einem Riechfläschchen um sich sprühen.

»Na, wie geht's dir?«, fragt Phil die Frau des Bürgermeisters grinsend, bevor er in einen seiner legendären Gluckslachanfälle ausbricht.

Phil, Leo und Chang stehen unten neben der Rampe und tragen jeder ein Plakat, auch Jannis selbst hält eins. Zusammen ergeben die Plakate den Satz »Skating saves the hopeless«. Auch die anderen Skater haben Plakate gemalt, Paolo hält sogar ein aufwendig bespraytes Holzbrett hoch.

»Also, Jannis?«, fragt Chang von unten.

Aber Jannis kann erst anfangen, wenn er sie sieht. Suchend wandert sein Blick über die Menge, dann findet er das Paar grüner Augen. Lydia strahlt ihn ermutigend an. Sie wird von Ellie und Chris flankiert. Jetzt kann er anfangen.

»So«, sagt er laut. »Jetzt werde ich euch erklären, warum aus diesem Skatepark auf keinen Fall ein Seniorenzentrum werden darf. Dafür bin ich extra dem Jugendparlament der Stadt beigetreten, denn deswegen darf ich jetzt hier stehen. Eine Freundin hat mir gesagt, ich solle kämpfen, ich hätte die notwendige rhetorische Ausstattung. Das tue ich jetzt. Mir ist klar, was Ihre Argumente sind.«

Er schaut zum Bürgermeister hinüber.

»Sie denken, dass das hier ein Ort ist, der Jugendliche einlädt, zu trinken, zu kiffen und zu randalieren. Sie denken, dass dieser Platz einen wesentlich größeren Nutzen hätte, wenn er alten Menschen das letzte Heim bieten würde. Ich sage Ihnen, im ersten Punkt haben Sie recht. Hier wird auch getrunken. Hier wird auch gekifft. Hier wird auch randaliert. Aber im zweiten Punkt liegen Sie falsch. Dieser Platz hat so, wie er ist, den größten Nutzen überhaupt. Weil dieser Skatepark existiert, trinken die Jugendlichen nicht in Ihrem Vorgarten und bewerfen Ihre Küchenfenster anschließend nicht mit leeren Glasflaschen. Weil dieser Skatepark existiert, kiffen sie nicht in Ihrem Gartenhäuschen. Weil dieser Skatepark existiert, werden Ihre Autoreifen nicht aufgeschnitten, Ihre Hauswände nicht besprayt und Ihre Kohlköpfe nicht aus den Gemüsebeeten gerissen, weil es so viel witziger ist, damit Volleyball zu spielen.«

Phil setzt seinen Gluckslachanfall fort.

»Sie finden Ihre Katze auch nicht am frühen Morgen mit Schwimmflügeln im Pool. Ich würde sagen, die Vorteile liegen auf der Hand«, erklärt Jannis bierernst.

Die Menge stimmt ihm schmunzelnd zu.

»Das ist mein erster Punkt. Sie können einiges an Schaden abwenden, wenn Sie den Park bestehen lassen«, fährt Jannis fort. Lydia lächelt ihn weiterhin ermutigend an, während sich hinter dem verzerrten Gesicht der Frau des Bürgermeisters wohl gerade die Vorstellung ihrer Perserkatze mit Schwimmflügeln im Pool verbirgt.

»Zweitens kann das Seniorenzentrum an einem alternativen Ort gebaut werden«, fährt Jannis fort. »Es gibt viel Freiland in der Gegend. Außerdem soll einer der Supermärkte ja abgerissen werden, dort könnte das Seniorenzentrum hin. Wäre es nicht sogar günstig, es an einer Stelle zu erbauen, die zentraler liegt, sodass wichtige Punkte schneller erreichbar sind? Nun komme ich aber zu meinem dritten und wichtigsten Punkt. Ich möchte Ihnen sagen, dass Sie nicht nur Schaden abwenden, wenn Sie den Skatepark bestehen lassen. Nein, Sie helfen allen Jungen dieser Stadt. Wir sind in diesem Alter, wo wir einfach keine Ahnung von nichts haben. Wir sind absolut verloren, tun aber so, als wären wir Chuck Norris in Person. Wir versuchen, uns zu finden, sehen aber nur Nebel und Staub. Uns wird gesagt, wir sollen etwas aus uns machen, aber wir können uns nur vorstellen, mit einem Eiswagen um die Welt zu fahren. Je heftiger man an uns zieht, desto heftiger versuchen wir, uns loszureißen. Aber wenn man uns loslässt, dann taumeln wir vollkommen planlos durchs Weltall. Sie dürfen uns nicht aufgeben, Sie waren auch einmal wie wir. Ja, Sie hatten nicht diese ärgerlichen Smartphones, aber ansonsten war es nicht anders. Und hier, an diesem Ort, finden wir ab und zu ein kleines Stück von uns, dieser Ort hält die Welt zusammen. Hier haben wir das Gefühl, verstanden zu werden, hier rollen wir einfach drauflos. Hier verstehen wir einander, ohne darüber sprechen zu müssen. Hier sind wir zu Hause, wenn wir uns sonst nirgendwo mehr zu Hause fühlen. Das hier ist die rettende kleine Insel im Sturm. Irgendwann werden wir diesen Ort verlassen und der Nebel wird sich lichten. Irgendwann werden wir erwachsen sein. Aber noch haben wir keine Ahnung von nichts. Wir wissen nur, dass dieser Ort eine mögliche Antwort auf die große Frage nach dem Warum ist. Also bitte nehmen Sie uns diese Antwort nicht, denn wir alle stellen uns doch diese Frage.«

Jannis verstummt. Für einige Sekunden ist es ganz still.

»Ja, wir alle stellen uns diese Frage«, sagt dann die Stimme eines alten Mannes aus der Menge. »Und wir sollten uns für jeden freuen, der eine mögliche Antwort gefunden hat.«

Dann beginnen die Leute zu klatschen und zu pfeifen, die Skater, die Schaulustigen, die Senioren, selbst einige der Amtsinhaber. Der Bürgermeister runzelt nachdenklich die Stirn, während seine Frau Jannis mit einem mörderischen Blick versieht. Lydia wirft ihm aus der Menge eine Kusshand zu, während Ellie ihm zuzwinkert, als würde sie »Hab ich doch gesagt« denken. Jannis springt mit einem Satz von der Rampe hinunter und rollt auf seinem Board durch die Menge, die ihm bereitwillig Platz macht.

»Alter, du bist so krass, wer bist du, Martin Luther King?«, brüllt Phil, während Leo ihm seine Pranke auf den Rücken schlägt. Weiter hinten beschließt Ali von der Dönerbude vor lauter Freude, seine Tiefkühltruhe zu öffnen und den herumstehenden Leuten Zitroneneis am Stiel zu schenken. Grinsend wühlt Jannis sich durch die Leute hindurch zu seinen Freunden hinüber, als ihm plötzlich sein Vater in den Weg tritt.

»Jannis«, sagt er.

»Oh«, sagt Jannis. »Hi Papa.«

Sein Vater mustert ihn. Es ist nicht der permanent enttäuschte Blick, denkt Jannis. Es ist endlich ein anderer Ausdruck.

»Du warst gut«, sagt sein Vater. »Du warst richtig gut. Du hast jeden Menschen hier berührt.«

»Danke«, sagt Jannis, während sich in ihm plötzlich alles leicht anfühlt. »Danke, Papa«, wiederholt er. »Ich gehe mal zu meinen Freunden.«

Sein Vater nickt, zögert, klopft ihm dann leicht auf die Schulter. Jannis lächelt ihm zu, rollt dann weiter.

»Heftig!«, stößt Lydia aus und fällt ihm um den Hals. Lächelnd vergräbt er seine Nase in ihren blonden Locken. Es fühlt sich einfach schön an, sie im Arm zu halten. »Du warst so gut, ich hab eine Gänsehaut bekommen!«, sagt sie.

»Also haben eure Wortgefechte sich doch noch gelohnt«, sagt Ellie grinsend, nachdem Jannis sich von Lydia gelöst hat und Ellie zur Begrüßung umarmt.

»Zu irgendwas musste der Mindfuck ja auch gut sein«, fügt Chris hinzu. Jannis schlägt mit ihm ab.

»Ich freu mich, dass ihr euch gefunden habt«, grinst Ellie. »Normalerweise seid ihr ja immer laut – nur wenn es um Gefühle geht, dann hört man plötzlich nichts mehr.«

Lydia streckt ihr die Zunge raus, während Jannis seiner Freundin den Arm um die Taille legt. Sie trägt ein neues minzgrünes Kleid, das ihr natürlich so gut steht wie keinem anderen Mädchen. »Und von dir hört man ja seit Neuestem dauernd was, aber davor gab es siebzehn Jahre lang nur Piepstöne!«, kontert sie lachend. Sie dreht sich in Ellies Richtung und gibt ihr einen Umschlag.

Jannis wendet sich zu Chris. »Wie geht's dir, Alter?«, fragt er. »Ist dir heute schon jemand an den Hals gegangen?«

»Nö«, erwidert Chris grinsend. Sein Gesicht sieht inzwischen deutlich besser aus und die Würgemale treten nicht mehr ganz so überdeutlich hervor. »Und wie ist es bei dir? Ist dir heute schon jemand in den Rücken gefallen?«

»Hey – du lernst vom Meister der Worte!« Jannis hebt anerkennend die Augenbrauen.

»Bin dabei«, erwidert Chris. »Aber dass du mich wirklich beschuldigt hast, ich wäre Onyx, das war nicht so meisterhaft!«, fügt er lachend hinzu.

»Na gut, hast recht, das war Schwachsinn. Du kannst ja nicht mal deinen Namen schreiben«, erwidert Jannis.

Chris tut so, als wolle er ihn in die Seite boxen. Ihm fällt aber rechtzeitig ein, dass er das wohl lieber nicht tun sollte.

»Mal ernsthaft«, sagt Jannis. »Nach allem, was passiert ist. Bist du okay? Sind wir okay?«

»Ich bin okay. Wir sind okay«, sagt Chris. »Und du?«

Ellie

Das mit deiner Mutter tut mir leid«, sagt Ellie zu Chris, während sie nebeneinander von der Demo nach Hause gehen. Etwas vor ihnen schlendern Jannis und Lydia mit verschränkten Fingern, aber Ellie hat ihre Hände vorsorglich in ihre Rocktaschen gesteckt.

Sie hat sich auch vorsorglich einen Kaugummi in den Mund gestopft und schmatzt ab und zu mal übertrieben deutlich, damit Chris nicht auf die Idee kommt, sie aus einem plötzlichen Versöhnungsdrang heraus auf den Mund zu küssen. »Das hätte ich nie gedacht«, fügt sie hinzu. »Ich glaube, ich kann mir gar nicht vorstellen, wie sich das anfühlt. Ich hab auch das Gefühl, dass ich das gar nicht richtig in Worte fassen kann.«

»Danke«, erwidert Chris. »Ich muss lernen, damit zu leben. Etwas anderes bleibt mir nicht übrig.«

Ellie mustert sein ernstes, mitgenommen aussehendes, aber immer noch schönes Gesicht. »Ich wünsche dir, dass du das schaffst. Du bist stark, Chris.«

»Du bist stärker«, erwidert Chris, während er versucht, ihren Blick mit seinen dunkelblauen Augen festzuhalten.

»Ich muss gehen«, sagt sie und versucht sich an einem starken Lächeln. Er wird mir nie egal sein, denkt sie. Aber er wird auch nie mehr alles für mich sein.

»Warum?«, fragt Chris. Seine linke Hand zuckt. Ellie weiß, dass er sie an sich ziehen will.

»Das weißt du doch«, sagt sie leise, wendet sich ab und überquert zügig die Straße.

»Ich weiß, wo du immer mal hin wolltest!«, ruft er ihr nach. »Nach Indien!«

Ellie dreht den Kopf, schaut ein letztes Mal zu ihrer ersten großen Liebe zurück. Dann läuft sie weiter, während der Wind ihr durch die roten Haare fährt und ihr den Pünktchenrock um die Knie weht. Ansonsten ist es ganz still.

Ob es auch so still war, als Jannis entführt wurde?, denkt sie, aber sie hat keine Angst. Ihre Mutter hatte Angst, als sie Ellie aus dem Krankenhaus abholen musste. Sie ist fast ohnmächtig geworden, und dann hat sie so viel geweint, dass eine Krankenschwester ihr erst was zur Beruhigung gegeben und später einen Therapeuten vorbeigeschickt hat. Leon Martin, der Psychopath, denkt Ellie. Er ist ein Psychopath und kein Onyx. Wer Onyx ist, das wissen wir immer noch nicht. Vielleicht werden wir es nie wissen. Vielleicht ist es gut so. Sie zieht den Brief, den Lydia ihr gegeben hat, aus ihrer Rocktasche und öffnet ihn. Ihre Augen überfliegen die Zeilen. Ein Songtext, denkt sie und schaut noch einmal genauer hin. Ein verdammt guter Songtext. Danach dreht sie das Blatt um und liest die Worte auf der Rückseite. Sie hat sich an das erinnert, was ich gesagt habe, denkt Ellie, während ihre Augen an *Chris liebt dich* hängen bleiben.

»Nein«, flüstert sie. »Chris ist leider noch nicht in der Lage, mich zu lieben.« Sie faltet das Blatt wieder. Die Worte passen perfekt zu ihrer Melodie. Das wird unser Song, denkt Ellie.

Kurz vor ihrem Haus sieht Ellie ein vielleicht siebenjähriges, schluchzendes Mädchen, das mit tränenüberströmtem Gesicht am Straßenrand hockt. Ellie stutzt, geht zu ihm hinüber und setzt sich daneben. »Was ist los?«, fragt sie sanft.

Das Mädchen schaut Ellie an. Es hat braune Augen und zwei blonde Pferdeschwänze, die von zwei mit kleinen Holzbienen beklebten Haargummis gehalten werden. Das Mädchen scheint zu überlegen, ob es sich wirklich einer Wildfremden anvertrauen soll. Ellie lächelt es ermutigend an.

»Er liebt mich einfach nicht«, stößt das Mädchen dann aus und lässt kraftlos den Kopf hängen, die Pferdeschwänze berühren fast den Boden. Irgendwie hat Ellie gewusst, dass es das sagen wird. Sie legt dem Mädchen die Hand auf den Rücken.

»Du musst dir etwas merken«, sagt sie. »Gib dich niemals für einen Jungen auf. Du musst lernen, mit dir selbst glücklich zu sein.«

Das Mädchen schaut wieder auf und schnieft. »Aber wie geht das denn?«, fragt es.

»Ich verrate es dir«, antwortet Ellie.

Chris

Wo ist sie hin?«, fragt Lydia, während Chris Ellie nachschaut. »Weg von mir«, sagt Chris leise. »Soll ich ihr nachlaufen?«

»Nein«, sagt Lydia. »Los, komm her.« Sie klopft sich auf den Oberschenkel.

Chris setzt sich langsam in Bewegung, bis er zwischen Lydia und Jannis steht.

Lydia hakt sich bei ihm ein. »Hak ihn auch ein, Jannis«, fordert Lydia seinen besten Freund auf.

»Damit wir wie die drei Pfeffermiezen hier rumlaufen? Ganz bestimmt nicht!«, stößt Jannis lachend aus, während sie zu dritt weitergehen.

»Ich liebe sie«, murmelt Chris, schaut erst zu Lydia, dann zu Jannis.

»Das fällt dir ja früh auf!«, sagt Jannis.

»Pscht, halt den Mund, sei nicht so unsensibel!« Lydia schlägt Jannis um Chris herum auf den Arm.

»Ich habe immer gedacht, dass ich das Schiff bin und sie der Hafen ist. Dass kein Schiff für immer im Hafen bleibt«, sagt Chris.

»Aber jedes Schiff endet irgendwann im Hafen«, sagt Lydia nachdenklich. »Wenn es nicht untergehen will. Sogar dieses Schiff hier ist in einem Hafen angekommen!« Lachend schaut sie zu Jannis hinüber. »Ich weiß, dass du sie liebst«, sagt sie dann mitfühlend lächelnd zu Chris. »Aber sie braucht Zeit. Wer weiß schon, was die Zukunft bringt, nicht wahr?«

»Immerhin hat die Zukunft auch euch zusammengebracht, wer hätte das gedacht«, erwidert Chris amüsiert.

»Ach, ich liebe es, mit euch einen Lovetalk zu machen. Du bist so poetisch, Kleo«, sagt Jannis und schaut grinsend hoch zur Sonne.

Chris trennt sich an der nächsten Straßenecke von seinen Freunden. Erst will er einfach nach Hause gehen, aber dann steht er plötzlich vor dem Lieblingsblumenladen seiner Mutter. Er läuft hinein und kauft die größte Orchidee, die sie haben. Danach geht er zu dem Spielplatz, auf dem sie Mirko skizziert hat. Er setzt sich auf die Bank, auf der sie gesessen hat, stellt die Orchidee neben sich ab und schaut den Kindern beim Spielen zu. Sofort beginnt es, in seinen Fingern zu kribbeln. Er muss wieder zeichnen, das weiß er. Jedes Kind schaut er sich genau an, aber am aufmerksamsten betrachtet er einen kleinen lächelnden Jungen mit blonden Haaren, einer altmodischen Kappe und einem roten Halstuch.

Er lächelt die ganze Zeit, denkt Chris. Das bin ich. In diesem Moment stürzt der kleine Junge über seine offenen Schnürsenkel und schlägt mit dem Knie auf den Rand des Sandkastens.

»Christoph!«, stößt eine junge Frau aus, springt von einer anderen Bank auf und stürmt auf ihn zu. Aber der kleine Junge rappelt sich auf, reibt sich den Sand von den Händen, begutachtet fachmännisch sein blutendes Knie und dreht sich dann zu Chris. Er lächelt immer noch.

Das ist ein Zeichen von Mama, denkt Chris, während er aufsteht, die Orchidee nimmt und dem Jungen zum Abschied winkt. Er bestellt in ihrem Lieblingscafé ein Stück gedeckten Apfelkuchen und einen großen Cappuccino, er wartet ein wenig an ihrer verhassten roten Ampel und schließlich setzt er sich an die Stelle im Park, wo sie vor so vielen Jahren saß und ihnen beim Fußballspielen zugeguckt hat. Seine Handflächen fahren über die kitzelnden Grasspitzen. Ich habe so viele Erinnerungen, denkt er. So viele Erinnerungen an die allerbeste Mutter, die mir zeigen, was sie mir alles gegeben hat. Nun bin ich daran, ihr etwas zu geben: Stärke.

Als er den Park verlässt, hört er eine weiche, glückliche Melodie. Er glaubt, seinen Ohren nicht zu trauen. Mit angehaltenem Atem läuft er ihr nach, horcht, wie sie langsam lauter wird. Und dann biegt er um die Straßenecke – und er ist wieder da. Der Flötenspieler lächelt, während sein roter Umhang im Wind flattert.

Er ist wieder da, denkt Chris. Aber eigentlich bin *ich* wieder da.

*

Einen Tag später stehen sie zu viert vor Julians Haustür. Es war Chris, der seine Freunde aufgefordert hat, Julians Eltern gemeinsam aufzusuchen. Denn plötzlich ist ihm klar geworden, dass die Albträume nur dann aufhören werden und dass eine Entschuldigung mehr als angebracht ist.

»Du hast vollkommen recht«, sagt Ellie. »Wir hätten schon längst hier gewesen sein sollen.«

In diesem Moment öffnet Julians Mutter die Tür. Erst weiten sich ihre Augen, dann wird ihr kleines Elfengesicht mit dem spitzen Kinn hart. Sie sagt kein Wort, mustert sie nur abwartend.

Chris macht einen Schritt nach vorne. »Wir sind hier, weil wir uns entschuldigen wollen«, sagt er.

Julians Mutter presst ihre Lippen aufeinander und macht keine Anstalten, sie hereinzulassen.

»Sie haben recht«, fährt Chris fort. »Wir haben uns absolut rücksichtslos und selbstsüchtig verhalten. Julian ist ein netter Junge, wir waren nie nett. Julian hat Ihnen erzählt, dass wir seine besten Freunde sind. Das stimmt nicht ganz. Er wollte unbedingt zu uns gehören, er wollte es so sehr. Und wir haben ihn immer wieder auflaufen lassen. Wir haben uns einfach nicht für ihn interessiert. Wir waren grausam zu ihm, jeder auf seine eigene Art. Es ist wirklich erstaunlich, dass er es stetig weiter versucht hat. Ja, wir alle tragen einen Teil der Schuld an Julians Situation. Und wir können es nicht ändern, aber wir wollen Ihnen sagen, dass es uns wirklich aufrichtig leidtut.«

Julians Mutter schaut ihnen nacheinander in die Augen, als wolle sie ihre Aufrichtigkeit prüfen. »Okay«, sagt sie schließlich.

»Dürfen wir ihn immer noch nicht sehen?«, fragt Ellie. »Wir würden ihn so gerne im Krankenhaus besuchen.«

»Das geht nicht«, sagt Julians Mutter sachlich.

»Weil Sie uns immer noch hassen?«, fragt Jannis.

»Nein, weil er nicht mehr dort ist«, sagt seine Mutter. »Er ist schon nach zwei Tagen im Koma wieder aufgewacht.«

Julian

Barfuß läuft Julian über den Ostseestrand und flieht vor der Welle. Er spielt dieses Spiel jeden Tag aufs Neue, aber ihm wird davon nicht langweilig. Jeden Tag geht er ganz nah an die Ostsee heran, wartet, bis die nächste Welle kommt, und läuft dann hastig davon. Zuletzt bekommen die Wellen ihn jedes Mal, und irgendwann zieht er sich dann das T-Shirt aus und schmeißt sich kopfüber in die Fluten.

Ja, seine Eltern hatten recht. Es hat ihm unglaublich gutgetan, sein eigentliches Leben auf Pause zu stellen und zu seinem Großvater nach Rügen zu fahren. Er hat vorher nicht gewusst, wie erfüllend es sein kann, jeden Tag mit den Wellen zu spielen, mit seinem Großvater frisch gefangenen Fisch zu essen und verlorenen Menschen zu helfen, sich zu finden.

Zu Beginn war er frustriert und wütend, er schloss sich am ersten Tag in seinem nussschalengroßen Zimmer mit Meerblick ein und hasste seine Mutter dafür, dass sie ihm verbot, mit irgendjemandem Kontakt aufzunehmen. Ellie, Lydia, Chris und Jannis sollten nicht wissen, dass er aufgewacht war. Sie begründete das damit, dass sie mit ihrem schlechten Einfluss schon genug Schaden angerichtet hätten und ihn nur noch weiter herunterziehen würden. Julian verstand das nicht und stellte sich vor, wie sie zu viert lachend über die Domplatte schlenderten, sich dabei über die seit Langem enttarnten schwebenden Männer amüsierten. Für ihn waren sie die Verbildlichung von Freundschaft. Und er konnte einfach nicht damit aufhören, bei ihnen Anschluss zu suchen.

Zusammen sind wir die fünf Freunde, hatte er immer gedacht.

Auf der Endless-Summer-Night-Party hatte Julian starke Kopfschmerzen gehabt, sodass er tagsüber Schmerztabletten genommen hatte. Er war aber trotzdem hingegangen, einfach weil er dazugehören wollte. Seine Mutter hatte ihn gewarnt, dass sein angeborener Herzfehler, Schmerztabletten und Alkohol sich nicht vertrugen. Aber dann hatten Ellie, Lydia, Chris und Jannis ihm jeder auf seine Art einen Schlag in den Magen versetzt, und nach jeder Demütigung hatte Julian mehr getrunken, bis es ihn schließlich umgeworfen hatte. Er hatte bis dahin nie mehr Alkohol getrunken als ein halbes Glas Sekt an Silvester.

Als Julian seinem Großvater den Fisch zurückbringen wollte, den der ihm zum Abendessen vor die Tür gestellt hatte, setzte dieser sich zu ihm aufs Bett. »Das sieht nicht gut aus«, sagte er und deutete auf den Fisch, dem Julian mit Edding ein unglückliches Gesicht gemalt hatte.

»Mein Leben sieht nicht gut aus«, antwortete Julian finster. »Mein Leben ist scheiße und ihres ist toll. Sie sind cool und beliebt und glücklich.«

»Das glaubst du. Schein und Sein sind niemals identisch«, erwiderte sein Großvater. Und er forderte Julian auf, ihm von Ellie, Lydia, Chris und Jannis zu erzählen.

Julian kam der Aufforderung nach, und je mehr er erzählte, je mehr Fragen sein Großvater stellte, desto unglücklicher kamen die vier ihm vor. Julian erinnerte sich an alles, was er gesehen hatte. Er erinnerte sich daran, wie Ellie weinend auf dem Steg saß und von Selbstmord sprach. Er erinnerte sich daran, dass er auf dem Schulklo gesehen hatte, wie Jannis, der sich unbeobachtet fühlte, in der offenstehenden Klokabine Kokain schnupfte. Er erinnerte sich daran, wie Jannis Emily Arendt auf der Party Koks verkauft hatte. Er erinnerte sich daran, wie häufig er von seinem Fenster aus gesehen hatte, dass Chris mal wieder vor Ellies Tür stand. Er erinnerte sich daran, wie Chris und Jannis immer aneinander vorbeiredeten. Er erinnerte sich daran, wie er auf der Party plötzlich fast in Chris und

Lydia hineingelaufen war, die einander eng umschlungen hielten. Das hatte er auf der Party schnell ausgeblendet, denn ja, natürlich war auch er in Lydia Rosengarten verliebt.

Man kann nicht sagen, dass Julian nur zufällig mitbekommen hatte, was sich hinter den lächelnden Maskengesichtern der anderen wirklich abspielte. Genau genommen war es so, dass ihm die Realität ins Gesicht gesprungen war – und trotzdem war es ihm so viel leichter gefallen, sich wegzudrehen und mit sich selbst zu beschäftigen. Manches war ihm aber auch nicht direkt klar.

»Jannis ist eher ein fauler Chiller«, sagte er zu seinem Großvater. Aber sein Großvater stellte noch mehr Fragen, und plötzlich wurde Julian klar, dass Jannis das absolute Gegenteil des faulen Chillers und eher so etwas wie der nächste Bundeskanzler war.

Er hatte Mirko Nachhilfe gegeben, und Chris' kleiner Bruder hatte ihm häufig erzählt, was ihn beschäftigte. »Früher haben wir manchmal zusammen Basketball geguckt. Aber das ist vorbei. Es ist immer nur noch alles scheiße«, das hatte Mirko gesagt. Julian hatte häufiger gesehen, wie er plötzlich anfing, sich mit irgendwelchen anderen Kindern zu schlagen, aber er hatte sich nie etwas dabei gedacht. Er hatte sich auch nie viele Gedanken darüber gemacht, dass Mirkos Mutter niemals zu Hause war, wenn er ihm Nachhilfe gab. An Mirkos Aussage über Memory, das Erinnerspiel würde er nur mit Mama machen, hatte Julian nicht viele Gedanken verschwendet. Bis sein Großvater seine traurigen braunen Augen auf ihn richtete und sagte: »Deine Großmutter hatte doch auch Alzheimer, Julian. Aber man muss nicht unbedingt alt sein, um daran zu erkranken.«

Erst da begriff Julian die ganze Wahrheit. Er verstand, dass die Menschen, um deren Freundschaft er so verzweifelt gebettelt hatte, hundertmal verzweifelter waren als er selbst. Und dass er ihnen helfen wollte.

Über die Schullisten besorgte er sich ihre E-Mail-Adressen. Er überredete seine Großtante Aurelia, ihm zu helfen und ab und zu einen Umschlag einzuwerfen. Sie erklärte sich außerdem bereit, Lydia in ihrem Café arbeiten zu lassen. Er wusste über Lydias Zeitplan Bescheid, weil er sie sicherlich ein Jahr lang mit rosaroter Brille verfolgt hatte. Deswegen wusste er auch, wie häufig sie im Geschäft etwas einsteckte. Jetzt erst ist Julian klar, dass er sich auf einen Felsen stellen müsste, um Lydia küssen zu können. Und jetzt ist ihm wichtig, dass sie glücklich ist, so wie die anderen glücklich sein sollen, so wie er selbst einfach glücklich sein will. Und er musste sich eingestehen, dass Lydia nur verletzlich aussah, wenn sie Jannis anschaute.

Er nannte sich Onyx; der etwas unscheinbare Edelstein ist schon immer sein Lieblingsstein gewesen, das Wort »Onyx« klingt für ihn magisch, erhaben und weise.

Zwei Mal berichtete seine Mutter ihm, Chris gesehen zu haben. Einmal hatte er ein Buch zerrissen, einmal dem Schulsprecher Leon gedroht. Julian wusste, dass seine Mutter versuchte, ihn abzuschrecken, aber ihm halfen ihre Informationen. Es war schwierig, zu den vieren durchzudringen. Ihm war klar, dass sie ihn abblocken würden, er wusste, dass er ihr Vertrauen gewinnen musste. Und er schaffte es.

Zufrieden lächelnd bleibt Julian stehen und spürt, wie die Wellen ihm über die Füße fließen, sodass diese sofort im nassen Sand versinken.

»Julian!«, ruft sein Großvater.

Julian wendet den Kopf und schirmt sein Gesicht mit der Hand gegen die Morgensonne ab.

»Es gibt Frühstück!«, ruft sein Großvater, während er auf ihn zuläuft. »Ich hab frischen Hering gefangen!«

»Sehr gut, ich hab tierischen Hunger!«, antwortet Julian und wartet, bis sein Großvater neben ihm steht. Es gibt nichts, was er sonst haben möchte.

»Geht es dir gut, mein Junge?«, fragt sein Großvater. Er trägt eine verwaschene Jeans, in der er sich selbst als »zeitgemäß« bezeichnet.

Seine braunen Augen sehen seit Julians Ankunft weniger traurig aus, als würde er dank seines Enkelsohnes ab und zu vergessen, dass seine Frau nicht mehr lebt. Auch nach ihrem Tod hat er beim Essen den Tisch immer für sie mitgedeckt. Jetzt sitzt Julian an ihrem alten Platz und der Teller ist nicht mehr leer.

»Es geht mir gut«, erwidert Julian lächelnd. »Es geht mir wirklich gut. Ich habe das Gefühl, dass ich ihnen helfen konnte.«

Die Wellen schäumen um ihre Füße, ein weißer Labrador läuft durch die Dünen und von irgendwoher kommt Kinderlachen.

»Manchmal«, sagt sein Großvater und legt ihm die alte, wettergegerbte Hand auf die Schulter. »Manchmal braucht man nur ein paar Worte, um Leben zu verändern.«

Danke, danke, danke an:

- meine Familie, die mich nicht besser unterstützen könnte
- insbesondere Mama, die jede Zeile dieses Buches mit mir durchgegangen ist
- meine Lektorinnen Cathrin und Uta, die sich viel Mühe gegeben haben, um so viel wie möglich aus der Geschichte herauszuholen
- Oliver Schwarzkopf, der seit vier Jahren meine Schreibausbrüche verlegt
- Nadja Schreiber, die mich regelmäßig mit allen wichtigen Presseinfos versorgt
- meine Freunde, die im wahrsten Sinne des Wortes immer ein gutes Wort für mich übrig haben, sollte mir mal eins fehlen :-)
- alle, die meine Bücher gern lesen, alle Autogrammjäger, LovelyBooks-Rezensenten und Zeichner, alle, die sagen: »Hey, Anna, wann kommt endlich dein nächstes Buch?«
- George R. R. Martin für *Game of Thrones* und Chaqwa für einen kleinen Latte macchiato mit Karamell, ohne geht es nicht

DIE AUTORIN

Anna Palm ist von Kind an in der Welt der Worte zu Hause und schrieb schon mit fünf ihre ersten Geschichten. Mit 15 veröffentlichte sie ihr Debüt *Ellen, Schutzengel* bei Schwarzkopf & Schwarzkopf, es folgten mehrere Fantasyromane. Bis jetzt ist die Jungautorin diesem Genre treu geblieben. *Die Clique* ist der erste realistische Roman der Journalistikstudentin und ihr deswegen ganz besonders ans Herz gewachsen.

Anna Palm
Die Clique
Und wie geht es dir?
Roman

ISBN 978-3-86265-443-7

Titelbild: © moodboard/thinkstock.de | Kapitelbilder im Innenteil: Ellie: © Lilya/Fotolia, Jannis: © Benjamin Nickel/Fotolia, Lydia: © Jürgen Fälchle/Fotolia, Chris: © Bürgel & Gutekunst/Fotolia, Julian: © Oskari Porkka/ Fotolia

KATALOG
Wir senden Ihnen gern kostenlos unseren Katalog
Schwarzkopf & Schwarzkopf Verlag GmbH
Kastanienallee 32 | 10435 Berlin
Telefon: 030 – 44 33 63 00
Fax: 030 – 44 33 63 044

INTERNET | E-MAIL
www.schwarzkopf-schwarzkopf.de
info@schwarzkopf-schwarzkopf.de